審2295

密

1951 全面追緝

Taiwan

America

總統府

Republic of China

電召毛邦初返國

CONFIDENTIAL

Secret Accounts

Treasuries

Mao

Military Procuremen

軍購密帳叛逃者

18

5719g

王駿 著

目次

CONTENTS

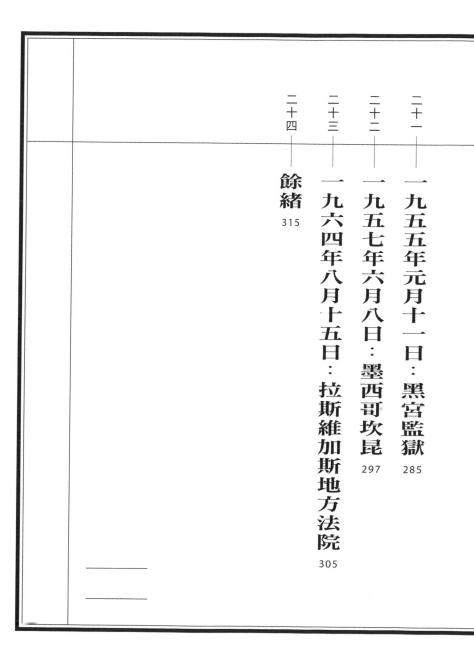

推薦序
執簡馭繁，宛如置身現場

政治大學歷史學系兼任教授／劉維開

鏡文學來信告訴該社將要出版王駿先生的新作《1951全面追緝》，作者以小說形式，敘述一九五〇年代毛邦初事件始末。因為我在多年前發表過關於毛邦初事件的論文，想請我寫一篇推薦序。

我在研究毛邦初事件的過程中，最感到困難的，就是雖然這是一個因為人事糾葛引起的事件，但是由於蔣中正（臺北方面）與毛邦初雙方對於問題認知的差異，其中又夾雜許多其他問題，使整個事件弄得相當複雜，難以有系統的理解。我知道作者王駿先生是前行政院長俞國華先生口述歷史《財經巨擘——俞國華的行腳生涯》的執筆者，而俞先生當年曾經參與毛邦初事件的處理，因此很有興趣接受這項工作。我利用年假，把本書從頭到尾讀了一遍，非常佩服作者能依時序從不同的地點切入，以二十多章的篇幅，執簡馭繁，將事件來龍去脈梳理得十分清楚。作者雖然以小說筆法書寫，若干情節，宛如置身現場，同時為加強可讀性，增添一些當時代發生的事件，但是全書內容遵循史實，依據事件發展敘述，特別是最後幾章關於毛邦初到墨西哥之後，以及由墨西哥再回到美國的過程，是之前對於事件相關討論中鮮少觸及的問題，也使得這本書不僅是小說也是歷史，可以視為毛邦初事件的全記錄。

王駿先生在整理俞國華先生口述時，對於毛邦初事件，立了一節「追查毛邦初貪瀆案」，如同本書內容，文中大量參考時任駐美大使顧維鈞的回憶錄，藉以補充俞氏因年代久遠而淡忘的回憶。在該節最後，王駿先生以「關於毛邦初案，俞國華在四十多年以後回憶表示……。」列了俞國華對這件事的幾點看法。俞先生的看法似乎輕描淡寫，其實可以顯示他作為事件處理當事人之一，對於事件後來的發展多少有些無奈，對毛邦初個人也有一些同情的理解。不過王駿先生進行採訪時，不知道俞先生是否記得他保留了參與事件處理過程中的文件。

俞國華先生在二〇〇〇年十月過世後，部份遺留文件在家屬同意下，移送中國國民黨中央黨史委員會（現名「黨史館」）典藏。我當時在該會服務，負責接收並整理這批文件。在整理的過程中，發現有一個資料夾，是俞先生保存的毛邦初事件相關文件，包括臺北方面與他的往來函電，以及美國法院判決書的中文譯本，這也是我第一次接觸毛邦初事件的相關資料。之後，因為參與一九五〇年之後《總統蔣公大事長編初稿》的編輯工作，在搜集整理資料的過程中，參閱國史館庋藏的《蔣中正總統文物》（簡稱「蔣檔」），再度接觸毛邦初事件相關資料，也開始對事件進行研究。

在《蔣檔》中有一個案名為〈毛邦初案卷〉的專檔，包括蔣氏手令、毛邦初事件處理過程中相關單位與人士往來電文，及《毛案要件》十三卷，內容十分完整，前述俞國華與臺北方面的往來函電均收錄其中，這是理解政府如何處理毛邦初事件的核心資料。除《蔣檔》外，外交部和國防部所有的毛邦初事件相關案卷，數量亦相當可觀，但是其中部份與《蔣檔》多有重疊。外交部和國防部的相關檔案後來移轉到國家發展委員會檔案管理局（簡稱「檔管局」），但是現在在該局《國家檔案資訊網》，以「毛邦初」為關鍵詞搜尋，所能查到一千四百筆檔案中，卻是以財政部國庫署所移轉「毛邦初侵佔公款處理案」檔案數量最多，有八百多筆，佔總數六成以上，為該署歷年辦理毛邦初事件後續處理的檔案。一千四百筆檔案產生的時間，從一九五〇年到一九六七年，其中百分之九十集中在一九五一年至一九五八年，總數達一千二百五十件；一九五八年之後，主要是財政部國庫署持續辦理的檔案。

毛邦初事件是中央政府遷臺初期喧騰一時的大事，由毛邦初與周至柔的相互指控，轉變為毛個人的失職抗命，成為所謂「毛邦初失職抗命案」，事件的發生與後續發展，除了空軍內部人事糾葛外，還有因為國共戰爭衍生的諸多問題在內。關於這些問題，作者王駿先生在書中有著詳實的說明與分析；輔仁大學歷史學系林桶法教授對於遷臺初期空軍內部的人事糾葛、中國社會科學院近代史研究所馮琳副研究員對於毛邦初事件中的美國因素等，亦有專文分析，可以參閱。但是使政府在應對這個事件上深感棘手的主要原因，是蔣中正對事件的認知；以及事件本質上為軍方事務，在沒有蔣氏指示的情形下，行政系統很難介入。

在事件發展過程中有一個相當敏感的話題，就是傳聞毛邦初為蔣中正元配毛福梅之親戚，時任美國駐華大使館代辦的藍欽（Karl L. Rankin）曾就此事向外交部長葉公超求證是否屬實，葉回覆毛邦初「僅係與毛夫人同宗，並無親屬關係」，這也代表官方對於這個問題的答案。而根據奉化當地文史資料，毛邦初與毛福梅同族，屬族姪孫輩，並沒有直接的親屬關係。毛邦初在空軍中的發展，與他是國民政府組建中央空軍時，少數航空科班出身同時是黃埔畢業有關。毛為黃埔軍校三期步兵科畢業，之後改習航空，進入廣東軍事飛機學校第二期，再赴俄國留學，返國後，投入中央空軍建軍工作，由航空班教官、飛行組組長、航空偵察隊隊長，一路晉升，曾任中央航空學校副校長、航空委員會副主任、空軍總司令部副總司令等職，在空軍內部形成一股力量，亦有稱其為「公認的空軍精神領袖」。而周至柔為陸軍出身，之後轉至空軍服務，抗戰期間出任航空委員會主任，成為毛的主管，但兩人觀念不合，逐漸出現磨擦。抗戰勝利後，軍事組織調整，成立空軍總司令部，周為總司令，毛為副總司令；一九五〇年三月，蔣中正在臺復行視事，周至柔出任參謀總長，仍兼空軍總司令，引起毛的不滿。加上空軍總部幾項軍事採購越過毛氏直接處理等問題，於是毛氏在美國對周至柔及相關經辦人員提出指控；周氏對於毛的指控亦展開反擊，雙方爭執，日益激烈。事情初發生時，蔣中正認為這是毛、周兩人的人事糾紛，調查之後，判斷周在金錢處理上確有疏失，但是並非毛所指稱貪污不法；毛則認為蔣聽信周一面之詞，且以為臺北方面將在美軍事採購統一的舉措，具有針對性，於是在美國採取訴諸媒體等行動，使事情越演越烈，引起蔣氏極度不滿，認為毛「挾洋自重」，決定對其停職查辦，指示成立跨部會的「協助處理毛邦初失職抗命案臨時小組」，協助行政部門處理，進而在美國提起訴訟，採取法律途徑，方才使此事逐漸平息。

蔣中正對毛邦初最初採取的「停職查辦」，尚為毛留有餘地，但是毛邦初為了反擊，找了李宗仁出面，使事情失去轉圜的空間。蔣氏得知毛之行動後，自記：「毛邦初投靠李宗仁，以期侵吞公款，逃避罪犯，可知人心之惡劣，無所不至，若非激發廉恥教育，何以復國救民耶。」決定不再寬容，對毛的處置由「停職查辦」改為「撤職查辦」，於一九五一年十二月七日發布撤職令，明令撤去毛邦初本兼各職。當然此舉亦有利於政府在美國的訴訟，蔣氏在當年總反省錄中記道：「李宗仁勾結毛邦初，在美詆毀政府貪污，美國朝野皆信以為真。余乃決心向美法院對毛之吞沒公款案起訴，公開以後，真相大白。而十年以來，美國對我政府貪污腐化之觀感，乃為之澄清矣。」

前言

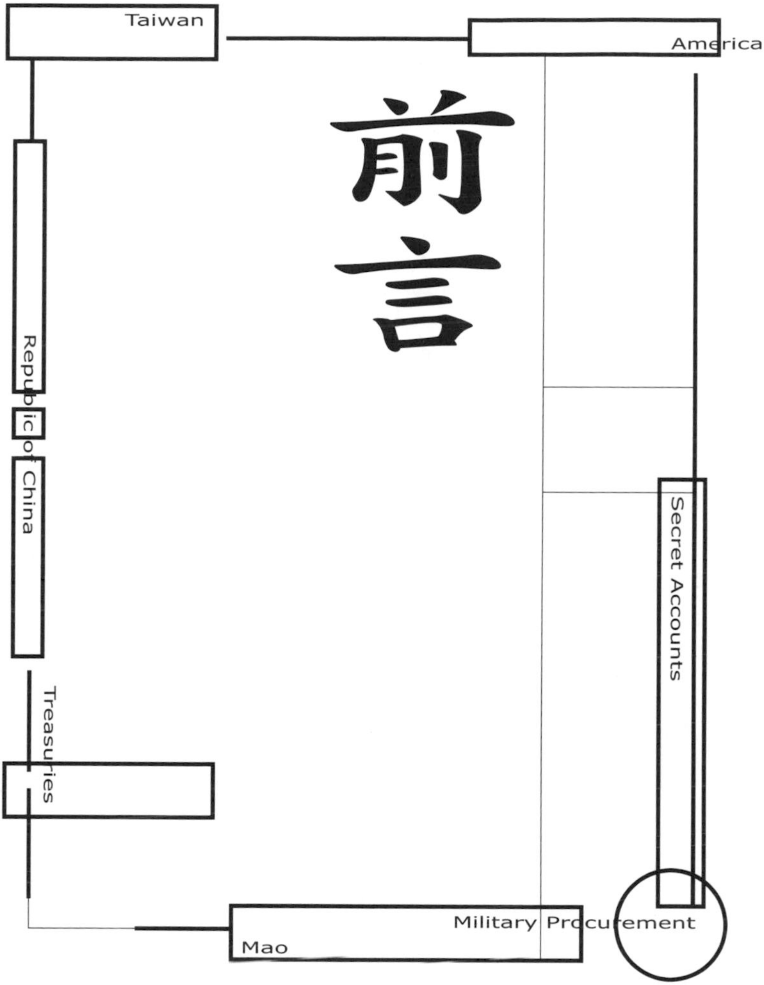
Taiwan
America
Republic of China
Secret Accounts
Treasuries
Military Procurement
Mao

一九五〇年春，美國《紐約時報》、《華盛頓郵報》，接二連三，登出火辣新聞，大揭台北國民政府軍購內幕。這些內幕，劍鋒直逼台北參謀總長兼空軍總司令周至柔，扒糞一般，臭不可聞，指稱航空汽油、野馬戰機、對空雷達等軍購案，都是低價高報，還匿藏鉅額外匯私款。

當其時，國民政府已全面遷台，美國杜魯門政府發布《對華政策白皮書》，對中華民國極不友善。古寧頭之役，雖然止住中共侵台攻勢，但共軍重整旗鼓，遲早全面犯台。台灣風雨飄搖，只能鑽洞覓隙，在夾縫裡，涓滴軍購，勉強續命。然而，《紐約時報》、《華盛頓郵報》內幕報導一出，震動太平洋兩岸，美國國會及輿論殺氣騰騰，反華烈焰再起；台北強人總統坐立難安，軍購受阻，台灣局面愈發艱難，氣息微弱，眼看著就要殞滅。

強人總統追查扒糞報導源頭，這才發現，禍起蕭牆，是自己元配毛福梅娘家姪子，在美國首都華盛頓設壇作法，吃裡扒外，搞鬼作怪。

毛福梅這娘家姪子，叫毛邦初，當初深受強人總統提拔，屢次委以重任，此時以空軍副總司令頭銜，駐節華府，擔任空軍駐美辦事處主任，主持空軍對美軍購大業。當年三月間，強人總統調升空軍總司令周至柔為參謀總長，但仍兼空軍總司令。對此，毛邦初忿懣不平，認為強人這是有心苛扣，不讓他升任空軍總司令，因而在美國起事造反，大掀國府軍購黑幕，台灣臭名滿美國。

毛邦初有美國國會、報紙撐腰，隔著太平洋，公然對台北國民政府、強人總統叫陣。強人總統也不含糊，接二連三，將手下猛將奇兵，陸續派往美國，協助駐美大使顧維鈞，多方圍剿毛邦初。

不過一年多時間，台北國府就在美國法院打贏官司，一面倒打垮毛邦初，討回了面子。然而，毛邦初狡兔多窟，竟然捲款潛逃，奔赴墨西哥。就此，國府鞭長莫及，對毛邦初莫可奈何，只能望洋興歎，難以順當取回天文數字公款。此後，雙方鬥法多年，曠日費時事小，打官司燒錢事大，雙方都投入大量經費，肥了美國、墨西哥各路律師。

本書作者以小說形式，在不同時點，於不同場景，讓不同人物登場。作者筆下，每位人物皆有其特色，觀其描述，讀其言語，當事人形象立刻躍然紙上，層次分明，線條立體，張三、李四、王五、劉六，演什麼，像什麼，活脫脫就是一齣精彩絕倫紙上電視劇。

此書，不僅全盤詳述毛邦初叛國始末，更栩栩如生，重建民國四十年代初期，台北總統府、士林官邸、松山機場、南機場高爾夫球場、台銀總行、總統府前三軍球場場景，還原當年台北社會氛圍。全書內容分台灣、美國兩條路線，在太平洋兩岸發展，美國部分，對於當年中華民國駐美大使館、雙橡園大使官邸、駐美武官處、空軍駐美辦事處等歷史建築，亦尋根覓得，詳盡介紹。

閱讀本書，不僅僅了解毛邦初叛國案來龍去脈經緯詳情，更如親睹國民政府遷台初期，諸多重大政治、經濟、社會、庶民事件。

譬如：台灣被拒參與「舊金山和會」種下台獨理論根據、被迫簽訂《中日和約》、馬場町槍斃共諜、新店空軍公墓槍斃二二八事變台灣行政長官陳儀、美國拳王喬·路易一拳撂倒台灣海軍拳王張羅普、參謀總長周至柔兒子周一西利用特權在美國當武官、台南工學院（成功大學前身）院長王石安誘姦女職員。

又譬如：台大校長傅斯年在省參議會被活活氣死、胡適匿名義助台獨大老彭明敏攻讀博士學位、參謀總長周至柔座機自松山機場飛往上海投共、強人總統機要祕書周宏濤在美國東藏西躲奔逃回台、政府遷台初期外交部竟然在延平北路酒家辦公。

《1951全面追緝》，就是一部民國四十年代初期，台灣實景萬花筒，還原七十年前台灣原貌，讀之既能消遣解悶，尋奇賞樂，亦能向學求知，吸納台灣重要史料。

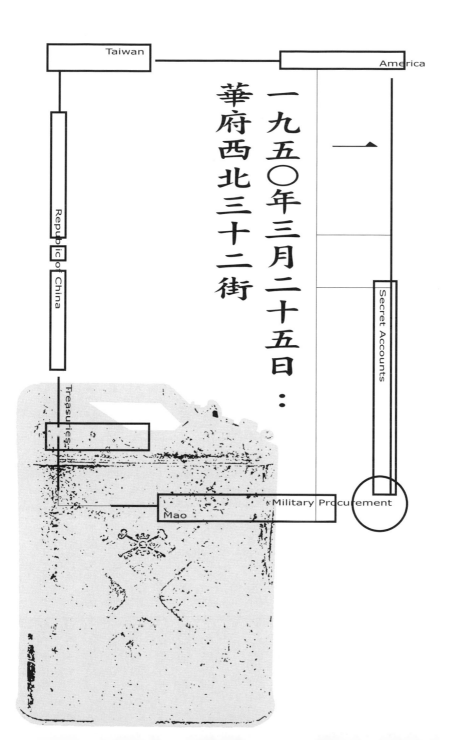

一

一九五〇年三月二十五日：華府西北三十二街

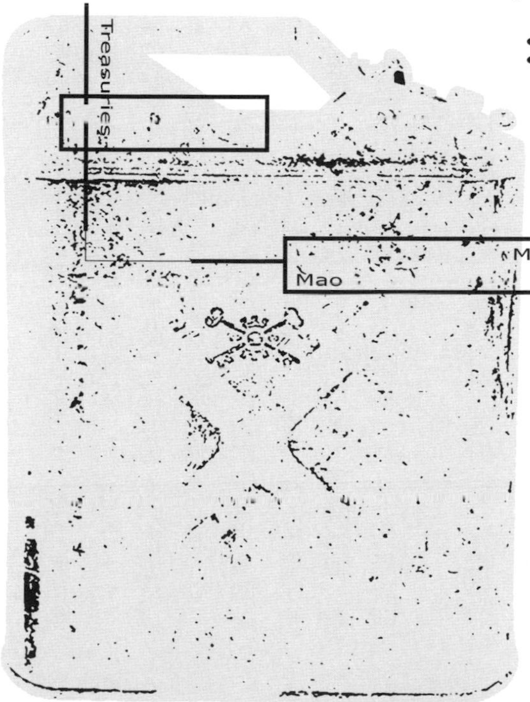

盛春三月，鶯飛草長，鳥語花香，美國首都華盛頓西北三十二街（32nd Street N.W.），緊靠著伍德里公園（Woodley Park），整片地帶遍植綠樹，林蔭處處，小街兩旁皆是高級住宅區。這當中，有這麼一戶豪宅，佔地近九千呎，前有闊庭後有大院，無論前庭或後院，俱是樹似華蓋草如茵。廣大地皮正當中，矗立一幢古色古香雙層樓房，這大宅年代久遠，但維護精細，瞧著就有股雍容華貴之氣。

時為一九五〇年三月二十五日，這天是週末，大宅子一樓右手邊，是個起居室，兩中年男人隔著張桃花心木茶几，面對面坐著。這起居室，布置雅緻，中西並陳，既有美式桃花心木茶几、櫥櫃，也有中國福建閃亮漆器。左邊牆上，掛著一幅張大千山水畫；右邊牆上則是于右任草書，字跡狂狷，龍飛鳳舞，寫下清道光年間重臣林則徐名言，上聯是「海納百川有容乃大」，下聯為「壁立千仞無欲則剛」。地板上，則鋪著波斯長毛地毯，一派鬆軟慵懶模樣。

這辰光，正是百花怒放時節，屋外陽光普照，花香襲人，屋裡卻是沉滯氣悶，兩男人俱皆嘿然不語，一個抽著駱駝牌香菸，另一個則是蹺著腳，刁著菸斗噴氣。

拿菸斗這人，眼神炯然，隆長臉龐，兩頰豐潤，一雙箭眉，茂密黑髮塗了髮蠟，盡數伏貼向後，露出寬闊前額。驀然間，這人將蹺著那腳拿下，坐直了身子，右手拿著菸斗，左手用力一拍座椅手把，兩眼圓睜，一張開嘴，就是浙江寧波粗話：

「娘洗皮，我這駐美辦事處主任，一幹就是九年，我這是蘇武牧羊，在這兒頂了九年，屁股都坐出老繭了，還不讓我挪位子。光給我個空軍副總司令頭銜，卻把我單擺浮擱，圈在這兒，替他守這麼個小小辦事處。現如今，參謀總長出缺，他派周至柔去接，我沒意見。可是，他卻還要周至柔兼著空軍總司令，這擺明了是信不過我。」

「空軍裡，人人都曉得，我毛邦初久歷戎行，也孚同袍人望。最重要地，我是空軍出身，是正牌空軍中將，而周至柔卻是陸軍中將。之前，他讓周至柔當空軍總司令、桂永清當海軍總司令，這兩人都是陸軍將領，連軍種招牌都不換，一個管空軍，一個管海軍，這不讓人笑掉大牙嗎？在空軍裡，我幾次當過周至柔副手，因而，周當空軍總司令，我只好忍了。如今，周高升參謀總長，卻還兼任空軍總司令，這不是往我臉上抹屎嗎？」

「半個月前，他復行視事，我還鞠躬哈腰，寫了個賀電，拍回台北，祝賀他重新當了總統。沒想到，他抓回總統印把子，居然這樣黑白不分，用人無道，這讓我不服啊！」

髒話罵街這人，姓毛名邦初，全銜是「空軍副總司令兼駐美辦事處主任」，自一九四一年起，他就頂著這頭銜，駐節華府，操辦空軍所有採購事項。那一年十二月，美國因珍珠港事變，宣布參戰，中美兩國頓成同盟，毛邦初因而駐美。今天，這人髒話罵街，口中所稱「他」，則是中華民國強人總統。

前一年，大陸局勢惡化，強人早早在元月間，辭職下台，把個總統職位，讓給了副總統李宗仁。然而，李宗仁只是台前傀儡，強人以國民黨總裁職銜，仍在幕後指揮一切。一年不到，大陸江山徹底玩完，李宗仁躲到美國，說是身體有恙，得在美國養病。至於強人，遁往台灣，隱居草山，前後一年。今年三月初，強人復行視事，又當起了總統，隨後大舉調動黨政軍人事布置。升官圖上一陣擺弄，這頭冠蓋滿京華，那頭就斯人獨憔悴，毛邦初沒撈上總司令職位，遂在華盛頓忿懣罵街。

毛邦初罵得興起，火氣湧上來，額頭上青筋起伏顫動，看得對面抽駱駝牌香菸那人心驚，趕忙掐熄了菸，舉起兩手，虛虛往下連連猛按，喊著毛邦初英文名字道：「Pete，息怒，息怒，身子要緊，你有血壓高毛病，要是氣出病來，豈不是讓台北那幫混帳王八蛋如願了？」

說話這人，叫向惟萱，官階為空軍上校，職稱卻頗古怪，正式職銜為「一等機械正」。這人，是空軍駐美辦事處要角，為毛邦初頭等親信，有如肱股臂膀，毛對其倚仗甚深。這人，早年由強人委員長親手拔擢，選送留學義大利，修習飛機製造；毛邦初，則是青年時期奉派赴美受訓，兩人都說得流利英文。

究其本性，毛邦初處世素稱穩健，一貫應對妥切，手腕圓滑。反倒是向惟萱，做事衝動，有如爆竹，一點就炸。若干美國軍官，背後都稱向惟萱為「loose cannon」，意指此人有如炮拴鬆動加農炮，只要稍微觸碰，炮拴一滑，就發射轟擊。今天卻是異於往常，毛邦初怒氣勃發，向惟萱反勸長官息怒。

就在這當口，屋後廚房那兒，閃出一個姨娘，端著個銀盤，上頭擺了兩碗銀耳蓮子羹，輕手輕腳，送了過來。姨娘把兩碗甜湯輕輕擱在茶几上，略略欠身，又輕手輕腳退了出去。看著姨娘背影，毛邦初喊著向惟萱英文名字道：「Vincent，你看，我這姨娘，從寧波帶出來的。我不單單帶她一個人，我連她男人、孩子，全帶出來。她管廚房，她男人管庭院，她孩子送去學校讀書，我管她全家生活。這樣，她和她男人，才安心穩當，替我賣命。」

「這是個簡單道理，可歎啊，老頭子竟見事不明，不曉得這基本道理。你想，我姑姑毛福梅是他元配，卻被他所棄，他在外頭叱吒風雲，另外娶了新派女人宋美齡，把我姑姑撇在奉化鄉下。到頭來，他堂堂一個國民政府軍事委員會委員長，元配老婆卻在奉化鄉下，被日本飛機給炸死了。我姑姑這帳，找誰去算？我大弟毛瀛初、二弟毛民初，加上我，毛家一門三兄弟，外帶我大兒子毛昭宇，都在空軍效命，哪一點對不起他？」

「你也聽說了，毛昭宇去年臨危受命，去寧夏搶運省主席馬鴻逵家屬，結果被俘。後來，九死一生，這才冒險犯難，逃了出來，小命都差點送掉。從我姑姑毛福梅，到我們三兄弟，到我長子毛昭宇，毛家三代人都為他蔣家效命。我這空軍副總司令，一幹多少年，都幹出了老繭，他還擋著我，不讓我上去，這什麼意思嘛？」

毛邦初氣喘咻咻，連珠炮般，咒罵不休。說到此處，這才稍稍歇息，往前欠身，端起銀耳蓮子羹，輕輕啜了幾口。趁著這空檔，向惟萱問道：「那麼，長官，咱們今後行止如何，您可有定見？往前看，咱們該怎麼辦？」

毛邦初狠罵一陣，火氣已洩，心境漸漸平復，想了一想，語氣轉趨和緩，聲量變小，吐字變慢，徐徐言道：「破罐子破摔，我若當了空軍總司令，自然是替他賣命，好好幹下去。現在，我們得自己開路自己走。最近，霧底洞那兒有消息傳到我這兒，他們已經拍發密電，給美國駐遠東地區各國大使館、領事館，說是台灣遲早要丟。要各相關駐外單位趕緊預作籌謀，倘若台灣丟了，該如何因應。」

華府西北區內，有個地段，鄰近波多馬克河，霧氣與溼氣本來就重。這地方，早些年為工業區，煙囪林立，整天噴廢氣，鬧得這區域更是雲山霧罩，水氣朦朧。因而，本地人就給這區域，取了個渾名，稱為「Foggy Bottom」，即「霧底洞」之意。美國國務院，即位於這區塊裡，久而久之，「霧底洞」就成了美國國務院代名詞。

空軍駐美辦事處，掌管對美採購，是個花錢單位，有如財神廟，自然深受華府各方歡迎。而毛邦初、向惟萱又久駐華府，兩人俱是語言無礙，又都精於肆應，長袖善舞，八方交際，於美國官民兩界，識人無數，門路亨通，無論國防部抑或國務院，都有內線消息。毛邦初所言，美國國務院預期台灣遲早陷落，通函美國駐遠東地區所有大使館、領事館，指示未雨綢繆之事，向惟萱亦有所聽聞。

就此，向惟萱對毛邦初言道：「Pete，說的也是，國務院早在去年，就發表了《中美關係白皮書》，把失落中國大陸責任，全推到中國政府身上。今年初，杜魯門總統又有明令，禁止美國政府對華軍售。去年金門古寧頭那一仗，只能暫時擋住共軍攻勢，隔個一兩年，捲土重來，台灣必然不保。長官，真要走到那一天，我們該怎麼辦？」

毛邦初罵累了，將身子向後仰靠在沙發上，兩腿擱在茶几上，嘆了口氣答道：「怎麼辦？涼拌！我這辦事處，連你我算在內，總共才十一個空軍軍官，九年來，卻經手了四千多萬美元。這採購帳目，我說怎麼列，就怎麼列；發票、單據我說怎麼開，就怎麼開。我們這單位，天高皇帝遠，這麼多年下來，積攢也算豐厚。到時候，台灣要是真玩完了，我們這兒樹倒猢猻散，大家分一分，辦事處所有人等都能在美國過上安生日子。」

向惟萱聽毛邦初如此編派，心中不禁一凜，他雖是毛頭號親信、肱股助手，這還是頭次聽毛講得如此透徹。形勢擺明了，爛污大家扯，橫財大家發，想到兒，向惟萱抬頭看著毛邦初，就見毛捏著煻火菸斗，歪著腦袋，兩眼盯著地毯出神。向惟萱早聽人說過，毛邦初帳務紊亂，公款私用，到處搞營生。他聽人說，有個上海古董商，在芝加哥開了家古董店，毛邦初佔一半股份。另外，聽說西海岸舊金山、洛杉磯兩地，毛邦初也有生意。

這些事情，旁人言之鑿鑿，毛邦初卻從來沒提過，向惟萱也不好過問。現在看來，傳言並非空穴來風，毛邦初早就準備了兩副算盤：若當上空軍總司令，撥一副算盤，做一種打算；如今，希望落空，就撥另外一副算盤，做另外一種打算。看來，大局已定，江山難保，這空軍駐美辦事處，過不了多久，就得關門倒店，拆夥分家。

說罷，毛邦初站起身來，稍微推開窗戶。當下，一股凜冽空氣流轉而入。順手，他又扭開那座真空管收音機，跑出二戰期間勞軍名曲，安德魯三姊妹（Andrew Sisters）所唱〈不羈無羈號角小子〉（Boogie Woogie Bugle Boy）。毛邦初轉轉音量鈕，稍稍壓低音樂聲響，又坐回單座沙發，從嘴裡掏出早已熄滅菸斗，在大理石菸灰缸上連連輕敲，磕出菸斗鍋子裡灰燼。

繼而，身子前傾，拉開桃花心木茶几小抽屜，抽出一包菸絲，慢條斯理，拿手指頭撮出一小團菸絲，緩緩塞入菸斗裡。這會兒工夫，毛邦初情緒已全然平復，氣度轉而雍容，歪著菸斗，拿打火機點燃了，用力抽幾口，吐出一蓬淡藍色青煙道：

「前幾年，四大家族聲威顯赫，現如今，牆倒眾人推，四家烤肉一家香，就剩他蔣家一家獨大。其他三家，可就連根剷了，陳家兄弟在台灣苟延殘喘，宋家與孔家則是逃到美國，銀子鈔票固然不缺，卻失了勢頭，往後再也不能興風作浪，只能當當亞美利加國平頭百姓。唉，鳳凰落架不如雞，以前在架子上站著，雄視天下，睥睨八方，如今架子讓共產黨奪了，躲到美國來，跌下架子，打入凡間，連雞都不如。」

蔣、陳、宋、孔四大家族，獨領幾十年風騷，所謂「蔣家天下陳家黨，宋家姊妹孔家財」，意指這四大家族各有本事與地盤。蔣家強人當總統，據有天下。陳果夫、陳立夫兩兄弟，把持國民黨中央黨部，黨羽眾多，稱為「ＣＣ派」。這時節，哥哥陳果夫已入肺癆膏肓，在台中養病，苟延殘喘，氣若遊絲，早晚要歸西。弟弟陳立夫，孤掌難鳴，已為強人冷落。

宋家姊妹，則是宋靄齡、宋慶齡、宋美齡三姊妹，老大嫁了山西鉅富孔祥熙，眼下跟著孔住在紐約；老二嫁了孫中山，此時已是「中華人民共和國副主席」，成了中共政權開國元勳，當了毛澤東副手；宋美齡，則是嫁了強人，成了中華民國第一夫人。宋家姊妹之外，還有兄弟宋子文、宋子良，俱都是官商兩棲，權傾一時。至於孔家，則是孔祥熙，這人當過行政院長，與強人關係密切，這時也逃到美國。

見毛邦初又抽菸斗，向惟萱也掏出菸盒，再點上一根駱駝菸。但凡抽菸者，無論是香菸、雪茄，抑或菸斗，往往有個古怪習性，點燃之後所吸第一口，總是較用力，吸進較多煙塵。吸過之後，讓煙塵在肺囊裡稍事勾留，然後，再徐徐吐出。適才毛邦初抽菸斗是這樣，此刻向惟萱抽捲菸，亦復如此。深吸一口駱駝菸，徐徐吐出後，向惟萱道：

「Pete，說到四大家族，我最近聽聞一事，不知是真是假。有傳言說，孔祥熙到紐約後，還是不安分，他原先在上海當中國銀行董事長，但早辭了這差使，躲到美國來。可是，我聽說，中國銀行撤到台北後，百般困窘之際，每個月還是得擠出美金四千多，將近五千，供孔祥熙在紐約花用。有人說，中國銀行董事長徐柏園叫苦連天，想斷孔財神這筆孝敬，但又怕得罪財神老婆宋靄齡。要知道，惹了宋靄齡，就等於惹到老太婆，誰擔得起？」

國府大小官兒，頗多人私下稱強人為「老頭子」，稱強人妻子宋美齡為「老太婆」。

一鍋菸絲抽乾，毛邦初從嘴裡抽出菸斗，又在大理石菸灰缸上磕磕碰碰，敲出菸灰，邊敲邊道：

「老太婆小時候在美國長大，作風洋派，喜歡賣弄英文，愛屋及烏，凡是留學美國，或能說英文，又通洋務之輩，全都受她照應。你看，這次老頭子重出江湖當總統，封神榜上頭，吳國楨當了省主席、孫立人當了陸軍總司令，兩人都是留美出身。老頭子這一手，一方面固然是做給杜魯門政府看，討山姆大叔好；另一方面，也是老太婆在背後作法，照應留洋，尤其是美派。這方面，我留學美國，你留學義大利，咱們也是這背景，也討老太婆歡喜。」

「不過，我看這局面不會長久。我太清楚了，老頭子心裡只有黃埔系統，也只相信黃埔子弟兵。莫看吳國楨、孫立人如今出頭露臉，當了方面大員，這兩人，我敢說，遲早會遭殃。」

說到這兒，毛邦初站起身來，伸了個懶腰。向惟萱見狀，也趕緊起身。毛邦初語重心長，對向惟萱道：「明天上班，你告訴辦事處同仁，就說局面不好，大家要團結對外。我不會虧待大家，辦事處歷年來累積資金可觀，倘若台北小朝廷垮掉，樹倒猢猻散、牆倒眾人推之際，空軍駐華府辦事處本錢雄厚，人人都能在美國安身立命，好生過日子。」

「至於台北那兒，咱們倆商量商量，到處給他們點些眼藥，撒點大頭釘，讓他們兩眼睜不開，屁股坐不住。尤其美國人那兒，咱們得下點功夫。老頭子不讓我如願，咱們就孫猴子大鬧花果山，翻江倒海，讓他也不安寧。」

二

一九五〇年九月十二日：中華民國總統府

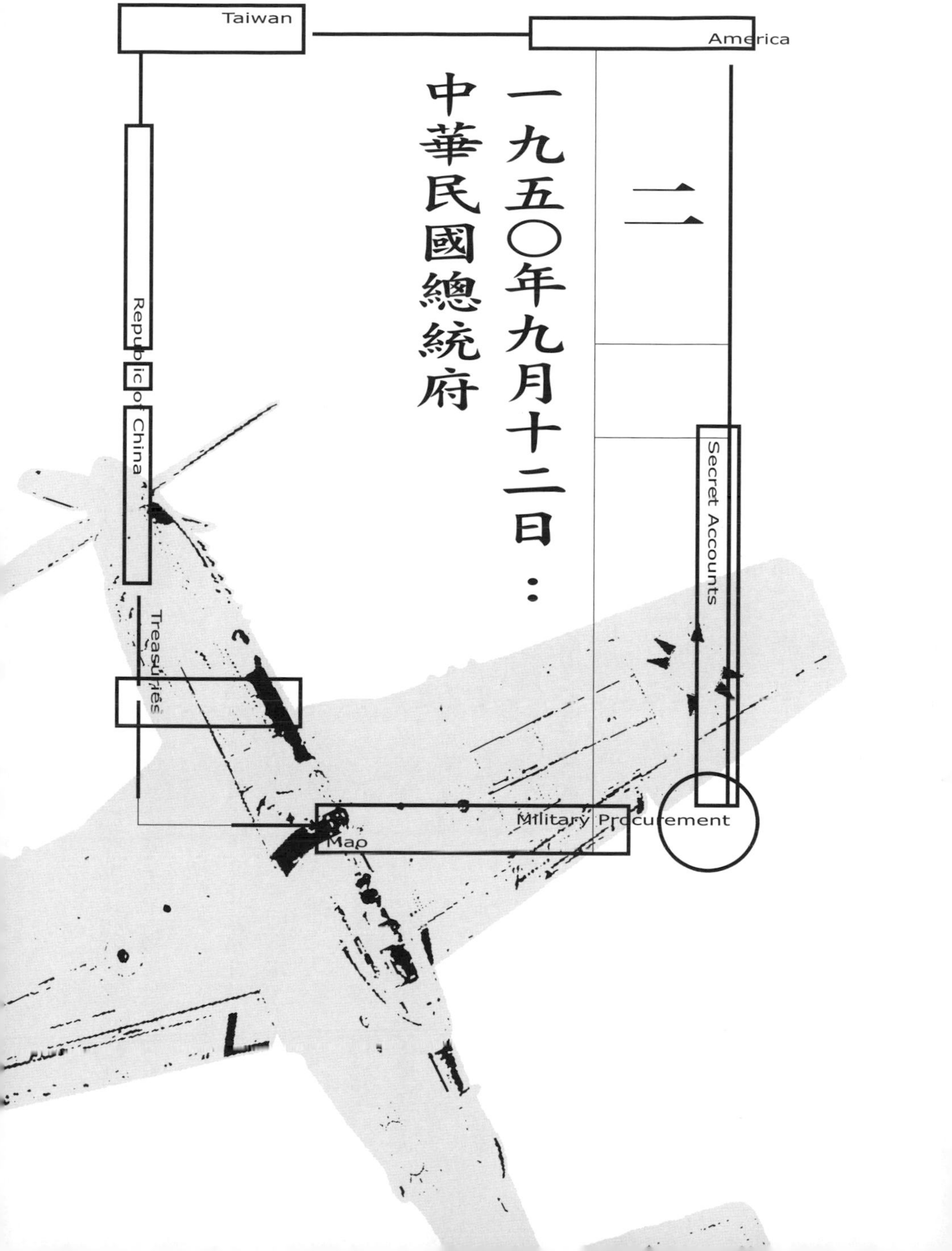

日曆翻到中華民國三十九年九月十二日，金秋雖至，卻依舊是老虎發威，宛若炎夏。一大早，還差十分才九點，日頭已然高掛，白花花陽光曬得總統府彷彿要冒煙。這幢堂皇大樓，坐西朝東，南北狹長，之前是日本殖民地政府總督府。

日本自明治天皇統一全國，歷經明治、大正、昭和三個皇帝。其中，大正天皇在位十四年，大正元年恰好就是民國元年。這日據時代總督府，大正元年動土，大正八年竣工。前幾年，太平洋戰爭打得厲害，台灣從南到北，本島外帶澎湖，全都挨了美軍B-29重轟炸機五百磅炸彈。

總督府，是神經中樞，當然沒少挨炸彈。民國三十四年八月十五日，日本投降之際，這總督府大樓南半段，已被美軍炸癱，其餘沒癱部分，也是彈痕累累，不像個樣。三十五年十月，為了慶祝強人委員長過六十大壽，國民政府這才徹底補建、整修，還這大樓本來面目。

三十九年三月，強人復行視事，又當起了總統，乃以這大樓為總統府。這總統府大樓，格局獨特，大門位於二樓。大門外，有緩坡車道，連接重慶南路。強人總統今年虛歲六十四，腿腳不比當年，因而，總統辦公室就設於總統府二樓，強人總統搭車上班，下車處就是二樓，免爬樓梯，直接走入辦公室。

辦公室外頭，左邊是侍衛室，右邊則是侍從祕書周宏濤小辦公室。總統辦公室入門處，橫置一塊六尺高咖啡色屏風，外頭走廊上，看不見辦公室內景象。要進辦公室，得從屏風兩側入內，辦公室面積約合二十四個榻榻米大小，照日本體制算法，這就是十二坪。

室內主要陳設，是長十尺，寬五尺大辦公桌。桌面上就是塊大玻璃板，下頭壓著世界地圖；玻璃板上，左邊擱著一具電話，正中則放個黃銅筆架，內插極品七紫三羊毛筆五枝。筆架前端，是個方形銅墨盒，盒面鐫刻黃山觀瀑圖，圖左下角刻著「蕭懸戊辰年三月」。這墨盒，本來是前總統府祕書長邱昌渭所用，強人復職後，改用王世杰為祕書長，邱昌渭卸任前，將這古色古香墨盒，送交總統辦公室。

桌面玻璃板上，右邊有大理石紅藍墨水盒，旁邊是鋼筆架，插紅藍鋼筆各一枝。這大辦公桌上，尚有多樣物件：大理石吸水紙架、拆信針、精緻木質案頭日曆、喚人鈴、乾隆年間所製古色花瓷印泥盒、一紮便條紙、兩枝紅鉛筆、一把剪刀。

辦公桌前方與左側，各有靠背椅一把。辦公桌正對面，是個壁爐，壁爐兩側，各放小沙發一張。近窗處，則有大沙發一張、小沙發兩張。沙發前均有茶几，茶几上擺置銀色花盆，內有鮮花。

窗戶上有黃色絲質窗簾，室內光線柔和，屋頂上是四盞錫皮日光燈，放出天藍色光芒，與淡綠色地毯、黃色窗簾，彼此相襯，色彩柔和溫馨。這綠色地毯，還是原先南京總統府會議廳地毯。至於家具、花盆等物件，則是從總統府斜對面台北賓館搬挪過來。

此時，上午九點三刻，強人總統進了辦公室，坐在辦公桌前，抓起保溫杯，一口口細細啜飲剛沏得的龍井茶。昨夜睡得舒坦，上午晨禱、晨操盡興，早點吃得溫潤，強人今天心情不壞。

從士林官邸搭車上班之際，途中，在中山北路上，瞥見有個士兵衣著不整，踽踽獨行，他要隨車侍衛龍頭，以「拐拐」無線電，轉告後頭隨侍車警衛，攔下士兵，問明單位番號，打電話警告部隊長。之後，在中山南路，見路樹歪斜，不成模樣，他又指示隨車侍衛龍頭，稍後轉告侍從祕書周宏濤，打電話給台北市長吳三連，飭令改善。

這會兒工夫，他喝完茶，緩緩擱下保溫杯，順手抄起桌上《中央日報》，瀏覽翻閱。其實，每天一大清早，在官邸吃早飯前，文牘祕書都會讀報，當天重要新聞他早飯前即已知悉。此時，他翻閱中央日報，瀏覽民生、遊藝新聞，覺得有點意思：上海清真館洪長興在西門町中華路復業，專賣掛爐烤鴨、羊肉火鍋；顧正秋、張正芬、胡少安，在永樂劇場，唱全本《鎖麟囊》；皇后戲院上映電影《六二六間諜網》，白光、歐陽莎菲聯合主演；延平北路二段，「國際商場」開幕，請經濟部長鄭道儒、台北市長吳三連揭幕，請名伶影星顧正秋、吳驚鴻剪綵。

強人推開報紙，虛虛舒了口氣，把個光頭腦袋靠在椅背上，回想這短短不到一年來變化，頗有恍如隔世之感。去年此時，大陸河山丟了九成，國民政府風雨飄搖，萬里亡命，逃到台灣，自己以國民黨總裁身分，幕後主持大局。當其時，美國拋出白皮書，杜魯門把話說死，關掉所有軍事、經濟援助管道。

局面既窮且絕，已到走投無路地步，退無可退之餘，自己粉墨登場，回頭重任總統，撐住局面，走一步算一步。毛澤東兵敗金門古寧頭後，苦練渡海登陸戰技，果然順利渡過瓊州海峽，拿下海南島。繼而，喊出「血洗台灣」口號，眼看著，幾十萬大軍就要渡海來攻。

老天有眼，今年六月二十五日，北韓金日成大軍南下，殺得南韓屁滾尿流，韓戰爆發，老美終於想通。六月二十六日，杜魯門就下令，第七艦隊進駐台灣海峽。就此，台灣有了庇佑，轉危為安，他這總統大位，才算坐得安穩踏實。

強人偏著光頭，想到最近美國哈佛大學有個歷史學教授，對中國局勢下了這麼個結論：西安事變救中國共產黨，朝鮮戰爭救中國國民黨。想當年，張學良幾十萬東北軍，把陝北延安死死圍住，共產黨已成釜底遊魂，指日可滅。詎料，張學良發動兵變，拱出國共聯合抗日，共產黨就此復活。如今，國民政府逃到台灣，也如釜底遊魂，只要對岸發兵，台灣指日可滅。誰知道，就跑出了韓戰，第七艦隊巴巴地趕來，守在家門口當保鏢。

想到這兒，強人低聲喊著毛澤東字號，自言自語道：「毛潤之，你要血洗台灣？下輩子等著去！第七艦隊在此，台灣福大命大，什麼都不怕。」

說罷，強人拈起桌上喚人鈴，輕輕搖兩下。外頭值班侍衛聽到叮噹聲，繞過屏風，走到強人辦公桌前聽令。強人操著奉化土腔道：「請周祕書過來。」

衛士轉身出去，強人低頭，翻閱行政新聞局所呈報「每日輿情報告」。未久，就聽見輕微皮鞋聲，由外而入，一條人影，站在辦公桌前。強人看完輿情報告，抬起頭來，揮揮手，對祕書周宏濤道：「你坐，昨天要你準備空軍駐美辦事處卷宗，分析案情，你弄好了？」

眼前這人，身穿中山裝，儀容整潔，衣著乾淨。強人有學究氣，對身邊文臣武將，講究儒家那套大道理，注重屬下儀表、衣著。自北伐成功，統領全國之後，他總共用過三名機要侍從祕書，全是浙江奉化同鄉。頭一個，叫汪日章，大撤退時，不願跟出來，留在奉化老家。第二個，是俞國華，從民國二十三年「新生活運動」、「第五次江西剿共」開始，前後十年，跟在身邊，經歷過西安事變、開羅會議。

機要侍從祕書跟在強人身邊，伴君如伴虎，得時時刻刻謹慎小心，檢點言行。經多年考核後，強人會把機要侍從祕書放出去，或派任要職，或送去國外留學。汪日章，後來派出去當行政院參事。俞國華，當了十年侍從祕書後，民國三十三年，送出國去留學，先在美國哈佛大學取得碩士學位，後來又去英國倫敦政經學院攻讀。目前，在華府擔任中華民國駐國際貨幣基金、國際復興開發銀行副執行董事。

這周宏濤，自民國三十三年，接替俞國華，跟在強人身邊，迄今已逾六年。眼下，局勢未定，根基未穩，因而，強人不願更動身邊親信機要侍從祕書。

強人與機要侍從祕書，除長官、部屬關係外，更有師徒，乃至父子情誼，彼此休戚與共，命運一體。

周宏濤手裡捧著厚厚一疊卷宗，他將卷宗小心翼翼放在強人跟前，繼而坐在強人辦公桌左邊椅子上，開始簡報案情：「自今年三月下旬，以迄上週為止，至少有四個不同管道，針對相同四項空軍軍購與資金問題，嚴辭舉證，控告參謀總長兼空軍總司令周至柔貪污腐化。這四個管道，包括駐美大使顧維鈞專電、美國參議員諾蘭私信、美國眾議員周以德私信。這三個管道，都是私密為之。而第四個管道，則是有個美國民眾，名為瑪麗強森，在《華盛頓郵報》上投書。」

「四項針對周總長指控，分別是：購買航空燃油中飽私囊、虛報P-51野馬戰機購價、購買防空雷達有資匪嫌疑、掏空並私匯鉅額公款。顧大使那份專電說得很清楚，說他這是轉達空軍駐美辦事處主任毛邦初指控。其他三個洋人管道，則沒有說明訊息來源。四個管道，對這四項控訴，內容差不多，措詞差不多，甚至，語氣都差不多。因而，幾乎可以確信，所有控訴都是同一個來源，也就是空軍駐美辦事處主任毛邦初。」

其實，強人早已摸透這四項指控，他廣置情報來源，美國那兒，除了駐美大使顧維鈞這官式管道外，像是過去貼身機要侍從祕書俞國華、貼身侍從武官皮宗敵，其他若干駐美人員，手上都各有不同密碼本，定期拍發電報，回報要緊情資。他早已曉得，這是空軍駐美辦事處主任毛邦初，因為沒當上空軍總司令，就在美國搞鬼，到處興風作浪，打擊政府威信。他今天找周宏濤來報告此事，只是官樣文章，為後續處置措施，預作鋪陳。

想到這兒，強人一陣心痛。毛邦初是他元配夫人毛福梅侄子，這人精明幹練，是塊人才，幾十年來，他沒少栽培。然而，他很清楚，毛邦初不是當總司令材料，關鍵原因，是他始終對這人不放心，認為其服從性、忠誠度都不足。果然，自己沒看走眼，今年上半年，韓戰尚未開打，第七艦隊尚未協防之際，俞國華曾有機密電文，舉報毛邦初言行不穩，對空軍駐美辦事處各級軍官，散播「樹倒猢猻散，有財大家發」等言論。

想到這兒，強人倍感痛心，自家子弟，多年栽培，現在竟然違逆作亂，亂告洋狀。尤其，拿了國家機密資金，做洋人關係，要洋人轉過身來，掉轉槍口，痛擊台北國府。

強人看著周宏濤滴滴答答講述案情，心想還有一筆機密帳，包括外交部、駐美大使館都不知道。周宏濤所報者，僅僅是檯面上案情，檯面下機密內情，連周宏濤也不知道。

原來，毛邦初在美國當空軍駐美辦事處主任，除了官面上給予辦事處三千多萬美元資金，用以採購空軍飛機、裝備、武器、彈藥、燃料之外，強人去年初請辭下台前夕，還祕密調動整整一千萬美金，交予毛邦初、俞國華二人，密囑二人，拿這錢去資助美國議員，在美國國會，替中華民國講話。簡單點說，這就是一筆祕密資金，用以資助美國國會「中國遊說團」議員，花錢買議員，支持台北國民政府。

這筆鉅額資金，以毛邦初、俞國華二人名義，聯名存在華府瑞士儲蓄銀行裡。存款合約上寫明了，要毛、俞二人簽字，才能提取資金，不過，如有緊急狀況，一個人也能簽名提領。一年多以來，這筆錢用了多少，俞國華都有報告。根據俞國華報告，俞、毛二人一起提款，錢提出來之後，則交給毛邦初運用，由毛轉交美國國會議員。

儘管美軍已經協防台灣，但整個美國國會，乃至整個美國民間，仍對國民政府頗不友善，堅信國府貪污腐化，無藥可救。這裡頭，還是有若干國會議員，挺身替中華民國講話。這當中，參議員諾蘭、眾議員周以德，更是佼佼者，兩人在美國國會參、眾兩院，中流砥柱，力挽狂瀾，替中華民國與國民政府說話。根據俞國華報告，那祕密經費裡，有一部分，即用以維繫與諾蘭、周以德情誼。

照說，毛邦初有此行為，殺了都不為過。然而，一來這人是毛家後人，二來這人身在美國，三來這事情牽扯到美國，因而，強人不想作絕，希望此事還能善了。

這時，就聽見周宏濤講完背景緣由，轉而報告四項指控案情：「首先說購油案，四個管道都指控，夫人哥哥宋子文先生，成立一家進口公司，叫孚中公司，在台北與美國城市石油服務公司簽約，購買三百萬加侖航空汽油。這孚中公司，是個空殼子，這空殼子公司，在美國舊金山有個駐美代理機構，名叫華南企業公司。這華南企業公司，資本額只有兩千五百美元，辦公室也很小，外表看起來，就像一間雜貨店。」

「顧大使那份專電指出，毛邦初聲稱，孚中公司所報每加侖航空燃油價格，比空軍辦事處報價，要多出美金三分錢，連帶其他費用，總價比空軍辦事處報價高出美金十萬元。毛邦初說，政府要為這三百萬加侖航空燃油，多付十萬美元，這筆錢，全部落入宋子文口袋裡。他說，他就此事電告空軍總司令周至柔，建議取消孚中公司與美國城市石油公司這筆交易，轉由空軍駐美辦事處採購，不過，周總司令嚴詞拒絕，袒護宋子文。」

「美國《華盛頓郵報》，讀者瑪麗強森投書，講的也是一樣的事，一樣的口氣。這份讀者投書，最後嚴辭指控，說中國政府一手托鉢乞求美援，另一手撈錢中飽私囊，鐵證如山，百口莫辯。」

周宏濤一口氣，將第一案報告完畢，等候強人總統指示。強人氣定神閒道：「這事情，確有其事，我問過夫人，夫人問過他哥哥，真有這件事。為此，夫人生了大氣，說了他哥哥一頓，要他哥哥取消這筆交易，以後再也不准插手軍購案。周至柔那兒嘛，他是蒙在鼓裡，吃了宋子文冤枉，不曉得這裡面內情。」

周宏濤聞言，心裡大吃一驚，他想都沒想到，這事情強人早就悄悄料理，弄出了結果。他定定神，順手拿起另外一份公文，眼睛盯著公文，簡報第二案：「P-51野馬式戰機採購案，我方向美國採購二十五架，空軍總部報價每架三萬六千美元。毛邦初指控空軍總司令周至柔低價高報，從中牟利。毛邦初宣稱，根據美國軍火市場行情，每架只要一萬六千美元。」

「他這說法，很有煽動力，包括諾蘭參議員、周以德眾議員，都在信裡講了重話，說是這件事情必須澄清，否則，會使中華民國名譽更加惡化，美國政府即使有心援華，也要顧忌民間觀感。」

「不過，另一方面，顧大使也有說法。顧大使說，這件事情，毛邦初顯然刻意誤導輿情。因為，毛所說美國軍火市場行情，是指裸機，也就是單賣戰機，不包括機上無線電設備、武器載架、機槍、彈藥等等。駐美大使館以正式公函，請美國國防部開列價格細目清單，若把無線電設備、武器載架、機槍、彈藥合併計算，空軍總部報價每架三萬六千美元，並不離譜。」

簡報至此，周宏濤抬起頭來，看著強人，聽候指示。強人顏色如常，抬起右手，指指那堆公文道：「接著往下說。」

周宏濤復又盯著公文，簡報第三案：「雷達採購案，毛邦初與其助手向惟萱，向包括國務院、聯邦調查局等美國政府機構，檢舉採購商C.I.C.有問題。這事情，風波很大，顧大使費了很大精神，才大致解決。最後結果，就是美國國務院准許出售這批雷達，但迫使我方必須改變採購代理人，由駐美大使館，透過官方管道，正式提出申請。」

這項雷達採購案，背景複雜，強人心裡雪亮，曉得個中關鍵。

原來，大陸丟光，逃到台灣後，美國斷絕對華所有官方軍事、經濟援助管道，台北國府不得已，只好自己想辦法鑽縫隙、走後門，想方設法尋覓門路，以近乎走私方式，向美國採購軍品。為此，強人請美國海軍退役上將柯克幫忙，成立軍火採購公司，名為「中國國際商業公司」，英文簡稱「C.I.C.」。

這柯克，以前當過第七艦隊司令，對國府一向友善，退休之後，回到加州老家，正好碰上國府遷台。於是，柯克應強人之邀，到台北協助國民政府採購軍備。美國早已棄守台灣，柯克又已退役，因而，柯克所成立中國國際商業公司，表面上也就是一般公司，對美採購也是私下為之。

民國三十九年上半年，韓戰尚未發生之際，C.I.C.就向美國紐約本狄克斯航空儀器公司，訂購九套雷達設備。然而，雷達是軍事物資，若要出口，須得到美國國務院批准。如今，毛邦初卯足了勁頭，和參謀總長兼空軍總司令周至柔作對，乃針對雷達採購案，與副手向惟萱聯手，在華府四處告狀，包括國務院、國防部、聯邦調查局，全都接獲二人密報。至於透過美方代理人，在《紐約時報》、《華盛頓郵報》上揭內幕，更是不在話下。

事情鬧大，國務院扣下出口證，這九套雷達無法出口。這批雷達，預定用於台灣各空軍基地，可藉此監控、指揮天上戰機，對台灣空防至關重要。如今，出了紕漏，台灣方面自然要想方設法挽回。於是，駐美大使顧維鈞使出渾身解數，四方肆應，總算解決問題。因為，此時已是民國三十九年下半年，韓戰打得正激烈，美國改變策略，軍經兩途同時援華。

更重要者，是「日本太上皇」麥克阿瑟元帥出面，多次強調，台灣空防非得這批雷達不可。於是，美國國務院乃放話：「軍事採購可以，但須透過中華民國駐美大使館，以官方管道，申請購買，不得再偷偷摸摸，透過C.I.C.買軍備。」

周宏濤簡報至此，強人微微點頭道：「這一年多以來，多虧了柯克，在美軍顧問團正式來台之前，我們還是得仰賴柯克上將，提供軍事建言。」

周宏濤聞言，繼續往下簡報：「前三件案子，案情雖然複雜，但都是針對採購個案。第四案，最為敏感，完全針對周總長。毛邦初指控周總長，私自把四十五萬美元公款，從美國匯到他香港私人帳戶裡。此外，他也指控周總長，把部分公款，匯予聯勤總司令郭懺妻子。這件事情，影響很大，諾蘭參議員、周以德眾議員都說了重話，說此事在美國已經上了報紙，要是不弄個水落石出，以後美國人再也不相信國民政府，我方信譽就此破產。」

這事情，強人總統當然曉得，他找周宏濤簡報，是想聽聽周宏濤分析、整理之後結論，乃問周宏濤道：「這事情，你去了解了嗎？」

周宏濤答道：「報告總統，我私下問過空軍內部，說是的確有這樣一筆資金，也的確存在香港帳戶裡。不過，空軍說，那是空軍私房錢。亦即，錢是空軍公款，但不對外公開，是空軍歷年結餘，他們內部有帳可稽，並非周總長私房錢。不過，這只是空軍一面之詞，他們姑妄言之，我姑妄聽之。到底是真是假，我建議，要進行進一步調查。」

聽完四宗指控案，強人沉默片刻，咬字清晰，緩緩下達三道指示：「你給毛邦初打個電話，要他回來一趟。這些事情，我要親耳聽他報告，讓他說說，究竟是怎麼回事。另外，你去找王祕書長，就說是我講的，要王祕書長找人，成立一個專案小組，把上頭這四個案子，徹底查清楚，弄明白到底周至柔有沒有貪污舞弊。至於空軍那筆錢，要他們匯回台北，存進中央銀行帳戶，不准再放在香港。」

周宏濤聞言，低頭看了看手錶，又抬起頭，直視強人道：「電話我馬上去打，我們這兒現在早上九點半，華府那兒，晚上九點半，不算晚，我親自下達您指示。專案小組事情，我打完電話之後，馬上去王祕書長辦公室。」

說到此處，公事談完，強人低下頭去，戴上了老花眼鏡，挑了根紅鉛筆，翻開桌上國防部所呈報公文。照往常慣例，這時候周宏濤就該站起身來，稍稍欠身，繼而悄然離去。今天不一樣，周宏濤站起身來，卻並不走，有點期期艾艾，辭不達意，對強人道：「報告總統，那個，那個，去年那件事情，我一直沒向總統認錯……。」

官邸機要侍從祕書，最起碼基本功，必須思慮清晰，邏輯俐落，文筆了得，言辭得當，周宏濤當了六年侍從祕書，能力自然不在話下。然而，此時此刻，他卻態度猶豫，語氣不定，似乎想說什麼事，卻又不敢直接了當說清楚。

強人聞言，抬起頭來，摘下老花眼鏡，稍稍凝視周宏濤，隨即臉上鬆了線條，面露慈祥之色，略略莞爾，隨即回道：「事情過去就算了，下次別再犯就好了，你去吧。」

此事在周宏濤肚子裡憋了大半年，如今說出來，又蒙強人總統如此發落，心中塊壘一去，自然倍感輕鬆。此事涉及抗命，可大可小，當時雖然強人未追究，總是留下疙瘩。這抗命事件，緣起於去年周宏濤追隨強人亂世亡命。

三十八年五月，上海保衛戰開鑼，他隨侍強人，在奉化溪口蔣家故宅豐鎬房。戰情吃緊訊息連番湧到，強人四處調兵，連駐紮溪口交警總隊這點老本錢，都孤注一擲，派往上海。就在這關鍵時刻，周宏濤隨身攜帶一鐘一錶都壞了。他每天跟著強人走動，得抓緊時間，嚴守進度，每天什麼時候辦什麼事情，全有規矩。因而，鐘錶壞掉，就會誤事。那鐘，後來勉強修好，至於手錶，卻是拆開之後，沒法子修好。

這當口，強人命長子飛往上海觀戰，周宏濤請小強人，在上海代買一只手錶。這話，為強人英文祕書沈昌煥知悉，就說上海一只手錶叫價美金七十多元，錢少了買不到。這話一說，周宏濤頓感羞愧，因為自己手頭拮据，買不起這錶，於是趕緊取消購錶之請。這事，讓周宏濤心裡有了疙瘩。

後來，強人親赴上海督戰。到了上海後，卻生怪事，所有黨政公文，無論上呈或下送，全都繞過周宏濤，改而送給記錄、文書祕書曹聖芬。對此轉變，周宏濤啞子吃黃連，有苦說不出，不敢詢問強人，為何有此改變？是否不受信任？就這樣，心裡憋著苦，憋了數日，才得紓解。原來，是副官犯錯，搞錯程序，並非強人變心。

去年一整年，周宏濤跟著強人東顛西沛，打一仗，敗一仗。跑來跑去，愈跑愈南，天氣愈來愈熱，周宏濤身上卻只有冬衣，連個夏季單衣都顧不上。甚至，偶爾連飲食也供應有缺，未必能頓頓順利，遂漸有投荒亡命之感。去年五月十七日，周宏濤隨侍強人，從浙江定海，飛到澎湖馬公，未過幾日，上海就告失守。隨即，強人又從馬公飛往高雄，駐節高雄西子灣。這段期間，周宏濤情緒緊繃到極點，內心頹廢喪志，就想甩了這差使，離開強人。幾個月來奔波流浪，山河破碎，家人離散，讓他心生苦楚。他妻子、女兒已撤到台北，但始終緣慳一面。此時，他疲憊低盪，意志薄弱，極度渴望能見上妻女一面。

趁著強人駐節西子灣，周宏濤寫了份報告，向強人請假，言明就是去台北，看看妻女就回來。報告送上去，強人批可，周宏濤趕忙請鐵路局長安排車票，當天夜裡，乘夜車趕回台北。那天晚上，周宏濤如釋重負，去了高雄火車站，等候夜車。夜裡九點半，周宏濤上了火車，安頓好行李，正打算打盹休息，卻見英文祕書沈昌煥、侍從武官夏公權衝進車廂，要他終止北上，趕緊回西子灣。

沈昌煥說，周宏濤走後，強人改了主意，說是這幾天恐有大事，周宏濤須在場照顧諸事。因而，強人派沈、夏到火車站追人。沈、夏將周拉下火車，三人在高雄車站月台上爭論不休。沈、夏奉命，無論如何都要勸回周，周卻當場犯了彆勁，說不回去，就不回去，悍然回道：「我老婆、孩子都在台北，我就是想去見一面，去去就回，請兩位回報總裁，說我探望妻小後，馬上回來。」

就這樣，周宏濤入侍從室擔任強人侍從祕書多年，首度公然抗命。沈、夏無功而返，周宏濤乘夜車北上，翻來覆去，一夜不能成眠。他曉得，此事嚴重，可能就此被踢出侍從室，公職生涯就此報銷，他才三十三歲，前途卻因此事蒙上陰影。次日一大清早，到了台北車站，原先約好官邸副官蔣堯祥來接，此時卻不見人影。周宏濤曉得，事情嚴重，強人下令，不准接他。於是，他打電話給強人次子蔣緯國。強人次子為裝甲兵旅長，派車來接，送他到總督府大樓後頭，小巷弄裡國防醫學院宿舍，去見妻女。

這總督府大樓，後來成了總統府，那時，裡頭亂糟糟，七零八落，塞進一堆上海撤退來台部隊。

總督府後頭巷弄，則成了國防醫學院臨時宿舍，周宏濤妻小就住在那兒。周宏濤總算見到老婆、女兒，匆匆一晤，又趕緊抽身，去裝甲兵司令部，見蔣緯國。蔣緯國劈頭就說：「你快回去吧，總統震怒，大發脾氣。」

周宏濤聞言，愈發覺得一肚皮委屈，淚水盈眶，心裡賭氣，想對強人次子發作道：「我不回去，我就不回去，我這委屈，總裁不會知道。」不過，他畢竟跟了老頭子這麼多年，師徒感情總是濃郁，因而，趕緊安排飛機，下午飛返高雄。偏偏，碰上大雨，飛機不飛，只好還是搭夜車，趕回高雄。到了高雄車站，早有吉普車等著他，送回西子灣。

回到西子灣，侍從室同仁告知，老頭子脾氣很大，一大早就不斷追問：「周祕書回來沒有？周祕書回來沒有？」

周宏濤心裡仍是餘怒未消，但勉強打起精神，趕緊上班。進了辦公室，第一件事，就是寫檢討報告，自請處分。寫好，呈送給強人。之後，毫無訊息，強人根本未批這報告，見了周宏濤也不提此事，就當此事從未發生。逐漸，周宏濤心情平復，慢慢琢磨，才漸漸體會個中三昧。

原先，他認為請假一天不過是小事一件，強人實在無須大發雷霆，異常震怒。後來，他逐漸想通，這才體會強人心境。國共內戰失利以來，強人眾叛親離，黨、政、軍三方面大員，不斷變節投共、陣前起義。此輩變節黨政軍大員，無一不是強人親手栽培，一再提拔。如今，黨政軍大員跑的跑，散的散，連貼身侍從祕書都有貳心，抗命不歸，真是情何以堪。強人也是血肉之軀，承受不住如此打擊，這才會雷霆震怒。

當時，主僕兩人都長期漂泊流浪，居無定所，前途灰暗，心中俱都不是滋味。結果，就因如此小事，鬧出抗命事件，主僕倆當時都心中大怒，怨恨對方不體恤自己。如今，局面穩定，美援湧入，否極泰來，周宏濤今天把話說開，老頭子莞爾一笑，周宏濤心中塊壘、疙瘩，就此煙消雲散。

三

一九五〇年十一月十七日：士林官邸

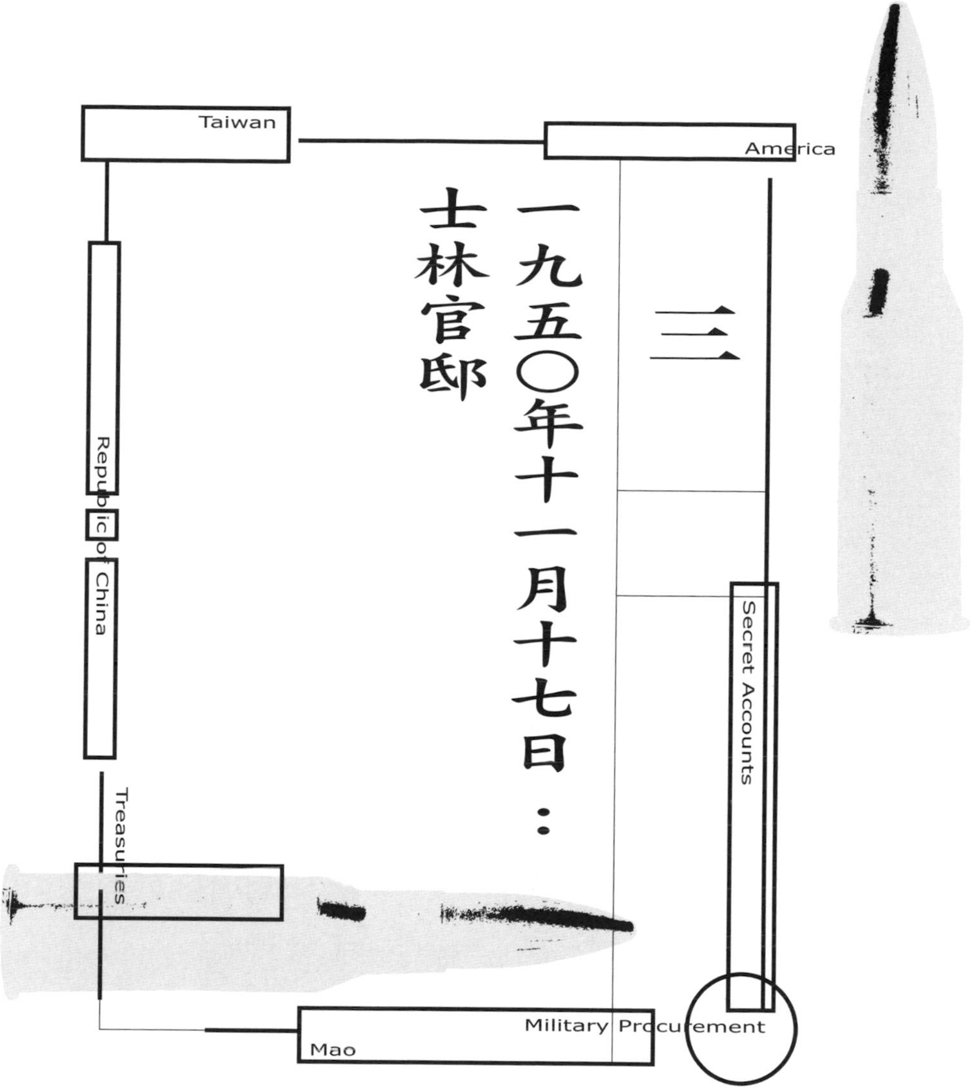

秋老虎總算過去，節氣過了霜降，即將立冬，台北盆地終於甩掉酷暑，早晚涼意襲人，丘陵小山地帶更是路滑霜濃。這天，民國三十九年十一月十七日，星期五一大清早，天色才大亮沒多久，士林總統官邸這片地帶，依舊有點霧氣朦朧。

這士林官邸，位於芝山岩南側，劍潭山北邊，三面環山，一面朝馬路。官邸面積約五點二公頃，分山區、平地兩部分，山區為警衛部隊營房、崗哨，平地則為強人總統公館與侍從人員住所，整個士林官邸四周，架有電網與鐵絲網。

這地方，日據時代為總督府園藝用地，光復後由台灣省政府士林園藝試驗所接收。民國三十八年，台灣省政府在此修建招待所，建成眼前這批房舍。去年，強人尚未復行視事，係以國民黨總裁職銜主持大局，住在台糖草山第一賓館，今年三月復任總統之後，將總統官邸設於士林省政府招待所。

強人總統侍從機要祕書周宏濤，一大清早就趕抵總統官邸，在一樓待命。前幾天，他就奉召，今天至官邸與強人總統、空軍駐美辦事處主任毛邦初共進早餐。毛邦初十月三十一日回台灣，至今超過半個月，其間，強人三度在總統府召見毛邦初，當面鑼，對面鼓，聽取報告。

三次召見，毛邦初把汽油、戰機、雷達、匯款等四大案，元元本本，細吹細打，在強人面前，告了周至柔御狀。三次召見，強人都是多聽少說，未有明確結論，也毫無指示。每次召見，周宏濤都一旁陪同，他看得出，強人與毛邦初對談，一方面是親耳聽毛說法，二方面則是當面考核毛邦初忠誠。如今，第四次召見，則是到官邸吃早飯。周宏濤猜想，強人今天大約會有較明確指示。

周宏濤看看手錶，七點半，這會兒工夫，強人應該在陽台上做柔軟操。做完操，則是讀《荒漠甘泉》，然後低聲禱告。八點之後，由文膽祕書曹聖芬讀報，並口頭簡報重要新聞事件。要到將近九點之際，這才會開出早飯來吃。

周宏濤轉念至此，就覺得門口光線一暗，他抬頭看去，門廊那兒剛駛進一輛車。車門開處，走下來一雙閃閃發亮皮鞋。毛邦初大約昨天睡得飽滿，今天神采奕奕，衣著筆挺，皮鞋光澤特別顯眼。周宏濤心想：「果然是駐美主任，外頭待久了，洋派頭挺足。」

座車駛離，周宏濤迎上前去，沒把毛邦初往裡頭迎，而是站在門廊下，對毛邦初道：「老先生在樓上禱告，等下還要聽曹聖芬讀報，我們先待在外面，別進去，省得講話聲音大，擾了寧靜。」

兩人站在門廊下閒扯，毛邦初道：「辰光飛快，老頭子今年都六十四歲了。我是十月三十一日上午十一點半，搭西北航空公司飛機，抵達松山機場。恰好，那天就是老頭子生日。那天在機場，何敬之、王老虎、外加其他數十人，在機場接我。對了，家父與我兒子毛昭宇，還有我孫子，也到機場，在松山機場停機坪那兒，毛家四代同堂大團聚。那天下午，何敬之帶著我，去總統府，給老頭子簽名祝壽。呵，那天場面可熱鬧了，老頭子不在，說是避壽去了，由王雪艇接待大家。」

何敬之，就是何應欽，這時當著總統府戰略顧問。至於王老虎，是空軍另外一位副總司令王叔銘的綽號。王雪艇，則是總統府祕書長王世杰。

毛邦初說得興起，眉飛色舞，接續言道：「那天晚上，就是自家人家宴，毛家三兄弟，外加我父親、我兒子毛昭宇，一大家子，連老帶少，十多口人，在西門町鹿鳴春佔了間包廂，足足吃了三個小時。台北就是不一樣啊，美國雖然先進繁華，但講起中國菜，那還是差得遠。鹿鳴春那條松鼠黃魚，全美國就沒有一家中國館子，能做得出這味道。」

毛邦初說到這兒，周宏濤又看看手錶，八點二十分，時間還早，就胡亂找個話題，與毛邦初閒扯。扯了好一陣子，值班副官過來，說是強人已入餐廳，準備吃早飯了。兩人隨值班副官入內，進了官邸餐廳，就見桌上擺著一塊木瓜、一碗雞湯、一陶鉢雞湯稀飯、一碗寧波餛飩、一籠湯包、一碗雞絲麵，一小碟芝麻醬、一小碟醃鹽筍。桌上擺了三份餐具，個人有個人碗、盤、筷、匙，各自將桌上食物挑進自家碗盤裡食用。

兩人才坐下，就見強人轉了進來，就座後，兩手十指交叉，低頭略略禱告數語，就抬起頭來，右手虛抬，作迎賓狀道：「吃，吃，都是家鄉小點，都吃一些。」

強人飲食簡略，平日裡無論三餐，食材不算豐厚，但卻講究烹調之法，吃的均是奉化老家飲食。平常，強人早上就是一塊木瓜，一碗雞湯，就算早餐。今天請毛邦初、周宏濤，故而多了其他食物。

強人喝了口雞湯，對毛邦初道：「今天晚上走？」

毛邦初道：「是，總統，今天晚上，搭陳納德民航公司飛機，先飛東京，停一天，然後回華府。」

強人又問：「我要你去找周總長，與周總長商議你所說那些事?你去見過周總長了？」

毛邦初以告狀語氣道：「我去了啊，我去見他，但他不見我。後來，我又請見，他才見了我。我如實報告那幾件案子，周總長說，他要研究一下。我說，何須研究?事實俱在，就是這樣。他說，他要調我副手向惟萱回台灣。我說，茲事體大，調向惟萱回來，會對空軍在美採購業務，造成重大不利影響。後來，兩人談不攏，不歡而散。」

強人切下一塊木瓜，緩緩放進嘴裡，稍稍一抿，將木瓜吞了下去，略為沉吟，緩緩道：「你所呈報那幾件事情，汽油採購案，確有其事，我已下令，取消這筆採購，以後這種事情也不准再發生。雷達採購案，就改由大使館負責，不再經由C.I.C.。戰鬥機事情，你弄錯了，照原案進行。至於你指控周總長匯款貪污，這件事，我會另外追查。」

聽強人如是編派，毛邦初略感安慰，覺得這趟回台北，畢竟沒白跑，強人大體上還是聽進去了自己所言。才想到這兒，就聽強人繼續言道：

「今天找你來，有兩件事情，你回美國去，準備準備，把這兩件事情辦了。第一件事，你那個副手向惟萱，得調回台北，回空軍總部辦事。另外，我打算調你去紐約，擔任中華民國駐聯合國軍事代表團代理團長。政府會在華盛頓另外成立一個單位，統一所有軍種對美採購。你那個空軍辦事處，馬上就要撤銷，你回去之後，切實結清帳目，把所有文件檔案、資金帳目，妥善準備好，移交給聯合採購單位。」

話說到這兒，毛邦初心情頓時一沉，曉得大事不妙，不但向惟萱玩完，自己也將不保。轉念至此，他曉得強人心意已決，此時絕對不能力爭，只能唯唯諾諾，奉命唯謹，俯首帖耳，才能把眼前局面糊弄過去。因而，他臉上顏色如常，平靜唱諾答道：「是，我知道，回去就辦這兩件事。」

強人見毛邦初俯首聽命，就不為已甚，話風一轉，閒閒聊起家鄉事。一旁，周宏濤卻是心裡雪亮，曉得毛邦初吃了悶棍，只是表面上服貼，之後回到美國，定然還會搞鬼。不過，這話他卻只能放在肚子裡，不可能就此提醒強人。

此時，飯桌上氣氛倏然已變，不再是長官、部屬議事，而是同鄉族長與後輩話家常。飯桌上這三人，不但有鄉誼，更有牽絲絆葛親戚關係。毛邦初，是強人元配毛福梅侄子；周宏濤外公，則是強人親姑姑所生。

尤其，周祖父周駿彥，年輕時擔任奉化縣龍津學堂學監，強人年幼時，周駿彥教過強人，算是強人幼年時期老師。民國初年，二次革命之後，國民黨吃癟，強人、周駿彥、陳果夫等人，在上海開了家證券號子，取名「茂新」，專門炒作棉花期貨與股票，成了上海灘洋場新貴，著實賺了不少銀子。

強人後來追隨孫中山，南下廣東，擔任黃埔軍校校長，周駿彥也跟著南下。此後，強人北伐成功，成了國家領袖，周駿彥始終跟著，擔任軍需署長，鞍前馬後，替強人掌管軍餉、軍糧、被服等後勤要務。周宏濤後來能接替俞國華，擔任強人貼身機要侍從祕書，與祖父周駿彥大有關係。

如果說，毛邦初是三兄弟外加長子毛昭宇，為空軍賣命，那麼，周駿彥、周宏濤就是祖孫二人為強人效勞。無論毛邦初抑或周宏濤，都是強人奉化子弟。

強人平常不苟言笑，說起話來，總是語氣嚴肅，處處說教。今天不一樣，強人講起昔年奉化往事，竟然語氣輕鬆，溫潤和諧。周宏濤看在眼裡，曉得強人這是刻意拿親情、鄉誼拘著毛邦初，希望毛邦初能回心轉意，一如當初，拳拳效忠，毋再生貳心。

說著，說著，強人伸手，自小碟子裡抓起兩根醃鹽筍，又把這醃筍放進芝麻醬碟子裡，裹滿了芝麻醬，然後放進嘴裡。這奉化小醬菜，讓強人一臉滿足模樣，說起一段典故：「西安事變，我傷了腰椎，回奉化溪口老家養傷。有天，我對他們說，小時候家裡窮，每到過年，才吃一回寧波湯年糕。我說，奉化縣城裡，有家館子，裡頭有個廚娘，湯年糕做得最道地，小時候吃過，美味無比。後來外出奔波，就再也沒嚐過。」

「他們說，那小館還在，廚娘老了，不下廚，但每天還是到館子裡管事。後來，他們把這廚娘，從縣城裡請到溪口鄉下，要廚娘親自做一碗寧波湯年糕。不過，等湯年糕端上來，我吃了，卻覺得滋味普通平常，不是小時候記憶裡那樣。吃完，我把這話對他們說，就有人講，說我在外頭發達了，好東西吃多了，這奉化縣城小館子寧波湯年糕，味道其實沒變，是我口舌感覺變了。」

「邦初，宏濤，為人處世，還是不要忘本才好。外頭山珍海味雖多，寧波湯年糕卻是從小吃起，在外頭歷經滄海，回到家鄉，還是不能忘了湯年糕滋味。」

寧波湯年糕，其實就是年糕湯，以寧波年糕、蝦子、五花肉、乾香菇等為食材。這「寧波湯年糕滋味不如當年」典故，發生於民國二十六年初，周宏濤還沒進侍從室，但他後來曾聽俞國華說過。至於毛邦初，今天還是頭回聽聞。聽完，毛邦初沒啥表示，並未接碴對強人宣示效忠。對此，強人嘆了口氣，揮了揮手，就散了這飯局。

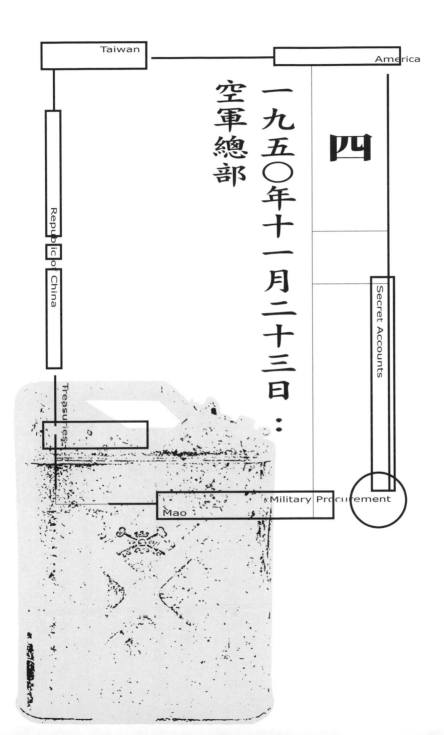

四

一九五〇年十一月二十三日：空軍總部

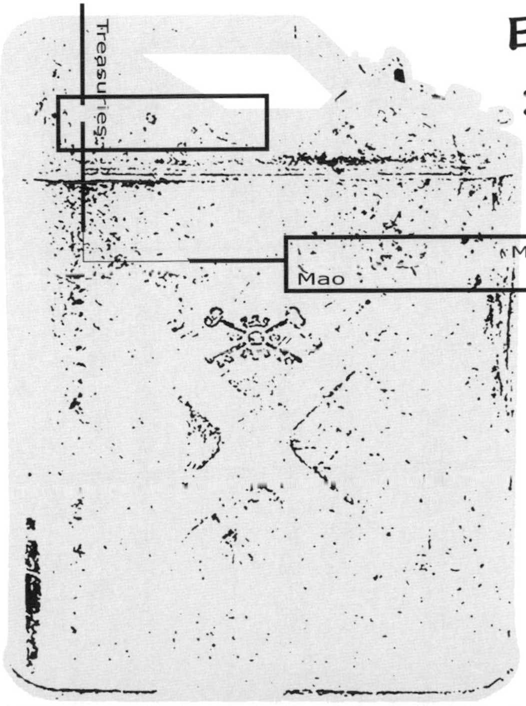

空軍總司令部座北朝南，佔地頗廣，格局方正，四面都用重重鐵絲網圍上。這廣闊營區，在日據殖民地時代，為台灣總督府工業研究所，是日本殖民地政府直屬研究機構。臺灣光復，後來成立臺灣省政府，這地方就交由臺灣省政府接收，改稱為「工業試驗所大安所」。去年，民國三十八年，中央政府遷台，這兒就成了空軍總司令部。

空軍總部營區裡頭，主要就是一座「ㄇ」字形樓宇，上下兩層，紅磚灰瓦，門面清爽。這「ㄇ」字形樓房，就是空總辦公大樓，大樓正面對著總部大門，門外頭就是仁愛路，空總所有主力單位，都在這樓裡頭辦公。營區裡，還有其他附屬營房，像是大樓後頭，營區北面，另有屋宇，是為禮堂，名為「中正堂」。其他，另有雜勤部隊營房，散落營區之內。

至於營區外頭，則是一派郊野景象，仁愛路兩旁錯錯落落，有不少低矮平房，其他地方，則全都是稻田。

這一天，民國三十九年十一月二十三日，星期四，一輛四分之一噸吉普車，載著總統侍從祕書周宏濤，駛進空總大門，俐落停在辦公大樓正門外。空總早安排了迎賓軍官，將周宏濤引入空總政治部主任徐煥昇辦公室。迎賓軍官告知周宏濤，空總今天在禮堂舉辦「榮團交心大會」，徐煥昇主任正忙著開幕儀式，馬上就過來。

勤務兵送上熱茶，周宏濤靜坐品茗，悄然等候之際，聯勤總部財務署署長吳嵩慶也依約來到。今天有要事待辦，周、吳碰面，只是點點頭，彼此打個招呼，沒心情聊天扯淡。

兩個多月前，針對毛邦初所指控四大案件，強人總統指示周宏濤，去找總統府祕書長王世杰，由王主持專案小組，徹查參謀總長兼空軍總司令周至柔操守。那天稍後，周宏濤去王世杰辦公室，轉達強人總統指示，王世杰稍加思索，就對周宏濤道：「這種事情，不能明火執仗，不能敲鑼打鼓，因而，不能找檯面上司法、金融主管單位去幹。這樣吧，你去連絡聯勤總部財務署長吳嵩慶，只有他有辦法，不著痕跡，把要員操守查清楚。」

吳嵩慶，浙江寧波人，寧波距奉化不遠，與強人算是「大同鄉」。這人，早年出白上海滬江大學，後留學巴黎大學，通英、法文，回國後，有次帶著外商，晉見強人委員長，擔任翻譯，受強人賞識。之後，強人邀吳入軍事委員會任職。此人在軍界，專管軍需、財務，對個中門道，極為專精內行。

當年，空軍草創時期，竟然沒有空軍總部，而係以「航空委員會」，為空軍發號施令機構。這航空委員會，名義上由強人管著，故而請夫人宋美齡，出任「航空委員會祕書長」，而實際管事者，則為「航空委員會主任」周至柔。當年，吳嵩慶就在航空委員會管財務，與周至柔極為熟稔，是周至柔老部下。

去年，政府大撤退時期，吳嵩慶受強人總裁密令，自上海搶運黃金、白銀、外匯，祕密轉運台灣。吳所搶運黃金、白銀、外匯，其價值折合黃金約七百萬兩，功在國府，也功在台灣。

國民政府遷台後，有鑑於東北遼瀋、華北平津、華中徐蚌三大戰役，全軍盡墨，來台後遂行多項重大軍事改革。先是仿照蘇聯與中共，在軍隊裡成立「政治部」，並由強人長子，出任「國防部政治部主任」；繼而，創立國軍官兵「手牒制度」，杜絕吃空缺歪風。

凡和尚，皆有「手牒」，載明姓名、長相、剃度、修行等信息，猶如身分證明。大陸時期，國軍將領普遍吃空缺，十萬官兵名額，往往只有七、八萬人，多餘空缺糧餉，全讓大官人們吃掉。國府遷台後，推行「手牒」制度，而其中關鍵主持人物，即為聯勤總部財務署長吳嵩慶。

那天周宏濤在總統府，面見祕書長王世杰，交代強人指示後，王世杰即表示，此事非吳嵩慶莫辦。隨即，周宏濤就約了吳嵩慶，次日一起去見王世杰。那天，周、吳進了王世杰辦公室，談起此事，吳嵩慶臉色大變，對王世杰道：「艇公，當年周公當航委會主任，我是他手下財務、軍需官；如今，周公是參謀總長，直接管著各軍種司令部，還是我長官。現在，您要我背著周公，祕密調查他資金往來，這不是要我命嗎？」

三方面談來談去，到了最後，吳嵩慶堅持，若要他私祕背後調查周至柔，口說無憑，得強人出具書面命令才成。當場，周宏濤翻身便走，迅速到強人總統辦公室，稟報此事，強人聞言，二話不說，當場提筆，寫就書面命令。周宏濤拿到強人總統所書指令，轉回祕書長辦公室，將手令交給吳嵩慶道：「拿去，總統親自下令，要你調查參謀總長周至柔，你這就沒話說了吧？」

吳嵩慶，自有其本事，兩個月來，他東顛西沛，使出手段，將周至柔身家底細摸得一清二楚。上星期，周、吳二人又去見王世杰，吳嵩慶回稟道：「艇公，不辱總統知遇之恩，兩個月來，我多方查證，實實在在，周公底細沒問題，毛邦初所指控各項內容，純屬子虛烏有。」

隨即，吳嵩慶繳上書面調查報告，正本交由周宏濤，轉呈強人總統，副本則交予王世杰。當時，王世杰就戴上老花眼鏡，好整以暇，拿手指頭在舌頭上沾了唾液，一張一張仔細閱讀這份調查報告。約莫半小時時間，吳嵩慶、周宏濤不言不語，靜候王世杰閱讀報告。

王世杰看了一陣子，抬起頭來，老花眼鏡也不拿掉，還掛在鼻樑上，稍稍低著頭，兩隻眼睛卻往上翻，從老花眼鏡上頭，盯著周、吳二人。那模樣，像極了鄉下三家村老學究，周宏濤見王世杰這模樣，心裡覺得好笑，臉上卻依舊正經八百。就聽王世杰道：「這報告，很仔細，很詳實。不過，九轉丹成之際，好像還少了點味道，還缺了那麼一點壓箱寶。」

周、吳二人莫名其妙，不知王世杰所言何事。王世杰又低下頭去，還是拿手指頭沾了口水，又把這報告從頭到尾翻閱一次。看完，咂咂嘴，王世杰道：「這報告上說，周總長那筆匯款，是公事公辦，並非落入私人口袋。這事情頂要緊，最好，有空軍總部客觀說法，放在裡面，那才夠味。這樣哪，現在軍隊裡推政工制度，都成立了政治部，以收監督之效，你們最好能聽聽空軍總部政治部說法，要是有文件，那就更完美了。」

就這樣，敲定由吳嵩慶私下聯繫空軍總部政治部主任徐煥昇，約好了今天上午，周宏濤、吳嵩慶到空軍總部，親訪徐煥昇主任。選在今天見面，就是為了避開空軍總司令周至柔耳目。今天上午，強人總統在總統府，召開軍事會議，參謀總長暨各軍種總司令、副總司令，全得出席。空軍總部這兒，總司令周至柔、副總司令王叔銘，全都去總統府開會。趁著空檔，周宏濤、吳嵩慶到空軍總部，與空總政治部主任徐煥昇談事情。

這當口，九點半左右，周宏濤、吳嵩慶在政治部會客室裡，待了約十幾分鐘，就聽見外頭急促腳步聲，走進一員軍官。此人身材瘦長，面容英挺，肩上所掛官階為兩條銀色粗槓，兩條銀色細槓，是個中將官階。這人，就是徐煥昇，早年曾擔任強人委員長座機駕駛，追隨強人多年。抗戰第二年，民國二十七年，國民政府撤往武漢，徐煥昇駕駛美製馬丁轟炸機，夜航東瀛，在日本九州地區上空，投下大量宣傳單，空軍史上稱為「紙炸九州」。

徐煥昇一陣風般，進了會客室，搓著兩手道：「抱歉，抱歉，令兩位在這兒苦等了。今天是政治部大日子，舉辦全軍榮團會，所有基地中隊一級單位，都派代表出席。我身為政治部主任，不能不在現場主持，這樣好不好，兩位委屈一下，隨我去禮堂，當為總統府與聯勤總部嘉賓，一起來觀禮。至於兩位到此要事，我已有充分準備，各種資料都很齊全。看看，是不是等這榮團會之後，再向兩位細細報告？」

周宏濤、吳嵩慶聞言，曉得此時此刻徐煥昇心在榮團會，沒法子定心明性，討論公事。於是，只好點頭，跟著徐煥昇，出了空總辦公大樓，走一小段路，到了大樓後頭中正堂。進去一看，這大屋裡黑壓壓全是人頭，幾百名空軍官兵，坐在小板凳上。主席台上，幾張桌子連在一起，擺成一長條，桌上鋪了白布。長條桌旁邊，則是立著一根麥克風，擴音器音量開得挺大，兩邊牆上所掛大喇叭，時不時爆出麥克風尖銳迴音。這當口，一個上尉軍官站在麥克風前邊，口沫橫飛，給空軍膳食制度提意見。

徐煥昇帶著周宏濤、吳嵩慶兩人，到了長條桌主席台，指著兩個空位，讓周、吳二人悄然落座。此時，上尉軍官發言完畢，台底下幾百官兵鼓掌叫好。隨即，司儀上去，就著麥克風道：「接下來，是桃園基地維修大隊熊坤下士發言。」

隨即，台下官兵中站起一人，排眾而出，朝主席台走來。這人五短身材，穿著寶藍色卡其連身工作服，上頭星星點點，沾了不少油漬。這人走到麥克風前，這才發現，麥克風太高，得掂著腳，嘴巴才搆得到麥克風。於是，司儀趕緊過去，把麥克風調矮了，這人才張嘴講話。

此人三十出頭，個頭雖小，嗓門倒大，一張嘴，是安徽口音：「我叫熊坤，空軍桃園基地引擎修理班班長，我有幾句話要說。這幾句話，不說難受，非說不可。這幾句話，不單單是我要說，我機場裡許多兄弟，都是這話，我是代表他們來說。」

「先說我和空軍關係，我本是南京人，抗戰時，去了成都，進中央軍校十六期。入伍教育太苦，挨打，挨餓，北方人熬得下來，我是江南人，以前沒吃過苦，就當了逃兵，逃到昆明。我在昆明，給資源委員會開卡車，跑滇緬公路，從緬甸運軍需品到昆明。那時候，開卡車神氣啊，所謂『馬達一響，黃金萬兩』。」

說到這兒，距離不遠處，空軍總部外頭，濟南路旁稻田裡，恰好一頭水牛引頸而鳴，「哞」地一聲，既響且亮，底下幾百官兵哄堂大笑，還有人叫好。熊班長身邊，站著少校司儀，覺得這大兵發言不妥，乃定眼往主席桌這兒瞧，以眼神請示政治部主任徐煥昇中將，是否要制止熊班長發言？

強人長子成立國防部政治部，底下各軍種跟著成立政治部，由國防部政治部掛帥，往下派遣各軍種政治部主任。然而，空軍卻是例外，所有軍種當中，獨獨只有空軍，其政治部大小官兒，均由空軍自己人出任，而非強人長子國防部政治部派人進來。徐煥昇壓根就是飛行員起家，講究大紀律，不計小細節。熊班長所言，雖上不得台盤，用的卻是基層官兵言語，講的是基層官兵心聲，因而，徐煥昇瞪起兩眼，對那司儀少校微微搖頭。

熊班長繼續往下說：「抗戰勝利，不用運軍需了，我丟了差使。恰好，空軍運輸大隊招人，我就進了空軍，跟著部隊，入四川，出川北，進陝西，然後往下穿漢中，到了武漢。之後，在武漢上船，順江而下，回到南京，在南京大校場機場當運輸兵，還是開美製道奇兩噸半十輪卡車。」

「去年初，徐蚌會戰最後關頭，黃百韜兵團在碾莊被圍、黃維兵團在雙堆集被圍，南京空軍運輸大隊拚命在南京城裡、城外買熟麵食，把燒餅、饅頭、花捲、包子、大餅、油條都買光了。這些熟麵食全裝上運輸機，送到戰場空投，我跟著上飛機，去看熱鬧，順便幫忙。到了戰地，往下一看，雙方戰壕挖得密密麻麻，好像一堆蚯蚓，都纏到一起去了。我腰上繫著美軍寬尼龍防護帶，另一頭鉤在機身上，機工長開了機門，狂風往裡吹，我們往外頭推糧食。有個小子，不知道死活，身上沒綁寬尼龍帶，被風吹出去，一路慘叫，掉了下去。」

「後來沒過幾天，要過農曆年，年三十晚上，接到命令，初五動身，整個運輸大隊載運器材，到福州去。初五那天，南京大校場機場運輸大隊，帶著所有家眷，共二十五輛道奇大卡車，開到下關碼頭，等著對岸浦口運輸輪過來。那時，整個江北都要失守，長江北岸部隊沿著津浦鐵路往南撤，撤到浦口，搭船過長江，到南京下關碼頭。」

「那場面，淒慘哪！運過來的器材，堆積如山，武器、裝備、彈藥、燃料，到處堆放，亂七八糟，我心裡就想，這麼多美式裝備，怎麼就兵敗如山倒呢？這裡頭，一定有道理。我們在下關碼頭，裝上了江北撤過來的器材、裝備，沿著京杭國道往南走，先去杭州。我老家就在京杭國道邊上，我事前報告隊長，准許我停留十分鐘。」

「我把老婆、孩子留在車上，獨自下車，去拜別我爹媽。我媽捨不得我，哭個不停，我說，沒關係，去去就回來，八年抗戰，日本鬼子那樣兇狠，後來不也回家了？臨走前，我媽給我一條火腿。過年前，家家戶戶宰豬醃臘肉，我家另外醃了火腿。車隊一路往南，天氣死冷，但不准蓋上帆布頂篷，車廂都敞著，車頂安上轉盤，轉盤上架著美製三零機槍。」

「隊長規定，不准掉隊，哪輛車子走不動了，人全下車，上別輛車，把故障車燒掉。一路上，沒碰到共軍，但在山區常有游擊隊打冷槍，專打輪胎。道奇卡車有十個輪子，打壞幾個，仍舊掙扎能走。到了安全地帶之後，再換輪胎。若沒備用輪胎可換，就把這輛車堪用輪胎拆下來，放上其他車子，把這輛車燒了。離開南京時，我們有二十五輛車，到了福州，就剩下十七輛。其他八輛車，外帶車上器材、裝備，全都在路上自己放火燒掉了。」

「到了福州，我在城裡租了房子，給老婆、孩子住，我住機場，但每天都回家看看。有天回家，我老婆蹲在地上哭，說是附近福州人不講理，衝進我家，把一張南京帶來螺鈿床搶走了。我看看不是辦法，就要老婆、孩子搬到機場，和我一起擠擠。那時，福州機場有個主管，看上我那條火腿，伸手向我要，我沒給，那主管就把我恨上，天天找我麻煩。」

熊班長說到這兒，那司儀少校終究忍耐不住，欠身過來，伸手遮住麥克風，低聲對熊坤道：「熊班長，講重點，別滴滴答答說流水帳。你這樣沒完沒了講，佔了別人時間。」

熊班長兩眼一瞪，撐大了嗓門喊道：「這不是榮團交心會嗎？要官兵講心裡話，我講的就是心裡話，怎麼，就不讓我講了呢？」

這頭，徐煥昇已然起身，走向麥克風，正色對台下幾百官兵道：「我們在大陸經歷失敗，現在就是要檢討原因，大家都是空軍家裡人，在這兒，有話就講，想說什麼，就說什麼。不過，各位要記住，我們都是空軍一家人，關起門來，在家裡可以唱反調，可以鬧，但到了外面，要團結，對工作、對國家、對領袖，都不能有貳心。」

說罷，徐煥昇擺擺手，示意熊班長繼續講。

熊班長對那少校司儀翻翻眼睛，繼續言道：「到了去年六月，天氣轉熱，有天，我老婆背著孩子，在基地裡一口井旁洗衣服。恰好基地指揮官過來，一見我老婆，大吃一驚，問我，這是誰的家眷？我說，是我老婆、孩子。指揮官說，基地裡所有家眷都撤了，怎麼我家眷還留在機場裡？我這才知道，為了一條火腿，我主管把我賣了，基地眷屬都撤退了，卻不告訴我。當場，我就慌了，問指揮官，該怎麼辦？」

「指揮官說，恰好，現在就有一架運輸機飛台灣，要我老婆帶著孩子趕緊上機。我衝回宿舍，把一竹籠雜物，外帶一個棉被捲，攏成一堆，用吉普車載到停機坪那兒。一架C-47，引擎已經打火，正在熱機，螺旋槳已經全速旋轉。臨走前，我把一包袁大頭塞給我老婆，我告訴她，到了台灣，絕對不要離開這支部隊，我日後去了台灣，照著部隊番號，才找得到她。要是她離了這支部隊，我就再也找不到她了。」

「就這樣，莫名其妙，一點準備沒有，我老婆孩子就不見了，只知道去台灣。台灣在哪兒？是圓是方？我都不知道。又過幾天，共軍迫近，福州城裡已經落下砲彈，我們準備搭船撤退。這時候，就有人勸我，要我不要走。這人也是空軍運輸大隊士官，他說，我現在幹什麼工作，共產黨來了，我繼續幹這工作；我原來領多少薪餉，共產黨來了，也給我同樣薪餉。我心想，如果在南京，我大概會聽他話，留下不走。不過，現在人在福州，人生地不熟，老婆孩子又去了台灣，我非跟著撤退不可。」

「我們奉命，把福州機場裡故障飛不走飛機、車輛、器材、裝備、油料、彈藥，一把火全燒了。這把火，燒了一天一夜還沒燒完，那黑煙哪，衝上天去，老高老高，看不到頂。燒完之後，臨走前，空軍工兵裝了炸藥，把機場整個給炸了。我們退到福州港，搭海軍中字號登陸艦，端午節前兩天出發。在台灣海峽，見有魚跳出海面，魚翅張開，貼著海面平飛一段，然後才落水入海。聽他們說，那叫飛魚。這是我這輩子第一次飄洋過海，第一次搭大船，第一次見過飛魚這東西。」

「端午節那天，到了基隆，大家上岸。碼頭旁，就是基隆火車站，空軍總部派人等著我們，搭火車到桃園火車站，上交通車，去基地報到，我被編進引擎修理班，學著維修引擎。我到桃園機場報到後，馬上請假，到了台北空軍總部，也就是這兒，打聽那天那架C-47，從福州飛過來，機上眷屬去了哪兒？我這要說真話，空軍就是比陸軍好，事情有條有理，不會亂了套。人事單位馬上就查清楚，說我老婆、孩子已經送到嘉義大林，空軍編餘眷屬都在那兒。」

「於是，我馬上搭火車，去嘉義大林。我身上沒錢，就在火車上躲躲藏藏，時時盯著列車長，見列車長查票，就把自己關在廁所裡。到了嘉義大林，總算見著老婆、孩子，帶著他們，回了桃園機場。說完我過往經過，我打算講講現在事情。」

「我在桃園機場待了一年半，眼看著，我們空軍慢慢失了氣數。怎麼說呢？去年剛到桃園時，飛機堪用率高，重轟炸、輕轟炸、各式戰鬥機，經常出勤。那時，從大陸帶來油料、彈藥都很充足。不過，這些油料、彈藥卻是有出無進，愈用愈少。打海南島保衛戰，用掉大量存料。現在浙江沿岸舟山、定海那兒，又常常有行動。前一陣子，還幾次飛去上海轟炸電廠。這樣一來，存料更少了。」

「空勤官兵唉聲歎氣，我們地勤官兵也不開心。本來，連美製B-17這種大傢伙重轟炸，都能出勤，威威風風去扔炸彈。後來，消耗不起，就剩加拿大製木頭殼子蚊式輕轟炸，還能上天出任務。到現在，連輕轟炸都停擺，因為供應不起，只剩下野馬機這種小戰鬥機，還飛出去打幾下。基地裡有些老同事就說，沒問題的，只要老太婆去美國，陪美國人跳跳舞，美援汽油、彈藥就會來了。」

熊班長說到這兒，底下幾百空軍官兵哄堂而笑，連台上徐煥昇都不禁莞爾，獨獨周宏濤，聽見熊班長拿強人妻子宋美齡開玩笑，十分不以為然，拉長了臉，一副不高興模樣。

就聽見熊班長繼續發作道：「今年上半年，真的很辛苦，大家都是硬撐著，生活苦，沒希望，大家牢騷也多。下半年，情況好一點，六月裡打了韓戰，美國第七艦隊到了。可是，空軍這兒還是沒什麼美援，油料、彈藥都很缺，飛機堪用率往下掉。我只是桃園基地引擎修理班班長，沒什麼學問，沒讀過什麼書，但我也聽說，咱們空軍在美國有個辦事處，負責採購，由毛副總司令當頭頭。」

「現在，基地裡大家都在傳，說是毛副總司令與周總司令之間有誤會。大半個月前，毛副總司令回台灣，曾到桃園基地來，探望老同事、老部下，大家圍著他，給他打氣，要他趕快從美國把油料、彈藥買回來。我只是個下士班長，不懂什麼高深道理，我只希望上級長官，趕緊把周總司令與毛副總司令之間誤會解決掉，讓美援趕緊進來，讓飛機上得了天。我就這幾句話，不但是我自己心裡話，也是桃園基地地勤夥伴兄弟心聲。」

說完，熊班長鞠躬下台，台下掌聲如雷。熊班長這幾句話一說，徐煥昇坐不住了，趕緊衝到麥克風那兒，接著話碴子往下說：「各位空軍官兵同袍，這榮團交心會，就是知無不言，言無不盡。各位所提出建言，所舉報問題，我都會向總司令反映，盡量解決。我還是一句話，我們都是一家人，家裡面關起門來，無話不說，但到了外頭，這些話就不能講了，希望各位能記住這一點。」

在這之後，又有幾位官兵上去講話，講完，徐煥昇做了總結，約莫十一點四十分左右，大會就此結束。徐煥昇對周宏濤、吳嵩慶道：「現在都快十二點了，也不方便談公事。總部大餐廳馬上有個大會餐，你們一起來吧，吃過中飯，到我辦公室去談事情。」

周宏濤想想，今天總統府參謀本部那兒，強人總統主持一整天軍事會議，中午餐敘之後，下午繼續開會。因而，周至柔、王叔銘午後不會回空總，於是，就與吳嵩慶，隨著徐煥昇，參加空總大會餐。這會餐，幾百人分坐幾十桌，場面亂烘烘，吵得周宏濤、吳嵩慶腦袋發漲。好不容易吃完中飯，三人這才回徐煥昇政治部主任辦公室，慢條斯理，好整以暇，算起了周至柔匯款帳目。

徐煥昇從保險櫃裡，搬出一個大卷宗，翻開一看，裡頭密密麻麻，全是資金進出細目。吳嵩慶搞財務出身，是算帳專家，當即戴上老花眼鏡，又從隨身公事包裡，掏出一具算盤，邊聽徐煥昇解說，邊滴滴答答，對著資金進出帳目，撥起了算盤。

徐煥昇正色對周宏濤解釋道：「外頭都說，周總司令是陸軍出身，當空軍總司令是外行管內行。其實，周總司令在民國二十三年，就出任筧橋中央航校校長，後來又當航空委員會主任。當年，空軍沒有總司令部，而是隸屬航空委員會，周總司令當初就是航空委員會主任。民國三十五年，成立空軍總司令部，他就擔任空軍總司令，直到現在，他對空軍並不外行。只是，出任參謀總長之前，他始終是陸軍中將軍銜，沒有改成空軍，因而吃虧，外頭說，陸軍領導空軍，這話其實不對。」

「民國三十五年，空軍總司令部成立之後，曾經結算自有空軍以來，包括航空委員會時代，所剩餘經費。這筆結餘經費，加上空總成立後結餘款項，全在桌上這帳本裡，總共有美金近七十三萬元、黃金十萬零一千多兩、港幣七十四萬餘元、銀元三十五萬五千餘枚、以及台幣五百七十五萬餘元。」

「為了這筆結餘經費，空軍總部早在民國三十五年，就成立了一個對外祕密、對內公開的『財務公開監察委員會』。外頭，不知道空總有這祕密單位，管著這一大筆祕密資金；但空軍內部，這單位卻是公開運作。各位，剛才我在榮團交心會上，也是對所有官兵這樣講，空軍是大家庭，家裡面什麼事情都公開，但到了外頭，就很小心，很保密。」

「這個『財務公開監察委員會』就是這樣，裡面帳目往來、資金進出，明明白白，清清楚楚。毛副總司令雖然長駐美國，但他也是老空軍，曉得空軍規矩，知道空軍結餘資金由『財務公開監察委員會』經營管理，不會有問題。我實在不知道，他為何要這樣掀茅房、扒糞坑，弄得臭不可聞？」

「這帳目上，清楚記載，有美金四十五萬餘元，存放在香港一家銀行裡。毛副總司令指控周總司令匯款，落入私人荷包，指的就是這四十五萬美元。兩位，這密帳上頭，每筆交易、進出都有案可稽，公正公開，不會有問題。」

此時，吳嵩慶還在撥算盤算帳，換成周宏濤審案，質問徐煥昇道：「那麼，這筆錢存在香港哪裡？又為何要存在香港，不匯回台灣？」

徐煥昇道：「空軍老將領黃光銳將軍，在香港廣東信託公司，有個戶頭，這筆巨款就存在他戶頭裡。黃光銳當過筧橋航校校長、航空委員會副主任，一直都是周總司令副手，老先生也對他很信任。去年，大陸撤退，局面混亂，為求安全、求保險，空軍才把這筆巨款，擺在香港黃光銳戶頭裡。不過，錢雖在他戶頭裡，卻是由空軍總部『財務公開監察委員會』完全控制。」

徐煥昇說到這兒，那頭，吳嵩慶也把帳算完，摘下老花眼鏡，收起了算盤，緩緩言道：「從帳目上看，數字吻合，沒有問題。並且，既然這是『財務公開監察委員會』公帳，就更能證明，周至柔總司令沒將一分一毫公款，放進自己口袋裡。」

吳嵩慶說這幾句話，言談之際，頗有輕鬆愉悅口吻。周宏濤曉得，吳嵩慶長期追隨周至柔，與周至柔有革命感情。周宏濤想想，就此下了結論：「這本帳，只能證明空總帳面上資金記錄。到底，這筆錢有沒有問題，還得去香港實地查帳。我老實對你們說了，總統之前已經私下給我指示，要我查明情況後，轉告你們，把這筆錢從香港匯回台灣，存進中央銀行帳戶裡。」

徐煥昇臉露笑容道：「成，真金不怕火煉，待會兒總司令回來，我就建議他，把這筆錢匯回來。只要錢匯回來，你們也不必派人去香港查帳了。」

周宏濤又對徐煥昇道：「我得提醒一聲，調查周總司令之事，雖有總統手令，但還是得私下隱密為之，你可不能洩漏這機密。」

徐煥昇一派輕鬆回道：「那是當然，這事情就此解決了，這是上上大吉。我怎麼會笨到多嘴，讓總司令知道這事。若是那樣，就會惹出新事情，捅出新婁子，我不會沒事找事。」

五

一九五一年三月十一日：南機場

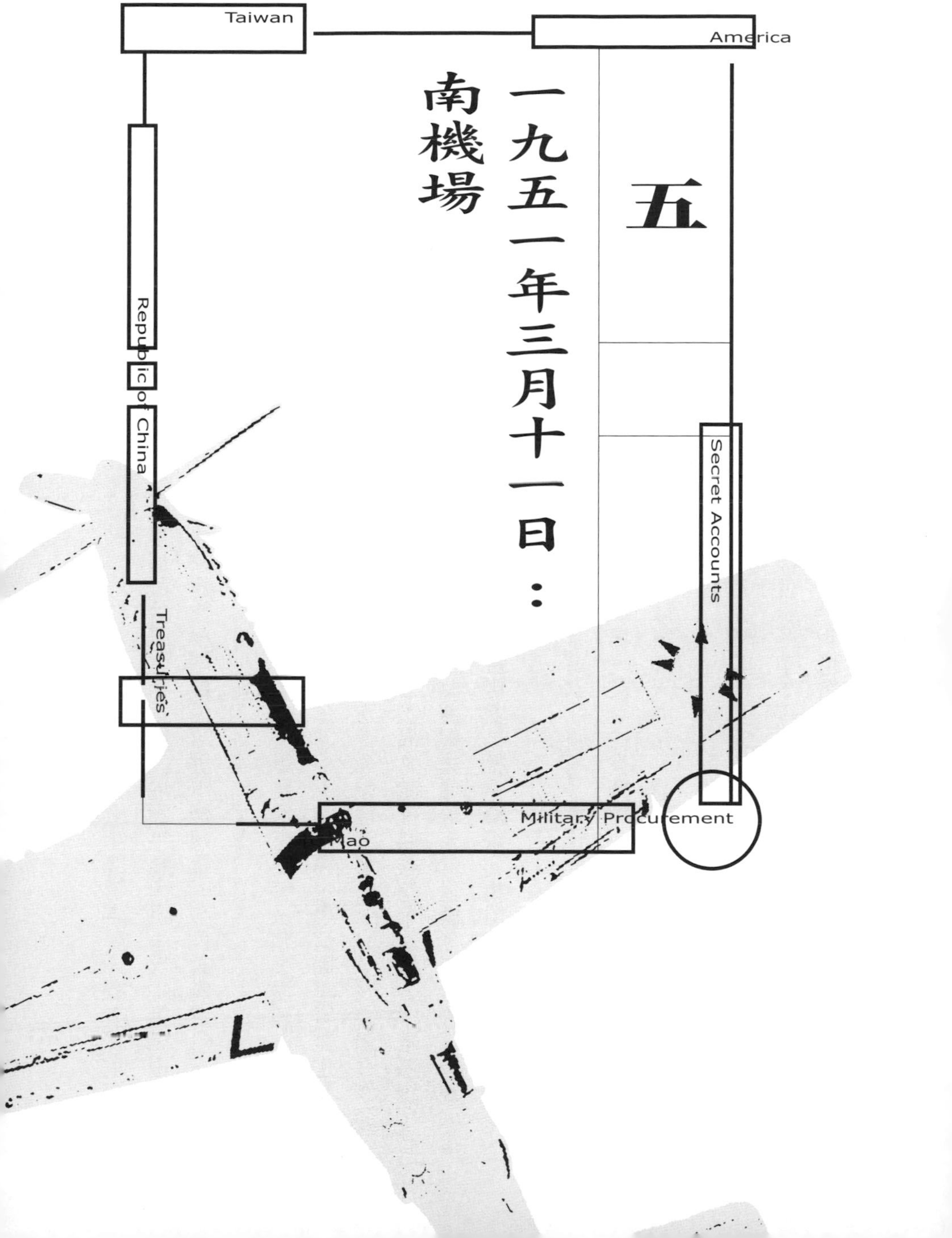

這是塊高爾夫球場，綠草如茵，景致優雅，位於台北市西南角，倚傍著新店溪，窄窄溪水河道對面，就是台北縣永和鄉。這地方，早年是日本殖民地政府練兵場，地面平整，供士兵操練馬術，故而舊名「馬場町」。後來，殖民地政府又將這兒改建成小型機場，供軍機起降。國民政府遷台後，國防部接收此地，改稱為「南機場」。

為了這塊地皮，陸軍與空軍糾纏爭奪，鬧得不太愉快，公文筆仗往來交手，戰火熾烈。末了，參謀總長周至柔伸手仲裁，拍板敲定，產權歸空軍所有。為此，陸軍不太高興，說是周至柔雖是參謀總長，卻兼著空軍總司令，也難怪，最後胳膊肘向內彎，一槌定音，偏袒空軍。

當初，空軍爭這塊地，說是到手之後，要蓋個小機場。然而，產權塵埃落定之後，空軍卻出了花樣，說是來台美軍眾多，都沒個休閒娛樂地方，有必要蓋個高爾夫球場。就這樣，反過頭來，要陸軍總部下令，派陸軍工兵擔綱，構工苦幹，又出人力，又耗機具，推平農地，拆除建物，營造出這座美輪美奐高爾夫球場，全長五千餘碼，共九個洞。

其實，國際標準高爾夫球場都是十八洞，南機場球場才九個洞，等於是個半吊子高爾夫球場。然而，台灣篳路藍縷，百廢待舉，能有這九洞高爾夫球場，已是稀貴寶物。球場開幕那天，參謀總長周至柔親自主持典禮，還第一個下場揮桿。此後，黨政軍大人先生、豪門殷商、各國使節、駐台美軍高級軍官，每日絡繹於途，都到這兒揮桿。

然而，距離這球場不遠處，就是馬場町刑場。這兩年，正逢非常時期，強人長子接掌情治特務機構，去年破獲中共「台灣省工作委員會」，一抓就是一串。經過一年多審訊，如今判決得差不多，裡頭不少共諜判了死刑，近日紛紛綁赴馬場町槍決。每次槍斃人，都是一大早行刑。偏偏，一大早高爾夫球場人最多，都趁著太陽發威前，趕緊下場揮桿打球。因而，常常這兒高爾夫打得正歡騰，那頭就忙著槍斃人，邊打球，邊聽槍響，成了南機場高爾夫球場一景。

這一天，民國四十年三月十一日，是個星期天，休假日。一大早八點多，周至柔就帶著全套球具下場，身旁站著侍從參謀，外帶一名桿弟。上星期，有耳報神向他密報，說是早在五個月前，強人總統就密令指示總府祕書長王世杰，成立專案調查小組，瞞著他，找來聯勤總部財務署長吳嵩慶，查他周至柔身家財產。

為此，他心境悲涼，抑鬱苦楚，心想，跟了老頭子大半輩子，到頭來竟然是這下場。他怨強人總統，不該聽信元配老婆娘家侄子毛邦初一派胡言，竟然懷疑他操守。苦澀之餘，他寫了份簽呈，自摜烏紗帽，請辭參謀總長、空軍總司令等本兼各職。寫完，他親自帶著這份簽呈，直奔長安東路，去拜訪強人長子，請對方將這封辭呈，轉遞給強人總統。

他也聽說，府裡為這事亂了套，強人把祕書長王世杰找進辦公室，高聲斥責王世杰，主持機密小組無方，導致訊息外洩，讓周至柔獲悉此事。他曉得，這一陣子，強人必然會先派人遊說，要他打消辭意。倘若他不改堅辭之意，那麼，最後強人必然召見他，親自強力慰留。為了這個，他這幾天頗覺心煩，不斷自我打氣道：「此處不留爺，自有留爺處，處處不留爺，爺爺家裡住。今年都五十三歲，空軍總司令也當了，參謀總長也當了，也夠了，可以下來過幾天舒服日子了！」

這會兒工夫，他邊想近日遭遇，邊揮桿擊球，球藝依舊精準，費時不久，就打到第九洞。揮桿前，就見第九洞旁俱樂部小屋那兒，站著個人，定眼瞧著自己，但因距離遠，那人模樣瞧不清楚。周至柔放下球桿，招招手，要侍從參謀過來，指著遠處那人，對侍從參謀道：「那位先生好像找我有事，過去看看，那人是誰？」

侍從參謀接令，小跑步往俱樂部房舍而去，周至柔則繼續揮桿，打第九洞。球打出去，還不錯，距離果嶺不遠，於是，收了球桿，交給桿弟，往果嶺走去。半道上，侍從參謀小跑步過來，邊喘氣邊回答：「報告總司令，那是總統府王世杰祕書長。」

周至柔聞言，心裡暗道：「來了，那話兒來了，必然是銜老頭子指示，來勸我回心轉意，收回辭呈。」

台北三月中旬天氣，雖不熱，卻已偏暖，九個洞高爾夫打完，周至柔額頭上微微見汗。他掏出手帕，邊擦汗，邊招呼王世杰：「艇公，怎麼，這麼一大早就來，有興致打球嗎？」

王世杰略帶苦笑道：「我哪會這東西？不過是受總統指示，與你談談事情。」

侍從參謀開發了桿弟小費，周至柔將王世杰讓進球場俱樂部，點了杯咖啡。兩人坐定之後，周至柔不言不語，就是盯著王世杰瞧，等著王出招。王世杰略略寒暄，接著言道：「至公，實在抱歉，跑出這麼樁事情來。的確，這種搞法很傷人，恁誰碰上了，心裡都會火冒三丈。不過，話又說回來，至公，總統這樣做，其實對你有好處。」

官場上，總是不稱名，而稱字，王世杰，字雪艇，官場中人稱他為「艇公」，亦有人稱「雪公」。周至柔，則是特例，這人本名周百福，字「至柔」，但他後來改了，改成「以字當名」，本名就成了周至柔，沒有另外再取「字」。因而，官場中人只好稱之為「至公」，亦有人稱他為「周公」。

周至柔撇撇嘴道：「艇公，你這話可怪了，背後打我一槍，還說是對我好，此話怎說？」

王世杰回道：「至公，你在參謀本部待著，看不到外交電文。你不知道，毛邦初在美國鬧事，美國國會議員、重要報社，都受他蠱惑，黑白不分，華盛頓顧大使那兒，經常有電文來，報告內情，十分驚險，對國家很不利。上頭知道，我們也知道，這都是毛邦初沒當上空軍總司令，和你砸上了，給你小鞋穿。但洋人不知道，現在局面正困難，美國那兒聽了毛邦初一面之詞，拚命施壓，上頭也很為難。所以，上頭才會下指示，要祕密調查你。」

「實話告訴你，現在都查清楚了，還了你清白，總統對你很放心，要你別負氣，把辭呈收回去。」

說罷，王世杰從隨身公事包裡，掏出只公文封，順著桌面，平平推到周至柔身前道：「收回去吧，國家局面困難啊！大家相忍為國，經此一查，你就此擺脫泥沼，剩下來，總統要專心一意，收拾毛邦初了。」

王世杰一番溫言善語，至此，周至柔心裡窩囊氣去了十之八九，但依舊忿忿不平道：「怎麼處置？你又不是不知道，他們是一家人哪！你曉得嗎？去年十一月毛邦初回台灣，隨身帶了什麼送夫人？你想都想不到。夫人在官邸裡，什麼都不缺，美國衣料、美國香菸、美國牛排，都有門路，都不缺。毛邦初從美國，卻帶了一份禮物，讓夫人高興得不得了。毛不但是老頭子原配娘家人，對夫人也有一套散手。」

王世杰聞言大奇，問道：「毛邦初從美國帶了什麼回來，把夫人捧得如此高興？」

周至柔道：「這賊廝胚子，心思倒是細膩，他派人到波士頓去，到夫人母校衛斯理學院，蒐集近年來學校報紙、校友刊物、學生刊物，花大把公款，請了專人，使出美術手法，裝訂成冊，弄出好幾本，彷彿精裝書一般，送給夫人。夫人最講究美國那一套，衛斯理學院是她青年時期成長之地，毛邦初抓住夫人這心思，細細網羅衛斯理十幾年來點點滴滴，裝訂成書，夫人看了當然高興非常。誰都沒這心思，用這鬼伎倆討好夫人。」

這當口，俱樂部侍者中規中矩，送上來兩杯熱咖啡，外帶兩小盤西點。周至柔伸手讓讓，對王世杰道：「這兒麵包房，有點門道，做出來西點味道挺不錯，各國武官聚會，都喜歡到這兒來，說是這兒點心道地。」

王世杰抿了口咖啡，繼而略略放低身子，稍許朝周至柔方向躬身探頭，刻意壓低聲量道：「上頭已經鐵了心，要收拾毛邦初。昨天星期六上午，已經有密電給顧維鈞大使，要顧大使轉告毛邦初，關掉空軍駐美辦事處，把經費、檔案，轉交新成立的三軍聯合採購委員會。此外，立刻調向惟萱回台灣。本來，這事情可以透過空軍總部，下令毛邦初照辦。不過，上頭顯然另有想法，要透過顧大使辦這事，這顯示，上頭已無所忌憚，要把這事情掀開了辦。」

聽聞此言，周至柔更是大去心中塊壘，忿忿不平道：「這一年來，毛邦初也太過猖狂，在美國大發亂言亂語。你知道嗎？他不但在美國亂說，上次回台灣，也到處亂說，說老頭子用我當參謀總長，是因為『土木系』關係。這話，把陳辭公捲進來，辭公後來也聽到這說法，私下發過脾氣。」

陳誠，字辭修，官場上人稱「陳辭公」，這時當著行政院長。至於土木系，則另有涵意。王世杰初聞「土木系」三字，有點丈二和尚摸不著頭腦，但轉念一想，就知道是怎麼回事。

原來，周至柔與陳誠關係密邇，這兩人是保定軍校同期同學，後來，周至柔不斷追隨陳誠，當陳副手。陳誠當十一師師長，周至柔就是十一師參謀長。後來，陳誠當十八軍軍長，周至柔就是十八軍副軍長。

在國軍軍史上，十一師是陳誠嫡系部隊，驍勇善戰，底下幹部後來紛紛冒出頭來，獨當方面，成為領軍大員。陳誠後來以十一師為班底，擴大編制，成為十八軍。十一師，兩個數字合在一起，剛好是個「土」字；十八軍，兩個數字合在一起，剛好是個「木」字。因而，外界以「土木系」之名，稱陳誠嫡系十一師、十八軍將領。這裡面，名將輩出，包括周至柔、桂永清、闕麟徵、黃維、郭懺等二十多人。

去年三月，強人復任總統，大舉更動人事，以陳誠出任行政院長、周至柔出任參謀總長並兼任空軍總司令、桂永清出任海軍總司令、郭懺出任聯勤總司令。一時之間，「土木系」大領風騷，譽之所至，謗亦隨之，官場上閒話不少。這裡頭，毛邦初尤其吃味，從華府到台北，毛邦初到處放話，說是周至柔能當參謀總長，並且繼續兼著空軍總司令，就是沾了陳誠「土木系」關係。這話，廣為流傳，陳誠當然也耳聞，心中恚怒，自然不在話下。

周至柔罵毛邦初，罵得興起，王世杰一旁見了，曉得今天有望達成使命。他曉得，只要讓周至柔罵個夠，罵個痛快，出了胸中窩囊氣，就會打消辭意。周至柔一口氣罵了一會，收了口，微微喘息，鼻子噴著氣，略略偏著頭，目光直勾勾盯著窗外如茵綠草，眼神卻是視而不見，一臉悲憤模樣。

王世杰聽到後來，觸景生情，想到自己這輩子有件倒楣事，已經寫進史冊，烙上標印，跟著自己一輩子，永世不得翻身，不禁悲從中來，嘆了口氣道：「唉，至公，和我比起來，你這點事，簡直不算事。你這事，三年五載，也就算完，船過水無痕。我才慘呢！我那事情，千秋萬世，永不消褪，後人只要讀歷史，必然會往地上啐吐沫，把王世杰罵得一佛出世，二佛涅盤。」

周至柔聽王世杰如此發作，當即醒悟，溫言婉語勸解道：「艇公，大家都明白，那事情不是你能拿主意。甚至，也不是老頭子能決定，那是羅斯福弄了個圈套，讓我們去跳。形勢很明白，這裡面沒什麼學問，誰都曉得，你這是背了十字架，跳了火坑。這事情，都過去六年了，也沒誰怪你，大家都知道，這事你吃了夾棍，挨了冤枉，錯不在你。」

王世杰略帶哭腔道：「可是，條約是我簽的字，千秋萬世之後，中國人讀起歷史，要問起來，外蒙古是在誰手上弄丟的？眾人都會說，是王世杰這糊塗蟲簽的字。」

原來，王、周二人所說之事，是民國三十四年八月十四日，中、蘇兩國所簽訂《中蘇友好同盟條約》。這事情，中華民國吃了大虧，卻是有苦說不出。此事，起於美、英、蘇三國《雅爾達密約》，背著中國，賣了外蒙古。在此之前，當年二月間，美國總統羅斯福、英國首相邱吉爾、蘇聯主席史達林，在蘇聯雅爾達會面，討論戰局及戰後諸事，並簽訂祕密條約。

當時，歐洲戰場大局已定，德國敗相炯然，崩潰完蛋指日可待。而太平洋戰場，則還有得打，美軍經由跳島戰術，已經攻到大日本帝國家門口，圍住硫磺島，即將開打。蘇聯與日本訂有互不侵犯條約，蘇聯始終只在西面，與德軍交戰，東面廣大西伯利亞地區，則並無動靜，不曾出兵攻打日軍。

羅斯福盤算，如由美軍單獨攻打日本，死傷必然慘烈，因而，希望拉蘇聯下水，指望蘇聯出兵，衝出西伯利亞，打進中國東北，痛擊日本關東軍。要蘇聯出兵，自然得付代價，主力代價之一，就是讓外蒙古脫離中國，成為獨立國家。《雅爾達密約》簽訂後，美國要求中國配合。

當其時，國府無論對外抗日，對內剿共，都極度仰賴美國支援。老大哥背後支使，小老弟陣前不敢不從。於是，當年六月三十日至七月十二日，國府行政院長兼外交部長宋子文，率代表團赴莫斯科，與史達林談判六次，敲定條約梗概，外蒙古獨立已勢不能免。此一時期，是為談判第一階段。到了七月三十日，強人委員長更動內閣人事，宋子文專任行政院長，不再兼任外交部長，改由王世杰出任外交部長。

八月七日至八月十三日，還是行政院長宋子文率團，團員包括外交部長王世杰，又赴莫斯科，再與史達林談判四次。這四次談判，只是遵循第一階段談判定論，賡續洽談作業細節。談到最後，八月十四日，雙方簽訂《中蘇友好同盟條約》，條約針對外蒙古、東北、新疆，訂出連串喪權辱國條款。簽約時，由雙方外交部長簽字，蘇聯外長莫洛托夫、中國外長王世杰，在條約上簽字。

王世杰苦著臉，對周至柔道：「至公，你想想，我一個巴黎大學政治學博士，之前當過教育部長、國民黨中央宣傳部部長，卻莫名其妙，臨危受命，跳火坑當了外交部長。那時，我隨宋子文去莫斯科，弄第二階段談判，我還以為，既然宋子文是代表團團長，一定是他出面簽約。誰知道，簽約那天，他要我去簽字。誰都知道，那是個喪權辱國條約，我們被美國所逼迫，不得不簽。誰簽了字，誰就千古留名，留個罵名，留個臭名。我怎麼都沒想到，這喪權辱國條約上，印的是我王世杰名字。」

「更冤的是，美國指望簽了這條約，蘇聯會出兵打日本。誰知道，八月十四日簽約，第二天，八月十五日，日本就宣布投降，中國真是吃了大虧，吃了個空心大湯糰。結果，蘇聯出兵，不是打日本，而是佔我東北，搞得尾大不掉，後來把東北重工業基地廠房、設備都搬空了，這筆帳，也是記在我王世杰頭上。」

今天這南機場高爾夫球場聚會，為的是打消周至柔辭意，沒想到，這會兒工夫，變成王世杰悲憤難耐，反而倒過來由周至柔安撫王世杰。這一文一武，兩員高官，就在這高爾夫球場俱樂部裡，相濡以沫，互吐苦水。尤其，勸慰使者王世杰，反倒比正牌苦主周至柔還要悲憤。

王、周二人儘管小聲交談，外人不得與聞，但兩人談起話來，語氣時而激越昂揚，時而低首迴盪，臉上表情亦是變幻不定，早已惹得其他客人矚目。談到後來，兩人都察覺，如此這般談話，易招人注意。尤其，周至柔眼角餘光瞧見，他那侍從參謀雖遠遠站著，卻也定睛往這兒瞧。

這當口，王世杰回過神來，指指適才推到周至柔身前那辭呈公文道：「那麼，這份辭呈，至公拿回去吧？這樣，我好回去交差。」

周至柔也乾脆，伸手一撈，抓起辭呈公文封道：「他娘的，不辭了，既然上頭已經知道我乾乾淨淨，我就繼續幹下去，大家全神貫注，攜手齊心，打毛邦初這王八蛋去！」

六

一九五一年五月三日：駐美大使館

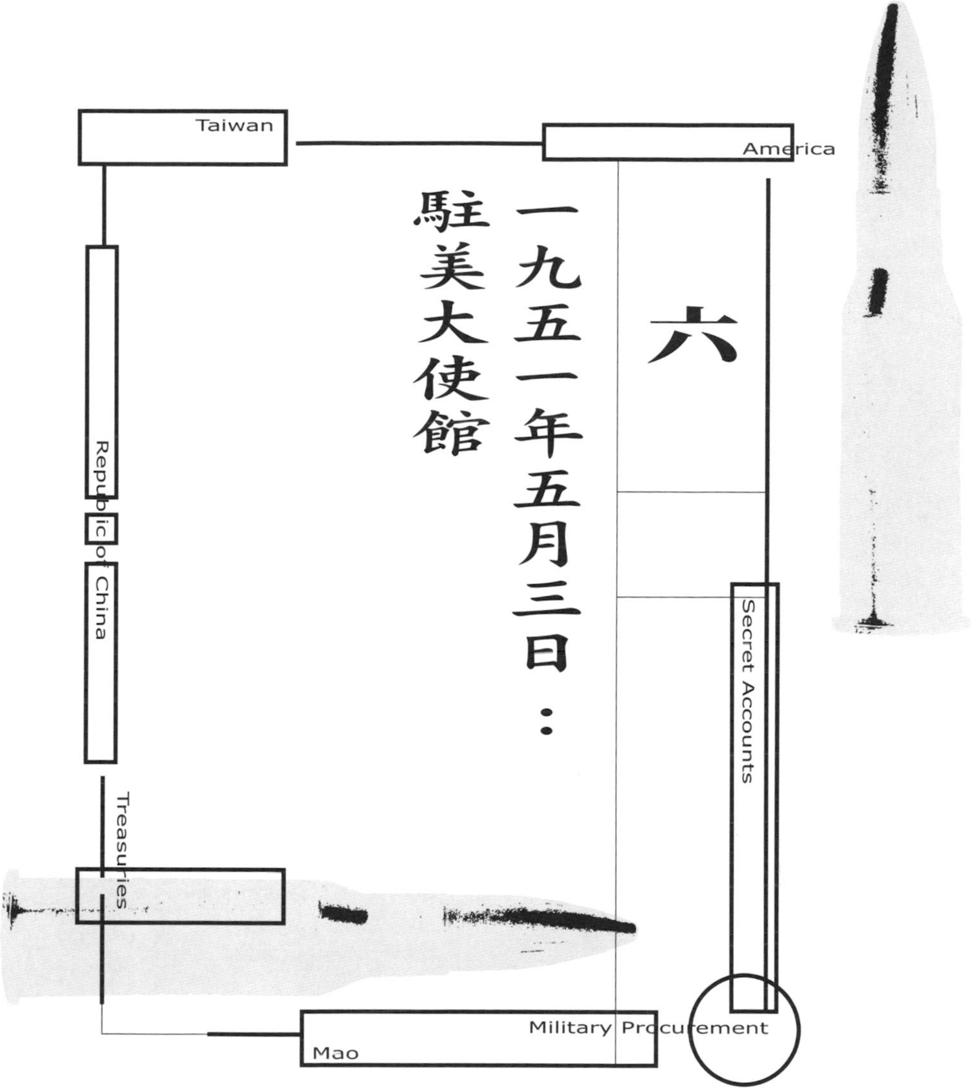

美國首都華盛頓市市中心裡，稍微偏西北方，有個地段，名為「喜瑞登圓環」（Sheridan Circle）。這整片地帶，都是使館區，各國大使館星羅棋布。其中，在麻薩諸塞大道二三一一號，有座淺灰色樓宇，樓高五層，外型為法國路易十六建築風格，一樓正門門臉不大，樓前有小小迴車道。這樓，即是中華民國駐美大使館。

自前清以迄民國，駐美大使館本來位於這樓宇東北方不遠處，一個名為「Adams Morgan」地段。一九四三年，駐美大使魏道明眼見這區域漸漸成了黑人區，於是，報請重慶國民政府同意，以七萬五千美元，買下麻薩諸塞大道這幢樓宇，將大使館搬到這兒來。

這大使館，共有五層樓，一至四樓為辦公、集會之用。至於五樓，則是閣樓。大樓內部，古色古香，裝飾典雅，布置端莊，有雅緻旋轉樓梯，連接上下各層，樓梯扶把雕花繁複，儼然就是藝術精品。

這一天，一九五一年五月三日，星期四，上午八點半左右，駐美大使顧維鈞早早到班，坐在二樓大使辦公室大皮椅裡，一手端著熱氣騰騰咖啡，一手拿著剛出爐《華盛頓郵報》。看著，看著，顧維鈞但覺偏頭痛由隱漸顯，慢慢發作，腦袋裡像是有人打鼓，砰砰作響。這是多少年老毛病，只要睡不好，就會發作。就此，顧維鈞放下咖啡、報紙，拉開辦公桌抽屜，掏出個小藥盒，從中取出一片頭痛藥，就著咖啡，吞了下去。

此人是中華民國外交之寶，江蘇嘉定人，年少時，本來在上海讀聖約翰英文書院，十六歲，就自費赴美留學，民國元年，得美國哥倫比亞大學法學博士。當時，民國剛成立，袁世凱當家，底下有個國務總理叫唐紹儀，媒介顧維鈞給老袁當英文祕書。唐紹儀為民國初年有名政客，對顧維鈞賞識有加，後來，甚至把女兒唐寶玥嫁給顧維鈞。

民國初年，日本吃定中國，吃定袁世凱北洋政府，硬幹提出《二十一條密約》，顧維鈞參與密笏，得悉內情，故意向報界洩漏內情，引發舉國抗爭。後來，顧維鈞先後出任北洋政府外交總長、財政總長，甚至，兩度代理國務總理。民國十七年，強人打贏北伐戰爭，統一全中國，通緝諸北洋政府頭頭，其中，就包括顧維鈞。後來，張學良出面斡旋，顧維鈞加入國民政府，重返外交界，歷任要職，深受強人委員長倚仗重用。

顧維鈞儀表堂堂，風度翩翩，與梅蘭芳、汪精衛，並稱「中國三大美男子」，首任妻子唐寶玥後來過世，他又娶印尼華僑糖王之女黃惠蘭。他自幼赴美留學，及長，遍歷各國，早已是西人作派，言行舉止俱是外交官身段，遇事講究理智從事，和緩對付，避免摻雜情緒，更不見喜怒起伏。他雖是中華民國駐美大使，也奉台北強人總統號令，但這人就是個專業外交技術官僚，與強人殊少淵源情誼。

這天上午，他得主持重要會議，會中要協商重要事項，為此，他近日以來不得安寧，頗傷腦筋。此刻，顧維鈞吞下頭痛藥片，把腦袋靠在皮座椅上，閉目養神。他今年六十三歲，雖未至耄耋之年，卻總是上了年紀，身子骨不比當年，須得講究攝養珍重，每日起居定時更是重要。然而，昨天晚上將近十一點，他在雙橡園大使官邸，都已經上床睡覺了，台北外交部卻來了通電話，指名非要他即刻接聽不可。那通擾人電話，害得他作息亂了套，今天一早起床後，就覺得渾身不對勁。

這當口，他頹然仰靠椅背，兩手握拳，擺在兩邊太陽穴上，緩慢摩挲，消除頭痛。藥片吃下去，又用手按摩，頭疼緩緩降了下去，心思卻格外靈敏，想到昨天晚上那通電話，他就上了心事。

那通電話，是台北外交部長葉公超打來，先是簡略禮貌問候，寒暄兩句，繼而邁入主題，開門見山，揭甕要害。電話那頭，葉公超喊著顧維鈞英文名字道：「Wellington，毛邦初那件案子，愈來愈棘手。就在剛才，老先生找我去總統府，他說，他得到情報，說是毛邦初準備在華府開記者會，公開揭露台北國防部、參謀本部、空軍總司令部貪污腐化內幕。老先生還說，向惟萱已經向美國政府申請政治庇護。」

「老先生今天大發脾氣，把茶杯都摔了，痛罵毛邦初吃裡扒外，挾洋人自重，在國家最困難，最需要美援之際，在美國潑屎撒尿，把台北國民政府抹得臭不可聞，意圖斷了美國對華軍經兩途援助。老先生要我轉告你，明確告訴美國國務院與國會山莊，告訴他們，老先生打算對毛邦初與向惟萱，採取嚴厲制裁手段。」

顧維鈞聞言，大吃一驚，原先睏意頓時消散，他喊著葉公超英文名字問道：「George，怎麼會鬧成這樣？美國這裡，國會與報紙對台北當局都很不友善，只能用軟手段，慢慢磨，事緩則圓，不能硬幹。照委員長講法，就是玉石俱焚，兩敗俱傷，毛邦初事小，國家命運事大。這事情，我不能照委員長指示辦，他可能只是氣話，我先緩一緩，等一等，或許，過一陣子，他氣消了，會有其他指示。」

電話那頭，葉公超附和顧維鈞看法：「沒錯，Wellington，本來就該這樣辦，我打這通電話，只是奉命傳達他指令，我也覺得，不該這樣硬來。這樣好了，你先設法打探，了解毛邦初是否真要開記者會？向惟萱是否真的申請政治庇護？有了確切答案，我們再商量下一步該怎麼走。講起來，毛邦初實在不該如此忘恩負義，他是委員長家人，深受委員長提拔。如今，竟因他與周至柔私人恩怨，拿美援當籌碼，威脅委員長，十足是個梟獍。」

無論顧維鈞或葉公超，在國民政府任職多年，對強人職銜，一向喊「委員長」喊慣了。強人現在當了總統，但政府裡頭許多要員，還是習慣以「委員長」稱呼強人。更何況，強人當委員長時，叱吒風雲，等後來當了總統，運勢就轉蹇劣，金陵王氣黯然消，退居彈丸之地台灣。

葉公超接著道：「還有，諾蘭參議員與周以德眾議員方面，你也要好好敷衍。這兩人，持續打電話給我，要我向委員長報告，指稱空軍採購弊端。我幾次回應，表示委員長已經調查過周至柔，都查明白了，但這兩位老先生始終不信。猶有甚者，這兩人對台北方面處置舉措瞭若指掌，我們內部剛定了對策，他們倆隨後就知道。」

顧維鈞聞言，嘆了口氣道：「唉，這也是沒辦法的事，我們作外交工作，只是檯面上官方往來，他們卻另外有私下管道，直通委員長官邸。這種遊戲規則，我們只能接受，順勢而為，設法因應，別讓既存形勢條件壞了心情。」

葉公超那份牢騷，顧維鈞很清楚，指的是強人夫人宋美齡，介入對美外交。強人夫人有自己管道，在美國有娘家宋氏、孔氏家人，幫著傳遞訊息。以毛邦初案為例，強人夫人三天兩頭有私信，透過孔、宋兩家晚輩，轉交諾蘭、周以德。甚至，強人夫人與毛邦初也有直通管道，毛邦初始終頗討宋美齡歡心，宋美齡對毛邦初也頗為呵護。

這通電話，講了三十多分鐘。講完，時辰已過十一點半，誤了顧維鈞睡眠，故而今天一大早，就鬧偏頭痛。這當口，吃了藥，壓下頭痛，顧維鈞又默想今天會議討論事項。之前，他接到台北總統府指示，說是取消各軍種駐美採購單位，另外成立聯合採購委員會，統籌所有軍事採購，並由皮宗敢少將出任新單位主管。總統府下令，要駐美大使顧維鈞操持此事，居中協調，推動裁撤與合併。

隨即，昨天上午，皮宗敢到大使館來，拜會顧維鈞。皮宗敢容貌端正，講得一口漂亮英文，待人處世圓融滑潤，各方面口碑不錯，初次與人見面，總能予人良好印象。皮宗敢出示台北總統府與參謀本部書面訓令，根據總統府訓令，新成立聯合採購委員會，由陸軍少將皮宗敢領導，並有海軍中校黃思研、空軍少校夏公權，負責海、空兩軍採購業務。

昨天會面，顧維鈞一眼就看出，皮宗敢對新職位毫無把握，更不敢與毛邦初對抗。所以，皮宗敢才來大使館，希望顧維鈞撐腰，支持成立新單位。

皮宗敢，黃埔軍校出身，後來轉讀文學校南京金陵大學，之後又去英國留學。論部隊資歷，這人只當過營長，欠缺團長以上歷練。後來他長期擔任高級幕僚，論其帶兵資歷，原本不可能升任少將。不過，他後來進入侍從室，擔任強人委員長侍從武官。強人侍從室裡，凡黨政事務、公文，由機要侍從祕書俞國華處理，後來由周宏濤繼任。至於軍事事務、公文，則交由侍從武官皮宗敢處理。皮在強人身邊辦事，忠誠可靠，深得強人賞識，因而，毛邦初顯露造反意圖後，強人趕緊派出身邊親信皮宗敢，到華府來，統一各軍種採購業務。

然而，在華府各路採購大員眼裡，皮宗敢只是個嫩雛兒角色，沒人把他放在眼裡。今天上午這會議，皮宗敢要與各採購單位頭頭會面，商談裁撤、合併大計。顧維鈞想到這兒，微微搖了搖頭，曉得待會兒必有口舌大戰，皮宗敢今天大約要吃癟。低頭看看手錶，八點四十五分，距開會時間差十分鐘，顧維鈞站起身來，打算去會議室。還沒等他推門，桌上電話響起，他趕忙回身，走向辦公桌，接聽電話。這電話，是門外女祕書所打，通報顧維鈞，毛邦初等在外頭，等著請見。顧維鈞趕忙走到門口，拉開了門，讓進毛邦初。

毛邦初進來，也不廢話，馬上從公事包裡，掏出兩份電報。先是一封去電，由他直接拍發給強人總統。毛邦初在電報裡說，周至柔貪贓枉法，政府腐敗不堪，強人總統要他先離開華府，召他回台北，他不打算回去。此外，他已經暫停空軍駐美辦事處主任工作，把這職位交給向惟萱暫代。

繼而，第二封電報則是強人回電。強人口氣強硬，說是召毛回去，就是要毛當面與周至柔對質，把所有問題一次弄清楚。其次，強人痛斥毛邦初，未經國防部同意，擅自將空軍駐美辦事處主任職權，交給向惟萱，此事已觸犯軍法，有違紀之罪。強人電報中更強調，已派皮宗敢去華府，接收各軍種採購權柄，要毛邦初服從軍紀，裁撤空軍辦事處，併入皮宗敢所領導聯合採購委員會。末了，強人再度強調，要毛邦初協助，令向惟萱回台。

毛邦初待顧維鈞看完兩封電報，兩手一攤，翻翻白眼珠子，對顧維鈞道：「顧大使，兩封電報你都看了，事情就是這樣。我去年十月底，才回過台北，現在，他又要我回去，這次我不打算回去。我若回去，必定是肉包子打狗，有去無回，定然被他扣住，不讓我回美國。我不是阿木林[1]，不癡不呆，才不上他這當。」

「實話對顧大使說，夫人曾有電話給我，勸我不要這樣，勸我回台灣，她保證我安全，保證一定讓我回美國。我才不信，不是不信夫人，是不信老頭子。你想，西安事變之後，夫人去西安，對張學良拍胸脯保證，說是一定會迴護張學良，不讓張坐牢。然後呢？張學良還不是被老頭子軟禁，關了十六年，到現在還關在新竹山裡，不讓出來。夫人有心無力，嘴上說保證，其實保證不了。」

1 阿木林：上海話，指傻瓜或呆子。

顧維鈞聞言，委婉勸解道：「毛主任，我覺得您對周至柔總司令控訴，與空軍採購業務，必須分開看待，不應讓私人情緒，影響軍購公事。」

毛邦初訕訕回道：「再說吧，誰願意當國家罪人呢？實在是他們逼人太甚，我才會這樣。今天到這兒來開會，先來您辦公室，給您看這兩封電報。我意思是，將來老頭子必然會要你出面，對我採取激烈報復。我話先說在前面，我也不是吃素的，真要弄我，我就來個魚死網破，他殺我一萬，我也砍他八千，讓他討不了便宜。所以，要是老頭子要您對我下辣手，您可得腦袋清楚，想明白了。我這是醜話說在前面，真要對我下辣手，別怪我到時候翻臉無情！」

話說到這兒，毛邦初鼻孔重重哼了一聲，翻身離開，去了會議室。隨即，顧維鈞也去了會議室，一場口角大戲，就此開打。

顧維鈞進了會議室，見該與會者，俱都露臉。這裡頭，除今天正主皮宗敢、毛邦初外，還到了向惟萱、軍品技術採購團團長韓朝宗、大使館空軍武官曾慶瀾、大使館參事銜公使譚紹華、大使館參事王守競。顧維鈞縱橫政壇四十餘年，閱歷豐沛，感應靈敏，他一眼看去，就曉得毛邦初、向惟萱、韓朝宗面帶殺氣，皮宗敢則是渾身緊繃，等著接招。他曉得，今天這會議有得吵的。

果然，他才宣讀會議主旨，說是今天這會，在於協調各方，結束現有個別採購單位，轉而納入聯合採購委員會，由皮宗敢主其事，底下馬上有人發難。這人，竟然是大使館空軍武官曾慶瀾。曾慶瀾苦著臉道：「報告大使，台北電報指令上說，將來這聯合採購委員會，由皮宗敢將軍主持，而空軍另外派夏公權少校，負責空軍軍品採購。在夏公權少校抵達華府之前，暫時由我代理空軍採購職務。」

說到這兒，曾慶瀾轉頭看看毛邦初與向惟萱道：「我從沒弄過軍品採購，都是毛將軍與向上校負責，這裡頭牽涉太多專門事項，我技術生疏，人小肩膀窄，擔不下這重擔，實在無法奉命遵行。」

這話才說完，向惟萱馬上接碴道：「曾武官所言甚是，軍品採購經緯萬端，涉及深奧專業知識與技術，不是隨隨便便指定個外行人，就能扛得下這重擔。拜託顧大使，電報回覆台北，懇請總統府收回成命，以免外行領導內行，壞了軍購大事。」

皮宗敢聞言，立刻反駁道：「成立聯合採購委員會，是台北國防部與三軍總部，開過多次會議，經過多次討論，才有這決定。尤其，此事已報奉總統核定在案，豈能朝令夕改？這不是兒戲嗎？」

這當口，毛邦初身子一挺，腦袋一昂，就要發作。顧維鈞見狀，立刻抬手，對著毛邦初虛虛按了幾下道：「毛主任，待會兒發言，我先有個問題，問韓朝宗團長。」

這韓朝宗，頭銜是「軍品採購技術團」團長，專肆採購陸軍軍品，背後老闆則是國防部兵工署。

顧維鈞問韓朝宗：「韓團長，請問你對合併命令，有何看法？」

韓朝宗口氣忿忿不平道：「軍人以服從為天職，上頭要我移轉業務，我只好移轉。不過，不能平白由皮宗敢接收作主，這樣吧，如果國防部兵工署給我下命令，我就移轉。接到兵工署書面指令之前，我拒絕移交。」

聽韓朝宗這番言語，顧維鈞曉得，韓與毛並未結盟，但也反對合併。理由無他，這些駐美採購頭頭，在美國待久了，手上把持鉅額經費，飲食起居俱是豐沛，過著美式享受生活，早已養尊處優，不知歲月艱難。如今，一紙命令，要他們交出地盤、交出經費、交出帳冊，運氣好，還能繼續留在華府，運氣不好，就調回台北過苦日子，這幫人心裡當然有氣，當然不願絕了眼前好日子。

顧維鈞聽了韓朝宗牢騷話，點點頭，沒往下接碴，轉頭問毛邦初道：「毛主任有話要講？」詎料，毛邦初搖搖頭，下巴往向惟萱一點，張口言道：「向上校有話要說，他先說。他說完，我再說。」

向惟萱慢條斯理，若有所思，想了想，這才開口。一開口，就咬文嚼字，所講話語，全是公文辭句：「民國三十八年間，有商人名宗凌者，向國防部兜售無線電二十五台。當其時，總統府少將參軍皮宗敢，修書一封，致世界貿易公司，信中叮囑該公司，支付美金四千九百元，予商人宗凌，以購買該批無線電設備。經查證，該筆交易總價，超越即時市場價格，溢價額度逾兩千美元。」

向惟萱以口代筆，講了這一套文縐縐話語，講完，從身前桌面上公文夾裡，掏出一封信，逐字朗讀。這信，就是皮宗敢寫給世界貿易公司，要求該公司付款四千九百美元，予商人宗凌。顯然，今日毛邦初與向惟萱有備來，事前妥善籌劃，準備書面黑材料，打算一槓子敲死皮宗敢。

向惟萱唸這信之際，顧維鈞審視在場諸人，大使館譚紹華、王守競、曾慶瀾一副置身事外模樣，立馬高山，俯視山下兩軍搏命廝殺；韓朝宗則嘴角微微略帶笑意，樂見毛、向猛砍皮宗敢。而苦主皮宗敢，則是眉頭深鎖，眼神忿懣，氣虎虎等著出招回擊。

向惟萱才讀完那封信，毛邦初接著就發聲，接續轟擊：「各位，都聽到了吧？都明白了吧？皮將軍涉世未深，不知軍品採購這行業裡，豺狼虎豹為患，鬼魅魍魎當道。剛才向上校所言，並不是指控皮將軍操守，而是強調皮將軍經驗不足，易為人所矇騙。皮將軍這件事情作得孟浪，無論就行政規定、軍法條款，都應受責罰。如今，不但沒受責罰，反而派到華府來，接收三軍採購業務。這樣一搞，不是外行領導內行，那是什麼？」

這話才說完，韓朝宗接碴道：「向上校要不說，我都忘了這件事。沒錯，的的確確，宗凌是個騙子，華府軍購圈子裡，大家都知道，這人是個江湖術士，能說會道，三寸不爛之舌，唬得外行一愣一愣，上了他圈套。我奉公守法，上頭要我移交，我就移交。可是，要我把陸軍軍品採購業務，移交給一個門外漢，實在讓我痛心。」

這會，開了不到二十分鐘，三下兩下，就搞得氣氛空前緊張。主持人顧維鈞看在眼裡，曉得今日很難善了。他是哥倫比亞大學法學博士出身，又是政壇老江湖，碰到這局面，沒得說的，就拿法庭審案那套手法對應。他當毛邦初、向惟萱是原告，皮宗敢是被告。如今，原告炮擊完畢，該被告辯駁。

韓朝宗講完，毛邦初還打算再攻，卻為顧維鈞揮揮手止住。顧維鈞轉而朝皮宗敢道：「皮將軍，今天會議主題是合併各軍種採購單位，另行成立聯合採購委員會。適才他們發言，與會議主旨無關。不過，他們對你提出指責，涉及人身攻擊，現在，我給你機會，讓你答辯。」

皮宗敢另闢蹊徑，繞過該項無線電設備採購過程、致世界貿易公司函件，單就後續處置，為己辯護。他衝著毛邦初、向惟萱、韓朝宗道：「你們講的這一套又一套，都是天寶遺事，都是舊話老故事。當初，外頭告我狀的還少了？署名的，匿名的，口頭的，寫信的，多少人都告過我。這事情，上頭早就查清楚了，也還了我清白。若我真有問題，早就撤職查辦，今天也輪不到我，到華府來接收各位採購業務。」

「另外附帶一提，凡是重大指控，總統都曉得，都重視，都會指示查辦。這一年多以來，有人嚴詞指控周參謀總長四大罪狀，汽油案、雷達案、戰機案、匯款案，我明白告訴各位，上頭全查清楚了，空軍政治部還出具書面證明，還了周總長清白。往下，要再有這種指控，就是無事生非，故意攪局。」

這話說完，顧維鈞趕緊抓住瞬間空檔，立即插話道：「剛才幾位對皮將軍指控，情節嚴重，茲事體大。如果真要追究此事，應當另循法律途徑。這件事情，不是今天這會議宗旨，因而，我請大家節制情緒，拉回敘事主軸，只討論裁撤現有採購單位、另外成立聯合採購委員會之事。政府設官分職，大家都是替政府工作，各有所司，眾人都應依法辦事，涇渭分明，不應把其他事情，扯進今天會議主題。」

不料，毛邦初竟然拿手猛拍桌面，啪地一聲，與會眾人皆嚇一跳。就見毛邦初氣虎虎道：「顧大使，我不同意你這話。俗話說，上樑不正下樑歪，我們空軍駐美辦事處，絕不當裝聾作啞下樑。上樑不正，我們拒絕受命，軍人雖然講究服從，但我們絕不盲目服從。倘若上級濫用職權，損及國家在美聲譽，很抱歉，我得揭竿而起，該反抗就反抗。」

這話，說得顧維鈞等大使館同仁面面相覷，心裡皆想：「這不是反了嗎？這樣講話，要是台北總統府知道了，就是個殺頭罪名。皮宗敢必然會把這話，回報台北總統府，這下子，算是撕破了臉，事情鬧大了，以後絕難善了。」

就連韓朝宗，也一臉驚恐，他只是留戀現職，心裡有牴觸情緒，不願拱手把駐美採購肥缺，平白交給皮宗敢。然而，論其本心，並無反意，也從來不曾與毛邦初、向惟萱勾結。今天這會上，他唱和毛、向言論，只不過是宣洩不滿情緒。他壓根沒想到，毛邦初竟有謀反言論。想到這兒，韓朝宗心裡打鼓，對剛才搶白皮宗敢言論，頗覺後悔。

皮宗敢聽聞毛邦初這套言語，有如點燃了爆竹，當場炸鍋，站起身來，戟指對著毛邦初道。

「你，你，你，你講這話，就是公然抗命。」

說罷，皮宗敢坐了下去，彎腰提起腳邊公事包，摸摸掏掏，拿出一份文件，拉高了腔調，冷言冷語，夾棍夾棒，對毛邦初、向惟萱道：「果然，國防部政治部情報果然沒錯，我來美之前，接奉多項指令。其中一項，是國防部政治部所頒發，裡頭詳實列載空軍駐美辦事處近年投共情資。這份指令說得很清楚，一年多時間裡，毛邦初在美之屬員，已潛回大陸投共者，先後計有金耀奎、陳耀華、李成山、雲鐸、方城金、張光初、李永熹、沈祖顯、王程鵾、馮紹異、楊昌仁、李洪、高祥松等十三人。」

「我問你，你們這空軍駐美辦事處，一共有多少人？連文帶武，了不起二十多軍官、職工吧？一年多時間裡，竟然有十三人謀反投共，這根本就是共諜窩嘛！我要徹查，我接事之後，一定要徹查所有軍官忠誠、操守、思想，杜絕投共歪風。」

語音才落，就見毛邦初虎地一下，竟然站起身來，叉腰戟指，戳著皮宗敢道：「投共？投共？你竟然敢在我面前提投共？你不想想，要講投共，周至柔才是第一名。」

說完這話，毛邦初昂然環視會議室內眾人，也把音調拉高八度：「各位，你們問問皮宗敢，今年三月二十七日，也就是三十七天之前，發生了什麼事？可能，這事情連他也不知道，我雖然人在華府，當著這空軍駐美辦事處主任，但台北空軍總部，還是有不少耳報神，隔三差五，總會有訊息傳過來。今天，本來我還不打算說這檔事，既然皮宗敢提起投共，把我逼到牆角，沒得說的，我只好把這事情揭鍋。」

「告訴你們，三月二十七日那天，我們偉大參謀總長兼空軍總司令周至柔中將座機，竟然跑了，飛往上海，投共去了。」

隨即，毛邦初話說從頭，敘起此事。三月二十七日一大早，台北松山空軍基地專機組少校機長戴自瑾，到機場上班。專機組副組長王秉琳走過來，告訴戴自瑾，有一架雙引擎B-25中型轟炸機，編號三二八，是參謀總長兼空軍總司令周至柔座機，之前有點小故障，現在修好了，得飛上去測試。王秉琳指定戴自瑾，擔任試飛任務機長。

一架轟炸機飛上去測試，起碼得有機長、副機長、機工長三人。恰好，此時另一名飛行軍官龔祥禎經過，戴自瑾就拉著龔，要龔當他副機長。此外，機械士官莫麗林也來上班，正巧趕上這趟任務。於是，這架飛機就此上天，繞著台北盆地慢飛，測試各項性能。飛著，飛著，這飛機慢慢降低高度，沿著淡水河，朝河口飛去。

當場，松山基地塔台發現情況不對，不斷呼喚：「三二八請回答，三二八請回答。」卻沒有回音。就此，這架笨重轟炸機出了淡水河口，搖搖晃晃，朝北方飛去。陰錯陽差，松山機場沒停放戰鬥機，最近一處戰鬥機基地，是桃園機場。等桃園機場P-51野馬機升空，往北追擊攔截，已然太晚，那架編號三二八的B-25重轟炸機，就此蹤跡杳然，有如黃鶴，下落不明。

說到這兒，毛邦初兩手合掌，用力一拍，啪地一聲，然後總結罵道：「跑啦，跑啦，周總長、周總司令座機，就此跑啦。台灣這兒，追都追不上，不曉得這總長座機，飛到哪兒去了？幾小時後，當天中午，中共上海中央人民廣播電台，就發了大新聞，說是國民黨空軍一架轟炸機，上午起義來歸，降落上海江灣機場。皮宗敢，皮少將，皮將軍，你這陸軍少將，知道這事嗎？周總長告訴你了嗎？老頭子告訴你了嗎？」

「別對我叫陣，說三道四，說什麼投共，周至柔才是投共老祖宗。你不提還好，你要提起，我來幫他算算這筆帳。」

說完，毛邦初抖了抖隨身公事包，又甩出一張紙片，上頭鋼筆筆跡密密麻麻，寫著大量文字。一旁，向惟萱跟著起鬨道：「對了，這樣才對了，長官，幹得好，把周至柔那筆帳，好好給他算一算。」

會議室裡吵得熱鬧，駐美大使顧維鈞被晾在一旁，心想：「今天這會開得夠嗆，幾方面都吃了炸藥。這不是開會，這壓根就是封神榜上眾仙顯技，在這兒打生死擂台。」

毛邦初手上捏著那張單子，戴上老花眼鏡，瞇著眼睛道：「從民國三十五年起，他周至柔就當空軍總司令，管著空軍大小事情，到現在有五年時間。五年裡，空軍叛逃飛機，兩隻手加上兩隻腳，都數不完。大陸時期跑掉的，就不去說他了。現在，我單講民國三十八年，政府遷台之後，到現在為止，一年多時間裡，空軍各式飛機叛逃資料。」

「三十八年四月十七日，空軍八大隊上尉飛行員杜道時，與二十大隊機工長郝子儀合作，飛一架C-46運輸機，台中清泉崗基地起飛，在江蘇徐州機場降落。十月十六日，十大隊上尉飛行員江富考、乘員周震南、石建儒、陳尚明，飛C-47運輸機，自嘉義基地北飛叛逃，降落南京機場。」

「十月十七日，高雄岡山空軍官校飛行學員魏昌蜀，藉午休警戒鬆懈機會，潛入基地機棚，上了AT-6教練機，強行起飛，降落福州機場。對了，他強行起飛後，空軍派P-51野馬機追擊，都追到了，拿機槍掃射，還是沒打下來，安全飛抵福州機場，叛逃成功。十二月二十六日，一大隊二中隊中尉軍械員岳哲安，從台中機場駕駛PT-17教練機，安抵福州機場。這PT-17型飛機，是初級教練機，雙翅膀，搖搖晃晃，飛得低，飛得慢，竟然也跑了。尤其，岳哲安還不是飛行員，只是機械官，竟然也把飛機飛跑了。」

「到了去年，民國三十九年，一開年，元月三日，又是空軍官校飛行學員，這人叫李純，爬上官校機棚裡AT-6教練機，後來在福建漳浦附近海灘迫降。過了不到一個星期，元月九日，又是空軍官校飛行學員，這人叫黃永華，又是AT-6，這一回，飛到廣東潮安。兩個多月裡，空軍官校連續跑了三架AT-6，這簡直是機瘟發作。校長胡偉克坐不住了，熬到四月一號，官校換校長，胡偉克下來，換我弟弟毛瀛初上去當校長。」

毛邦初長篇大論，總算把手上那張單子唸完。算完了帳，得意洋洋，先衝著皮宗敢，繼而搖搖下巴，朝向惟萱點點：「我說完了，向機械正那兒，還有點資料，在此也一併告訴大家。」

包括顧維鈞、皮宗敢在內，其他與會者俱感詫異，眾人實在沒想到，毛邦初、向惟萱準備如此豐沛。尤其，皮宗敢事前料想，今天會議必然有架要吵，但想都想不到，毛、向竟然出怪招，他祭起「叛逃翻天印」打出去，對方竟然拿「叛逃泰山頂」壓回來，技高一籌，當時就贏了陣腳。

向惟萱趁勝追擊，摳摳摸摸，也從隨身公事包裡掏出一物，竟然是一張《中央日報》。他睜圓眼睛，直勾勾瞪著皮宗敢道：「你口口聲聲，說周至柔所犯諸事，已由空軍總部政治部出具書面證明，還了周總長清白。不說政治部還好，要說政治部，我這兒就有點證據，掀掀他們政治部底細。各位，現在台灣各軍種政治部，都由國防部政治部直接單線領導。而國防部政治部，則是大太子管事。」

「大太子，於抗戰時期，在重慶辦了中央幹部學校，簡稱中央幹校，訓練出一批基本班底。現在台北國防部政治部，還是靠這一批幹校子弟兵。各位，中央幹校校友仗著大太子勢力，魚肉善良百姓，胡作非為，這樣搞下去，非得再鬧一次『二二八事件』不可。」

隨即，向惟萱高聲朗讀那張《中央日報》上頭，一則感謝啟示廣告。這則廣告，斗大黑字標題寫著：「鳴謝東南軍政長官公署陳誠長官、台灣省保安司令部吳國楨司令、彭孟緝副司令、憲兵第四團李經甫團長、台北市南區憲兵隊王才金隊長德政。」

廣告刊登人，名叫沈洪漪，是個小商人。根據廣告文字，沈洪漪在新公園正前方館前路，租了一幢小樓，經營生意。結果，這小樓樓上卻被中央幹部學校校友會、青年軍聯誼會強占，一年多以來，不但白用水電、搗毀房門、在屋頂隨處便溺、故意滋擾，甚至，還把一部分強占房間，對外轉租，收取租金。

屋主沈洪漪有理講不清，於是，四處告狀，分別向東南軍政長官公署、台灣省保安司令部、憲兵第四團、台北市南區憲兵隊喊冤。後來，陳誠曉得這事，硬壓下去，把這批無賴趕走。事後，沈洪漪在《中央日報》上刊登這廣告。不巧，這張鳴謝廣告，竟然飄洋過海，到了美國首都華盛頓，落入毛邦初、向惟萱手中，今天在這會議上，成了烈性炸藥，被向惟萱拿出來當眾宣讀，狠狠臭了皮宗敢一頓。

向惟萱唸完《中央日報》鳴謝廣告，轉腳敲釘，又狠狠補上一槍：「聽見沒有？這就是中央幹校校友死德行，強佔民宅，拉屎撒尿，請不走、趕不動，還有臉轉租出去，另外撈錢。大太子就靠這幫校友保駕，在國防部起了爐灶，修了個廟，叫政治部。然後，底下又在各軍種另起分灶，一脈香火，一個德行。就政治部這麼個渾機構，給周至柔出個什麼保證公函，保證什麼清白，誰信啊？」

顧維鈞、皮宗敢、韓朝宗等人，剛才聽毛邦初出言不遜，說什麼「得揭竿而起，該反抗就反抗」；現在，又聽向惟萱一口一個「大太子」，眾人這才曉得，毛、向二人這是造反造定了，等於向台北國民政府公然叫板，勢已無法挽回，今後必有惡戰。

七

一九五一年八月十八日：北京樓

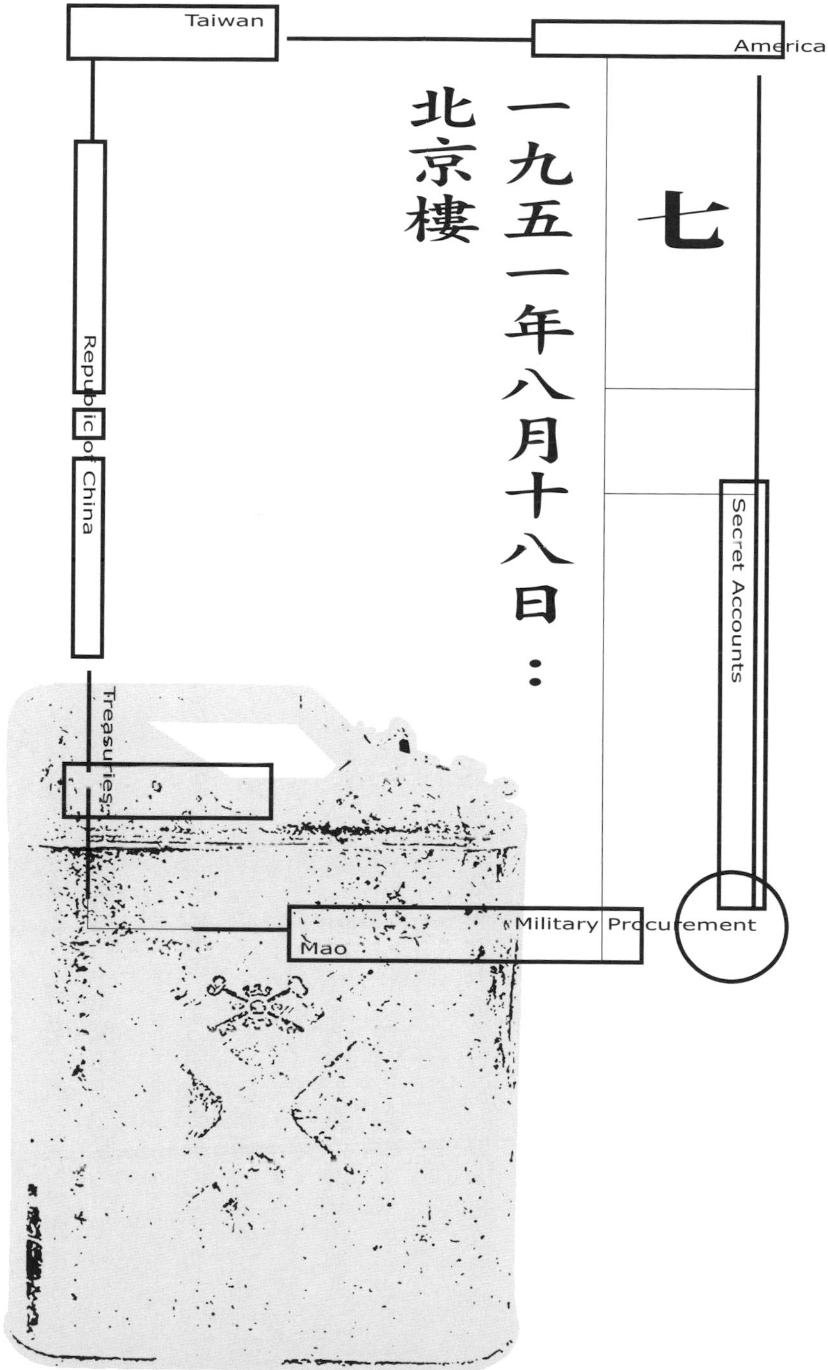

大華盛頓地區，中國餐館處處可見，然知名者，僅有兩處，一處在郊區，另一處，則位於市內鬧區，就是這「北京樓」。這館子，廚務大當家，人稱「曹九」，年歲已高，等閒不下廚掌勺，但每日裡還是親到館子管事。

這館子雖名叫北京樓，菜色卻是東西南北，兼容並蓄，其中又以湘菜、粵菜為主幹。洋人對中餐，其實一知半解，點起菜來，不外是酸甜咕咾肉、炒雜碎之類洋式中菜。甚至，蛋炒飯、酸辣湯端上桌去，還要澆上濃濃醬油，搞得不三不四，這才入口。

這北京樓開在美國首都華盛頓，食客中西皆有，菜色也分兩路。但凡洋人上門，北京樓照顧洋人偏好，菜單上頗有洋式菜譜。當然，館子裡另有大量菜式，涉及豬肚、豬肝、豬腸、豆豉、鹹魚、皮蛋，則供華人食用。

華人上館子，講究吃滋味；西人上館子，講究吃氣氛。北京樓在華府中餐界首屈一指，布置自然高人一等。一進門，就是寬敞大廳，擺了十餘張花梨紫檀木中式餐桌，桌上擺置潔白仿象牙筷子、精緻細白瓷碗、碟、匙。四面牆上，則是大幅臨摹清明上河圖。這清明上河圖，足足有一丈高，沿著牆面而貼，除門、窗、框外，所有牆面均布滿這清明上河圖。

食客進得門來，這清明上河圖，就令人眼花撩亂。初次光顧洋人客人，更是驚艷讚嘆，緊盯這幅臨摹國畫，沿著牆面，邊走邊看邊讚賞，之後點起菜來，自然手不軟、氣不喘，小費更是出手大方。

壁畫之外，這館子屋頂天花板下，遍懸宮燈，燈上繡著二十四孝故事，古色古香，頗受洋人青睞。不僅於此，這館子櫃台旁，還置有兩座大玻璃櫃，裡頭分層擺放石膏國劇臉譜、刺繡、迷你芭蕉扇、西遊記人物模型等等中國事物，勾得洋人好奇心大起，付帳時，往往順便自玻璃櫃子裡捎帶幾樣玩偶，更增店家營收。

這一天，一九五一年八月十八日，星期六，中午將近十二點之際，北京樓外頭人行道旁，駛來一輛福特黑色房車。車子停妥，後車門開啟，走下一人。儘管是週末，這人還是打扮整齊，大熱天西裝領帶，一樣不少。這人，是中華民國駐美大使顧維鈞。幾天前，他接到中華民國駐國際復興開發銀行、國際貨幣基金兩大國際金融組織董事譚伯羽請柬，邀他今天中午，到北京樓吃飯。

請柬之外，譚伯羽亦親自來電，口頭殷殷邀約。顧維鈞其實與譚伯羽不熟，雙方吃飯，就是交際應酬，而週末假日，純屬私人時段，不應交際應酬。然而，他身為駐美大使，自有必要肆應各方，譚伯羽是兩大國際金融機構董事，電話裡口氣誠懇，說是有事請益，因而，顧維鈞首肯赴約。

顧維鈞下了車，進了館子，迎賓侍者最識眼色高低，一瞧是顧大使，趕忙堆起笑臉，忙不迭道：「顧大使，請跟著我，譚董事已經到了，在後頭套間。」

進了套間，就見譚伯羽、俞國華、皮宗敢三人在座。另有一清瞿老者，站在譚伯羽身旁，略略躬身，一口一個「大少爺」，喊著譚伯羽。這兩人，正商量今天菜單。就聽見那清瞿老者道：「大少爺，您今天請顧大使，場面不一樣，應該來點壓桌菜。這樣好了，除了尋常煎、煮、炒、炸、燉之外，另外上黃燜魚翅、清湯燕窩、扒大烏參。」

這當口，譚伯羽見顧維鈞走進套間，立時中斷談話，站起身來，殷切招呼顧維鈞道：「顧大使，您來了，請上座，今天您是主客，許久沒見，請您吃飯，聊聊家常。今天，特別請了這兩位小朋友當陪客，大家平常忙公事，見了面也是談公事，今天輕鬆點，就是隨便聊聊。」

顧維鈞笑笑落座，心想：「有點古怪，那天打電話，說是有事請益。怎麼，現在改口，說是聊天話家常？」

就聽見譚伯羽對那清瞿老者道：「曹九，別折騰了，今天就是家常飯，隨興點。我看，就是白切油雞、薑芽蘑菇丁炒嫩筍、蟹黃扒芥藍、濃燜鵝掌、豆豉肉餅蒸鹹魚，外帶一盆雞酒湯。好吧，來個壓桌菜，就來紅燒鮑脯好了。」

曹九聞言，恭順答道：「就這樣了，大少爺，回頭還要什麼，另外再吩咐下來。」

曹九轉身離去，譚伯羽拿起桌上冰鎮小毛巾，擦拭手臉，邊擦邊道：「這北京樓，曹九早就不動手，他天天來，只管事不下廚。故而一般食客，吃不到他手藝。但他只要見我來，必然親自掌勺，那滋味，就不一樣了。待會兒，三位品嚐品嚐，看看味道是否與平常有別。」

原來，這譚伯羽是國民黨元老譚延闓兒子。譚延闓家，三代翰林，都是高官，為官三代，始知穿衣吃飯。譚延闓懂吃，門下有廚子曹藎臣主持飲食之事。曹藎臣，人稱曹四，在譚延闓家闖出名聲，外頭稱其為「譚廚」，久而久之，反而忘其本來姓氏。

曹家能人輩出，兄弟幾個掌起勺來，俱有驚人藝業，曹四固然了得，弟弟曹九也不含糊。當初，曹家兄弟長在譚府總司廚務，對譚延闓子女，以「少爺」、「小姐」稱之。如今，山河改，景物非，人事變，山轉路也轉，譚伯羽與曹九都到了華盛頓。如今這北京樓，名義上，是曹九兒子曹建和所開，廚務大計卻還是曹九操持。

故而，今天譚伯羽在北京樓請客，曹九不但親自接待、親自下廚，並且不忘昔日規矩，一口一個「大少爺」，喊著譚伯羽。

今日飯局，譚伯羽是東道主，自是撐起局面，談興大起，信口閒扯各色掌故，熱絡桌邊氣氛。放下熱毛巾，譚伯羽端起小白瓷杯，輕輕吹著杯子裡茶葉，繼而細細啜上幾口，隨即道：「咳，曹藎臣在我家待了那樣多年，多少鮮美滋味，我都嚐過，但我妹夫，每次在我家吃飯，都是正襟危坐，不苟言笑，我看，他很難吃出曹藎臣手藝，可惜啦！」

譚伯羽二妹譚祥，嫁給陳誠，眼下，陳誠在台北當行政院院長。

顧維鈞外交圈打滾三十多年，也是場面上人物，見譚伯羽如此刻意炒熱氣氛，自然識得眼色高低，也跟著湊興道：「是啊！譚廚大名鼎鼎，手藝的確非凡。說起來，南方菜還是比北方菜高明，我長於江南，自幼在上海讀書，吃慣了南方菜。民國元年我從美國回國，在北京總統府當祕書，北京那些館子，吃起來實在彆扭。」

顧維鈞話音才落，白襯衣黑長褲侍者推門而入，端上來一大碟子四色冷盤。譚伯羽舉箸作勢，招呼餘人吃菜，繼而言道：「顧大使，說到您在北京總統府當祕書，您給我們講講您返國之事。我曾聽人講過此事，但還是想請您開金口，現身說法，好讓我們幾個晚輩開開眼界。」

顧維鈞今年六十三歲，譚伯羽五十一歲，剛好十二生肖差一個輪迴；皮宗敢四十一歲，俞國華則是三十八歲，算起年歲，都是顧維鈞晚輩。顧維鈞夾了一筷子燻魚，略嚼一嚼，開了話匣子：

「辛亥革命時，我在紐約哥倫比亞大學，博士讀到最後關頭。五個月後，民國元年二月，我接到華盛頓中國公使館公函，邀我去華府，說是中國駐美國公使張蔭棠約我談話。幾週後，我趁週末去華盛頓，面見張公使。他說，北京國務院總理唐紹儀，向大總統袁世凱推薦，要我即刻回北京，擔任袁世凱英文祕書。」

「我告訴張公使，博士學位到了最後關頭，必須等拿到學位，才能回國。張公使罵我不識抬舉，說是機會難得，要我馬上回國。我不假思索，立刻拒絕。我這決定是對的，因為，要是不克竟全功，半途離開，以後會很麻煩。後來，胡適就吃了這大虧。」

譚伯羽聞言詫異道：「胡適怎麼吃了學位大虧？」

顧維鈞笑笑，閃過這問題道：「這就不去說他了，就說我吧，我回紐約，將此事告訴我博士論文指導教授。那位老先生聽了，氣急敗壞，說我就該甩了博士學位，立刻回去。老先生說，反正我得博士，也是回國服務，眼前有現成機會，不該放棄。後來，張公使又來信催促，我老師知悉，就以特別手段，給我開了特快車途徑，在三月底就讓我拿到博士學位。」

「四月初，我搭郵輪到倫敦，接著去巴黎，最後去了柏林。在柏林上短程火車，搭到波蘭華沙，換長途火車，進俄羅斯，一路向東，越過西伯利亞，進入中國東北。車子到了中俄邊界滿州里車站，我渾身發熱，異常激動，我回國了。整個東北，長春以北，俄國人天下，火車站員工、護路軍警，都是俄國人，車站則是中文、俄文並列。尤其是哈爾濱，壓根就是個俄國城市。」

「長春以南，無論鐵路員工還是護路軍警，全是日本人，車站則是中文、日文並列。到了北京，國務院安排，住進東交民巷六國飯店。兩天後，跟著唐紹儀，去中南海，見袁世凱。進中南海內一間很大辦公室，向袁世凱鞠躬，兩人對談，唐紹儀坐在袁世凱身邊椅子上。」

「第一次見袁世凱，覺得這人堅強、有魄力，但也野心勃勃，堅決果斷，天生就是個領袖人物。袁世凱與唐紹儀交情很好，唐紹儀喊袁世凱『總統先生』或『老兄』，袁世凱喊唐紹儀『老弟』。唐紹儀為幼童留美出身，很留心留美學生，所以，指名要我回去當祕書。」

「當時，北京男人普遍仍留著清朝長辮子，女人穿著過膝大掛，上海女人早就穿旗袍了。北京人見面，禮貌很奇怪，兩人相互躬身屈膝，相互為禮，看來滑稽。不過，有南方人不斷湧入北京，這些人衣著就不一樣，一看就知道是長江流域人物，其中頗多已經穿上西裝，雖然，那西裝與美國相較，還是樣式古怪。」

這會兒工夫，豆豉肉餅蒸鹹魚已經上桌，侍者給每人添了碗白飯。譚伯羽道：「來來來，肉餅鹹魚搭配熱米飯，正對胃口；顧大使所講往事，真是精彩。」

說罷，譚伯羽指著俞國華道：「我在國際復興開發銀行與國際貨幣基金當董事，多虧著他這副董事幫忙，省掉我好多事情。還有這位皮將軍，也是英年有為。他們倆，以前在強人委員長官邸裡當侍從祕書、侍從武官，一文一武，想必故事更多。國華，就說說你來美國過程吧。」

俞國華與皮宗敢俱是強人身邊心腹，兩人忠誠可靠，向來謹言慎行，作風穩健，等閒不與人聊天扯淡。然而，今天不知為何，兩人俱是臉掛淺笑，輕鬆閒散，絲毫沒有平日那股拘謹模樣。

俞國華聞言，微笑回道：「我在委員長身邊工作十年，總想出國深造，後來，委座同意，要我趕緊找替手，於是，就找了周宏濤接我。民國三十三年五月，委員長命商震上將，率領代表團到華府，採購軍備，我就跟著這代表團出來。臨走前，結束侍從室工作，收拾辦公桌，突然發現，抽屜最深處，竟然躺著一把手槍，還有一盒子彈，嚇我一跳。」

「我是文人，不須用槍，就把槍收起。這槍，從南京帶到武漢，又從武漢帶到重慶，始終放在抽屜裡，竟然忘了，臨出國前，才發現這槍，趕緊上繳。就我所知，戴笠很愛送人手槍，我前任機要侍從祕書汪日章、我繼任機要侍從祕書周宏濤，都收過戴笠所贈手槍。」

俞國華話音才落，皮宗敢接腔道：「我在委員長身邊，當侍從武官，戴笠也曾送過我德國手槍。」

俞國華所言，雖是小事，卻也是內幕祕聞，顧維鈞過往從未聽說，這時也聽得興致盎然，就隨口對俞國華問道：「聽說，去年你回了台灣一趟，有何趣事，說來聽聽？」

今天這飯局，的確有點古怪，俞國華平常謹言慎行，今天不知為何，嘴巴竟然開了拉鍊，大開言語門戶：「去年三月，總統復行視事沒多久，就要我回台灣。那趟回去，總統要我跟著他，四處走走，了解台灣情況。當然啦，他也給我任務，要我回美國執行。以前從沒去過台灣，去年回去，跟著總統四處視察，又恢復當年侍從室生涯，成了總統機要侍從祕書。」

「我那趟回去，不但向總統述職，並聽取指示，其他政府大員聽說我回來了，也找我去，或者問我話，或者交代我事情。比方說，黨國大老陳果夫，那時住在台中養病，特別找我去。他早年就患肺結核病，當年在重慶，對國民黨中央政治學校學生演講，都是自己帶著個小痰盂，放在講台上，邊講邊咳邊吐痰。」

「我去年回去，陳果夫找我去台中，他是黨國大老，我不能不去。其實，他已經病入膏肓，拖時間而已。我去了台中，坐在他病榻旁，聽他嘮叨事情。他躺在床上，頭都不太能抬得起來，就低著頭，說是他過去管國民黨黨務，大陸撤退時期，國民黨財委會有幾位同仁，捲款潛逃，去了美國。他希望我回美國後，幫他找到這些人，替他追討黨產。」

「我告訴他，我是國際復興開發銀行、國際貨幣基金副董事，沒權力去追討黨產，實在幫不上忙。他老先生躺在床上，一講就是兩三個鐘頭，邊講邊咳，我坐他身邊，心裡怕得要死，害怕被傳染，但嘴巴上卻不能說要走，只好忍著。這事情，現在想起來，還覺得害怕。」

俞國華這話講完，飯桌上其餘三人，俱都轟然而笑。這當口，菜已上齊，顧維鈞嚐過所有菜式，不禁感嘆道：「沒錯，味道不一樣。我到這兒吃過多次，也點過今天桌上這些菜。然而，同樣菜式，之前味道就差今天甚遠。」

譚伯羽道：「我早說了，曹九手段不一樣，只要他親自掌勺，同樣一道菜，味道就硬是比其他廚子高明。對了，國華，我聽人說，你夫人董梅真女士，以前和女作家張愛玲，不但是同學，還是手帕交。這是怎麼回事？說出來大家聽聽，以助食興？」

俞國華淺淺笑道：「我內人祖籍安徽，從小在北京長大，後來到上海，讀美國教會學校聖瑪麗女中。在聖瑪麗女中，她與張愛玲是同學，兩人感情挺好，常有往來，也算是手帕交。後來，抗戰爆發，我內人與張愛玲都去了香港，同時進了香港大學，還是同學。不過，在香港時，兩人來往就比較少了。」

「張愛玲很有才氣，小說寫得好，不過，就是個性比較孤寒，不太容易相處。民國三十六年，我在倫敦政經學院讀書，我岳父過世，我內人隻身離開倫敦，回上海奔喪。她在上海時，有大黃昏，走過一街角，突然有個女人喊她。我內人轉頭一看，不遠處站著一個年輕女人，打扮時髦，夕陽餘光照在臉上，閃閃生輝。因陽光關係，我內人一時看不清那人是誰。」

「那人自報姓名，說是張愛玲。那天傍晚，我內人與張愛玲站在上海街角，談了幾十分鐘，互道香港大學別後諸事。在那之後，我內人就再也沒見到張愛玲了。聽說，她現在還在上海，想出來，但還沒出來。」

俞國華說起妻子董梅真，顧維鈞聽了，驀然想到一事，對俞國華道：「對了，我之前去了趟紐約，與駐聯合國代表蔣廷黻談公事。談完公事，兩人閒聊，蔣大使說，他還是你媒人哪！這是怎麼回事？」

中華民國在美國，派有兩位大使，一位在華盛頓，是駐美大使；另一位，則在紐約，是駐聯合國代表。

俞國華聞言，略顯得意道：「我本來在上海，讀光華大學，一年後，民國二十年秋天，插班進了北平清華大學政治系。九月份，我才到北平，進清華大學沒幾天，就碰上『九一八事變』，北方各大學全都沸騰，清華大學尤其激烈。各校聯手，組成請願團，到南京去請願，要求委員長立刻對日本宣戰。他們要我參加請願團，我當然不會參加，就說我剛從上海來，到北平還沒幾天，不想再回南方。」

「那時，清華大學政治系四個年級，加起來才十四個學生，蔣廷黻大使那時是我們老師，教中國近代史，因為學生少，他自然認識每一個學生。我與我內人相識，論及婚嫁時，我內人家裡對我不太放心，認為我長期在侍從室，跟著委員長，恐怕沾染了官場習氣。」

「我岳父認識蔣廷黻老師，曉得蔣老師教過我，於是，向蔣老師打聽我為人。幸得蔣老師美言，才過了我岳父那關。我讀清華時，其他大學只有大一英文，而清華卻有大二英文，是必修課，英文老師就是現在台北外交部長葉公超。那大二英文課，各系學生一起上。」

「那堂課，有個歷史系學生，叫吳晗，常坐我旁邊，這人歷史功力很高，尤其專精明史，但英文很差勁。胡適先生很欣賞吳晗，特別向葉公超先生打招呼，英文成績不要為難吳晗。現在，吳晗是共產黨政府北京市副市長。」

俞國華這一番話才說完，譚伯羽接碴道：「國華，我們都知道，委員長常有話交代你，要你在美國代為傳話。傳什麼話，事屬機密，我們就不去說了。不過，你這樣四處傳話，總會有些趣事，不妨說說，大家聽聽。」

俞國華，等於是強人總統在美國私人代表，手上有專屬電報密碼，直接與總統府聯繫。強人總統常有私事交代，要俞國華拜訪在美大老，代為傳話。

俞國華略略思索，隨即答道：「就說吃飯吧，孔、宋兩家人，對我們這些後輩下屬，態度就不太一樣。有一次，我去紐約，拜訪宋子文先生，他請我在外頭館子吃飯。很有意思，我們在同一張餐桌上吃飯，卻是我吃中餐，他吃西餐，各吃各的。感覺上，宋先生對屬下很大方。」

「另一次，也是去紐約，拜訪孔祥熙。孔先生是中國銀行常務董事，在中國銀行紐約分行設址辦公，分行位於華爾街一棟大樓裡。我去中國銀行紐約分行，拜訪孔先生，完事之後，他請我吃飯。可是，不是去外頭館子吃飯，而是去了那幢辦公大樓裡，供應大樓所有公司員工餐飲的附屬餐廳。從這兩件事情，可以看出宋先生與孔先生差別。」

說到這兒，侍者推門而入，送上飯後甜點，一人一份高腳玻璃杯冰淇淋。只見譚伯羽拿根小湯勺，稍稍撥了冰淇淋幾下，就坐直身子，對顧維鈞道：「顧大使，謝謝您今天週末還賞光。其實，今天找您出來，還真是有事情。不過，究竟是什麼事，我也不清楚。總之，兩位小朋友會向您稟報。這兒，我就先走一步，櫃台那兒，我會交代，把帳單處理掉。」

說罷，譚伯羽站起身來，伸手與顧維鈞作別。顧維鈞也站起身來，伸出右手，禮貌回應。握手之際，顧維鈞心想：「來了，來了，那話兒來了，今天這頓飯到底所為何事，馬上就要揭曉。」

譚伯羽轉身，開門出去，又把套間門闔上。套間裡，皮宗敢整整容顏，一臉恭順，語帶歉意，緩緩對顧維鈞言道：「實話對顧大使說，毛邦初抗命違逆案，這兩天有大變化。台北那兒，已經決定撕破臉，要採強硬措施，過兩天就會對外公布。我們這兒，有些事情，必須向顧大使稟報，因時機緊急，等不到下週一，故而今天週末，藉飯局之名，請顧大使出來。」

顧維鈞一聽，心裡雪亮，曉得是怎麼回事。名義上，他是中華民國駐美大使，總攬台灣在美國外交事務，然而，他只是檯面上門神，檯面下另有管道，並且，不只一端。強人夫人那兒，透過美國孔、宋兩家親人，與美國國會來往；強人親信俞國華、皮宗敢等，又都各有密碼本，直達天聽，受強人私下調度指揮；台北那兒，隔三差五，又有各種密使來美。他這駐美大使，以及台北外交部長葉公超，對許多事情都接不上頭。

他曉得，這一定是強人總統決定下重手，處置毛邦初、向惟萱，當中又牽扯到他所不知機要大事，故而要俞國華、皮宗敢趕緊稟報，讓他知曉，俾便綜領全局。

這會兒工夫，俞國華已經召來侍者，將大餐桌收拾清爽，擦得潔淨發亮。

俞國華與皮宗敢，各自從隨身公事包裡，掏出一疊文件，上頭全是數據與報表。俞國華收起輕鬆閒適神情，容顏又回到慣有謹飭肅穆模樣，緩緩對顧維鈞言道：「之前局面，儘管毛邦初、向惟萱口出不敬言語，抗命犯上，總統還是寬容對待，不願決裂，總想私下善了，事緩則圓。沒想到，毛、向二人愈走愈遠，事情作絕，回不了頭。前幾天，《華盛頓郵報》有專欄主筆，連續寫了兩篇社論，攻擊政府，影響重大，連夫人都生氣了，總統決定斷然處理。」

原來，之前毛邦初、向惟萱二人，走洋人路線，透過參議員諾蘭、眾議員周以德，對台北當局施壓，但事情仍是私下為之，沒有鬧開。去年，《華盛頓郵報》上，有讀者瑪麗強森投書，揭露四項軍購弊案，但那畢竟是讀者投書。這一回不一樣，《華盛頓郵報》專欄主筆皮爾森（Drew Pearson），在八月十日、八月十六日，連續寫了兩篇署名社論，專攻三百萬加侖航空汽油、周至柔轉匯鉅額美元兩案。

這皮爾遜，不是等閒人物，在美國新聞界頗有分量，所寫內容往往摘奸發伏，切中時弊，聲望高、影響大。皮氏所寫兩篇署名社論刊登後，於美國國會、民間，引起廣泛迴響，大幅惡化台北國府在美形象。美國國會已經跑出聲浪，說是台北國府這樣腐敗，美國為何還要提供軍事、經濟援助？這下子，毛邦初算是踩到了老虎尾巴，台北當局決定採行斷然措施，對毛、向宣戰。

俞國華娓娓而言，指著桌上兩份銀行存款報告，對顧維鈞言道：「這裡有幾份銀行財務報告，第一份是我與毛邦初所開立共同帳戶；第二份是毛邦初與皮宗敢共同開立帳戶；第三份，則是皮宗敢、毛邦初、以及華盛頓一家銀行董事長，所共同成立公司的帳戶，這家公司，位於德拉瓦州。這些帳戶，都是用來採購各種軍品。」

顧維鈞是政壇老江湖，一聽就知道，俞國華所言不盡不實，裡面有難言之隱。很簡單，台北國民政府國防部，乃至各軍種，在美國都設有官方採購機構。譬如，毛邦初這空軍駐美辦事處，就負責空軍採購。既然已經有官方採購機構，為何還要私下開立帳戶，另外隱藏祕密經費，用於採購任務？

顧維鈞曉得，今天俞國華、皮宗敢必定是奉了台北強人總統之命，向他揭露這些祕密帳戶。而這幾個祕密帳戶資金，到底用途為何，他顧維鈞身在局外，不方便追問。因而，俞國華說多少，他就聽多少。

顧維鈞揀起一份報表，戴上老花眼鏡，細細端詳，這份銀行存提款收支報告，是毛邦初、俞國華在瑞士信貸銀行華府分行，所共同開立。這帳戶，開立於一九四九年元月，強人總統自請下台前夕。開戶之後，隨即有一千萬美元鉅額資金，匯入這帳戶。根據這份存提款收支報告，一千萬美元當中，已經動用八百五十萬美元，還剩下一百五十萬美元。

顧維鈞邊看存提款收支報告，邊閒閒問俞國華道：「這份收支報告上頭，寫明白了，說是如欲提取款項，必須由你與毛邦初，共同簽名，一起提款，才能把錢領出，是這樣嗎？」

俞國華回道：「確是如此，已經動用八百五十萬美元，都是我與毛一起提領。不過，款子提出來之後，到底如何使用，我並不過問，都是毛主任處理。」

顧維鈞聽聞此言，不禁想起，這兩年國會山莊鬧「中國遊說團」風暴，內情沸沸揚揚，指稱台北當局在美國參、眾兩院，以銀彈收買國會議員，成了說客，遊說通過法案，協助台北國民政府。顧維鈞身為駐美大使，對其中內情卻不甚了了。現在，他看了這份密帳報告，心裡這才大致有底。

繼而，顧維鈞又拿起其他幾份銀行密帳，略看幾眼，抬起頭來，對俞國華、皮宗敢道：「明白了，政府將對毛、向採取強硬措施，我們要詳細清查空軍駐美辦事處、以及毛邦初、向惟萱銀行存款收支帳目。」

俞國華聞言，鬆了一口氣，心想，今天任務總算達成，於是，他回道：「顧大使，就是這樣。上面的意思，是由顧大使負責此事，我與皮宗敢協助，清查所有相關帳目。」

八

一九五一年八月二十四日：雙橡園

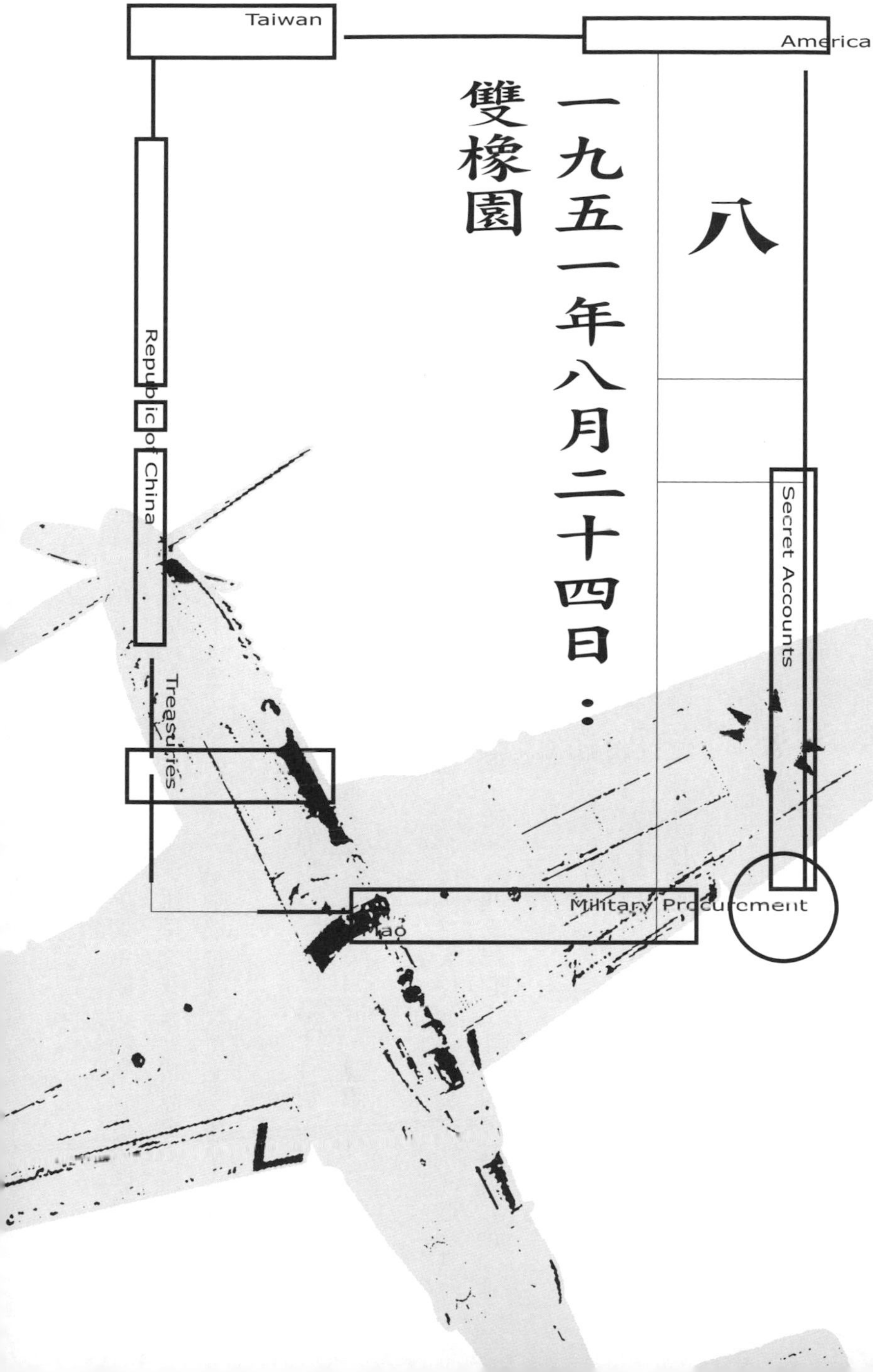

這是個佔地十八英畝莊園，位在華府西北近郊，距離中華民國駐美大使館，約有三公里距離。過去十五年來，都是中華民國駐美大使官邸。莊園門口，有門房崗亭，進去之後，一條柏油馬路，略有蜿蜒，通往主屋。整片園區有若公園，遍植樹木，草皮修剪整齊，滿眼盡是綠意。主屋後頭，種有兩株橡樹，故而園區名為「雙橡園」。

這莊園，連園子帶主屋，建於清光緒年間。主屋按著「喬治時代建築風格」打造，上下兩層，上頭另外附加一層閣樓。主屋共有兩幢，一大一小，緊緊相連，雪白牆面，門框、窗櫺、以及瀉水管線，黑白相間，格外顯眼。

一九三七年，駐美大使王正廷租下這莊園，作為大使官邸。之後兩任大使胡適、魏道明，蕭規曹隨，亦是租賃此地，作為大使居所。待顧維鈞出任駐美大使，於一九四七年間，耗費四十五萬美元，以中華民國政府名義，買下雙橡園，依舊還是大使官邸。

這一天，一九五一年八月二十四日，星期五，傍晚五點五十分，駐美大使顧維鈞站在雙橡園官邸主樓門廊，等候三位賓客。這門廊，大門兩旁牆壁上，掛著洋式精緻馬燈，裡頭安著燈泡，顧維鈞就站在左邊馬燈之前。這時，已是殘夏，但因華府緯度較高，外加日光節約時間體制，因而，園子裡猶是陽光耀眼，大使官邸門廊上馬燈，並未亮起。

今天這頓晚飯，共請賓客三人，俞大維、毛邦初、向惟萱。這頓飯，往好處想，是個握手言和應酬餐敘；往壞處想，則是宣戰之前，先禮後兵，最後通牒。

入夏之後，台北國府對毛、向兩人主戰態勢愈發明顯，強人總統著手布陣，調兵遣將，陸續往華府調派人手。俞大維，就是強人手下猛將，銜強人之命，奔赴華府，協助顧維鈞，對付毛、向。

俞大維能文能武，文曉韜略，武知兵事，他是哈佛大學博士，又去德國柏林大學，攻讀哲學與數學。旅德期間，南京國民政府軍事委員會兵工署署長陳儀，去德國考察，發掘俞大維，對俞評價極高，乃向強人委員長大力推薦。此後，俞大維受強人委員長重用，委以採購德國軍備器械重任。這人在德國，替國民政府辦軍備採購，照國際慣例，經手人有應得佣金，合情合理合法，但俞大維竟摒棄佣金，將分內應得佣金，用於購買更多火炮。

俞大維所購德國火炮，於民國二十一年「一二八淞滬戰役」中，發揮極致效能，助國軍十九路軍，守住上海，擋住日軍。此舉，令強人委員長動容，此後愈發重用。而俞大維對強人委員長亦是拳拳忠誠，竭力報效，兩人關係有若舊日君臣。之後，俞大維接替陳儀，出任兵工署署長，於八年抗戰期間，致力兵工軍械彈藥生產。

抗戰勝利後，俞大維出任交通部長，明明是文人，卻數次親上火線。徐蚌會戰期間，黃維兵團於雙堆集被圍，俞大維竟然親上運輸機，飛臨雙堆集上空，督導糧食空投。

兩年前，民國三十八年，大陸全面失守之際，俞大維到廣州，力勸表哥陳寅恪，隨他一起奔赴台灣。陳寅恪為當代知名歷史學者，時為中央研究院院士。唯陳寅恪對國民政府失望，決意勾留廣州，以迎共產黨政府。俞大維失望之餘，隻身赴台。之後年餘，局面風雨飄搖，俞大維並非國民黨黨員，卻矢志效忠強人，不離不棄，參與國民黨黨務改造。

上個月，民國四十年七月十二日，強人總統發布人事令，派俞大維為「行政院美援運用委員會副主任委員」，襄助主任委員陳誠。然而，這職位只是個虛銜，俞大維頂著這頭銜，卻另有重用。強人總統召見俞大維，說得很明白，要俞大維趕赴華府，協助顧維鈞大使，擔任顧大使副手，處理毛邦初、向惟萱叛國案。

俞大維七月三十一日啟程赴美，先到舊金山，與其家眷團聚。俞大維在舊金山勾留半個多月後，日前抵達華府。今天，顧維鈞趁著週五，請俞大維、毛邦初、向惟萱等三人，在雙橡園官邸吃頓夜飯，既給俞大維接風，也趁機對毛、向喊話。

如今，局面又較之前艱難。就在四天之前，八月二十日，台北行政院發言人沈昌煥開了國際記者會，砲火兇猛，言辭犀利，痛批《華盛頓郵報》專欄主筆皮爾森八月十日、八月十六日兩篇署名社論。沈昌煥這國際記者會一開，台北國民政府就此與《華盛頓郵報》撕破臉，準備一戰。厲害的還在後頭，第二天，八月二十一日，政府發言人沈昌煥再度召開國際記者會，這一次，砲火較前一天更為兇猛，幾乎就是臉紅脖子粗，戟指痛罵毛邦初、向惟萱。

沈昌煥，也是強人官邸侍從室出身，之前是強人英文祕書。沈昌煥連續兩天，兩度開國際記者會，頭天轟擊美國報社專欄主筆，第二天則是發布兩千字新聞稿，殺氣騰騰。新聞稿一起頭就是：「蔣總統於八月二十一日下令，空軍副總司令兼出席聯合國安全理事會軍事參謀團中國代表毛邦初，失職抗命，著先停止該員本兼各職，並限即日啟程回國，聽候查辦。此令。」

之後，這份新聞稿洋洋灑灑，細數毛邦初五大罪狀：一、購辦空軍軍品，經手帳款，多有不清。二、購辦空軍軍品，延宕失職，影響空軍戰力。三、袒縱對政府不忠之屬員。四、把持公款，抗不移交。五、散布流言，破壞政府信譽。

而其結論則是：「綜上情形，毛失職抗命，證據確鑿，但政府仍願予以充分之申辯機會，故僅先予停職，限其即日回國，聽候查辦，政府自當依法予以公正之審理。」

台北連開兩天國際記者會，不啻撤下遮羞布，挑明了與毛、向兩人對陣，此事絕難善了。然而，國際記者會新聞稿裡，畢竟還有「政府仍願予以充分之申辯機會，故僅先予停職」，似仍留有轉圜餘地。昨天晚上，顧維鈞與俞大維通電話，俞大維見事甚明，也主張不應輕言放棄，故而今天這飯局，顧、俞二人還是得擺足笑臉，以迎毛、向。

顧維鈞想到這兒，就見兩輛轎車魚貫駛來，停在雙橡園主樓門廊前。巧得很，兩撥客人同時抵達，一輛車走下俞大維，另一輛車則是毛邦初、向惟萱。顧維鈞笑臉迎客，與來人寒暄，並讓進樓裡宴客廳。這宴客餐廳，門口有精美漆器屏風，虛虛隔絕內外，屏風上頭嵌進銀色竹枝，閃亮生輝。

餐廳牆上釘著燭台壁燈，圓形餐桌擺著四份景泰藍青花瓷器餐具，餐桌當中是個大花盆，內置茂盛鮮花。餐廳四周有櫥櫃，上頭擺著景德鎮大花瓶、小花瓶，外觀瞧著就蓋有年矣，俱是值錢古董。

雙橡園常川養著兩班廚子，一撥是西餐廚務班底，由一對義大利兄弟領銜，菜色走義式風格；另一撥則是中餐廚務班底，由寧波大廚管事，是江浙菜底子。

四人分賓主落座，大家都是江湖闖將，花花轎子人人抬，既然主人擺笑臉，毛邦初、向惟萱亦不為已甚，跟著談笑應酬，避談傷感情話題。這當口，餐桌上已然擺上大銀盤，上頭是五色冷盤：涼拌馬蘭頭、肴肉凍、捆蹄、水晶肘花火腿、燻魚塊。顧維鈞指著一罈紹興酒道：「諸位，這紹興酒有年頭了，算是陳紹，特別溫醇，今天週五，明天週末，大家休息，可以放開胃口，多喝點。」

侍者開了酒罈，將酒注入水晶玻璃容器，再轉而斟入四人面前小瓷杯。顧維鈞舉起小瓷杯，兩手略微畫個圈，對三人道：「來，先少少喝一點，都是自己人，不必乾杯鬧酒，大家隨意隨興，喝多喝少都沒關係，喝得高興就好。」

俞大維臉上顯現豪氣道：「各位知道的，我這幾年鬧胃疾，幾次進出醫院，大夫早就囑咐我，必得遠離菸酒，才能保住平安。故而，我已多年不碰酒，不過，今天不一樣，來，我先乾為敬。」說罷，一仰頭，竟是喝乾小瓷杯內酒水。

就此，飯桌上氣氛融洽，諸人談興大起，論古說今，講的淨是掌故、趣事。這幫人，閱歷俱豐，見聞皆廣，尤其，過去彼此雖然際遇不同，但總有牽絲絆葛交會，總能扯出昔日淵源。就這樣，信口閒扯，酒過三巡，菜過五味，吃到後來，門口屏風那頭，閃進一個高大侍者，孔武有力，端著個熱氣蒸騰大砂鍋。

大砂鍋裡，湯汁猶兀自翻滾，茲茲作響。這鍋上桌，四人頓感蒸汽撲面，夾雜著火腿香味。毛邦初叫好喝道：「好傢伙，這麼一大鍋醃篤鮮，肚子都吃圓了，也吃不下這一大鍋。」

這時節，正好向惟萱說得興起，就聽向惟萱道：「那時候，在昆明，我是第十飛機製造廠廠長。各位曉得嗎？我走了之後，是誰接我那個廠長位子？」

對這問題，毛邦初與顧維鈞都露齒而笑，顯然曉得答案，就俞大維不知，因而問道：「不曉得，我不知是誰接替你，當昆明十廠廠長。」

向惟萱伸手一指，指著顧維鈞道：「就是顧大使長公子顧德昌，虎父必然無犬子，顧大使長公子自然多知多懂，學養俱佳。然而，說句實在話，昆明十廠那環境，太過複雜，除了專業學養，還得有其他雜七雜八本事，才能鎮得住場面，壓得住那幫牛鬼蛇神。就我所知，顧公子那是學者治廠，後來吃了不少苦。」

對此，顧維鈞微笑道：「我那孩子，的確是書呆子，無論對人對事，都是西洋那一套，直線而行，不曉得拐彎。」

顧維鈞語音才落，就見毛邦初刷地一下，將小酒杯裡殘酒喝乾，把酒杯重重擺回桌上，大聲言道：「好了，菜也吃了，酒也喝了，閒談話語也說了，謝謝顧大使，謝謝俞副主委。咱們也不必學那鴕鳥，把腦袋藏在沙子裡，戴著面具演戲。現在，談談正事吧，台北那兒，都開了記者會，給我與向上校判了罪。兩位必然接到國內指示，對我二人，必有所圖。現在，打開天窗說亮話，你們究竟想怎樣？」

這話，說得殺氣騰騰，宴客餐廳裡，氣氛霎時凍結，有若跌入冰點。原本，顧維鈞在雙橡園擺桌宴客，為的是拉攏感情，潤滑關係，免於決裂，故而飯桌上不談正事，淨扯閒淡。詎料，毛邦初說翻臉就翻臉，刷地一下，扯破了眾人臉上那層薄簾子，這下子，天窗已開，白板對煞，逼著顧維鈞、俞大維，不得不跟著入題。

俞大維正正顏色，操著紹興官話，緩緩言道：「沒錯，台北那兒開了國際記者會，把事情掀到檯面上。不過，還留了條後路，毛主任，我看，你是不是回台北去，把話講清楚？尤其，我臨走前，總統明白告訴我，希望你能回去，與周至柔當面對質，把所有控訴攤開，當面鑼，對面鼓，一次說清楚。」

這話說完，顧維鈞還想補充點，就見毛邦初虎地站起身來，戟指對著俞大維道：「對質？對什麼質？我去年十一月已經回去一趟，老頭子要我去見周至柔，我去見周，他先是不見我，後來見了，哼哼哈哈，沒個準話。那算什麼對質？再者，台北那兒不是說了？已經調查過了，周至柔那點破事，不算個事，沒問題，很乾淨。都已經有結論了，還要我回去，再去對質，誰信啊！這擺明了是個圈套，我要回去了，一定被老頭子扣住，別說不能回美國，恐怕連命都要丟。」

毛邦初火氣上來，顧維鈞趕緊打圓場，掛著笑臉，喊進來侍者，索要冰毛巾。冰毛巾送進來，顧維鈞親自挑了一條，遞給毛邦初道：「有話慢慢講，別激動。你也知道，我當大使，無論對內對外，辦起事來，都是沉穩平靜，照著宗旨推動，儘量不涉私人情緒。你這事情，我們慢慢講，總有辦法找到出路。」

「我說過多次，現在還是一句老話，你對周總長指控，與空軍在美採購，是兩碼事，應該分開處理。你還是應該先把空軍辦事處文件檔案、資金經費，移交給皮宗敢那個採購委員會。」

顧維鈞這幾句話，早就翻來覆去，講過不知多少次。每次，毛邦初都是大搖其頭，把腦袋搖得波浪鼓般，說不答應，就不答應。這次，也是一樣，他一口回絕，說是兩碼事不能分開。

就此，顧維鈞也說起了官話：「既然這樣，毛主任，幾天之內，我會以中華民國駐美大使館名義，給你發一份公文，正式提出官方要求，請你移交文件與經費。你對這份文件，必須以空軍辦事處公文，正式回覆。我這份去函，你那份回函，都是正式官方文件，將來若有訴訟，都會成為呈堂證供。」

毛邦初睜圓了眼睛，一隻手端起身前青花瓷湯碗，也不用湯匙，逕自以嘴就碗，啜飲醃篤鮮湯汁。這時，醃篤鮮溫度下去了，白濁濃湯溫吞吞，已失了勁頭。毛邦初略喝幾口醃篤鮮湯汁，放下瓷碗，翻翻眼珠子道：「大使，有句話問你。台北那兒，有沒有指令給你，要你請美國國務院，將我與向惟萱遣返回台灣？我可說在前面，你如果不識輕重，給國務院去公函，要國務院驅逐我與向惟萱出境，那麼，對不起，我會翻江倒海，大鬧花果山，你們誰都得不到好處。」

這話，已有恫嚇之意，顧維鈞聞言，依舊臉掛微笑，沉穩回應道：「毛主任，無論台北有沒有這項指令，我都不會採取此種措施。衡諸眼前局面，考慮各方面條件，這樣做是下下之舉，玉石俱焚，對任何一方都沒有好處。我當駐美大使，以中華民國利益為行事依歸，這樣做，對國家毫無好處，我不會這樣幹。」

毛邦初聞言，臉上線條垮了下來，展現盈盈笑意，對著向惟萱道：「我就說嘛，顧大使是個識時務謙沖君子，不會莽撞躁動，搬石頭砸自己腳。」

說完，毛邦初轉而對顧維鈞、俞大維道：「老實對你們說，這一陣子，我與諾蘭參議員、周以德眾議員，談過多次。他們主張，要我發表公開宣言，全面對美國新聞界，揭露台北國民政府採購弊端。我說，我慎重考慮。這樣講好了，你們別逼我，要真逼我上梁山，我就在華府開國際記者會。到時候，看看到底誰的法力比較高？看看美國民眾比較相信我？還是比較相信台北老頭子？」

「再跟你們說一件事，前一陣子，我已經寫了封信，寄給大太子，請他轉交給他老子。那信裡，我說，我愛國家，愛政府，也愛領袖，不過，如果這領袖不愛人民，不愛國家，袒護貪官，那麼，我就不愛這領袖，不支持這政府。」

毛邦初這幾句話，顧維鈞早就聽過，但俞大維卻是頭回聽聞，聽完嚇一大跳，一口湯含在嘴裡，正要咽下去，聞言嚇得咳嗽連連，把湯又噴回碗裡，他趕忙拿毛巾擦擦嘴，大聲嚷嚷道：「毛主任，你這不是反了？這不是直接向總統叫陣？難怪總統氣壞了，下令召開國際記者會。你這樣搞，把個轉圜餘地，都給葬送掉了。往前面看，將來只有打官司一條路好走了。」

毛邦初得意洋洋，甩下碗筷，伸出右手，手心向上，衝著向惟萱，勾動四指。向惟萱會意，從口袋裡掏出駱駝牌香菸，連打火機，一起扔給毛邦初。毛邦初點了菸，深深吸一口，緩緩吐出淡藍色煙霧，徐徐說道：

「《華盛頓郵報》主編埃利斯頓有遠見，早就預見這局面，推薦律師給我，我早有準備，曉得遲早要在華府與老頭子打官司。我這是革命，你們要說我造反，我也認了，反正，這是條不歸路，我幹到底了。還有，諾蘭參議員與周以德眾議員都說了，保證我、向惟萱、其他空軍辦事處所有軍官安全，不受台北國民政府騷擾，更不准遞解出境，引渡回台。」

「你們知不知道，美國國務院、國會那些人，怎麼說老頭子的？他們都曉得，國民政府就是貪污腐化，強人父子兩代專權。甚至，大太子在軍隊裡設立政工制度，到處都有政治部，祕密警察遍布，美國人特別反感。美國人相信我，也支持我，只要我站出來揭發，就能讓老頭子拿不到美援，讓他乾死，讓他渴死。」

毛邦初罵得興起，臉上泛著油光，額頭閃閃發亮，嘴上刁著香菸，一吸一吐之間，菸頭忽亮忽暗，藍煙裊裊，霧氣瀰漫。顧維鈞眼睛受煙所熏，乾澀發疼，只好瞇著眼睛發議論：

「毛主任，且聽我見解。沒錯，眼前美國政府、美國輿論、乃至於一部分美國人，還惦記著兩年前中國大陸失陷之事，可能不喜歡強人委員長，對台北國民政府印象也不好。然而，事實擺在眼前，蘇聯與中共結盟，朝鮮半島已陷入戰火，越南共產黨也與法國殖民地軍隊鏖戰不休，美國朝野氣氛已經逐漸轉變，釀造出新型戰略思想。」

「這個新戰略思想，就是圍堵。整個西太平洋，從美國阿拉斯加往西南邊拉，把阿拉斯加、日本、韓國、台灣、菲律賓、越南、泰國，全部連成一條鏈子防線，剛好把蘇聯與中國大陸圍堵在內。這個新戰略思想，左右美國當前對外政策。因而，美國一定支持這條鏈子防線上，各相關國家領袖。」

「美國白宮、國務院、國會山莊都明白，無論他們多嫌棄強人委員長，多厭惡國民政府，他們都得支持。因為，他們得在台灣扶持一個強力政權，替老美圍堵蘇聯與中共。毛主任，我這是肺腑之言，大格局如此，改變不了，你就算使出踢天盪井本事，攪出多少渾水漩渦，甩出多少爛泥臭屎，還是改變不了這大格局。」

顧維鈞這番剖析，字字珠璣，全都說在道理上。這道理，毛邦初聽得懂，見得明，但就是嘴硬，不肯點頭承認。於是，毛邦初另闢戰場，這次，找俞大維開刀。他喊著俞大維舊日頭銜道：「俞部長，台灣是你傷心地，老頭子是你負心人，你還這樣為他賣命？就說去年好了，半年之內，你先死了老長官，後死了妹婿，全死在台灣。台灣是不祥之地，你替老頭子賣命那麼多年，老頭子根本不當一回事。你替你老長官求情，求老頭子，留你老長官一條性命，結果，老頭子絕情，還是殺了你老長官。」

這話，壓根就是挑撥離間，但卻句句都是實話，聽得俞大維齜牙咧嘴，十分難受，現出一張苦臉。毛邦初見幾句話一說，就踩到俞大維痛處，不禁洋洋得意。看在顧維鈞眼裡，覺得毛邦初其心可鄙，不禁搖了搖頭，揀起一條剛送進來冰毛巾，遞給俞大維，讓俞大維擦擦手臉。

毛邦初所說，俞大維替老長官求情未成之事，正是俞大維一塊心病。這事情，發生才一年多，俞大維印象深刻，心中傷痛縈繞不去。這位老長官，就是陳儀。

陳儀，字公洽，浙江紹興人，與俞大維是小同鄉，比俞大維年長十四歲。陳儀早年當過軍政部兵工署署長，極為賞識屬下俞大維，不次拔擢俞大維，兩人淵源極深，彼此關係亦師亦友。陳儀後來當過軍政部部長、福建省主席、行政院祕書長。抗戰勝利後，出任台灣行政長官，負責接收台灣。

陳儀這一輩子，提拔過文武兩位後進，兩人日後皆大有作為，出任方面要職。文人，就是俞大維，後來當過軍令部部長、交通部長。武人，則是湯恩伯。

湯恩伯，本名湯克勤，原本是小學老師，後來當過警局巡官。湯妻有個舅舅，就是陳儀，頗欣賞湯，湯喊陳儀「世伯」。後來，陳儀送湯去日本，讀士官學校，湯感念這位「世伯」提拔之恩，於是，將姓名改為湯恩伯。湯恩伯日本士官學校畢業後，回到浙江，在陳儀手下任職，後來轉入黃埔軍校當教官，此後飛黃騰達。

抗戰勝利後，陳儀擔任台灣行政長官，民國三十六年二月底，爆發「二二八事件」。當其時，南京國府將台灣動亂視為暴民起事，當即派兵抵台平亂，陳儀官場運勢並未因此事受過。之後，民國三十七年六月，陳儀離台，出任浙江省主席。幾個月後，三十七年冬，國軍在東北遼瀋、華北平津、華中徐蚌三大會戰，悉數失利，兵敗如山倒，眼看著，共軍渡江在即，大局糜爛，漸有不可收拾之勢。

這關口上，共產黨與浙江省主席陳儀接頭，一拍即合，陳儀決定投共。當下，陳儀將浙江省監獄內，由軍統局大特務毛森所逮捕、羈押一百多名共產黨間諜，悉數釋放。之後，陳儀奉中共中央指示，遊說湯恩伯倒戈易幟。當時，湯恩伯擔任「京滬杭警備司令」，手下有數十萬部隊，防區自南京而上海，而杭州，整個江南膏腴之地，皆是湯恩伯防區。

三十八年元月底，浙江省主席陳儀親手撰寫密函，交由侄子丁名楠、舊屬秦邦憲，赴上海求見京滬杭警備司令湯恩伯，轉交密函。這封密函，動之以情，煽動湯恩伯投共。湯恩伯收信後，陷入天人交戰，公私不能兩全，他權衡輕重，決定以公害私，向國民黨強人總裁密報。嗣後，陳儀趕赴上海，見了湯恩伯，曉以大義，親自勸降。結果，當場被拿下，關押未久，江南大局惡化，於是，在三十八年三月間，轉送台灣，關進基隆要塞司令部。

湯恩伯大義滅親，繼續效忠強人，江南失守後，部隊退往福建，先在閩北福州，繼而敗往閩南廈門，兼而擔負金門防務。三十八年十月，湯恩伯部隊與胡璉部隊聯手，於金門古寧頭殲滅渡海共軍，穩住大局，是為「古寧頭大捷」。

陳儀移送台灣，關押於基隆山頂要塞司令部，湯恩伯自不會再去探望，但俞大維卻多次探監，對老長官情義依舊。三十九年五月下旬，俞大維奉強人總統之命，赴美治病，兼而協助軍購事務。行前，俞大維特別去了趟基隆要塞司令部，探望陳儀，殷殷致意，這才告別而去。俞大維飛美前夕，強人總統召見，面授機宜，下達任務指示。俞大維趁機進言，懇請強人總統，槍下留人，饒陳儀一命。

未料，俞大維到美半個月後，才剛把時差調好，台北方面就傳來噩耗，陳儀兩槍斃命，死在台北縣新店鄉空軍公墓旁。

那一陣子，台北殺氣甚重，六月十日下午，在南機場馬場町，大殺共諜，槍聲不斷，斃了國防部參謀本部參謀次長吳石中將、聯勤總部第四兵站總監陳寶倉中將、吳石副官聶曦上校等潛伏共諜。過了一個星期左右，六月十八日，又把陳儀拖出去斃了。

陳儀本來關在基隆山頂要塞司令部，關了十四個月，關到三十九年五月底，悄然移監，移轉到台北縣新店軍人監獄。六月十八日上午七點鐘，審判長簽提陳儀到庭。這時，陳儀尚未起床，獄卒喊：「陳儀，開庭。」凡一大早開庭，幾乎就是槍斃。陳儀慢慢起床，穿上米黃色西裝、黑皮鞋，身材肥胖，神色自若。到庭後，審判長問明姓名、年齡、籍貫等事項，接著，起立宣讀判決書主文與內容要點。

陳儀似乎不知道，一大早開庭就是要槍斃，直到聽完判決文，這才神色大變。審判長問他，有沒有遺囑要寫？陳儀說：「我沒有什麼話說，死後將屍首焚化好了。」

當下，由檢察官押解，到附近空軍公墓旁，兩槍打在胸口上，肋骨都打斷了，這才算完事。之後，將屍體送往台北市中山北路附近極樂殯儀館，由他同父異母弟弟陳公亮料理後事。陳儀死後，入殮時，換了長袍馬褂，裝在褐色棺木裡。那棺木，還是湯恩伯所送，價值台幣兩千多元。

下午一點零五分，棺木釘好，軍法局監視人員，都已散去，就剩下五個女眷，在旁啜泣。陳儀娶日本老婆，這時還與陳儀胞妹，留在大陸，住在上海橫濱路，無法親臨奠祭。未久，女眷乘轎車離去，殯儀館派四個槓夫，將棺木抬上小卡車，開往附近一公里多遠市立衛生院附設火葬場。下午一點半左右，辦好火葬手續，將棺木放進甲等火爐，點火燃燒，陳儀化為灰燼。

陳儀擔任台灣行政長官三年，任內爆發「二二八事變」，當時，國共內戰大局尚未逆轉，國府並未重視台灣，對此事件，就是以暴民滋事視之，並未特加慰撫。誰知道，人算不如天算，不過兩年多時間，國民政府就丟掉大陸花花江山，退守台灣。這下子，「二二八事件」成了隱憂，台灣民眾敢怒不敢言，心裡積怨甚深。

因而，這天一大早，台北各報刊出新聞，說是今天要槍斃前台灣行政長官陳儀，台灣上下立即轟動。一般行刑，都在南機場過去，淡水河邊馬場町，一個星期前，才在馬場町槍斃了吳石、陳寶倉、聶曦等共諜。因此，這天台北市民萬人夾道，一大早就蜂擁而至，人群從牯嶺街就開始堵塞，經南海路、南機場，一直到馬場町，可謂萬頭攢動，人人都想看槍斃二二八事變台灣行政長官陳儀。

一般槍斃時間，都是早上，但槍斃吳石、陳寶倉、聶曦，卻是下午。所以，民眾人潮從上午開始等，一直等到下午，民眾寧可餓著肚子，不吃中飯，也要看槍斃陳儀。然而，從早上等到下午，眾人大失所望，等了半天，也不見行刑車隊。眾人不知，已經改去新店空軍墓園刑場。一直要到下午五點以後，人潮才逐漸散去。這裡頭，頗多民眾帶著鞭炮而來，打算放鞭炮慶祝，後來，只能敗興而歸。

強人總統槍斃陳儀，俞大維心中悲痛，嘴上卻從不露口風。此時此際，在華府雙橡園餐桌上，毛邦初哪壺不開，偏提哪壺，惹得俞大維心境大壞，嘿然不語。顧維鈞一旁看了，頗覺不忍，乃對毛邦初道：「毛主任，你這是何必？買賣不成，仁義還在，大家見了面，還是朋友。公事上是一回事，無須壞了私人關係，何必鬧得如此僵？」

毛邦初道：「我這只是陳述事實，有啥說啥。我這還沒完呢，台灣是什麼好地方？有啥好的？他去年六月，死了老長官，不過半年，他妹夫又沒了。」

原來，俞大維有個妹妹，叫俞大綵，嫁傅斯年為妻。國府遷台後，傅斯年出任台大校長，去年十二月二十日，到台北市泉州街、南海路口，建國中學旁邊台灣省參議會，受省參議員質詢。省參議會有個議員，叫郭國基，這人向來砲火猛烈，有「郭大砲」之稱。那天，郭大砲質詢傅斯年，語調激越，言辭尖銳，傅斯年答詢時，火氣上升，當場昏倒，送到台大醫院，就沒醒過來，就此殉職。此事引發學潮，台大學生群情激憤，打算衝進省參議會，找大砲郭國基算帳。

雙橡園這頓晚宴，歡天喜地開鑼，撕破臉皮收場，顧維鈞、俞大維都覺得老沒意思，曉得與毛邦初、向惟萱已無法講理溝通。此後，雙方就只能兵戎相對，戰場上見了。

九

一九五一年九月二十七日：松山機場

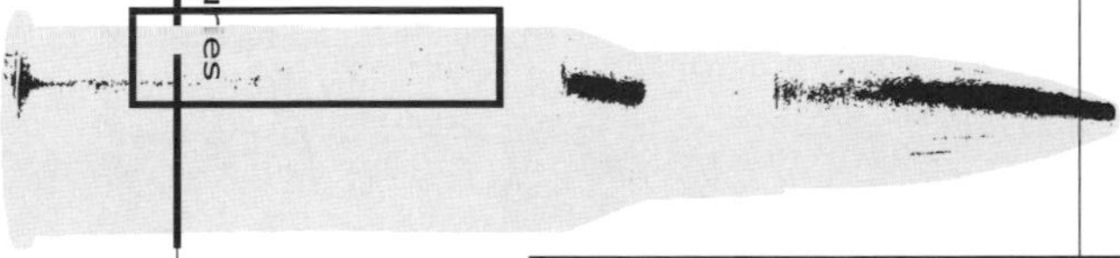

Taiwan

America

Republic of China

Treasures

Secret Accounts

Military Procurement

Mao

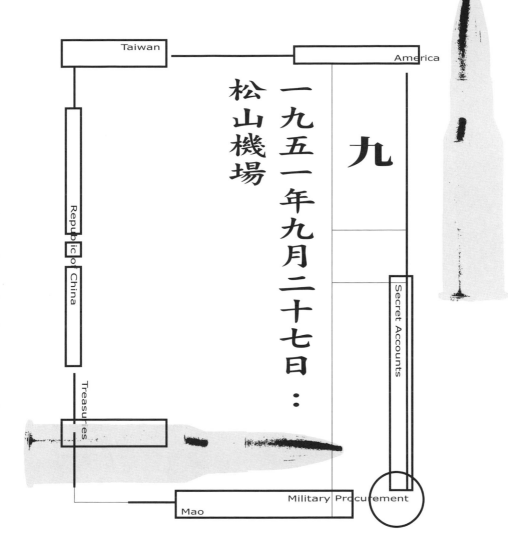

這機場建於昭和十一年，亦即民國二十五年，日本殖民地政府稱為「台北飛行場」，佔地頗廣，南北窄，東西長，位於台北盆地中段略略偏東之處，跑道貼著基隆河河道。因風向關係，無論起降，都是由西向東。降落時，飛機從淡水河口飛進台北盆地，沿著淡水河降低高度，貼著民族西路新建美軍顧問團營區頂部，落入機場跑道。起飛，也是由西向東，飛機頭一拉起來，就越過基隆河，飛向天際。

民國三十八年，國民政府遷台後，將這機場改名為「台北松山國際機場」。然而，雖冠「國際」之名，卻鮮有國際航班，頂多就是飛飛香港而已。那時，風雨飄搖，國際關係既窮且絕，美國發表「白皮書」，棄守台灣，眼看著，中華民國就要完蛋。當其時，松山機場門庭鮮有車馬，幾可羅雀，除去軍機起降，絕少民航班機。

三十九年六月，韓戰爆發，美國老大哥伸出援手，中華民國當即喘過氣來，又有了活路。於是，松山機場生機復甦，國際航線次第創建，海外航班進出漸多。然而，二戰結束未久，戰時台灣飽受美國各式軍機轟炸、掃射，工業設施大受斲喪，這時尚未恢復生氣，整個社會普遍貧窮，巨商富賈比鳳毛麟角還要稀少，一般人負擔不起機票索價。此外，正值非常時期，政府凡事嚴加管制，封死進出門戶，尋常百姓等閒不能離境。

因而，此時松山機場縱有國際航班起降，往來旅客幾乎盡是公務行程。縱有稀貴尋常旅客，也是洋人來台觀光旅行，或者駐台美軍眷屬，搭乘民航機，飛抵台灣探視家人。

這一天，民國四十年九月二十七日，剛過中午未久，大約下午一點出頭，松山機場東南角這一片地帶，漸漸就有了人煙，並且，愈聚愈多，談話聲響愈來愈嘈雜。

這片角落地帶，緊貼著空軍松山基地，算是松山基地旁，劃出一塊民航用地。這地方，有一長一短兩幢建築，呈「L」形陣勢。長條建築，原本是個空敞機棚，木造建築，瓦片屋頂，此時已經改為候機室，寬敞大門上，貼著「候機室」三個大字。短條建築，則是個餐飲俱樂部。這俱樂部，卻是幢鋼筋水泥平房，面對停機坪那一面，有高大落地玻璃窗，一眼就可看盡機場景致。

原本，這俱樂部外頭，站著十幾個美國人，其中有制服筆挺美國空軍軍官，也有女眷，俱都抬頭朝西面仰望，似乎正等著某架班機降落。這當口，不停有黑頭官家房車駛入，在俱樂部旁空地上，列隊停放。每輛車裡，都下來西裝革履官面人物。黑頭房車愈來愈多，大官們下車之後，就逕自進入俱樂部。沒多久，俱樂部裡就人聲鼎沸，因而，俱樂部外頭這二十餘名美國空軍軍官暨家眷，頗識時務，舉步而去，移轉陣地，去了一旁那長條建築機棚式候機室。

約兩點左右，一連駛來兩輛車。前頭那輛，是輛克萊斯勒公司所產製「Plymouth」轎車；後頭那輛，則是四分之三噸美製道奇軍用吉普車。兩輛車停妥後，前車下來三人，兩人西裝革履，第三人則穿空軍少校軍常服，三人都進了俱樂部。至於後車，則是跳下幾名士兵，從吉普車後頭，搬下大批紙箱。這些紙箱，顯然內容滿載，質地沉重，搬得幾名士兵氣喘吁吁，全都抬往停機坪。

第一輛車那三人，西裝革履兩人，是司法行政部政務次長查良鑑、總統府祕書周宏濤。穿空軍少校軍常服那人，則是總統府侍從武官夏公權少校。而那十幾紙箱物品，則是文件與照片影本，其中文件就超過六千頁。紙箱壘疊而起，重量多達三百八十五磅。

今天，這三人將搭乘下午三點整，菲律賓航空公司班機，飛往馬尼拉。勾留一夜，明天繼續東飛，行行復行行，最後抵達舊金山。之後，三人將在舊金山轉機，飛往華府。美國那頭，毛邦初、向惟萱挾洋人自重，持續透過美國國會議員、美國報紙，揭露台北國府內幕機密。台北當局幾經折衝，軟硬兼施，毛邦初仍不願妥協。於是，台北強人總統親自拍板，對毛、向開戰。之前，已經派了俞大維赴美，現在，再派五人小組，到美國找毛邦初、向惟萱算帳。

這五人小組，今天先行三人，過兩天，還有空軍總部第四署署長劉炯光、徵購室主任石兆驚等二人，後續前往。

八月二十一日，政府發言人沈昌煥開了國際記者會，台北國民政府就此對毛邦初公開叫板，撕破了臉，明著開戰。在這之前，此事算是茶壺裡風暴，彼此過招還遮遮掩掩，私下動手動腳。在這之後，事情搬上檯面，台北國府各部門積極動員，會議不斷。先是行政院祕書長黃少谷出面，召集各相關部會，開了三個多小時祕密會議，決定向強人總統提出書面建言，建議邀集中外知名公正人士，組成專案調查委員會。

總統府業已針對毛邦初指控周至柔各點，瞞著周至柔，徹底查過周至柔身家財產，完成調查報告，還周至柔清白。事後，周至柔曉得自己蒙在鼓裡，潸然淚下，悲憤不已，鬧了辭職，好不容易，這才勸得他打消辭意。如今，行政院專案會議竟然建議，另外找中外知名公正人士，再針對之前總統府調查報告，重啟調查。如此一來，對參謀總長兼空軍總司令周至柔而言，就是二度傷害，撕開已癒合瘡疤，再動一回手術。周至柔聞訊，自然是喊咂叫，別別跳，誓死反對，又嚷又鬧，喊著要辭職。

這紛亂局面，只有強人總統搞得定。於是，強人出面，在總統府召開擴大會議，廣召各相關方面與會，周至柔也應召參加。那場會議，與會者發言盈庭，正反意見兩面並陳。最後，強人總統親自拍板，一槌定音，決定循兩條路線走路，一邊還是維持原議，採取政治手段，成立中外調查委員會；

另一邊，則是採取司法手段，派專案小組赴美，走司法途徑，在美國控告毛邦初、向惟萱。這決議，已經密電通知駐美大使顧維鈞，訓令顧維鈞雙線作業，諮詢美國知名公正人士意願、尋覓法力高強律師。

強人總統拍板，周至柔無話可說，就此偃旗息鼓，不再吵鬧，只能逆來順受。

關於成立公正調查委員會，台北國府與華府駐美大使館，都各自提出若干人選，反正是亂槍打鳥，多多益善，然後再細加甄別。然而，各方雖各提委員人選，名單不一，但卻異中有同，無論台北國府，或華府駐美大使館，無論是誰提意見，說來說去，幾乎人人都建議，這調查委員會裡，一定要請胡適擔任委員。只有胡適，在中美雙方都享有清高名望，一言九鼎，人人都信服。

因而，台北外交部長葉公超特別給駐美大使顧維鈞打了電話，要顧維鈞無論如何，都要到紐約去，三顧茅廬，請胡適出山，膺此重任。另外，總統府強人總統也給駐美私人代表俞國華，下達密令指示，要俞國華面見顧維鈞大使，請顧大使趕往紐約，力勸胡適參加調查委員會。

這調查委員會，目的在透過政治手段，證明台北當局去年針對毛邦初指控周至柔事項，所作全面調查報告，內容無誤，從而爭取美國國會支持，並對美國社會大眾，塑造台北國府正面形象。在調查委員會政治手段之外，則是司法訴訟，這方面，則派遣五人專案小組，分兩批赴美。

會議達成兩點決議後，強人總統特別指示外交部長葉公超，趕緊約見美國駐華代辦藍欽，將我方舉措告知藍欽，請藍欽回報美國國務院。如此這般，使得中美雙方作業能協調一致，我方無論採取政治或法律對策，美國國務院均能配合協助。

自三十八年國府潰敗，退守台北之後，迄今兩年，美國始終未派大使赴台。在台北，有美國大使館，卻沒大使，而是由公使銜臨時代辦藍欽坐鎮。民主黨杜魯門政府雖囿於國際局勢，派第七艦隊協防台灣，但始終不願提高對台外交層級，一直不肯派出駐華大使。對此，台北國府只能期望明年總統大選，若共和黨艾森豪當選總統，以艾氏軍人反共性格，即有可能升格對台外交關係，派遣大使駐台。

今天，四十年九月二十七日，赴美司法訴訟五人專案小組，第一批三人，搭機上路，離台赴美，稍後，兩名空軍高階軍官，則隨後趕往美國。

這五人小組當中，劉炯光、石兆鶱代表空軍總部，協助幕僚作業；夏公權，則負責接收空軍駐美辦事處，將之納入皮宗敢所領導聯合採購委員會；周宏濤，是強人總統耳目，除協助訴訟之外，主要功能，就是詳盡了解、記錄案情實況，回報強人總統，是個「監軍」角色。整個五人專案小組，真正領頭，真正管事，真正動手打越洋官司要角，則是司法行政部政務次長查良鑑。這人，是個司法硬手，作風剛強，是個狠角色，用來打國際官司正好。

查良鑑，今年四十七歲，早年畢業於南開大學政治系，又入東吳法律系，後來在美國密西根大學拿了法學博士學位。這次強人總統派出去，對付毛邦初各路猛將奇兵，全都在美國拿過博士學位。這裡面，包括顧維鈞、俞大維、查良鑑、以及胡適，全是美國博士。葉公超，也是在美國拿大學文憑。

查良鑑在美國拿了法學博士，回到上海，在租界裡，擔任上海特區法院法官。抗戰爆發，日本拿下上海，但租界為英美勢力，日軍不得進入，遂成為化外之地。後來，汪精衛在南京成立汪記漢奸政府，旗下設立情報特工組織，以上海極斯斐爾路七十六號為總部。這汪記特工總部，簡稱就叫「七十六號」，聲名狼藉，殺戮頗多。

那時，重慶政府軍統局、中統局，都派有大量特工，在上海租界活動，與汪記特工殊死拚搏，綁架、暗殺之事，無日無之。當時，租界法院裡，諸多法官都是人在租界，心在重慶，多方掩護重慶軍統、中統特工。為此，汪記特工遂下殺手，屢次刺殺特區法院法官。這當中，法官錢鴻業掩護重慶特工，拒與日本佔領軍合作，又重判汪記特工，某日，中午下班，回家午餐路上，為汪記特工埋伏狙擊，身中四槍。車夫急將錢法官送到家中，錢法官血流如注而死。

這位錢鴻業法官，有獨子名為錢思亮，眼下是台大校長，今日也到松山機場，給赴美三人小組送行。

話說查良鑑在上海租界當法官，與日本佔領軍、汪記政權特工組織「七十六號」對抗，前輩法官錢鴻業被刺身亡，查良鑑亦陷險境。恰好，此時碰上珍珠港事件，日軍攻入租界，全面佔領上海，查良鑑趕緊逃亡，奔赴重慶，先後出任重慶法院檢察官、司法行政部參事等職務。抗戰勝利後，他又回上海，升任上海地方法院院長。

這人，善於訴訟，態度強硬，手段狠辣，作風不屈不撓，早為強人總統知悉。這回，毛邦初造反，行事憊賴，作風黏纏，彷彿一塊狗皮膏藥，怎麼也揭不掉，軟硬不吃，就是死纏爛打。對付這種難纏角色，強人總統派出硬手狠角色查良鑑，統軍出擊，殺奔華府，迎頭痛擊毛邦初。

查良鑑、周宏濤、夏公權，下了黑頭房車，逕自走入俱樂部餐廳，就聽見裡面不知是誰，高聲轟然起鬨道：「來啦，來啦，赴美辦案欽差小組到啦，大家鼓鼓掌。」隨即，響起劈哩啪啦掌聲。三人小組裡，查良鑑官位最高，成了領隊，此時趕忙抱拳，向眾人不住作揖，表達謝意。

屋裡亂成一團，外頭也是人影晃動。原來，這時剛好降下一架美國空軍C-47型運輸機，候機室裡那批美國空軍軍官與眷屬，趕緊衝出候機室，經過俱樂部外頭，朝停機坪奔去。

俱樂部裡，幾個侍者端著銀盤，繞室而走，銀盤上擺著雞尾酒、果汁、餅乾、小三明治等飲食，眾人吃喝談話。這群人，涵蓋黨政軍三界，論職務、論關係，其實未必與三人小組扯得上邊。然而，機場送行已成儀式，有事沒事，只要報紙上登出訊息，說是有人因公出國，屆時，就會有一缸子人到機場送行。

這送行，還不白送，被送者得付代價。這代價，此時正堆在俱樂部外頭。俱樂部外頭，長列玻璃窗底下，堆滿各式包裹。這些包裹，有紙箱，有木箱，甚至還有金屬鐵箱。箱籠之外，還有幾大包衣物，各自聚裹成團，井然有序，擺在那兒。所有箱籠、包裹上頭，都寫了中英文姓名、英文地址。

這些物件，全是送行大員攜來，交由出國公幹人員，隨機運往美國，抵美後再轉寄給當地親友。若由台灣寄往美國，運費昂貴不說，台灣事事管制，國際包裹必得打開檢查，十分不便。如今，隨著出國公幹人員，一起赴美，既省郵資，又免查驗，正是方便。反正是隨公幹大員出國，這些物件運送費用，全由公費支應。台灣飛往美國，入境之地必然是大城市。既是大城市，就必有領事館，公幹人員抵美後，自有領事館同仁，打理此事，按照地址，將這一大堆亂七八糟物件，分別寄出。

這時，屋裡鬧哄哄，每張嘴都開闔不止，查良鑑表面應酬，心中雪亮，一一點查這批送行人。這裡頭，政界人士包括司法行政部長林彬、政府發言人沈昌煥、司法院祕書長馬壽華、總統府國策顧問羅家倫、監察院祕書長楊亮功。黨務人員最多，國民黨中央改造委員會委員就來了四個人，陶希聖、蕭自誠、唐縱、郭澄。軍界來了空軍總司令辦公室主任周銘湘、裝甲兵旅司令蔣緯國。文教界則來了《中央日報》董事長董顯光、台大校長錢思亮。

這送行大典，其實並無章法，沒有儀式，沒有主持人，沒有節目，就是眾人聚在一起，東一圈人，西一幫人，隨意閒扯。並且，人流互串，本來在東邊這圈人裡頭扯淡，待會兒就流竄至西邊那堆人裡閒聊。

眾人皆知，查良鑑等三人，這次奉了強人總統之命，帶尚方寶劍，赴美辦案，專責對付毛邦初，有如明清兩朝欽差大臣。不過，眾人對全案只知皮毛，不曉內情，查良鑑等三人自然口風甚緊，此時此刻不會吐露內情。因而，這送行大會純然就是閒扯亂談，講到什麼是什麼。

這會兒工夫，《中央日報》董事長董顯光，手裡拿了張《中央日報》，身旁圍了一堆人，都對那報紙上新聞指指點點。這裡頭，國民黨中央委員唐縱，戴了老花眼鏡，從董顯光手裡，取過那張報紙，邊看邊朗讀道：「王石安，係台南工學院院長，於民國三十六年元月初，對於服從其業務上監督之女講師朱振雲，利用權勢，加以姦污。本年八月八日，朱振雲跳水自殺於南投縣之日月潭，以其日記公開宣布內情。經利害關係人戴谷音等，聲請本院檢察官，指定代行告訴人，依法偵查起訴。」

「至於被告對於姦污被害人之行為，雖矢口否認，惟查被害人於民國三十五年來台之初，與其他教員孫潔吾等居官舍。是年十二月二十七日，該院校慶，前行政長官及教育部、教育處派人員前來主持典禮，被告趁招待來賓，其他教職員遷居他處之便，使被害人與被告兩人同留官舍。待教育部、教育處來人歸去之後，乃於民國三十六年元月初，利用機會，對被害人加以姦淫。」

原來，這報紙上講的，是這一陣子全台喧騰大案。涉案人，為台南工學院校長王石安，罪嫌為利用職權姦污手下女性，對方本來心存指望，期待王石安與原配離異，與對方結合。無奈，王石安始終不肯棄原配，最終，這婚外情對象跳水而亡，留下遺書，字字血淚，揭露內情。事情發作，王石安吃了官司，丟了校長職位，一審判刑三年六個月。

這松山機場俱樂部裡，俱是黨政軍大人先生，然而，人皆喜聞隱私之事，大人先生亦然。這時，恰好台大校長錢思亮在場，就有好事者對錢思亮道：「錢校長，這真是杏壇蒙羞、斯文掃地啊，台灣總共不過就四所大學，台灣大學、台北省立台灣師範學院、台中省立農學院、台南省立工學院。誰知道，台南工學院校長，竟做出如此事情。」

錢思亮好端端來送行，想都沒想到，眾人會談論這桃色新聞，他不想牽扯是非，趕緊走人，趨前匆匆與查良鑑應酬幾句，隨即離去。

王石安一案，當中涉及國立大學校長、桃色姦情、斷送人命，最是茶餘飯後好話題。因而，這頭錢思亮都走人了，那頭依舊有人繼續談論這風花雪月刑案：「都說了，這人名字取得不好。人家王安石，可是宋朝大宰相，變法圖強；這王石安，與宋代賢相名字顛倒，就吃了桃色官司。由此可見，名字不能亂取。」

你一言，我一語，眾人正說得熱鬧，就見司法行政部總務人員奔進俱樂部，扯著喉嚨道：「飛機已經到了，可以登機了。」

於是，眾人又亂烘烘出了俱樂部，擁簇著查良鑑等三人，走向停機坪。此時，停機坪上停著一模一樣兩架飛機，頭一架，是美國空軍C-47運輸機。後頭這架，則是菲律賓航空公司道格拉斯DC-3民航機。這兩種飛機，一模一樣，只不過，前者是軍機，後者是民航機，內部座位、陳設不同。

此時，大批行李已陸續裝載上機，送行大員個個口出吉祥辭句，查良鑑一方面不停回應這幫人，另一方面，心裡著實掛念那三百多磅文件、照片。這批書面證物，攸關官司成敗，他不放心，特別交代總務人員，緊緊盯著這批證物送上貨艙。好不容易，三人進了機艙，尋著座位，坐了下去。透過玻璃窗往外瞧，諸送行大員已然散去，就剩地勤人員打理起飛前雜務。

查良鑑喘了口氣，拍拍身旁周宏濤臂膀道：「累死了，好不容易，總算清靜了，睡個午覺吧，到馬尼拉還要六個多小時呢。」

不知何時，機艙外頭陽光已然隱去，烏雲漸漸壓了下來，眼看著，就要飄起細雨。機艙裡，菲律賓空姐推著滾輪車，殷勤致意，分送報紙、雜誌、巧克力。查良鑑閉起了眼睛，腦子裡靈台清靜，一片空明，回想前幾天強人總統單獨召見，所下達幾點口頭指示。反正，就是要透過司法手段，在美國蒐集證據，尋覓有本事律師，進法院，狀告死毛邦初，出口惡氣，討回公道。前天晚上，行政院長陳誠也在信義路官邸，宴請五人小組，講話內容大同小異，也是這一套。

查良鑑在美國拿過法學博士學位，又在上海當過法官，曉得洋人打官司那套過程。這裡面，有個重大元素，無論老頭子還是陳誠，都沒提到，頗令他擔心。這重大元素，就是鈔票。強人總統與陳誠院長都沒在美國打過官司，不曉得美國法院是銷金窟，美國律師是無底洞，無論有理沒理，只要官司打下去，都得花大錢。並且，那鈔票燒起來，可是花差花差，三兩下就能燒掉一座金山。

想到這兒，查良鑑頗覺傷腦筋，但覺得多想亦是無用，只好把這問題，留給駐美大使顧維鈞處理。拋掉這雜念，查良鑑又想起心裡那塊疙瘩，覺得挺不痛快，卻又無法。原來，他早年喪偶，這時已有新對象，彼此已論及婚嫁，鸞鳳正要和鳴，半道上卻殺出這檔子變數，派他去美國打官司。他今年四十七歲，年華老去，青春不再，老來有個伴，比啥都重要。如今，當欽差去美國辦案，這一去，不曉得要何時才能重返台灣，要是拖到驢年馬月，終身大事就要不妙。這事情，成了他一塊心病，然而，此事無法對旁人言，旁人也全然不知他這苦處。

想著，想著，查良鑑就覺得西裝左邊內襯口袋，有個物件，隱約扎著他胸口肌肉。他伸手進去，從口袋裡掏出來一看，是封國際越洋信件，這才想到，昨天在司法行政部政次辦公室，工友送來這封信，當時忙著整理出國打官司文件，沒空閱讀，順手塞進了西裝襯裡口袋。此時，他慢條斯理，戴上老花眼鏡，把信封壓平，撕開封口，掏出信紙，仔細閱讀。

一旁，周宏濤見了，順口問道：「什麼信？與這趟赴美公事有關嗎？」

查良鑑邊看信，邊回答道：「不是公函，我一個堂弟來信。我這堂弟，叫查良鏞，民國三十五年，我在上海當法院院長，他也在上海，在《大公報》國際組，擔任國際新聞翻譯，彼此常有來往。他來信說，眼下人在香港，還是在報社討生活，在《香港新晚報》，負責編副刊。嘿嘿，很有意思，他信上說，他打算用『金庸』當筆名，寫武俠小說餬口。第一部小說，故事大綱已經勾勒完整，書名叫《書劍恩仇錄》。」

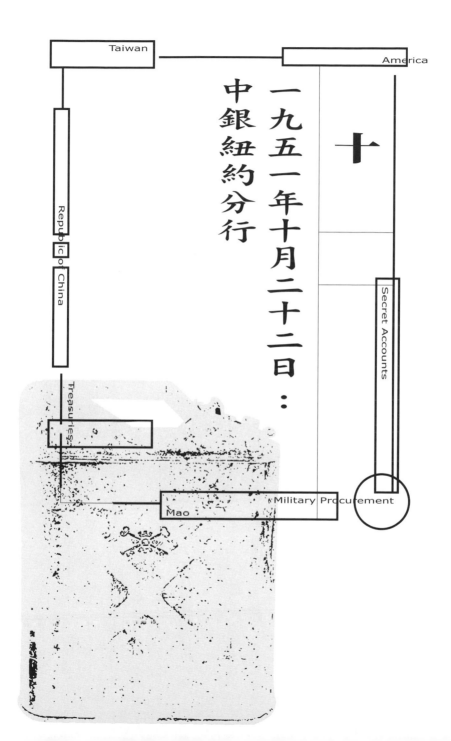

十

一九五一年十月二十二日：中銀紐約分行

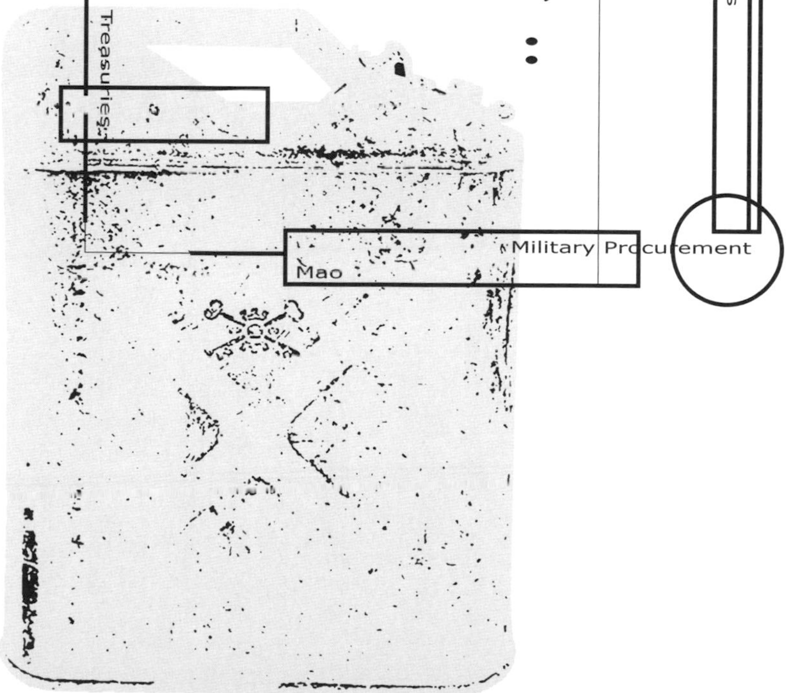

曼哈頓下城那兒，有條街，叫華爾街。這條街，不算長，大概也就是七百公尺左右，街面狹窄，怎麼瞧，都不是條通都大邑錦繡之路。然而，這條又短又窄街道，卻是世界金融中心，街道兩側遍布家喻戶曉金融機構，每日裡數字、符號變幻莫測，全世界股市、匯率，跟著起伏波動。

華爾街兩旁，矗立頗多金融大廈，其中有幢淺黃色樓宇，那模樣讓人瞧著就覺得年代久遠。這幢樓，並不算高，頂多就二十層左右，通體巨石累疊，有質樸古風。這淺黃石廈裡，塞進眾多金融銀錢業者，裡頭有銀行、證券公司、債券公司、保險公司、信託投資公司。這當中，有家銀行，位在八樓，佔地不大，就是一個營業廳，幾間辦公室，外加一間會議室。這家銀行，是為中國銀行紐約分行。

說起中國銀行，此馬來頭大，這銀行肇建於清光緒年間，名為「大清銀行」，是為大清朝國家銀行，總行設在北京西交民巷。民國成立後，北洋政府將大清銀行改制為「中國銀行」，總行設在上海漢口街，原來大清銀行上海分行舊址。待強人北伐成功，統一中國，這中國銀行，就落入國民政府之手。此後二十餘年，中國銀行始終由孔、宋兩大家族當家主事。

兩年前，民國三十八年，大陸失守，國府撤往台灣。當其時，上海中國銀行總管理處，也撤往台北，在中山北路美而廉西餐廳附近，設址辦公。至於大陸各城市原中國銀行，則由中共政府接收。至此，中國銀行走了岔路，一分為二，一走陽關道、一走獨木橋，源雖同而支流異。兩年來，中共政府緊抱蘇聯老大哥，中國銀行只能固守中國大陸，跨不出國境；台灣則跟了美國，成了亞美利加國旗下馬仔螟蛉子，因而，所有中國銀行海外分行，仍奉台北國民政府號令。

這一天，一九五一年十月二十二日，星期一，上午九點整，中國銀行紐約分行小小會議室裡，坐滿了人，開起了專案會議。這會，由駐美大使顧維鈞擔綱當主持人，而實際要角，則是台北欽差法務部政務次長查良鑑。其他與會者，包括總統府祕書周宏濤、中華民國駐國際貨幣基金副董事俞國華、駐美大使館參事陳之邁、總統府空軍武官夏公權、空軍總部第四署署長劉炯光、徵購室主任石兆駕。此外，就是中國銀行紐約分行管事頭頭席德懋。

這席德懋，也是中國銀行傳奇人物，他早年當過紐約分行經理，後來，在民國三十七年間，當上中國銀行總經理。三十八年大撤退時期，他藉出席國際貨幣基金、國際復興開發銀行年會之便，從上海到了紐約。之後，以養病為名，留在紐約。此時，他已六十歲，身子骨的確不健朗，瞧著就有病在身，然而，他眼下雖非中銀紐約分行經理，卻為紐約分行實際當家管事之人。

照常理，銀行各分行，由經理當家主事。中國銀行紐約分行，經理叫李德燏，主持紐約分行日常業務。然而，真正當家作主之人，卻是前總經理席德懋。

過去幾天，查良鑑治事勤奮，連週末都不歇息，天天到紐約分行查核帳目，於是，席德懋撐著病體，陪在一旁，協助查案。查良鑑從台北帶來國民政府歷年來匯予空軍駐美辦事處資金資料，這些款項，匯入美國之後，第一站就是進入中銀紐約分行。之後，再由空軍辦事處將資金提出，轉往他處。因而，後來資金流出時，無論是提現，亦或轉帳，都在中銀留下記錄。於是，席德懋就地提供中銀紐約分行帳目，與查良鑑所攜來台北帳目兩相核對。

這查帳大業，連發數日，眼下已告一段落。今天上午，顧維鈞主持這會議，就是大頭大腦，綜合所有事項，悉數釐清，讓參與偵辦毛案各方人馬，彼此融會貫通，知曉全案所有內情。

前天，顧維鈞私訪胡適紐約寓所，為毛邦初案政治途徑，爭取援手，結果，依舊是渾沌迷糊，胡適仍然是頑石一塊，不肯點頭。今天這會議，則是為毛邦初案司法途徑，傳達訊息、聽取報告、討論方案。會議時間有限，討論事項繁多，因而，顧維鈞拿出法律學者本事，條理清晰，邏輯分明，主持這會議可謂行雲流水，乾淨俐落。

一起始，他就開宗明義道：「今天會議，請大家要言不繁，挑重點講事情，不要拖泥帶水，橫生枝節。」

顧維鈞這話才說完，還想講第二段話，即為查良鑑打岔道：「好，首先我要報告一件重要事項。昨天，我接到台北總統府指示，要我們對偵辦毛邦初一事，不要猶豫不決，要勇往直前，速戰速決。周祕書告訴我，他那兒，也收到總統電報，查問對司法控訴、成立調查委員會兩項工作，為何進展遲緩？看來，總統有些不耐煩了。」

這話一說，顧維鈞心裡挺不樂意。他總覺得，從總統府到行政院，台北國府那些頭頭，多半是軍人出身，不曉得在洋人國家辦事，要講究手續，要佔得住法律陣腳，整個過程需要綿密籌畫，須得與各方洋衙門打交道。這不像打仗，說打就打，說殺就殺。然而，顧維鈞是洋派紳士，說話講究從容有禮，縱使心中恚怒，表面顏色、言語依然從容。

對查良鑑插嘴所言，顧維鈞緩緩答道：「查次長，你到美國三個多星期以來，也親眼見到了，我們大使館對此事全力以赴，未有絲毫鬆懈，不曾有一丁點怠慢。等我回華府以後，會擬具詳盡電文，細細回報這兩件事進度。現在，回到議事主題，先談第一件事，我向各位報告司法程序進度。」

顧維鈞告訴與會者，他與查良鑑已經在紐約，見過現任法官巴德森，雙方談妥，聘請巴德森法官，擔任中華民國駐美大使館法律顧問，專責處理控告毛邦初事宜。這巴德森，當過美國陸軍部部長，在美國司法界頗有影響力。雙方會談時，巴德森曾提建言，說是打這官司，應該由顧維鈞領銜出面提告。

然而，顧維鈞反對這樣幹，顧維鈞認為，他當駐美大使，享有外交豁免權。如果他以原告身分控告毛邦初，就必須上法庭，把自己置於美國法院管轄之下。那樣，他就必須接受法院命令，服從傳票，法院就可以傳令，要他呈交大使館有關文件。無論被告或其律師，提出何種問題，他也都得出庭答辯。

顧維鈞這理由，巴德森也同意，於是，最後決定，以中華民國政府名義，對毛邦初提起訴訟。巴德森不愧是法官老手，當下就提出一系列建議：

一、先下手為強，敲毛邦初一棍，向法院提出申請，要法院下達「禁制令」，禁止被告毛邦初、向惟萱使用公款。

二、空軍駐美辦事處名下、以及毛邦初手中其他公款，存於哪些銀行？去這些銀行，查明總共有多少相關帳戶。弄清楚之後，請法院向各相關銀行，發出禁制令，停止支付這些戶頭名下存款。

三、聘請私家偵探，去查明白，空軍駐美辦事處、毛邦初、向惟萱等人，平常向哪些超級市場、雜貨店，購買生活必需品與食材？然後，查明購買雜貨、食材，付款時使用哪些支票。只要找到支票，就可以查明白存款戶頭。

四、駐美大使館應向美國國務院發出通知，說是根據國府命令，毛已被停職，向已被撤職，兩人已喪失駐外人員身分，中國空軍駐美辦事處已經撤銷。因而，毛邦初與向惟萱，都不得篡改或動用空軍辦事處檔案與公款。

另外，顧維鈞也與巴德森法官，談妥了聘僱價碼：律師事務費暫定為兩萬五千美元，至於將來進一步酬勞金額，要看工作性質與工作量大小而估，暫時無法確定。

今天，在華爾街中銀紐約分行會議室裡，所開這毛邦初專案小組案情會議，一開始，第一個討論項目，就是該由誰簽發致紐約地方法院宣誓書。這份宣誓書，用來保證我方律師巴德森，送交紐約地方法院所有書面資料，全都確鑿無誤。巴德森希望，由顧維鈞簽署，但為顧維鈞拒絕。

今天會議，討論這第一事項，台北欽差查良鑑，就對顧維鈞叫陣：「顧大使，我覺得這份文書，還是得由您領銜簽署。您是駐美大使，統領整個毛案偵辦業務，您是不做第二人想人選。」

顧維鈞聞言，心裡不悅，表面上依舊不顯山，不顯水，平靜言道：「查次長，那天我們與巴德森法官談事情，我已經說過，這樣辦不妥當，因為這樣一來，被告律師就會堅持要求，要法院傳我出庭對質，以便讓我難堪。我是駐美大使，享有外交豁免權，但這樣一來，我把我自己置於法庭管轄之下，等於放棄了外交豁免權。」

「還有一點，我上次沒說，今天一併言明，如果我放棄外交豁免權，那不是我一個人的事，那樣，會產生示範效應，影響整個華府外交使節團，我會被各國駐美外交使節咒罵、唾棄。再者，我想，查次長，您應該也知道，在英美兩國，凡是以國家名義，提出訴訟或檢舉案件，都由首席檢察官，或其同僚，出任代表，這是慣例。您是中華民國司法行政部政務次長，符合這個慣例，應該由您簽署這份宣誓書。」

查良鑑依舊不答應，絮絮不休，嘮嘮叨叨，繼續爭辯道：「我從台灣來，對華府司法界不了解，您常年駐美，熟悉情況。難道，您就不能委屈一點，為了國家，把什麼外交豁免權，擺到一邊去，稍稍犧牲一下個人權利，承擔這項重任？」

這幾句話一說，擠兌得顧維鈞臉上變了顏色，心裡正打著腹稿，想著如何頂回去之際，就聽周宏濤聲音低微，細聲言道：「那個，那個，關於這件事情，前幾天我已經報告總統府，上頭已經有裁示，說是在美偵辦毛案，由顧大使領導，但訴訟過程，則由查次長出面，代表政府打官司。」

查良鑑聞言，語氣極度不悅問道：「我怎麼不知道這決定？」

周宏濤依舊低調，緩緩回道：「過兩天，外交部葉部長就會有正式通知電文發過來。」

查良鑑這才知道，大家喊他「欽差、欽差」，喊得他心裡發熱，其實，真正欽差，是周宏濤。周雖然只是總統府祕書，卻是強人總統耳目，有密電管道，隨時直通強人辦公室。這兒，他還與顧維鈞爭論、辯駁，到底該由誰出頭，具名代表政府打官司？該由誰簽發宣誓書？那兒，周宏濤早就曉得答案。想到這兒，查良鑑頹然嘆了口氣，脊梁靠著椅背，稍稍仰著頭，不再作聲。

顧維鈞轉過了臉，先看看大使館參事陳之邁，繼而對眾人道：「第二案，回覆《華盛頓郵報》之事。這事情，在座有些人已經知曉，有些人還不曉得。現在，我請陳參事給大家報告。」

陳之邁略略咳嗽兩聲，清了清喉嚨，站起身來，話說從頭，講起了這件事。

自毛邦初、向惟萱造反以來，美國《紐約時報》、《華盛頓郵報》這兩家東部大報，隔三差五，就有國府臭事醜聞見報。或為內幕報導，或為專欄評論，俱都說得有鼻子有眼睛，人、事、時、物、地，五大要素，無不交代明白，子丑寅卯，清晰完整。每隔一陣子，這兩大報就爆出國府內幕，輪流為之，每爆一次，台北國府就搥胸頓足一次。

最近一次，則是兩個星期前，十月八日，《華盛頓郵報》上，又是皮爾遜專欄，登出一則內幕，講的是周至柔以權謀私，為他寶貝兒子周一西開後門之事。《華盛頓郵報》這篇專欄指出，周至柔兒子周一西逃避兵役，以留學生身分，跑到美國西岸。後來，周至柔想辦法，透過中華民國駐美大使館空軍武官，聘周一西為駐美大使館武官。那報導甚至說，駐美大使顧維鈞親自寫了具名信函，給美國國務院，把周一西學生身分，改成駐美官員身分。然而，周一西只掛名不辦事，從來不曾到大使館武官處報到上班。

那天一大早，顧維鈞閱報後，找大使館空軍武官曾慶瀾上校，到大使館來問話。駐美武官處，位於大使館斜對面，就隔著一條麻薩諸塞大道。曾慶瀾接到顧維鈞電話後，當即過了馬路，到了大使館，向顧維鈞報到。顧維鈞指著華盛頓郵報，對曾慶瀾言道：「你知道這是怎麼回事嗎？報紙上說，曾有正式函件，以我名義，發給美國國務院，我怎麼不知道有這件事？」

曾慶瀾顯然還沒看《華盛頓郵報》，不曉得東窗事發，聽顧維鈞所言，當場顏色大變，支支吾吾，有點結巴道：「這個，這個，很抱歉給大使招來麻煩。這件事情嘛，不瞞顧大使，確有其事。一開始，是台北總部有個少校，寫信給我，說是周一西很想加入駐美武官處，擔任空軍武官，這樣，就不必在台北服兵役了。這件事情，希望我幫忙。」

「當時，我回信說，這事情我做不了主，必須總司令部下令，才能辦理。後來，到了今年二月份，我接到總司令辦公室周鳴湘主任私信，拜託我幫忙。周鳴湘主任，其實是周至柔總司令親叔叔，等於是周一西叔公。他寫信給我，口氣很客氣，拜託我一定要幫忙。所以，我就，我就，我就擅自作主，也沒向您報告，就以您名義，給美國國務院去了封信，請他們把周一西在美身分，由留學生改成中華民國駐美官員。今天《華盛頓郵報》上所寫，確有其事，我願意負責。」

「其實，毛邦初案子鬧大之後，我就覺得這事情很危險，隨時會穿幫。所以，我早就給台北空軍總部寫信，要他們把周一西從駐美武官處空軍武官名冊上，徹底刪除掉。不過，他們一直沒答應，所以，到現在為止，周一西還在武官處，掛著空軍武官名義。」

曾慶瀾這麼一說明，顧維鈞才曉得，大使館底下，武官處那兒，竟然有如此烏七八糟醜事。當下，他要曾慶瀾先回武官處，並囑咐曾，別就此事再說三道四。隨即，顧維鈞找來大使館參事陳之邁，商討對策，兩人決議，寫信給《華盛頓郵報》，敘明實情，並表示大使館將處理此事。本來，顧維鈞打算自己寫這封信，寫好後，以中華民國駐美大使名義，發給《華盛頓郵報》。不過，後來與陳之邁再三商議，覺得解鈴還須繫鈴人，應由經手人曾慶瀾具名發函。

於是，顧維鈞打電話到武官處，告訴曾慶瀾，說是陳之邁會寫這樣一封信。寫好，送到武官處，讓曾慶瀾看過之後，以曾慶瀾名義，發給《華盛頓郵報》。電話裡，曾慶瀾也同意照辦。可是，沒過幾分鐘，曾慶瀾就又親自跑回大使館，對顧維鈞講了套說法：

「報告大使，經過我打聽，《華盛頓郵報》專欄作者皮爾森，寫過這篇專欄後，又寫了封信，寄給台北強人總統。我想，總統府會有回信，寄給皮爾森。如果，總統府給皮爾森回信，其內容與我給皮爾森回信不一樣，牛頭不對馬嘴，可就不妙了。所以說，我還是不宜寫這封回信。」

顧維鈞一聽這話，邏輯不通，理路混亂，就知道這是曾慶瀾推托之言，恐怕還是不願意得罪台北空軍總部。顧維鈞再三勸說，要曾慶瀾寫信給《華盛頓郵報》，曾慶瀾就是不肯。那天晚上，顧維鈞在日記裡寫下此事結語：「這位曾慶瀾上校，就是官僚思想典型範例。」

後來，顧維鈞找來陳之邁，要陳之邁去找曾慶瀾，繼續施壓，要曾慶瀾給《華盛頓郵報》寫回信。今天，在華爾街中銀紐約分行開會，第二項討論內容，就是如何回覆這封信。

陳之邁滴滴答答，站著把整件事情報告完畢，繼而，矮身坐回位子。陳之邁才坐下，就聽見砰地一聲，原來是查良鑑氣不過，拿右手掌使勁拍著桌面。查良鑑拍桌子，嚇眾人一跳，就見查良鑑轉頭，對著在座兩名空軍總部軍官，空總第四署署長劉炯光、徵購室主任石兆鶩道：「蒼蠅不盯沒有縫的蛋，一個巴掌拍不響，半斤對上八兩，老大不要笑老二，都是一路的貨，總是周至柔自己大節有虧，坐不直，行不正，這才招來毛邦初反噬。我問你們倆，你們在空軍總部，知道這件事情吧？曉得周至柔把兒子硬塞進大使館武官處吧？」

稍早，陳之邁報告這件臭事案情時，劉炯光、石兆鶩兩人，低頭不語，眼觀鼻，鼻觀口，口觀心，臉現尷尬之色。現在，查良鑑挑明了說話，話鋒直搗空軍總部，這兩位空總軍官更加尷尬，話都說不出來，只能連連搖頭，表示不知。查良鑑臉帶不屑神情道：「算了，你們就算知道，也不會承認。那麼，這件事情現在該怎麼辦？」

陳之邁接續言道：「昨天是星期天，我掛長途電話，打回華盛頓，找到曾慶瀾。我說，我信都寫好了，他也看過幾次，如果沒意見，就請他簽名，然後寄給《華盛頓郵報》。不過，他死活不答應，我怎麼勸，都說不動他。」

顧維鈞裁決道：「那麼，就不勉強他了，這封信，就請陳參事簽名，寄給《華盛頓郵報》。然而，我話先說明白，這事情不能這樣就算了。我個人會撰寫完整報告，回報台北外交部。在此，我也請周宏濤祕書，將此事回報台北總統府。接下來，討論第三案，請查次長、俞副執行董事、席總經理，報告初步查帳結果。」

席德懋聞言，戴上老花眼鏡，低著頭，仔細翻著身前桌上一疊查帳報告，言簡意賅道：

「查次長從台北帶來大筆帳本，我從紐約分行這兒，也調出大筆帳本，兩相對照勾稽。自民國三十二年，成立空軍辦事處，毛邦初當主任，一直到現在，空軍總部共計匯款三千九百萬美元，給駐美辦事處。我們查清楚了，截至目前為止，空軍辦事處名下，沒有花掉，還放在帳戶裡經費，共有兩大類。第一類，是採購軍品專款專用帳戶裡，還剩有四百萬美元。第二類，是一般用途活期存款帳戶裡，還剩有超過一百萬美元。」

「除此之外，毛邦初另外以『辦公費用』名義，花錢無數，把美金當泥沙使，從民國三十四年八月抗戰勝利，到現在，六年兩個月期間，他以『辦公費用』名義，花費五百八十萬美元。這還不夠，他還從採購軍品專款專用帳戶裡，挪用了三十八萬美元。總計，六年兩個月期間，他用掉六百一十八萬美元。這段期間總共是七十四個月，平均而言，毛邦初每個月用掉辦公費用，就是八萬三千五百美元。」

席德懋滴滴答答，簡要報告查帳結果，顧維鈞不聽不知道，聽了嚇一跳。空軍駐美辦事處，空軍軍官外加本地僱員，所有人事經費，都由空軍總部編列預算，無須動用「辦公費用」。所謂「辦公費用」，純粹就是支應毛邦初交際應酬所需。如今，把帳查乾淨了，竟然是如此結果，平均一個月用掉八萬三千五百美元，連續不斷，用了七十四個月。這毛邦初，簡直拿國家府庫當冤大頭。

想到這兒，顧維鈞稍稍偏著頭，問身旁陳之邁道：「就說華府郊區，一戶獨門獨院Single House洋房，現在行情多少？」

陳之邁為駐美大使館公使銜參事，為人精明強幹，常在外頭跑跑，與國會山莊參眾兩院、國務院、美東僑界，都頗熟稔。當下，陳之邁想想，明確表示：「七千呎地皮，上頭蓋四千呎獨立家屋，四萬美元絕對買得到。」

這話一說，查良鑑語氣沉重道：「天啊，我們在台北艱辛度日，政府三天兩頭推行簡樸口號，今天喊臥薪嘗膽，明天喊勿忘在莒，後天喊克難運動，下頭軍公教基層人員，一個月不過三百塊錢台幣薪資，折合美金，還不足十美元。他毛邦初一個人，一個月就花八萬多美元，花掉兩幢美國豪華住屋，六年兩個月，月月如此，這還有天理嗎？」

空軍總部第四署署長劉炯光參加這會議，始終沒吭聲，這時，也追著話碴子，補了一槍：「我們在總部，還常接到毛主任電話，說他在美國開銷大，那點辦公費用不夠他使，三天兩頭要總部趕緊匯款，追加經費。」

「剛才席總經理報告裡，不是說了嗎？說是除了正規辦公費用之外，毛主任又在採購軍品專款專用戶頭裡，挪用了三十八萬美元。照理說，那戶頭是專款專用，只能用於購買軍品，不能挪用他途，但他就是要挪用，用過之後，給總部來了通電話，說他挪用了。經費帳戶都由他一個人掌控，台北空軍總部那兒，我們也拿他沒辦法。」

聽了劉炯光這番話，查良鑑火冒三丈，漲紅了臉，正要繼續發作，這當口，席德懋講話了：「補充說件事，顧大使以及其他在座諸位，應該還不知道這事，我覺得，有必要在此說明。大半年前，紐約州銀行管理委員會盯上我們，派人到中銀紐約分行來，說是要查帳。他們派人來，指名要查空軍駐美辦事處帳戶，於是，我們就把歷年來，經由我們中銀紐約分行，給毛邦初、以及空軍駐美辦事處所有匯款，打出一份報告，交了上去。」

「台北來的朋友們可能不曉得，但顧大使應該明白，紐約州銀行管理委員會權柄極大，他們提要求，我們只能俯首帖耳，遵命辦理。若有違抗，輕則受到大額罰款，重責勒令關門。我常想，為何紐約州銀行管理委員會，盯上毛邦初、空軍辦事處資金往來？這一定是與美國政府其他部門合作，受其他部門指使。我沒證據，不敢亂說，但我推斷，包括聯邦調查局、國務院、五角大廈，可能都已經注意空軍駐美辦事處與毛邦初主任。」

顧維鈞聞言，皺皺眉頭，心想，他這駐美大使，當得實在窩囊，情報實在欠靈通，有太多事情，竟然毫無頭緒，丁點不知。想到這兒，顧維鈞問席德懋道：「那麼，紐約州銀行管理委員會盯上你們，派人過來專案查帳，這事情是機密嗎？分行裡有多少人曉得？」

席德懋正要答話，查良鑑卻插嘴急問道：「你們這分行經理李德燏知道嗎？我曉得，你們這分行裡，頗有幾位同仁，與毛邦初常有往來，算是死黨密友。這裡頭，就有李德燏。他是分行經理，紐約州銀行管理委員會上門，專查毛邦初帳務，李德燏一定知道，我們得防著他通風報信。」

席德懋這才張口，一次回答顧、查兩人問題：「紐約州銀行管理委員會來專案查帳，我當然不會張揚，但也不可能保密。分行就這點大，幾個洋人天天來查帳，行內同仁自然曉得。不過，就我所知，李德燏這人一向曉得輕重，他就是和毛邦初打打橋牌，沒什麼其他的。」

「對了，我還有點淺見，在這兒一併說了，請顧大使、查次長參考。我覺得，毛邦初這檔事，最好不要撕破臉鬧開，尤其不要鬧上法院……。」

席德懋話還沒說完，查良鑑又插嘴道：「來不及了，就是撕破了臉，強人總統才派我們五個人，到美國來。我們來美國，為的就是打官司，要美國法院逼毛邦初，結束空軍駐美辦事處，移交檔案，移交經費。」

席德懋聞言，期期艾艾言道：「這樣啊，這樣啊，如果真是這樣，那麼，拜託查次長，打官司過程當中，盡量不要牽扯到中銀紐約分行。」

席德懋這話一說，查良鑑瞪大了眼睛，打破砂鍋問到底，還問砂鍋在哪裡，追問道：「席總經理，你為什麼這樣講？為何不能牽連中銀紐約分行？」

席德懋這幾句話，其實沒啥玄機，只怪查良鑑直腸子想事情，沒參透個中玄機。顧維鈞卻是心裡雪亮，曉得中銀紐約分行，與國民政府高官顯要間，必定是糾纏混同，裡頭摻雜亂七八糟糾葛，攪和太多私密內幕，一旦被掀翻，必然是臭不可聞。他也明白，席德懋這番話，不但是席氏個人所見，也是紐約中銀分行背後高官顯要，指使席德懋，非得把這話說清楚不可。

於是，顧維鈞臉帶微笑，衝著查良鑑擺擺手道：「先不去管這些閒話了，我們該怎麼辦，就怎麼辦。現在，還有重要事情等著討論。中國銀行紐約分行這兒，是官面上公開帳戶，是台北空軍總部與駐美空軍辦事處之間資金往來。另外，毛邦初還有私下資金帳戶，與空軍駐美辦事處無關，這方面情況，就請俞副董事講講。」

俞國華生性謹飭，對強人總統忠誠不二，辦事既可靠又廉潔，深受強人總統信任，成了強人總統在美國私人代表。原本，像俞國華這種「私人代表」，一共有三人，除了俞國華，還有皮宗敢、毛邦初。這三人，到底有多少帳戶？多少金額？如何轉帳？如何支用資金？從頭到尾，就是袖裡乾坤，向來不為外人所道。就連駐美大使顧維鈞，也始終蒙在鼓裡，毫無頭緒。如今，毛邦初造反，強人總統明令，由顧維鈞主持大計，循政治、司法兩路，討伐毛邦初。因而，毛、俞、皮三人手上各種密帳，必須切割清楚，也只好任之曝光，今天一次講清楚。

其實，早在兩個月前，在華府北京樓餐廳，俞國華、皮宗敢已私下向顧維鈞，報告兩人手中密帳內情。當時，俞、皮二人透露，共有三個帳戶，分別是俞國華與毛邦初共同具名開立；毛邦初與皮宗敢共同具名開立；皮宗敢、毛邦初、華盛頓一家銀行董事長，所共同具名開立。

其中，毛邦初、俞國華所共同具名開立帳戶，在瑞士信貸銀行華盛頓分行。這帳戶，開立於民國三十八年元月，強人總統自請下台前夕。開戶之後，隨即有一千萬美元鉅額資金，匯入這帳戶。北京樓飯桌上，俞國華出示這帳戶存提款收支報告，一千萬美元當中，已經動用八百五十萬美元，還剩下一百五十萬美元。這個帳戶，如欲提取款項，必須由俞國華與毛邦初，共同簽名，才能把錢領出。

兩個月前華府北京樓飯局，顧維鈞已經聽取俞國華、皮宗敢報告，報告內容也頗為詳實，因而，他以為，私密帳戶情況就是這樣。今天，俞國華只不過把北京樓所私下稟報之事，在會議室裡公開說明。詎料，俞國華一開口，就讓顧維鈞傻眼。原來，北京樓飯桌上，俞國華、皮宗敢講話不盡不實，還有未曝光密帳，拖到今天，這才揭開蓋子，吐露實情。

會議桌上，俞國華表情平靜，面容沉穩，細說密帳內情。除了北京樓飯局已揭櫫三個帳戶外，今天他又多吐露其他三個密帳帳戶。首先，他和毛邦初，在紐澤西州紐瓦克市蒙特克萊銀行，有共同聯名帳戶。其次，他與毛邦初，在紐澤西州瑞士金融公司，也有聯名帳戶。

至於第三個帳戶，內情更是玄妙。他與毛邦初，以及華盛頓國民銀行總經理科爾頓，三人聯名成立一家公司，名為「標準件公司」。這家公司，由科爾頓掛名，擔任總經理，毛邦初是會計，俞國華是祕書。然後，在華盛頓國民銀行，以「標準件公司」名義，開立存款帳戶。這個帳戶，只要俞國華、毛邦初、科爾頓三人當中，有兩個人聯合簽名，就能提款。

說明至此，俞國華臉朝著顧維鈞，補充說明道：「前兩天，我以『標準件公司』祕書名義，打電話給總經理科爾頓，說是希望他就這個聯合帳戶，給我發一份資金進出流水帳報告。不過，科爾頓不肯，他說，要我與毛邦初提出聯名要求，他才會給資金流水帳報告。我要這份報告，就是打算對付毛邦初，怎麼可能找毛邦初聯名提要求？」

顧維鈞是政壇老江湖，當即答道：「很簡單，你給他去一份書面要求。這樣，他就有責任給你書面答覆。他如有書面答覆，無論內容為何，都可以當為我們打官司書面證據。」

話講到這兒，顧維鈞以為，俞國華該說之事，已經說完，正想就此結束，另起話題，討論其他事項。詎料，俞國華還有事情報告，並且，所言之事讓顧維鈞火冒三丈，差點失態暴怒。

俞國華語氣平靜，對著顧維鈞繼續言道：「所有帳戶當中，最重要者，就是我與毛邦初在瑞士信貸銀行華府分行，所開立共同帳戶。原本，要我與他共同簽字，才能提款。如今，我已經就近向瑞士信貸銀行紐約分行，提出申請，將我與毛邦初在瑞士信貸銀行華府分行那帳戶註銷，把這帳戶名義，轉到您與俞大維兩位先生名下。這事情已經辦好了，所以，瑞士信貸銀行已經通知我，需要您與俞大維兩人，去華府分行簽名，以後，只有您與俞大維兩人，才能共同簽名，提領這帳戶裡款項。」

這話說完，顧維鈞心中暴怒，臉色發青，壓著脾氣，語氣儘量平順和緩，問俞國華道：「這樣大的事情，你怎麼事前也不問問我，就逕自去辦了？你這樣辦，我不反對，但是，你事前總該告訴我一聲吧？還有，俞大維那兒，你事前知會了嗎？」

論是非，此事的確是俞國華孟浪，他聽聞顧維鈞質問，並不回答，等於默認，他事前亦未知會俞大維。

顧維鈞縱橫國際外交舞台四十年，心思細膩，聰穎機靈，轉念之間，他就想到，俞國華這人素來謹小慎微，從不亂說亂動，如今竟然如此大膽行事，顯然大違其本性，事情透著古怪。當下，他心有所思，轉頭看著總統府祕書周宏濤道：「周祕書，這事情你曉得嗎？」

周宏濤沒想到，顧維鈞如此神文聖武，兩三下就抓到訣竅，直搗黃龍，問到要害。對顧維鈞這問題，他答也不是，不答也不是，正在無可如何之際，顧維鈞主動解圍道：「沒關係，不談這事情，我們繼續往下討論。」

原來，顧維鈞轉瞬之間，想到俞國華這樣一個奉命唯謹、英華內斂人物，竟然如此孟浪行事，背後一定有人指使。能如臂使指，讓俞國華運作自如之人，普天之下，只有台北總統府內強人總統。他見周宏濤反應，就曉得自己這推測絲毫不錯，周宏濤事前也必然知情。既然如此，此事係強人總統親力親為，他一個駐美大使，就沒啥好計較。更何況，就算計較，亦是無用。

接下來，顧維鈞請俞國華繼續報告，揭露毛邦初與皮宗敢聯名帳戶狀況。上次北京樓飯局，皮宗敢說，他與毛邦初有個共同帳戶。今天，俞國華又揭露，皮與毛另外還有三個帳戶。

會開到這裡，事情討論得差不多了。顧維鈞有點皮裡陽秋，臉上略帶諷刺微笑，輕輕問俞國華道：「就這些了吧?所有私密帳戶都揭露了吧？不要過一陣子，又跑出我沒聽過的新帳戶？」

俞國華沉穩鎮定，緩緩言道：「全部就是這樣了。」

會議至此，應議事項已盡，時間也近中午，顧維鈞裁示散會，眾人紛紛站起身來，伸腿攘臂，活動筋骨。分行經理李德燏，早就等在會議室外頭，引導諸人去電梯間，搭電梯到大廈內公共餐廳。那餐廳，兩年前俞國華來過。當時，孔祥熙在中銀紐約分行有間辦公室，俞國華奉強人之命，來見孔祥熙，傳達口信。事後，孔祥熙請俞國華，去這金融大廈裡公共餐廳，吃了頓簡易午飯。

今天這會開下來，俞國華明顯看出，顧維鈞大使對更改帳戶名稱之事，極為不悅，因而，去餐廳路上，他就悶聲不語，也不說自己曾隨孔祥熙，去過這公共餐廳。倒是陳之邁，在電梯裡出言詢問分行經理李德燏道：「你們紐約這兒，世界貿易公司有個副總經理，叫夏鵬，你認識這人吧？」

李德燏答道：「當然認識，熟人，挺熟，常一起打打麻將、打打橋牌、一起吃個館子什麼的。怎麼了？陳公使問起夏鵬，有什麼事嗎？」

陳之邁道：「這夏鵬，前一陣子，慌慌張張，從紐約跑到華府，衝到我們大使館，說是要見顧大使。那時，顧大使有事，就派我接見。」

陳之邁才說到這兒，顧維鈞聞言趕忙問道：「對啊，我都忘了這事，那天我忙，沒工夫見他，由你代為接見，後來怎麼樣了？」

陳之邁笑道：「說起來，這夏鵬有點二百五。他大老遠從紐約跑到華府，就是要告訴我，外頭有傳言，說是毛邦初造反，不肯交出空軍辦事處，是因為毛邦初在紐約股票市場搞投機，賠了一百多萬美元。流言指出，那筆股票交易，是他夏鵬經手。他說，他大老遠跑到華府來，就是要告訴顧大使，毛邦初造反，與他夏鵬無關。他說，他沒替毛邦初經手，弄那筆股票投資。他說，如果毛邦初真找他經手，憑他夏鵬本事，絕對不會讓毛邦初賠了一百多萬美元。」

這話說完，電梯裡一陣哄堂猛笑，連俞國華都忍不住，笑了出來。

十一

一九五一年十一月十四日：空軍駐美辦事處

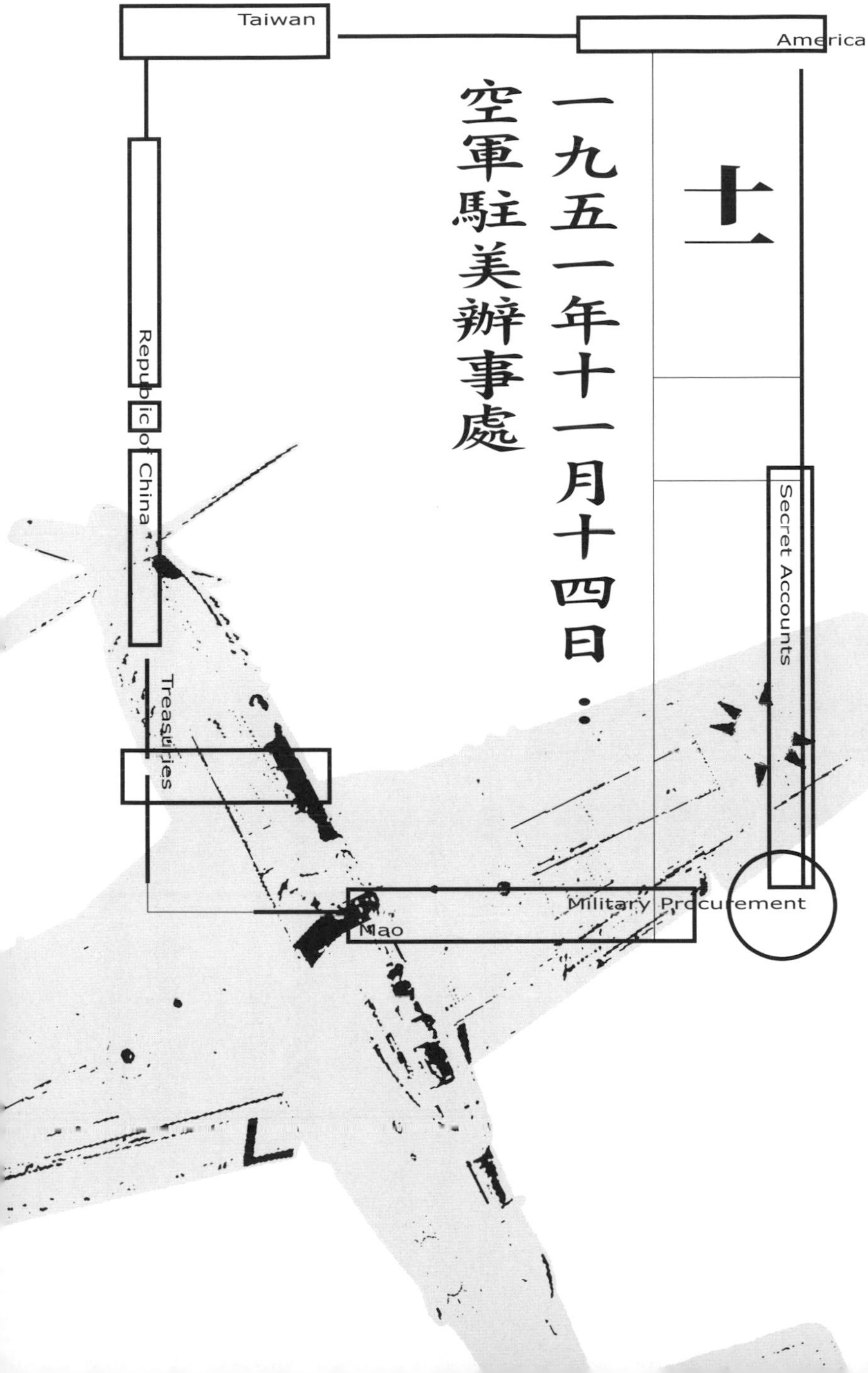

這是一幢棕色磚樓，兩面臨街，外觀端正，格局井然。這樓宇，就是中華民國空軍駐美辦事處，英文地址為「2110 Leroy Place Northwest」，中文地址則為「里埃洛街二一一〇號」。磚樓前方，是里埃洛街；磚樓側面，則是一條無名寬巷。

里埃洛街路面平坦，磚樓臨街這面，地下一層，地上四層。無名寬巷，則是由上往下傾斜路面，因而，磚樓地下室，在臨巷這一面，就成了一樓，上下共有五層樓。這處辦公樓，距離賓夕法尼亞大道駐美大使館，不到一公里，頂多就是七、八百公尺。

這樓佔地不小，樓層也多，辦公室自然更多。然而，整個空軍駐美辦事處，總共才十一名空軍軍官，外加七名民間僱員。這七名民間僱員，有華人，也有洋人。

今天，一九五一年十一月十四日，上午九點多，空軍辦事處裡，氣氛有點煩躁不安，人心浮動。空軍軍官與華洋僱員，在各樓層東一堆，西一群，聚攏議事，小道消息滿天飛，說法不一，莫衷一是，但眾人都曉得，要出大事。十點不到，辦事處主任毛邦初女祕書凱莉現身，從一樓起，一路往上，逐層口頭通知所有同仁，十點整，在交誼廳開會，主任毛邦初有話要說。

這女祕書凱莉，是個洋人，英文全名為「Agnes Kelly」，翻成中文，就是「安格妮斯．凱莉」。此姝今年三十一歲，一頭金色秀髮，身材頎長，風華正茂，花容豔麗。這金髮美女，最早是模特兒出身，後來，到了紐約，成了夜總會女郎，在風塵裡打滾，閱歷頗豐。毛邦初在華府當空軍辦事處主任，手裡掌握幾百萬、上千萬美元經費，天高皇帝遠，一無上級長官部勒，二無稽核制度羈絆，故而隔三差五，就去紐約，花天酒地，揮金如土，不當一回事。

就這樣，一個願打，一個願挨，三十一歲夜總會女郎凱莉，就跟了四十七歲毛邦初，從紐約跟到華盛頓，進空軍辦事處，當了毛邦初女祕書。其實，毛邦初在辦事處，另有公職助手，此人是空軍軍官王定邦。此外，辦事處會計軍官鄧悅民，也是毛手下親信，所有經費往來，都經過鄧。毛邦初為所欲為，財神一般，花差花差，滿天撒鈔票，就是由鄧悅民操持帳務。

這會兒工夫，女祕書凱莉逐層宣布開會通知，走到三樓僱員辦公室時，凱莉特別拉著個華人女僱員，拉到室外，靠著走廊窗戶，低聲以英文交談道：「Frances，聽說了吧？事情不太妙，很有可能，今天晚上我們就得奔往紐約，妳得先準備準備。對了，聽說妳最近就要離職，去羅勃茲律師那兒了，祝妳一切順利。」

這華人女僱員，姓袁，洋名叫「Frances」，翻成中文，就是「法蘭西斯」。此女今年三十八歲，是個土生土長華裔美國人，在這空軍辦事處工作，已有一段時間。不但她土生土長，連她父母，都是美國生、美國長華人。算起來，法蘭西斯袁已第二代原生華裔美國人，她生長於麻薩諸塞州林恩市，高中畢業之後，就出來討生活，早早結婚，也嫁了個華裔。距今三年前，十四年婚姻玩完，幾個孩子都留在林恩市老家，由外公、外婆代為撫養。

這女人，雖是華裔，卻一句中文不會，說、聽、讀、寫全都不行，徹頭徹尾就是個美國人。在空軍辦事處，人人都知道，法蘭西斯．袁與向惟萱形影不離，走得頗近，是向惟萱女友。

眼前，凱莉祝福她前程順利，她回應凱莉道：「是啊，這兒已成是非之地，不宜久留。今天離開這兒，我可能就不回來了，改去羅勃茲律師那兒，擔任助理。」

原來，毛邦初、向惟萱二人，兩年來持續向《華盛頓郵報》，提供台北國府不堪內幕，交予該報專欄作家皮爾森。兩年來，皮爾森幾次在專欄裡，全鬚全尾，細數多項台北國府採購內幕，重創國民政府在美形象，讓強人總統，在台北總統府坐立難安。就此，毛邦初、向惟萱兩人，與《華盛頓郵報》關係良好。

現如今，台北派了多名好手，到華府來，循政治、司法兩條途徑，尋毛邦初晦氣。為此，《華盛頓郵報》總編輯艾里斯頓，頗同情毛邦初、向惟萱，乃主動出頭，替二人引介律師。這律師，洋名羅勃茲，是一家律師事務所合夥人，這律師事務所，英文名稱為「Roberts & McInnis」。羅勃茲也是專欄作家皮爾森律師所聘用，與《華盛頓郵報》關係密切。

至此，台北國府與空軍辦事處壁壘分明，捉對廝殺。台北國府聘用巴德森當主律師，而巴德森又另請律師李海，擔任副手。

另一方面，空軍辦事處則聘請羅勃茲為律師，羅勃茲又請律師伍茲，擔任副手。

在美國打官司，靠鈔票拚內勁，台北國府聘巴德森當律師，律師事務費暫定為兩萬五千美元，至於將來進一步酬勞金額，要看工作性質與工作量大小而言，暫時無法確定。

毛邦初手筆更大，聘羅勃茲當律師，一次支付四萬四千美元。這價格，已經能在紐約郊區，購買一戶大面積獨門獨院豪華大宅。毛邦初如此手筆，有如超級闊佬，羅勃茲感恩戴德之餘，除效犬馬之勞以外，順手也接納向惟萱密友法蘭西斯・袁，放進律師事務所，給個助理職位。

毛邦初統領這空軍辦事處，弄得頗似大內皇宮，他與副手向惟萱，在這小圈子皇宮內，各有紅粉知己。如今，大事不妙，兆頭大壞，毛、向二人，今天傍晚，要各攜紅粉女友安格妮斯・凱莉、法蘭西斯・袁，奔往紐約，另闢戰場。

這會兒工夫，空軍辦事處連軍官帶僱員，大大小小十六人，齊聚四樓聯誼廳，等候毛邦初、向惟萱蒞臨講話。聯誼廳面積不小，每個月在這兒辦個慶生會，農曆三節與西洋耶誕節，也在這兒辦聚餐，辦晚會。其實，辦事處另有小會議室，但今天情況不同，全員到齊聽講話，故而，改在這聯誼廳開大會。

就見毛邦初與向惟萱交頭接耳，邊走路邊細語，進了聯誼廳。毛邦初正正顏色，先用英語對所有屬下道：「各位早就知曉，台北當局對我們很不滿意，給我們很大壓力。今年上半年，他們就下令，撤銷我們這空軍辦事處，併入新成立國防部採購委員會。我拒不屈服，維持既有局面，屹立不搖。八月間，台北當局翻臉，開記者會，發新聞稿，公開叫陣，口誅筆伐，對我動手。之後，還派了專案小組，到華府來，專門找我們麻煩。」

「最新情勢，則是台北國民政府所聘雇律師，今天下午，會到華盛頓特區聯邦地方法院，提出法律控訴，請法院頒布禁制令。倘若聯邦法院法官，真的頒下禁制令，那麼，我們這小團體，就無法繼續存續，大家只好散夥。當然，我會以各種技術手段，拖延事態發展，但此舉頂多只能爭取時間，無法改變最終結局。」

「眼下，各位該幹什麼，還是幹什麼，辦事處預算裡，有足夠人事經費，支付各位軍官薪餉、各位僱員工資。然而，終究有一天，這個局面還是得結束，這辦公室難逃關門。大家朋友一場，好聚好散，我現在宣布，給所有軍官、僱員加發三個月薪餉、工資。至於以後辦事處關門，各位應有補償，則依照美國政府規定辦理。最後，謝謝各位多年來支持與幫忙。現在，請僱員們先回辦公室，諸位空軍軍官留下來，我另外有話要講。」

這番話說完，底下眾人表情凝重，幾個僱員窸窸窣窣，低聲交談。毛邦初、向惟萱與台北國民政府角力爭戰，辦事處裡所有軍官、僱員，都大致曉得。毛邦初素來揮金如土，拿錢不當錢用，自己揮霍，對底下人也大方，手筆頗寬。整個空軍駐美辦事處，上頭毛邦初大塊吃肉、向惟萱使勁啃骨，底下諸軍官、僱員也跟著喝湯嚐羹，久而久之，就打出了家庭隊形，上下感情融洽，有錢大家一起花。

今天，毛邦初講了實話，小朝廷局面撐不了幾天，眼看著，就要玩完，因而，無論軍官或僱員，都是心中栗六，惴惴不安。待華洋僱員離開後，毛邦初示意助手王定邦上校，關上聯誼廳門扉，要諸軍官往前聚攏，他另有重要事情，向大家交代。

此時，毛邦初改用國語，對這批手下道：「倘若聯邦地方法院，對我們頒布了禁制令，那麼，這空軍辦事處就名存實亡了。在那之後，大使館一定會登公告，聲明空軍辦事處受禁制令處分，不得再經手軍購業務，所有往來廠商、所有已訂契約，全數移轉給皮宗敢手底下那採購委員會。各位，天下沒有不散的宴席，姻緣總有到頭時候，現在，就是這散夥時刻。」

「我看得很清楚，再過一陣子，台北空軍總部就會頒布人事令，調你們去皮宗敢那兒，進聯合採購委員會，還是待在華府。不過，這只是障眼法，你們要是過去，短則半年，長則兩年，必然會調你們回台北。這幾年，我沒虧待大家，除了應有薪餉、加給之外，我不時以各種名目，補貼各位同袍，讓大家日子過得舒坦⋯⋯。」

毛邦初話還沒說完，就聽底下一名軍官高聲喊道：「謝謝主任照顧，大家都感謝主任。」

這人高聲喊完，餘人齊聲鼓掌，都替毛邦初叫好。

毛邦初臉帶微笑，舉起右手，手掌朝下，虛虛連揮，要眾人安靜，接續言道：「很好，很好，你們知道感恩，我很高興。我忠心耿耿，戮力報效，老頭子卻從不感恩，壓著我出不了頭。這事情，你們看得很清楚。如今，他又調動大批人馬，趕到華府來，分政治、司法兩條途徑，追殺我們空軍辦事處，要把我們連根鏟。他們要我難過，我偏不讓他們稱心。」

「待會兒回去，每個人趕緊檢點歷年存檔公文，凡是要緊的，全送到向上校那兒去，我們連夜運走。他們遲早會到這兒來抄家，我們趕緊搬檔案，讓他們撲空，鏡花水月一場空，啥都撈不著。」

「各位跟著我多年，我對各位情況也都清楚，除了單身漢之外，凡是有家眷者，老婆、孩子都在華府。有些人，父母兄弟姊妹或者還留在大陸，或者去了台灣，那也是沒辦法之事。重要的是，老婆孩子都在身邊，這就夠了。我出事之後，他們必然會找你們麻煩，不過，不要怕，這兒是美國，是個有王法國度。頂多，頂多，離了這攤子，回家吃老米飯去。我估量，他們絕對不會提出引渡要求，把你們押回台灣。」

「若他們真不識相，向美國國務院，提出引渡要求，有美國國會、報館擋在那兒，國務院絕對不至答應。我走了之後，還是會照應各位，如碰到大事，找不到我，可以找向惟萱上校，或者，找王定邦上校。大家都是一家人，要團結一致，共同對外。皇帝也不差餓兵，我不會讓各位受凍挨餓，待會兒，鄧會計有支票發給各位，每人五萬美元。這數額，可買一戶大屋，足夠各位在美國好生過日子了。」

毛邦初花錢如流水，使起銀子，有若泥沙，過去六年兩個月時間裡，就以「辦公費用」名義，用掉六百一十八萬美元，平均每個月花費八萬三千五百美元。如今，毛邦初手裡所掌握，空軍辦事處名下公款，還有幾百萬美元，除掉他與向惟萱，這辦事處總共還有九名軍官，每人五萬，花不了多少。毛邦初當著眾人面，下令會計軍官鄧悅民發支票，眾人聞之，又是一陣熱烈掌聲。

這場面，也就是山寨盜賊散夥大會，山大王毛邦初分派銀兩，眾嘍囉各奔前程。會議開到這兒，算是圓滿結束，眾人離開，獨剩毛邦初、向惟萱，留在聯誼廳裡，唏噓扯淡聊天。

毛邦初拉張椅子，緩緩坐下，掏出菸斗，裝進菸絲，拿打火機點燃了。向惟萱趕忙推門出去，去隔壁辦公室，拿了個水晶菸灰缸進來，擺在桌上，隨即，也掏出駱駝牌香菸，兩人對著抽菸。

幾縷淡藍色煙霧，在聯誼廳裡緩緩上升，積在天花板上，久久不散。毛邦初吐了口煙，語氣深沉言道：「沒辦法，老天爺不幫忙。原先看準了，美國已然掉頭不顧，老頭子台北那爛攤子撐不了多久，共產黨渡海拿台灣，已是指日可待之事。果真那樣，我們這兒跟著倒店關門，把家當拿出來，大家分一分，早早就過上好日子。誰知道，打了韓戰，老頭子轉危為安。」

「最近這幾個月，老天爺也不幫忙。原先，台北老頭子氣昏了頭，硬要成立什麼公正調查委員會，在美國辦聽證會，拿政治手段砍我。聽說，老頭子屬意胡適，非得由胡適擔綱，出任這委員會頭兒不可。要真是那樣，可就妙了，到美國來搞調查委員會，我在國會山莊、《華盛頓郵報》，都有朋友，絕對會翻江倒海，攪出天大洪流，大水衝了老頭子龍王廟。」

「他們擺兩道籌碼，一道走司法途徑，法院上見；另一道，走政治途徑，國會山莊見。只要是兩條道路對賭，我就不怕，司法失利，政治佔便宜，可以打個平手。誰知道，現在路走偏了，重司法、輕政治，那個公正調查委員會，好像玩不下去了。」

向惟萱聞言大驚道：「什麼？調查委員會弄不成了？誰告訴你的？」

毛邦初眼睛盯著菸斗，有點失神，低聲言道：「周以德那老鬼，前言不搭後語，轉角敲釘的事情，都能黃牛變卦。最早，我背後使力作法，說得他一門心思繞著我轉，我要他催著台北總統府，成立調查委員會。這樣一來，弄成矚目大事，華府這兒，《華盛頓郵報》圍著這調查委員會發新聞，把事情搞大，定能把台北當局鬥臭。」

「誰知道，他們後來請法官巴德森當律師，這人使勁鼓吹，說是成立調查委員會，對國府不利，只要專心打官司就夠。偏偏，台北派了個查良鑑來，這人是個硬爪子狠角色，以前在重慶當過檢察官，在上海當過法官，壓根就是個酷吏，一向辣手辦事，最善窮追猛打。這人到了華府，也是天天唱高調，反對政治手段，不要調查委員會，說是上法院打官司就夠。」

「最近，我發現周以德態度變了，語氣換了調子，對成立調查委員會，鬧了氣勢，沒了勁頭。我看，調查委員會快玩不下去了。」

「他們那兒，巴德森把狀子遞進去，法院今天下午就會判決。我有內線消息，承審法官柯克蘭極可能會頒下禁制令，還會發傳票給我們倆。倘若那樣，他們打官司，打順了手，士氣上來，自然更不想成立調查委員會。老天爺真是不幫忙，這樣一搞，對我們不利。所以，今天晚上，我倆趕緊離開，到紐約去。」

「我們去紐約，一來，他們就沒法了把傳票送到我們手上；二來，我還有一招散手，藏著沒用，到紐約去，把這招散手使出來，給他們一記回馬槍嚐嚐，殺得他們措手不及。」

向惟萱一臉好奇問道：「什麼散手密招，這麼神祕兮兮？」

毛邦初臉現微笑道：「過兩天，你就知道了！」

說完，毛邦初從口袋裡，掏出小疊記事拍紙簿，又抽出筆來，在拍紙簿上寫了一行英文。寫完，撕下拍紙，交給向惟萱道：「我剛才交代他們，待會兒把文件檔案，送到你辦公室堆放。這兒，是個地址，上個月我在紐約長島，買了戶獨門獨院房。你待會兒，把這地址轉交給法蘭西斯。要她把你辦公室裡堆積公文檔案，找家運輸公司，送到我長島家裡去。這件事情，吃過午飯之後，就要法蘭西斯去辦。」

向惟萱接過那張拍紙，也沒戴老花眼鏡，就瞇著眼睛，使勁細瞧，就見拍紙上寫著「No.50, Nassau Drive, Great Neck, Long Island, New York State」。

向惟萱看完地址，把紙條收進口袋裡，拍拍口袋，對毛邦初道：「沒問題，我要她下午盯著這件事，把事情處理掉。對了，你在長島這房子，多少錢買的？」

毛邦初道：「不貴，四萬塊錢就買到了。這房子，四周環境很幽靜，我打算把老婆、孩子都放在那兒，他們安穩度日。沒了後顧之憂，我才能專心一意，和查良鑑這幫人周旋。」

話說到這兒，時間已近中午，洋人女祕書凱莉帶著女僱員法蘭西斯・袁，敲門而入，帶來個大托盤，上頭是雞尾酒蝦、蛋黃醬拌萵苣、芹菜條與胡蘿蔔條沾油醋等洋式蔬菜午餐。這是個外賣餐盒，附上一大紙罐橘子汁，外帶一批簡易餐具。

四人圍桌而坐，邊吃邊聊，閒扯淡內容，講的是今天晚上到了紐約，住進華爾道夫大飯店後，上哪兒去吃大餐，飯後上百老匯哪兒去看戲。

吃過簡略午餐，法蘭西斯・袁帶著毛邦初紐約長島新宅地址，先告離開。她得輾轉各樓層，盯著其他九名軍官，清理重要檔案、公文，送到向惟萱辦公室，集中擺放。之後，就是連絡貨運公司，將之運往紐約長島。

這兒，凱莉把桌子收拾乾淨之後，也趕回毛邦初辦公室，設定電話線路，將撥進來電話，改接到聯誼廳。這樣，可透過聯誼廳，直接對外連絡。搞定電話轉接線路，凱莉回到聯誼廳，陪著毛邦初、向惟萱，有一搭，沒一搭閒聊。沒過多久，法蘭西斯・袁也回到聯誼廳。

多數時候，四人用英語交談，偶爾，毛、向以國語交談，兩位女士見怪不怪，不以為忤。聊著，聊著，毛邦初與向惟萱聊起了空軍辦事處散夥之後，眾人有何去處。毛邦初問向惟萱道：「怎麼樣？China Inn Restaurant生意還好吧？」

向惟萱答道：「還過得去，有錢可賺，有錢可分，可以了。這還得感謝主任，站得高，看得遠，當初早早定了計策，辦事處裡眾家夥計們，才有了後路，生計有了著落，不至於事到臨頭，慌了陣腳。」

原來，兩年前，民國三十八年，大陸全面失陷之際，毛邦初見大勢不妙，曉得國民政府遲早玩完，撤到台灣也沒不管用，一年半載之後，中共必然渡海，拿下台灣。因而，當時他定下計策，挪用一筆公款，並要辦事處內其他九名空軍軍官，各自出資，將公私資金聚攏，在華府西南方，維吉尼亞州阿靈頓郡，一個叫「Shirlington」的郊區小村鎮，開了家中國飯館，名為「China Inn Restaurant」。

這館子股份，由毛邦初、向惟萱以外，其他所有軍官共有，並由鄧悅民上校出頭，算是經管人。兩年下來，這中國餐館還算賺錢，尤其，每到假日，這館子就成了空軍辦事處同仁聚會閒扯之地。

毛邦初問完這館子，又問向惟萱：「怎麼樣，這兩年打韓戰，美國經濟昌隆興盛，你那幾筆投資，應該頗有賺頭吧？」

向惟萱道：「都是Belfry替我操盤，我懶得過問。不過，這人很可靠，每半年總會結算投資損益，給我一個報告。股票嘛，就先擺著；保險公司儲蓄保單，現在已經成了年金，每年都有固定孳息可拿。」

三十八年那亂局，就是樹倒猢猻散，牆倒眾人推，覆巢之下，螻蟻各自摸尋生路。眾軍官開了「China Inn Restaurant」謀後路，向惟萱則因業務往來，認識了個美國空軍少校，名為「Belfry」，替向惟萱弄了點財務投資生意。

毛邦初、向惟萱兩人，抗戰期間離開中國大陸，到美國來，開辦空軍駐美辦事處，兩人家眷都留在大陸。三十八年大逃難，毛妻帶著孩子，從上海逃到台灣，沒過幾個月，又跑回上海，共軍入城前最後關頭，搭汎美航空班機，到了華府，這才一家團圓。

向惟萱，老婆、孩子也留在大陸，大撤退時，跟著空軍到了台灣。後來，也是只在台灣待了幾個月，就設法飛到美國。然而，向惟萱已經有了法蘭西斯・袁，就把老婆孩子留在加州，給了一筆錢，離婚了事。離了婚後，向惟萱孤家寡人，與法蘭西斯・袁雙進雙出之餘，自己腰包裡私款，加上辦事處理公款，裹做一處，交予Belfry少校，投入股市、基金、保單，獲利不差，年年分紅。

向惟萱略微講了投資狀況，毛邦初聽了，嘆了口氣道：「唉，我所託非人，幾檔生意都賠了不少。芝加哥古玩店、舊金山商號、紐約股市，咳，時運不濟，都賠錢。不過，無所謂啦，九牛一毛。」

向惟萱曉得，毛邦初狡兔多窟，但到底毛手上有多少資金、名下有多少戶頭，向惟萱其實並不清楚，也猜不透底細。眼前，兩人同舟共濟，卻又各有路子，如此而已。

午後三點半，電話響，凱莉接聽，用英文嗯嗯嗳嗳簡短講了幾句，隨後掛上電話，對毛邦初、向惟萱道：「律師伍茲打電話進來，說是聯邦地方法院已經開庭，對方律師巴德森、李海，當庭提出申請，要求法官頒布禁制令。我方律師羅伯茲、伍茲，則表示反對，雙方律師言詞對陣，法官柯克蘭居間聽訟。現在，暫停休息半小時，待會兒再戰，伍茲抽空，打這電話。」

毛邦初、向惟萱在美國多年，英文夠使，與洋人打交道，順暢無礙。然而，兩人畢竟是中國人，英文畢竟是第二語言，與洋人打交道，固然可以親力親為，但究竟不如凱莉這般土生土長美國人。再者，同樣是與洋人打交道，面對面溝通，當面鑼，對面鼓，較能把話講得清楚。若是打電話，就隔了一層，較難精確掌握溝通情境。故而，今天委任律師打電話來，毛邦初就要凱莉接聽，然後，再轉述給毛、向二人知曉。

就這樣，又苦等了一個多鐘頭，電話又響，還是凱莉接聽。這一回，想必大事不妙，凱莉聽著聽著，容顏就轉黯淡。聽完，掛上電話，凱莉幽幽說道：

「毛，結果很不好。柯克蘭法官做了兩項裁定，首先，頒布臨時禁制令，禁止你、向，以及其他代理人，以任何方式，動用或處置中國政府所委託一切款項、財產。這項臨時禁制令也禁止你們移轉、銷毀，或以其他任何方式，控制中國空軍一切帳冊與文件。第二項裁定，則是要你與向，在十一月十九日，也就是下星期一，到聯邦法院去，出庭應訊，提供證詞，說明所掌握公款、檔案文件，目前下落為何。」

「伍茲律師說，這兩項裁定，法院會派法警，送給你們兩人。要等到你們兩人，收到法院禁制令之後，禁制令才會生效。另外，伍茲律師也說，對方律師巴德森與李海，也送了一份正式通知，給美國國務院，通知國務院，說是中國政府已經下令，改變毛、向兩人身分，註銷兩人官方身分，並撤銷空軍駐美辦事處。辦事處原有業務，併入新成立的中國國防部駐美採購委員會。從此，原有各軍事代表機構帳戶，一律註銷，以新機構名義，開立統一新帳戶。」

毛邦初、向惟萱聞言，臉色凝重。片刻之後，毛邦初臉上線條稍微放鬆，擠出一抹笑容道：「不礙事，我們傍晚就離開這兒，明天他們送禁制令過來，讓他們撲空。我們到紐約去，我要開闢第二戰場，給他們點顏色瞧瞧！」

十二

一九五一年十一月十六日：紐約市河谷鎮

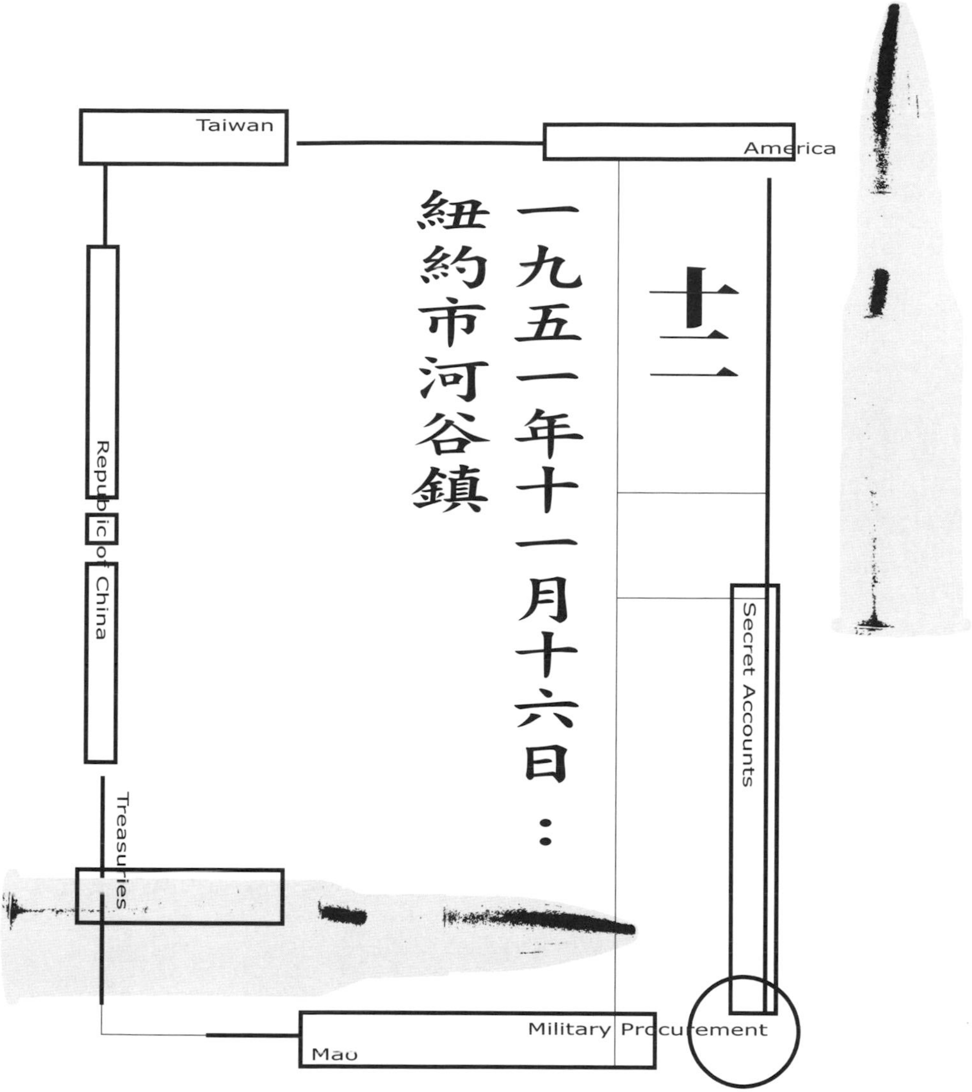

這地方，英文叫「Riverdale」，本地華人稱之為「河谷鎮」。其實，這不是小鎮，而是紐約市布朗克斯區內，西北邊靠哈德遜河這一小片地帶。這地方，鬧中取靜，遍植綠樹，林蔭處處，幽然雅緻，是個居家好地方。靠哈德遜河一帶，幾個獨立家屋社區，綿延不斷；朝西望，河對面，就是紐澤西州。

這一片地帶，頗多下野達官、過氣政客，匿居於此。譬如，前年大陸山河變色易手之際，強人夫人宋美齡，就住在這兒。大陸失守後，蔣、宋、孔、陳四大家族裡，孔、宋兩家皆沒赴台，而是遷居美利堅合眾國，在大紐約地區落腳。其中，孔祥熙與妻子宋靄齡，在河谷鎮買了豪宅，定居於此。前年，中原板蕩，江河日下，強人奔走流離之際，妻子宋美齡就住在美國紐約市河谷鎮大姊宋靄齡家裡。

獨立家屋住宅區東面，隔著「Riverdale Avenue」，則是高樓公寓區。

在美國，住房分多少種，每種住家各有特色。獨門獨院獨立家屋，不但屋子面積大，前庭加後院，又是草皮又是綠樹，活動空間寬敞，最適合幼年孩童、精壯年紀之輩居住。然而，美國人工昂貴，若住獨立家屋，屋主得凡事親力親為，舉凡割草皮、剪圍籬、修枝葉、清屋簷、換瓦片、通水管、裝電路，全都得自己動手。老美住獨立家屋，那工具房裡，所堆置各色器械裝備，足夠開個小工廠。

住高樓層公寓，又是截然不同景象。公寓面積小，能有獨立家屋四分之一大，已是難能可貴。此外，沒了前庭後院，活動空間大幅壓縮，每天就只能在鴿子籠裡活動。然而，住公寓有其好處，凡事有管理公司打理，住戶按月繳管理費，其他事情，一概不操心。故而老美都是這樣，年輕時住獨立家屋，待年長後，體衰氣虛，無力再弄獨立家屋各種體力活兒，就賣了大宅，搬進高樓層公寓，安度晚年。

這一天，一九五一年十一月十六日，星期五，一大早八點二十分，一輛黑色別克轎車，由南向北，緩緩自Riverdale Avenue，向右轉進一條小街。再往前行駛幾百公尺，到一高層公寓前，這車煞住輪胎，車門開啟處，下來一華人軍官。這人，身穿中華民國空軍軍常服，外罩深藍色空軍大衣。大衣兩邊肩膀官階帶上，兩條粗銀槓、兩條細銀槓，閃閃生輝。

這人，就是毛邦初。兩天前，十月十四日傍晚，他與向惟萱，各自帶著紅粉知己安格妮斯．凱莉、法蘭西斯．袁，離了華府，搭快車入紐約城，住進中央公園東南邊，舉世聞名華爾道夫大飯店。夜裡，四人在華爾道夫大飯店附設鐵板燒餐廳，著著實實吃了頓鐵板海陸大餐，外加一大瓶香檳，四人吃得溝滿壕平。飯後，又趕到幾百公尺外無線電音樂城，去看了場歌舞秀，直到午夜兩點多，這才回到飯店。

昨天，十一月十五日，四人又在紐約胡天胡地嬉戲遊樂，大肆購物。時值冬季，紐約社交圈名媛淑女都穿起了各色皮大衣，毛邦初手底下，有幾百萬美元，隨他揮霍，給兩位女伴買幾件皮大衣，彷佛包心菜園子裡，剝一層菜葉子，壓根不算回事。

今天一大早，他卻有正事要辦，交代向惟萱，帶著兩位女士，繼續嬉遊紐約，吃喝玩樂，隨心所欲。空軍辦事處雖在華府，因毛邦初常跑紐約，故而，在紐約也設了小聯絡辦公室。每次他到紐約，紐約聯絡辦公室就派座車。一大早，毛邦初穿上飯店洗衣部送來空軍制服，皮鞋也由黑人僕役擦得光可鑑人。穿戴得當，渾身筆挺制服，毛邦初上了座車，往北邊河谷鎮而去。華爾道夫飯店，距河谷鎮約二十公里，照說，不算遙遠，但紐約交通繁忙，碰到上班時間，曼哈頓島尤其塞車。幸好出門早，一路上停停走走，到了地頭，剛好準時。今天上午這事情，一個星期前，在華府時，已經透過長途電話約好，對方曉得他今天上午八點半，到這兒會面。今天拜訪之人，今年剛滿六十，上了年歲，夫妻倆住高層公寓。

下了座車，毛邦初走向公寓大樓，大樓司閽當門而立，毛邦初伸手遞出五元美鈔，黑人司閽眉花眼笑，高興得兩嘴合不攏，彷彿要咧到脖子後頭。毛邦初說了樓層暨住客姓名，那黑司閽不但開門，還用通話器通知樓上，之後則是領路，一路領到電梯口，送毛邦初進電梯，還代為按下電梯樓層按鈕。

電梯扶搖直上，十幾秒之後，電梯門開啟，毛邦初出了電梯，步入走廊通道。就見通道盡頭那戶人家，已經開了門，一個將老未老清癯男人，咧著一張嘴，衝著毛邦初微微而笑。這人，顴骨稍高，身材偏瘦，瞧著就是典型嶺南兩廣人士模樣。

毛邦初定了定神，手上提著公事包，朝那男人走去。走到那人身前三、四步左右，那人伸出右手，準備與毛邦初握手為禮。好個毛邦初，不疾不徐，站定腳步，擱下公事包，挺直了身子，左手五指併攏，手掌緊緊貼著左腿軍褲外側縫線，收小腹、挺胸膛、下顎微微收緊，全身上下筆直挺立，擺出立正身形。隨即，舉起右手，手臂倏然呈四十五度角上抬，手指併攏，手掌朝下，中指指尖輕輕觸碰空軍大盤軍帽右帽簷，中氣十足喊道：

「空軍副總司令、兼空軍駐美辦事處主任、空軍中將毛邦初，向李總統報到。報告總統，屬下失職，屬下來晚了。」

這一套軍操口號喊下來，那人笑出聲來道：「呵呵，歡迎，歡迎，請進，請進。」

毛邦初兩腿依舊不動，俯下身去，拿起公事包，左手托著公事包底部，右手打開公事包，自公事包裡，掏出一個小尺寸、信封模樣淡黃色牛皮紙公文袋。毛邦初放下公事包，兩手抓著公文信封末端，傾身向前，鞠了個三十度躬，將公文信封，遞到那人身前，恭敬報告道：「屬下一點心意，五萬美元，充作李總統辦公費用。」

那人一瞧，毛邦初竟然如此伏低做小，給足了面子，自然顏色大悅，臉上盈盈笑意愈發濃厚。他伸手接過信封公文袋，輕輕拍著毛邦初肩膀，將毛邦初讓進屋裡。

這人，就是李宗仁，當過中華民國一年又一個半月「代總統」。兩年多以前，民國三十八年初，遼瀋、平津、徐蚌三大戰役結束，國府慘敗，全軍盡墨，強人總統頂不住危局，於元月二十一日，宣布辭職下野，並由副總統李宗仁，接下總統府，成為「代理總統」。李宗仁，廣西軍人出身，從未闖出全面格局，大本營根據地始終不脫廣西。廣西簡稱「桂」，李宗仁身披「桂系」色彩，儘管身經百戰，但當起總統來，也就是個空心大老倌。

那時節，局面混亂，兵敗如山倒，強人雖不幹總統，卻依舊掛著「國民黨總裁」頭銜，影武者一般，幕後操持百事。李宗仁頭上頂著總統名號，卻是指揮不動，調度不成。就這樣，混了大半年，拖到三十八年十一月二十日，也就是距今恰好兩年前，他離開中國大陸，流亡香港。在香港，待了幾天，到了十二月五日，搭機飛往美國，直到現在。

李宗仁兩年前流亡出走，理由是「胃疾復發」。到了美國之後，在紐約安營紮寨，進了哥倫比亞大學附設長老會醫院，動十二指腸手術，術後恢復良好。再往後，就是定居紐約，不鹹不淡，不冷不熱，過了將近兩年溫吞吞流亡寓公日子。

兩年來，他仍以「中華民國代總統」自居，隔三差五，還有電文發往台北，指點江山，下達指令。然而，台灣方面無人當他還是總統，強人已在去年三月一日，以「復行視事」之名，自動恢復身分，又成了總統。因而，就事論事，實事求是，中華民國總統是台北總統府裡那位強人。然而，名義上，李宗仁並未請辭，因而，「中華民國總統」就鬧了雙胞奇案，另有一位總統，在紐約定居。

毛邦初是強人浙江奉化老家後輩親戚，更是強人口袋裡親信，從來就不曾把李宗仁放在眼裡。李宗仁到美國兩年，毛邦初從來不曾聞問。如今，毛邦初與台北強人翻臉，強人派欽差親信，趕赴美國，上法院打官司，收拾毛邦初。毛眼見局勢轉蹇，已快玩不下去，這才回頭，想起了李宗仁，打算另走蹊徑，告訴美國法院，李宗仁才是中華民國正主總統，台北強人只是冒牌西貝貨。

毛邦初打這主意，李宗仁心裡何嘗不清楚？他縱橫政海幾十年，大小場面見過無數，到美國之後，莫說國府駐美大小官兒，就算美國杜魯門政府，也是哼哼哈哈，有一搭沒一搭，敷衍著他，好歹讓他在美國蹲下去。至於那塊「代總統」招牌，美國佬也不當一回事。

在中國大陸時期，李宗仁本來就地盤有限，資財不足，現如今落難亞美利加國，景況自然愈發尷尬，漸漸就有難以為繼窘境。眼下，毛邦初有難，得罪了台北當道，眼看著就要滅頂，手邊抓著什麼，就是什麼，李宗仁等於是塊浮木。於是，東邊不亮，西邊亮，台北正牌總統容不得毛，毛就換個祖宗牌位，拜到李宗仁門下。既是拜李氏招牌，自然得繳點入門束脩。因而，這五萬美元門包，李宗仁收得理直氣壯。

今天這場面，行客毛邦初，拜坐客李宗仁，無論行客還是坐客，雙方心裡都清楚，不過是演一齣戲。照著戲牌子，雙方該唱就唱，該唸就唸，唱作俱佳，把戲演足，兩方面既有裡子，又有面子。

本著這心法，毛邦初、李宗仁原本八竿子打不到一處，如今見了面，卻是長官、部屬關係。毛邦初一口一個「李總統」，喊得親熱；李宗仁一口一個「毛副總司令」，叫得自然。

這會兒工夫，李宗仁把毛邦初讓進屋內，就見客廳裡另外站著兩個男人，年紀與李宗仁相若，約莫都是五十多歲，不到六十歲。李宗仁指著一個油頭粉面男子，對毛邦初道：「這是甘介侯，甘部長。」繼而，又指著另外一個面容較黑男子，對毛邦初道：「這是李漢魂，李部長。」

甘介侯，江蘇寶山人，早年出自庚子賠款所創清華學校，後來留學美國，在哈佛大學得的博士學位。這人，曾短暫代理過外交部長。李漢魂，廣東中山人，軍人出身，李宗仁出任代總統時，這人曾擔任內政部長。李宗仁是「桂系」頭面人物，但隻身赴美，失了桂系老巢，現在，身邊就剩下甘介侯、李漢魂兩人，成了李宗仁左右哼哈。

毛邦初進屋後，脫下厚重軍大衣，掛在客廳角落立式衣架上，隨即，四人分賓主落座。李宗仁妻子郭德潔，親自現身奉茶，端上茶盤子，擺了幾個果碟子，就隱身而去。毛邦初見狀，心裡頗覺詫異：「李宗仁家裡，竟然連個僕役下人都無，景況實在欠佳。」

此情此景，讓毛邦初想到，最近聽過一則李宗仁軼事：有個哥倫比亞大學中國留學生，最近到李宗仁家，商談為李宗仁撰寫回憶錄之事。抗戰時，李宗仁當五戰區司令長官，去安徽省政府所在地立煌縣視察。那時，這留學生是縣政府小職員，長官駕到之時，那一派刀光劍影，肅敬迴避氣勢，何等森嚴。晚間大宴，包括這留學生在內，一幫小職員、小兵，立於幽谷彼岸，在悠揚軍樂聲中，遙看長官駐節處，燈光搖晃，人影重重，以為長官是三頭六臂將星下凡。

十年之後，這位當年安徽省立煌縣小職員，成了美國哥倫比亞大學留學生，到李宅拜訪李宗仁。見面之後，李妻郭德潔當著這留學生面，細數李宗仁四體不動，說他在客人來之前，也不好好把家裡打掃乾淨。結果，家裡滿屋子灰塵，見不得人。於是，這留學生當下站起身來，脫下上衣，建議李宗仁一起「義務勞動」。

李宗仁尷尬，笑容滿面，只好找出吸塵器，與後輩留學生一起灑掃起來。這留學生看了看這位一起「打掃衛生」老工友，被老婆管得服服貼貼，那一臉忠厚憨笑神態，讓留學生回想起十年前，安徽省立煌縣群山裡，那份人影燈光作派，令他忍俊不住，啞然失笑。

想到這兒，毛邦初差點發出笑聲，只好改換心思，抬頭環視客廳布置。就見這客廳牆壁上，除了幾副毛筆條幅，兩幅國畫之外，就是一個玻璃大相框，裡頭嵌著一張照片，照片上頭有四個人。此四人，三人著軍裝，一人穿中山裝，兩坐兩站，俱是精神抖擻，英氣逼人。

李宗仁見毛邦初抬頭看牆上大相框，不禁唏噓道：「這照片，民國二十七年四月，在徐州所照。那時，我當五戰區司令長官，指揮逾十萬部隊，在山東台兒莊一帶，圍攻日軍第五師團、第十師團，徹底擊潰日軍進攻，當時，稱為『台兒莊大捷』。抗戰初期，我們一直吃虧，敗仗連連，這台兒莊戰役，是國軍第一次打垮日軍。戰役結束後，我和副參謀總長白崇禧、廣西省主席黃旭初、二戰區司令長官黃紹竑，在徐州聚首，拍了這張照片。」

「外頭都說，我們是『廣西四傑』，那時候啊，我們也的確意氣風發。廣西是個小地方，地偏西南，要人缺人，要錢缺錢，我們不服氣，頂著逆流硬往上衝。我和白崇禧當軍人打仗，黃紹竑、黃旭初先後當廣西省主席，黃紹竑後來又當戰區司令長官，也指揮部隊打仗。誰知道，不過十三年工夫，世界都變了樣，白崇禧跟著國民黨去了台灣，還在強人底下任職；我跑到美國來治病；黃紹竑投了共產黨；黃旭初本來躲到香港去，聽說最近跑去日本橫濱定居。這『桂系』，就此散了攤子。」

男人一旦上了年紀，常對歲月水十不服，老是跟不上時間節奏，日子已經翻了篇章，進入眼前境地，老男人卻還是照著舊黃曆過日子，總是浸在驢年馬月歷史裡，講的盡是陳年舊事。這毛病，是年長男性通病，並且，官位愈是高、事業愈是大、成就愈是猛，這毛病就愈深。

李宗仁其實年歲不算老，今年剛滿六十。然而，畢生經歷輝煌，如今卻落得在美國當寓公，老驥伏櫪，髀肉復生，每日裡無事可做，唉聲歎氣之餘，一旦有客臨門，就禁不住嘮嘮叨叨，細數當年。話匣子一開，就好像麵粉袋破了口子，隨便抖抖，就是一堆。

毛邦初今年四十七歲，才剛過中年門檻，正是精壯健旺時刻，此番前來探訪李宗仁，就是想拜在門下，拿李宗仁這塊「代總統」招牌，當護身符。因而，剛才一進門，就送上五萬美元支票，算是「門包」。詎料，這才坐下，李宗仁就憑牆上一張照片，即叨叨絮絮，講起了台兒莊大捷。並且，看李宗仁這態勢，一講起來，就是沒完沒了，毛邦初心想，得趕快截斷李宗仁話碴子，講講事前準備好那番話。

之前，毛邦初早就拿定主意，今天到這兒來，就是演一齣「空軍副總司令向總統述職」戲。為此，毛邦初早在華府，就蒐集資料，寫了張簡要節略，上頭列出過去幾年來，買了多少飛機、汽油、零附件，做了多少業績，替空軍辦了多少採購。

這當口，李宗仁講到「桂系」散了攤子，「廣西四傑」天涯海角各處一方，語氣稍稍頓了頓，正打算往下繼續發作。毛邦初抓住這空檔，趕緊站起身來，還是站個立正姿勢，對著李宗仁，插話道：

「報告總統，您不孤單，還有我在呢！這幾年，我主持空軍駐美辦事處，竭盡能力，在美國為空軍辦理各項採購……。」

毛邦初口才了得，連說帶比，丑表功一般，滴滴答答，細數空軍駐美辦事處功業。劈哩趴啦一陣數字報告之後，毛邦初做了簡短結語：「以上內容，報告完畢。目前，空軍駐美辦事處面臨干擾，台北強人篡位，自顧自『復行視事』之後，對我們百般刁難，下令撤銷空軍駐美辦事處。關於此事，屬下請總統講評，並下達指示。」

李宗仁一陣憶舊，腦袋剛從台兒莊大捷戰場上拉回來，就聽毛邦初放了一連串數字鞭炮，末了，還要自己下達指示。於是，李宗仁摸摸索索，自身前茶几底下，摸出一疊便條紙，又掏出鋼筆，瞇著眼睛，在那便條紙上，寫了三段文字。寫完，把這便條紙撕下，遞給毛邦初。那字，寫得工整，毛邦初不必戴老花眼鏡，定眼凝神，就能分辨字跡。

第一行字為：「著令空軍中將毛邦初，繼續負責在美採購空軍所需飛機、武器、油料、彈藥、裝備，無須理會台北篡位總統指令。」

第二行字，寫的是「代總統李宗仁」，第三行字，則是「中華民國四十年十一月十六日」。

毛邦初看完，將紙條折好，放進軍便服上衣口袋裡。之後，他依舊肅立，轉頭先瞧瞧甘介侯，繼而目視李漢魂，對二人恭敬問道：「甘部長、李部長，有何指示？」

甘、李二人都不是廣西人，其實與『桂系』並無深厚淵源。李漢魂，雖是軍人出身，卻一直待在廣東部隊，長期追隨張發奎、陳濟棠等廣東軍閥，與李宗仁關係淡泊，只是李宗仁當代總統時，當過短暫內政部長。甘介侯，因是哈佛大學博士，之前長期在外事系統任職，抗戰時，到第五戰區當顧問，負責外事工作，始與李宗仁產生淵源。大陸變色前，甘介侯才與李宗仁接近，成了李宗仁私人代表，派到美國活動。

這當口，毛邦初喊著兩人舊頭銜，要二人下達指示。此二人，也是投閒置散，在美國混日子而已，早就離了官場，今天被李宗仁找來，到此充充場面。李宗仁要擺「代總統」派頭，身旁總得有幾個「站班」角色，彷彿縣官升堂理事，下頭得站幾個衙役，拄著水火棍，高聲喊堂威一般。這兩人，總算腦袋清楚，沒敢胡言亂語，下達「指示」，只能泛泛說些鼓勵、打氣言語。這場面，就此糊弄揭過。

打從進了李宗仁這公寓，至此才半個多小時，還不到九點半，毛邦初此行拜山、靠行目的已然達成，李宗仁答應撐腰，成了空軍駐美辦事處新主子。這樣一來，毛邦初律師可據此向聯邦法院提出辯駁，說是台北強人總統名不順，言不正，是個篡位假貨，中華民國正主是李宗仁，現在人在紐約。毛邦初估計，這算盤撥得過去，可以擋住顧維鈞、查良鑑攻勢。

時候還早，總不能蜻蜓點水般，進來坐坐，達到目的就走人。因而，毛邦初緩緩坐下，端起白瓷茶杯，略略喝了口茶水。這時節，李宗仁又發了憶舊癮頭，比手畫腳，開始演講，翻來覆去，就是數落強人：

「當初北伐，大家一起打天下，國共合作，大家一起打軍閥。除了他嫡系黃埔部隊之外，我們各路地方武力，也都參戰。像是我，就率兵一路打到山海關。等打完軍閥，統一中國，這領兵北伐榮耀，卻他一個人獨享。戰後，軍隊多，國家養不起，大家一起談裁軍。結果，他黃埔系中央軍不裁，盡是裁撤我們地方部隊。我第一個不服，和他翻臉，興兵討伐。之後，山西閻錫山也拉起晉軍隊伍參戰，西北軍馮玉祥也加入我們陣營。」

「我們三家，打他一家，那時，戰火熾烈，報紙上稱為『中原大戰』。打到後來，他不行了，眼看著，就要完蛋。誰知道，張學良腦袋不清楚，率領三十萬東北軍，衝進山海關，保著他，扭轉戰局，打贏了『中原大戰』。戰後，他成立軍事委員會，自己當了委員長，就賞張學良副委員長位子。這張學良，可是他恩人啊。西安事變之後，他當著宋子文、宋美齡面，保證不會關押張學良。後來，說話不算話，抓了張學良，從大陸關到台灣，已經軟禁了十五年，還不放人，現在還關在台灣新竹山裡。」

李宗仁罵強人，罵出了勁，愈罵興頭愈大，這會兒工夫，毛邦初卻是精神不濟，上下眼皮子捉對打架，一眨一眨，想睜睜不開。他前天傍晚，與向惟萱，各自帶著女伴，搭火車趕到紐約。之後，又是吃鐵板大餐，又是看午夜大戲，一夜都沒好睡。昨天，又在紐約冶遊終日，頗為耗費體力。今天，又是早早起身，繃足了精神，趕赴這約會。

如今，目的已達，精神一鬆，就覺得犯睏，兩眼紅通通，就是想睡。他腦袋沉重，腦筋卻還清楚，曉得這時候不能打瞌睡。於是，只好強打精神，奮力睜開兩眼，審視眼前景致。就見李宗仁嘴巴快速開闔，臉上肌肉不住抽動，兩頰顴骨忽張忽收。一旁，甘介侯與李漢魂也是強打精神，默坐聽訓。

即便強打精神，毛邦初還是覺得李宗仁聲音，有點飄飄忽忽，有時遠，有時近。他曉得，自己真是犯了睏意，於是，拿兩手捏捏膝蓋頭，逼自己警覺點。兩手一捏膝蓋，果然有效，就聽見李宗仁聲音轉為正常音量，中氣頗足：

「這還是不久以前的事，距今三年半以前，民國三十七年四月二十日，南京開國民大會，選舉行憲後第一任總統、副總統。那時，副總統候選人一共六個，除了我之外，還有孫科、于右任、程潛、莫德惠、徐傳霖。強人屬意，由孫科當副總統，可是，選票開出來，我得票過半，強人心裡把我恨透了。」

「當選之後，過了一個月，五月二十日，舉行總統、副總統就職大典。事前，我好心問他，這就職大典，我們該穿什麼衣服？他回說，我們倆都是軍人，就穿軍常服出席就職大典。結果呢？五月二十日那天，我到了就職典禮，才曉得被他耍了。那天，他穿長袍馬褂，一副文人模樣，我則是老老實實，聽他話，穿了軍常服。結果，那感覺真是傷人，誰都看得出來，我穿著軍服，跟在他身邊，就彷彿是他隨從副官馬弁[2]。你們評評理，有這樣的總統嗎？」

李宗仁一路開罵，到這兒發個問題，暫時告一段落。他話音才落，毛邦初馬上接碴道：「我來評理，李總統，強人心眼多，慣會欺負老實人。現下，就有個好機會，咱們與他在法庭上見，堂堂正正，與他派到美國那批走狗，鬥個你死我活。李總統，您就是我後盾，您才是中華民國正牌總統，台北強人篡了您位子。這一點，我們可得大張旗鼓，說個分明。」

李宗仁聞言，氣虎虎站起來，轉頭對著甘介侯道：「甘部長，待會兒你趕緊聯絡聯絡，明天，我要召開中外記者招待會，告訴全世界，我才是中華民國正牌總統，我才有資格調度空軍駐美辦事處人事，毛邦初中將是我屬下，台北強人是冒牌總統，沒有資格調動毛邦初中將。」

2 馬弁：騎馬的武官，後指隨從、侍衛。

十三

一九五一年十二月六日：華府聯邦地方法院

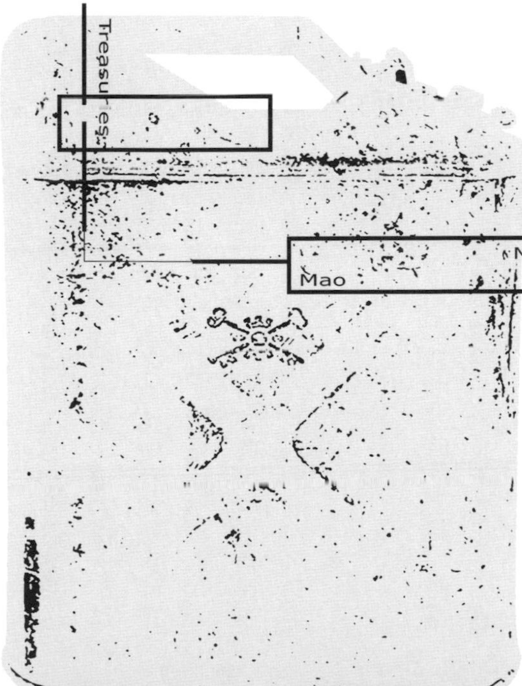

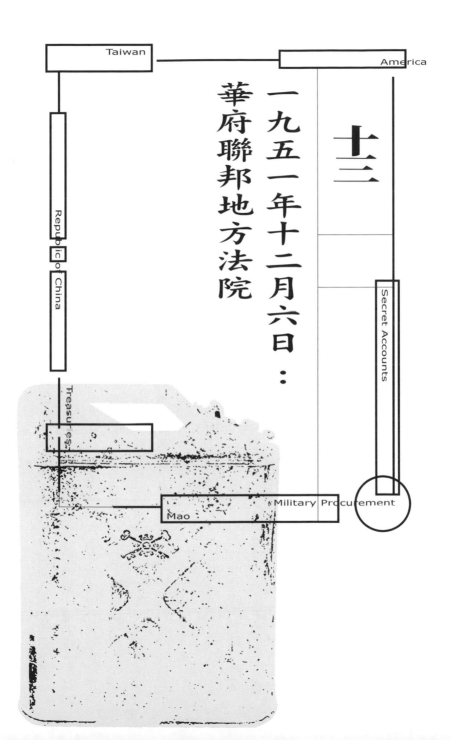

這是幢新大樓，前年起造，去年才蓋好，啟用至今未久。這樓，位於華府偏南之地，與國會山莊比鄰，造型端正，顏色灰中帶黃。外人就算不知這樓底蘊，一眼看過去，也分辨得出，這大樓一不是公司行號，二不是居民住宅，三不是學校廠房，怎麼看，都是政府衙門。華盛頓特區所有司法案件，都以這樓為起點，遂行一審攻防。待分出勝負之後，再往聯邦巡迴上訴法院，打二審官司。

今天，一九五一年十二月六日，中華民國委託律師，與毛邦初委託律師，首度在此，就這樁民事官司，進行案情實質攻防。在這之前，雙方律師已經交手多次，不過，都是就程序、形式問題，角力廝殺。

過去大半個月以來，這樁官司案情急轉而變，形勢大有不同。

首先，十一月十九日星期一，平地一聲雷，李宗仁開了國際記者會，炮打台北強人總統，說是自己才是正牌總統，台北總統府裡那位先生，是個冒牌貨。這新聞，在美國媒體上，並未激起多少漣漪，《紐約時報》、《華盛頓郵報》等東部大報，僅在內頁，以小標題、短欄位處理這新聞。不過，僑界中文媒體，可就大肆報導，成了一版頭題要聞。

事發之後，台北國民政府、華府駐美大使館、赴美五人專案小組，都嚇了一跳，恁誰也沒想到，毛邦初竟然出此怪招，殺得幾方面都措手不及。不過，台北方面很快就回過神來，強人總統震怒之餘，立刻發動島內媒體，全面聲討，圍剿李宗仁、毛邦初。隨即，國府監察院、立法院也有連鎖反應，監察院甚至當下成立專案小組，調查李宗仁失職之事。

華府方面，短暫震波過去之後，顧維鈞大使思緒冷靜，態度鎮定，不慌不忙，幾方面發動圍堵。首先，與美國國務院聯絡，說是這官司打下去，法院遲早會問國務院：到底美國政府，承認哪一位總統？這問題，國務院方面態度篤定，官方說法指出，台北國民政府、台北國民政府領導人強人總統，才是美國唯一承認政權。此外，台北方面也迅速傳來有利證據，去年三月一日，強人復行視事，重當總統之際，華府四心腹毛邦初、俞國華、皮宗敢、李惟果，曾聯名打了祝賀電報，顯示毛邦初本來就奉強人號令，尊強人為總統。

接著，到了十一月二十八日，華府聯邦地方法院承審法官柯克蘭，批准國府律師李海所提申請，由法院派遣監管人麥克拉肯，連同國府律師、毛邦初律師，一起前往空軍駐美辦事處，辦理接收手續。接收之後，辦事處由麥克拉肯監管。

之後，到了十一月二十九日，話分兩頭，空軍辦事處與毛邦初華府官邸，都各有大事。

空軍辦事處那兒，駐美大使館參事王守競、聯合採購委員會空軍武官夏公權、法院監管人麥克拉肯，外帶雙方律師，這天上午到了空軍辦事處，辦理接收。到了現場之後，竟然是鐵將軍把門，大門自內部深鎖，也叫不開門。透過大門玻璃，看得到一樓有人影，奔往總機室，抓起電話往外打，不曉得通知何方神聖。

僵持一陣，大門總算開啟，眾人入內，在聯誼廳召集辦事處所有同仁。法院監管官麥克拉肯，首先宣讀柯克蘭法官判決，說是今天到此，為的是接收，請諸同仁合作。之後，空軍武官夏公權上陣，對在場九名空軍軍官喊話，宣示台北空軍總部保證不會為難這九人。當場，夏公權發下一封英文信函，給辦事處每一位軍官、僱員。這信函，就是封保證書，信誓旦旦，保證台北國府不會找辦事處同仁麻煩。

僱員倒也罷了，反正就是份工作，此處不留人，自有留人處，換份工作即是。空軍軍官則不然，須得服從國家命令，聽從空軍總部派遣。夏公權講完話、發完保證信函之後，辦事處九名空軍軍官，推派王定邦上校，代表大家表態。王定邦上去講話，還是維持禮貌，用字遣辭也算客氣。然而，他那番言語，若是翻譯成大白話，就是：「他媽的，老子們不幹了！大夥兒就此脫制服、摔證件、抬屁股走人，與台北國民政府、與台北空軍總部，就此一刀兩斷，各走各路，毫不相干。」

夏公權一番喊話，弄得如此結果，碰了一鼻子灰，只好訕訕收場。之後，就是接收、清點。不清點不知道，清點之後嚇一跳，這空軍駐美辦事處，幾乎搬清一空，不但所有資金往來帳目不見蹤影，差不多有價值文件檔案，也全都人間蒸發，下落不明。連最起碼的公文登記簿，都沒法子找到。要知道，無論公文進，或是公文出，都得在公文登記簿上，寫下時間、文號、來文或去文單位、公文主旨。衙門機關沒了公文登記簿，等於圖書館沒了圖書檔目索引，浩瀚文籍檔案，有如戈壁大沙漠，要上哪兒去找特定文件？

如今，這空軍駐美辦事處，連公文登記簿，帶存檔公文，全都腳底抹油，逃之夭夭，就算接收查封，也毫無意義。不但有價值公文檔籍悉數失蹤，就連打字機、手搖計算器等必備辦公用具，也都下落不明。監管人麥克拉肯，遍詢辦事處所有軍官、僱員，這批人彷彿一個老師教出來的，回話全都一樣，就是不知道。

這一天，華府西北三十二街毛邦初官邸也有事，查良鑑帶著律師，隨同法院法警，到了毛宅。毛邦初律師羅勃茲等在那兒，雙方律師會面後，法院法警出示法院之前所開立禁制令、以及出庭傳票，說是今天要把這兩樣文件，當面交予毛邦初。如此，這兩項法律文件才能生效。眾人進入毛宅後，毛方律師羅勃茲口出指示，要毛邦初躲入廁所。

查良鑑與法院法警，都沒料到，毛邦初律師羅勃茲竟然出此怪招，一時間，彷彿狗啃烏龜，無從下嘴。那法警，站在廁所門外，苦口婆心，規勸毛邦初，開開門，走出來，接下法庭文件。廁所裡頭，毛邦初不哼不哈，毫無聲響，說不埋會，就不理會。

查良鑑看看不是路數，張口就是中文心戰喊話：「毛主任，出來吧，伸頭也是一刀，縮頭也是一刀，長痛不如短痛，何必這樣神頭鬼臉？你這是糊弄誰呢？你躲得了初一，躲不了十五，這文件，你今天不接，明天還是要接，何必這樣自己騙自己呢？」

任憑法警、查良鑑說得舌焦唇敝，中文、英文雙語車輪喊話，毛邦初蹲在洋茅房裡，穩如泰山石敢當，說不開門，就不開門。

如此一來，法警已經「進入毛邦初住宅」，卻仍然無法將兩項法律文件，當面交予毛邦初。就法律效應而言，毛邦初並未阻撓法警值勤，法警的確進入毛邦初住宅。然而，進屋也沒用，毛邦初把自己鎖在廁所裡，法警還是無法將禁制令、出庭傳票，當面交予毛邦初，兩項法律文書還是無法生效。

十一月三十日，國府動員生效，美東大紐約地區、大華府地區多家華僑報紙，口徑一致，同時開砲，猛烈轟擊。

譬如，華府僑報《民氣日報》，社論以「鳴鼓而攻之」為標題，抨擊李宗仁與毛邦初：

「曾經在政海沉浮中翻過筋斗的顯要貴人，今天流亡海外，寄人籬下，回首神州，應如何洗心自問？應如何自愛自重？看台灣穿草鞋，開山築路，日夜操練的精兵，看幾十萬年輕人布衣淡飯，勤奮苦幹，拿來與住洋房、坐汽車、享洋福，卻『蹲在床底下放鳶子』，自命為第三勢力、第四勢力者相比，其差別何止天壤？可憐、可恨，亦復可嘆，冒牌總統陪貪官殉葬，有何面目與華僑父老相見？將來追根究底，萬一毛、向遠走高飛，請問簽了『賣身契』的代總統，將何以自善其後？」

到了十二月三日，局面更進一步明朗。這一天，毛邦初、向惟萱改了主意，透過律師，接下法院所頒布禁制令與傳票。就此，敲定決戰時間，訂在今天，一九五一年十二月六日，雙方在華府聯邦地方法院，對壘攻防。

今天開庭，耗時一整天，分上午、下午兩場。上午，由毛邦初、向惟萱律師團上場。下午，則是中華民國委任律師團上陣。這會兒工夫，上午九點五十分，距離開庭時間，還有十分鐘，法庭裡已人滿為患。法庭前半部，是法官、雙方律師團、證人席。法庭後半部，則是聽審人席次，共有六排座椅，每排座椅分成三段，每段之間則是走道。

今天，聽審者絕大多數都是中國人。這裡頭，包括台北五人小組、大使館幾位參事與公使、台北國防部駐美聯合採購委員會諸多成員、空軍駐美辦事處諸軍官暨僱員、僑報記者。雙方頭面人物，像是毛邦初、向惟萱、顧維鈞、俞大維等，均未出席。台北國府方面，就是由法務部次長查良鑑現場督陣，而總統府祕書周宏濤則全程觀戰，俾便稍後以密電，將法庭現場實況，回報台北強人總統。

此刻，還差幾分鐘開庭，周宏濤翻閱手中《紐約時報》，找到李宗仁昨天會見洋人記者新聞。李宗仁說，他是中華民國總統，日後會返回台灣主政，他並且已經指示台北司法單位、以及公務人員懲戒委員會，要查明毛邦初對周至柔諸項指控。周宏濤指著報紙上這新聞，要隔壁查良鑑看看。

查良鑑戴著老花眼鏡，把這新聞略微瀏覽，放下報紙，低聲咒罵道：「這人真是無恥至極，國家多難之際，他躲在美國當寓公，竟然有臉說，自己是總統，還指示台北司法行政部、公務人員懲戒委員會辦案。這真是恬不知恥，人若無恥，天奈之何。他躲在美國，這樣不要臉，我們還真拿他莫可奈何。」

這話才說完，就聽見庭丁以英文高喊：「法官蒞庭，全體起立。」

上午十點，準時開庭，法官柯克蘭先宣布這樁官司兩造，分別為原告「中華民國」，以及被告「中華民國空軍駐美辦事處主任毛邦初」，繼而簡要說明案情。柯克蘭言及，之前，他曾去函美國國務院，詢問美國政府對中華民國「法統」態度。今天，柯克蘭法官宣布開庭後，當場宣讀美國國務院回函：

「美國所承認的中華民國政府，位於台北，其駐美大使為顧維鈞。至於該國總統，去年三月一日，顧維鈞大使曾向美國國務院，致交官方照會，指稱強人已在台北復任總統。」

柯克蘭法官拿起一份文件，對底下雙方律師道：「這是去年三月，顧維鈞大使致國務院照會影本。這影本，有代理國務卿韋布簽名，證明為真。」

說罷，柯克蘭示意控方、辯方律師向前，由雙方律師，檢視國務院回函、以及顧維鈞去年照會影本。

之後，由辯方律師發言。毛邦初律師團，羅勃茲、伍茲兩名律師，輪流上陣，言辭固然滔滔雄辯，證物亦是一套又一套。但所謂「證物」，不外是中華民國憲法、國共內戰時期關鍵事件新聞報導等等。

辯方律師兩個小時發言，重點全圍著「中華民國總統到底是誰」打轉。

綜合兩個小時發言，辯方毛邦初律師重點在於：

一、法庭對此案毫無裁判權，因為，中華民國總統問題尚在爭執中。這問題非法院所能解決，美國國務院在十一月二十八日，致柯克蘭法官函件中，只強調去年顧維鈞曾致交照會，但始終沒有明確表示，到底誰是中華民國總統。

二、美國法院受中華民國政府之利用，為中華民國政府，解釋中華民國會計法規，又派人接管空軍辦事處、擔任整理中華民國空軍帳目之任務，這些都不是美國法院分內之事。

三、本案不僅僅是雇主款項糾紛訴訟案，還涉及國際法與國家政策。中華民國政府，雖然是美國承認之政府，顧維鈞為其駐美大使，但授權顧維鈞提出訴訟之總統，則成問題。美國哈佛大學博士甘介侯指稱，根據中華民國憲法，強人至今仍處於引退狀態，李宗仁才是中華民國法定總統。

四、到底誰是中華民國元首，為聯合國權力，應由適當方面，提交聯合國大會討論之。這項步驟，目前正在準備，所以，法院不應審理中華民國政府之控告，並應撤銷對毛、向之禁制令。

五、華盛頓聯邦法院應撤除已經指派的監管人、廢除控方所提訴狀、廢除法院所頒布抑制令。因為，法律上公認的中華民國總統，是李宗仁，而非強人。

毛邦初委任律師羅勃茲、伍茲輪流上陣，滔滔不絕，發表讜論，一直說了將近兩個小時，直到十二點整庭審結束，這才下場了事。所言內容，範圍狹窄，了無新論，一堆旁觀聽審人，聽得兩耳發麻，耳鼓生繭，頗覺煩悶。好不容易，這才散場。眾人起身之際，周宏濤問身旁大使館公使銜參事王守競：「毛邦初僱來這幾個律師，談起中華民國法律，常引用甘介侯論調，還說甘是哈佛大學博士。這人，今天在嗎？」

王守競把頭靠過來，低聲對周宏濤道：「哪，你慢慢轉過身去，你後頭那排，左邊數過來第四個，頭上厚厚一層髮蠟，蒼蠅爬上去，都會摔下來，跌斷大腿骨，那個人，就是甘介侯。李宗仁洋文大字不識一個，在美國生活百事，都是靠甘介侯張羅。去年，甘介侯還居間穿針引線，說服杜魯門總統，請李宗仁吃了頓飯。」

中午休息兩小時，眾人草草吃點三明治，算是打發了中飯。久居美國諸人，吃過三明治，喝杯咖啡，四處走走，活動筋骨。台北來人，還帶著午休習慣，中飯之後，精神轉差，犯了午睡癮頭，就地在椅子上靠靠，稍稍打個盹，把那睏勁交代過去，這才同魂重生。

下午兩點，重新開庭，雙方再戰。這一回，攻防易手，換中華民國委任律師上場，巴德森幕後運籌帷幄，今天並未露面，而是李海唱獨腳戲，從頭力撐到尾，攻勢猛烈，波濤洶湧，一浪接著一浪，圍著辯方律師羅勃茲、伍茲猛轟，打得兩名辯方律師臉色發青。

李海一上來就出絕招，拿出一份中文文件影本，以及這文件經公證英文譯本，交予承審法官柯克蘭審閱。柯克蘭哪懂中文？只能仔細察看英文譯本，驗證英譯本上，法院公證人印記。這英譯文件，經法院公證部門驗證，證明所翻譯英文，與原本文件上中文意思相同。自然，這驗證得花錢，驗證過程，法院會另請精通中英雙語證人，證明英譯與中文具相同意思。

隨即，李海要求傳訊證人，柯克蘭允許。之後，駐美大使館公使銜參事譚紹華，由法警引導入場，宣誓作證。譚紹華就證人位置，按著法院規矩，舉起右手，念經一般，大聲講了一連串字句：

「I swear to tell the truth, the whole truth, and nothing but the truth, so help me God.」

這幾句洋口訣，翻成中文，就是：「我發誓，說實話，說所有實話，並且只說實話，老天保佑。」

譚紹華宣誓後，於證人席就座。控方律師李海上前，將那份中文影本，遞給譚紹華道：「請你對庭上講述你姓名、職稱、並解釋這份文件。」

譚紹華緩緩言道：「我叫譚紹華，現職為中華民國駐美大使館公使，這份文件影本，是我所經手。去年三月一日，強人總統在台北復行視事，回任總統。當時，有四位強人親信舊部，到大使館來，經由顧維鈞大使同意，授意我以中華民國駐美大使館名義，替這四人拍發賀電，祝賀強人總統復職。」

「這份文件影本，就是這封賀電。電文末了，有四人署名，分別是毛邦初、李惟果、俞國華、皮宗敢。這四人，都是強人總統親信，毛邦初是強人元配夫人侄子，深受強人重用，長期在美國主持空軍辦事處。其他三人，於強人擔任軍事委員會委員長時，都在軍事委員會侍從室任職，都是強人親信。李惟果現在是華府遠東委員會中華民國代表、俞國華是國際貨幣基金與國際復興開發銀行副董事、皮宗敢是中華民國駐美大使館武官。」

「並且，這四人署名方式，為『職毛邦初、李惟果、俞國華、皮宗敢』。在中文文件裡，當事人如果自稱『職』，就是『屬下』之意。亦即，部屬對上級長官，報出自己姓名之前，會加一個『職』字，表示自己是部屬，對上級長官寫這份公文。」

譚紹華作證之後，律師李海緊咬其證詞，說明毛邦初壓根就是強人心腹，去年強人復行視事，回任總統，毛邦初還與其他三名強人親信，以部屬身分，聯名拍發賀電，顯然早就奉強人號令，視強人為正牌總統。如今，卻抗命犯上，拒絕移交空軍辦事處資金、檔案，還另起爐灶，換了祖宗牌位，把李宗仁這塊招牌，丟到籃子裡當成寶貝菜，撿來當護身符。

李海一頓發作，夾棍夾棒，轟得辯方律師羅勃茲、伍茲滿頭包，只好持續以技術問題，打斷李海發言。然而，羅勃茲、伍茲多次杯葛，都被柯克蘭法官裁定駁回。

之後，李海繼續再搬新證據，這一回，卻是英文文件。並且，這文件新鮮熱辣，出爐未久：不到兩個月前，今年十月十日，美國總統杜魯門拍發電報，祝賀中華民國四十年國慶。這國慶日賀電裡，杜魯門白紙黑字，稱強人為「中華民國總統」。

繼而，李海又提出去年三月，強人復任總統時，駐美大使顧維鈞致美國國務院照會；以及美國國務院不久前，針對聯邦地方法院法官柯克蘭詢問，關於中華民國法統問題，所給予答覆。

李海變法術般，接二連三，祭出各色書面證據，證明強人才是中華民國正牌總統。李海愈說愈得意，足足講了兩個小時，最後，下了幾項總結：

一、中華民國政府所提控告，就是個單純帳目訴訟，係雇主對兩個不忠雇員的控訴。被告律師在法庭，提出不予受理要求，用意是將本案形成「涉及爭取控制中華民國政府的兩個對峙政權之判別」，這種說法，毫無根據。

之前，被告毛邦初、向惟萱都承認，台灣國民政府就是公認之中華民國政府，顧維鈞是這個政府之駐美大使。如今，被告攻擊強人總統地位，實為「事後補救」、外加「撒狗血噴煙幕」，意欲逃脫訴訟。被告毛邦初在中華民國政府提出控告之後，才突然承認李宗仁為總統。在台北國府提出控訴前，被告毛邦初始終將一切重要報告，呈送強人總統。尤其，去年秋天，毛邦初還回台灣，晉見強人總統。

二、如果被告毛邦初自一九四九年以來，曾把李宗仁當總統，為何毛邦初從來不曾向紐約李宗仁，提出任何報告?李宗仁在過去兩年當中，住在紐約Riverdale，享受美國款待，從未回台灣，為中華民國努力，而強人總統則迄未有一日，遠離其國人。

三、法官不應容許被告摻入無關問題，蒙蔽法院。倘若被告毛邦初品格，如其律師所說純潔，沒有不可告人之處，則應出庭，公開其所處理各項經費帳目。被告毛邦初僅是緊咬法統問題，不承認強人總統，卻並未否認司法行政部次長查良鑑，所提書面控詞當中任何一項事實。

四、假如被告毛邦初沒有不可告人之事，如今有機會，應樂於出庭，公開澄清清白。然而，毛邦初與向惟萱，卻始終拒絕出庭。

李海今天表現出色，聲勢壓倒毛邦初兩名律師，到了下午四點出頭，李海總結最後論點時，旁聽席上台北國府大小官兒，心情轉趨昂揚，曉得這官司十拿九穩，勝券在握。

下午這場庭訊，李宗仁親信甘介侯，恰好坐在強人總統機要侍從祕書周宏濤前面一排位子上。到了庭訊末了，周宏濤心情輕鬆之餘，打算顯點顏色，替他老闆強人總統，出出悶氣。因而，上頭李海還在振振有辭，講著結語，周宏濤在底下，前傾上身，拿手輕拍甘介侯後背。甘介侯後背受拍，轉過頭來，瞧瞧是誰拍他。

其實，周宏濤與甘介侯，彼此不識，之前，連面都沒見過。這也是今天上午，周宏濤問了大使館參事王守競，才曉得這人是甘介侯。甘介侯，也不識周宏濤，轉頭一看，是個陌生男人，乃張口問道：「你是誰，為何拍我？」

周宏濤陰惻惻笑道：「嘿嘿，這個律師，說得很有道理啊！」

甘介侯聞言，不知這人是何方神鬼，只好敬而遠之，矮著身子，站了起來，換到其他位子坐下。

甘介侯才坐下，庭上李海已經講完，換成柯克蘭法官宣布結論：「對於被告上級管轄權問題，我將於本月十日，提出書面判決。關於法院派人監管空軍辦事處一事，則繼續維持現狀。本席現在宣布，就此退庭。」

說完，柯克蘭法官站起身來，在場眾人也跟著起立。柯克蘭法官轉身離去，法庭裡鬨然一聲，駐美大使館、台北專案小組諸人，掩不住歡愉，壓低了聲量，人人叫好。羅勃茲、伍茲、甘介侯等被告人馬，則垂頭喪氣，無言離去。

十四

一九五一年十二月十四日：三軍球場

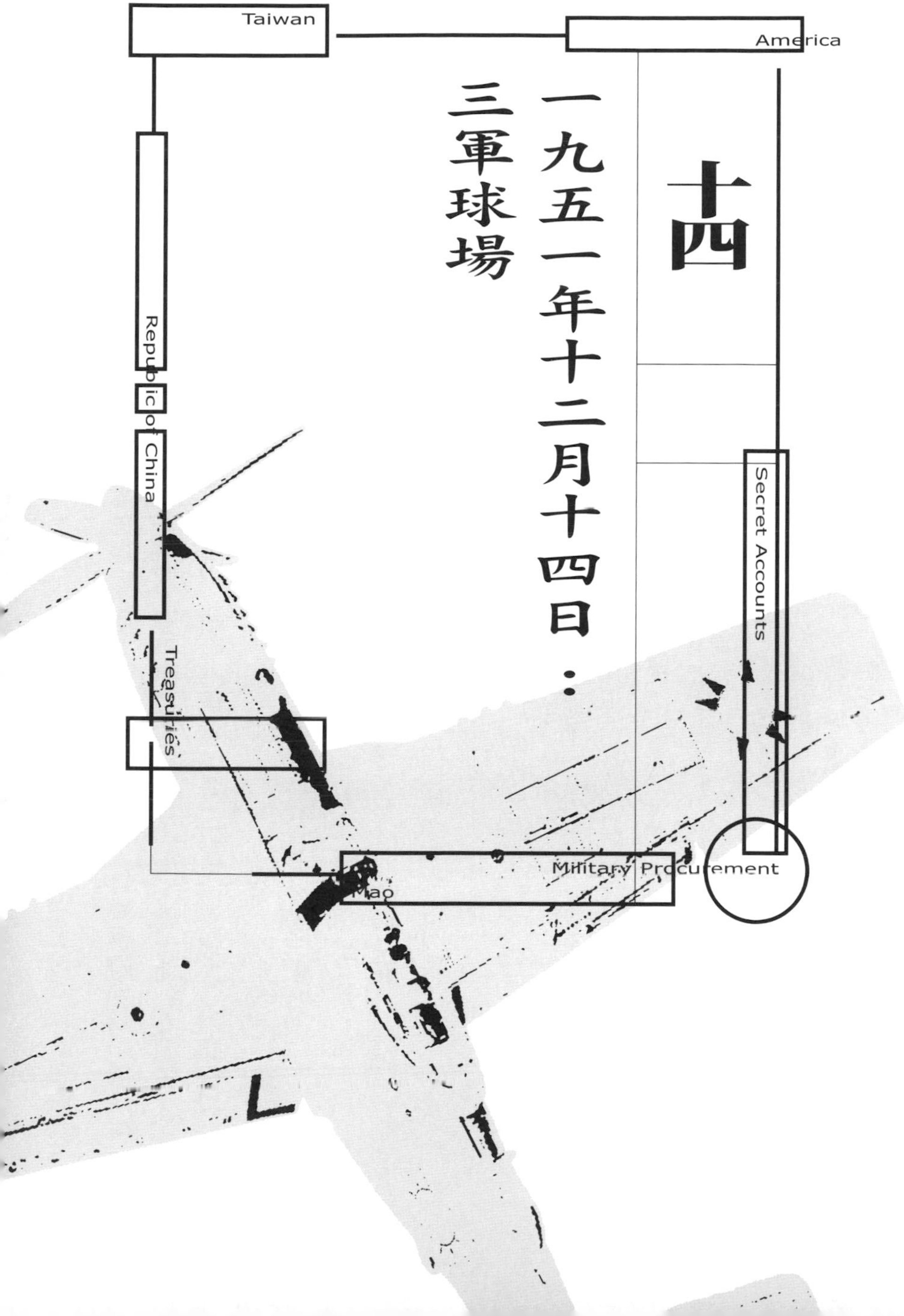

這是座半永久性球場，位於台北市貴陽街與懷寧街交口。西邊，是懷寧街，越過這條街，是一小片空地。空地那頭，隔著重慶南路，就是總統府。南邊，隔著貴陽街，就是北一女圍牆。這球場位置，等於一邊貼著北一女，另一邊靠著總統府。球場為鋼骨所建，體積渾然龐大，中間是個籃球場，四周則是長條階梯座位，環場圍繞。地上，全鋪上水泥，方便行走。唯獨，雖有牆壁，卻一無屋頂、二沒天篷，是個露天球場，故而，不能算是永久性建築，只能說是個半永久性球場。

民國三十八年，國民政府遷台，風雨飄搖，危如累卵，共軍侵台乃指日之事。那當兒，兵荒馬亂，六神無主，日子難過。然而，三十九年六月，朝鮮半島砲火大起，韓戰開鑼，美國第七艦隊進駐台灣海峽，美國軍事、經濟援助源源湧入，美軍顧問團人馬持續擴充，台灣這才驚魂甫定，回過神來，安心過日子。

衣食住行之餘，還得有育樂。育樂之道，除了電影、廣播、書報雜誌之外，就是體育活動，其中，又以籃球賽為大宗。此時，幾十萬大軍來台，軍爺們在「一年準備，兩年反攻，三年掃蕩，五年成功」大纛底下，日夜操練，精神苦悶，情緒得有宣洩出口。強人總統大兒子，這時管著國防部政治部，曉得個中利害，因而，促成國防部出面，建了這「三軍球場」，號召陸、海、空、聯勤、陸戰隊、憲兵等各軍種，組成籃球隊，每到假日，就在三軍球場賽球，激勵各軍種、部隊士氣，兼而宣洩幾十萬軍爺離鄉背井苦悶情緒。

今年初，動工興建，工兵部隊效率頗高，不過幾個月時間，就蓋好這座露天球場。這場地，有球賽，則賽球；無球賽，則成了露天電影院，賣票放映電影，偶爾，也興辦各種大型文娛活動。民國四十年五月二十二日，三軍球場落成開幕，請當今影壇第一紅星吳驚鴻女士剪綵。剪綵之後，開張第一炮，推出美國好萊塢福斯電影公司，一九四七年歌舞鉅片《鸞鳳呈祥》（The Shocking Miss Pilgrim），由狄克・海姆斯（Dick Haymes）、蓓蒂・葛蘭寶（Betty Grable），分任男女主角。

因是露天電影院，白天無法放映，只能等天黑後，晚上八點、九點五十分，各放一場。至於電影票，則視座位區域而定，分為一塊半、兩塊四、三塊六等三種票價。這部電影，除了三軍球場電影院之外，台北市大有戲院，當天也放這片子，算是「兩院聯映」。有小道消息指出，再過一陣子，三軍球場會加上蓋子，弄出個屋頂，成為室內球場。但眼前，這球場還是露天無頂。

就這樣，三軍球場平常放電影，假日辦球賽，風風火火，營運半年之後，到了今天，民國四十年十二月十四日，更是湧上高潮。一大早，三軍球場售票口那兒，就出現人龍，等著買票。上午八點，球場開始賣票，然而，買票觀眾源源不斷而來，到了午後，人龍已經超過一百公尺。前頭票亭那兒，這時已經賣出三千多張，但人潮還是繼續湧至，人龍始終不斷。

今天晚上，三軍球場有驚天爆大戲，世界重量級拳擊冠軍，綽號「褐色轟炸機」的美國拳王喬・路易（Joe Louis），到台灣旋風訪問，要在三軍球場，打車輪擂台，會戰第七艦隊、駐台美軍、台灣海軍拳王等各路英雄好漢。今天晚上，褐色轟炸機守在拳擊台上，各路中美拳擊好手，一個接一個上去，與世界拳王對打，這好戲，可是千載難逢，轟動全台。因而，今天一大早，就有民眾擠著排隊，等著買票。這次拳擊賽，入場券視位置遠近，而有三種票價，分為兩百元、四十元、二十元等三種。二百元五百張，四十元三千張，二十元四千張。

既是排長龍買票，自然就有黃牛居間牟利；既有黃牛，就招來警察取締。於是，這三軍球場外頭，大白天就演起了全武行。不必等到晚上球場內拳擊車輪戰，白天球場外，就有排隊民眾為了插隊、黃牛等規矩問題，大打出手，引來附近介壽派出所警員，掏出警棍，棍如雨下，彈壓現場秩序。

今晚壓軸大戲主角為喬・路易，此馬來頭大，是一九三七年到一九四九年，連續十三年世界重量級拳擊冠軍。打了十幾年拳，喬・路易年歲漸長，今年已經三十七歲，因而，他這職業拳擊生涯，打到今年為止。明年起，他下台一鞠躬，封了手套，不再上台打拳。今年時序走到這兒，已是十二月，年度即將結束，喬・路易趁著年底，到遠東走了一趟，先到日本，後到台灣。結束這趟遠東之行，回到美國後，褐色轟炸機就高掛拳套，金盆洗手。

眼下，日本還由美國駐軍管轄，麥克・阿瑟元帥才是日本真正皇帝。駐日美軍，也是藏龍臥虎，能人輩出。這裡面，有個美國陸軍下士，名叫柯杜瓦（Buck DeCordova），在東京盟軍總部服役。這人，美國伊利諾州人，現年二十三歲，一百九十五磅，於一九四七年加入美國陸軍，去年九月赴日。他在一九四八年至一九五零年間，曾連續獲得美國南卡羅萊納州傑克遜堡、喬治亞州班寧堡等軍事基地重量級拳擊冠軍四次，在日本時曾表演三次。

拳擊不是獨腳秀，得兩人上台對打，喬・路易是拳王，對手也不能太過膿包。因而，喬・路易這趟去日本表演時，恰好，遇上柯杜瓦，兩人過招，頗有看頭。喬・路易覺得，柯杜瓦有點意思，足堪擔當練拳對手大任，因而，就帶著柯杜瓦，一起到台灣來。喬・路易場面見得多，曉得今天晚上這車輪戰擂台，台灣本地拳手，無論是美軍還是華人，都不堪一擊，真正看頭，是他與柯杜瓦表演賽。

其實，距離二戰結束，只有六年，無論日本或台灣，這時都是剛從戰火中抽身，掙扎求存，經濟衰頹，不見榮景。喬・路易是世界拳王，在美國是體壇炙手可熱知名大亨，並非人老珠黃過氣人物。照理說，這類當紅明星，不可能到日本、台灣等遠東國家訪問。然而，喬・路易卻硬是訪問台灣，其背後，當然有特定因素。這特定因素，就是美國國防部。

美軍編制裡，有個組織，英文名稱為「United Service Organization, USO」，其性質類似我國國防部藝工總隊，專肆提供各式各樣勞軍活動。這裡面，包括影劇、廣播、體育明星，到海外美軍駐地表演。喬．路易此次訪問日本、台灣，究其本質，是探訪、慰勞兩地美軍。喬．路易來台訊息一出，自然轟動寶島，自部隊到民間，無不摩拳擦掌，都說要會會世界拳王。於是，拳王訪台活動成了新聞焦點，我方國防部也大舉湊興，在今天晚上正式拳擊賽之前，先弄十幾檔武術表演，共襄盛舉。

昨天，十二月十三日，一大早七點十五分，喬．路易 行人，搭乘國泰航空公司班機，從東京抵達台北松山機場。拳擊協會名譽理事主席何應欽、美軍顧問團團長蔡斯、國軍體育促進會代表、裝甲兵巨人張英武，都赴機場接機。這裡面，最引人矚目者，就是張英武。

這人，身高超過兩百二十公分，無論往哪兒一站，都是鶴立雞群，尋常人只到他胸口。然而，此人並非正常，他這是身體有恙，患了巨人症，身體病態生長，成了這模樣。他生長於北平，原先在北平動物園「萬牲園」，當活廣告，招來遊客。政府遷台，他隨部隊來台，進了裝甲兵部隊。眼下，裝甲兵旅司令部由強人次子蔣緯國當家，這人作風殊異，從不墨守成規，最喜新鮮主意，因而，就拿張英武當裝甲兵掌旗官，無論大小活動，只要裝甲兵部隊參與，張英武就一馬當先，在最前面掌旗。

喬路易訪華，激起全台灣武術風潮，張英武塊頭大，今年剛滿三十歲，儘管身子笨重顢頇，昨天早上還是被裝甲兵部隊推出去，隨著眾人在機場擺隊站班，迎接喬．路易。甚至，報紙上都說，今天晚上張英武要頭一個上場，迎戰喬．路易。

昨天，原本給喬．路易安排了緊密行程，中午何應欽將軍作東，在錦江飯店，招待拳工吃中菜。

下午三時，國軍體育促進會在新公園中國之友社，舉行歡迎酒會。晚間，則是美軍顧問團團長蔡斯將軍，在蘭園舉行晚宴。結果，拳王在機場並未逗留，隨即驅車至圓山飯店，呼呼大睡。錦江飯店午宴、中國之友社酒會，都沒參加。不過，下午七時去了蔡斯將軍蘭園晚宴。喬・路易是美國拳王，一路奔波到台北，實在疲倦，不領我方午宴、酒會之情，只把美軍顧問團團長放在眼裡。

今天，十二月十四日，時近黃昏，天色暗了下來，台北市漸漸四處亮起燈光。三軍球場這兒，售票口早就關閉，改成入口處排起了長龍，無數民眾沿街排起隊伍，緩緩移動，逐漸進場。今天，老天爺賞臉，竟然滴雨未下。十二月，是台北雨季，老天爺一旦下起冬雨，滴滴答答，沒完沒了，可以一口氣下上半個月，絲毫不停歇，真能把人憋出一肚子鳥氣。

今天晚上這拳賽，事前主辦單位就說了，不計晴雨，照常舉行。要真是下雨，那麼，美國拳王褐色轟炸機喬・路易，就得創下這輩子新紀錄，淋雨打拳。幸好，天公作美，滴雨未下。這會兒工夫，晚上六點半左右，觀眾陸續進場，階梯式長條板凳，共有七千五百多個位子，逾半位子已經坐了人。人多，自然口雜，人人張口講話，場內鬧哄哄。不但觀眾吵，三軍球場福利社小販，胸口頂個四方木頭盤子，木盤子兩邊繫著布條，布條掛在腦袋後頭脖子上，滿場子亂竄。木頭盤子裡，香菸、火柴、花生、瓜子、麵包、水果乾、汽水、牛肉乾，壘起幾堆，對著觀眾叫賣。

人潮陸續湧入之際，台上已經開始暖場表演。先是單人獻藝，六名漢子上去，進了拳擊擂台，分六方站定，朝觀眾抱拳。繼而，場內擴音喇叭猛然爆出高頻噪音，吵得場內幾千觀眾受不了，人人拿手摀住耳朵。想必，麥克風沒調好，擴音喇叭才如此鬼叫。等麥克風調好了，司儀報幕，報出台上六名漢子姓名、武學宗派，說是一人打一路拳，分別為八極拳、四連拳、查拳、劈掛拳、太祖長拳、形意拳。

隨即，廣播喇叭放起了國樂，曲牌為《將軍令》。台上八人，隨著將軍令曲子，掄拳踢腿，各自施展國術拳腳，打起了南北六家拳術。大概也就是七、八分鐘，不到十分鐘，六人就打完一趟拳路，收了勢子，抱拳鞠躬，下台而去。

接下來，第二個節目，則是單人兵器耍練。耍兵器不比打拳，打拳可以六人同打，各打各的，互不相干。兵器不行，耍起來滿場飛，要是再多人同耍，難保不磕著、碰著，招來血光之災。故而，耍練兵器就一個、一個上去，計有春秋大刀、梅花單刀、七節鞭、七星劍、雙刀、梨花槍等等。單人兵器耍練這會兒工夫，階梯看台上，已經坐了八成滿。

耍完兵器，接下來就是雙人對打，先是徒手對打，接著兵器對打，三節棍對梨花槍、兩劍對決、哨子棍破雙槍。打完兵器對陣，又有人上去表演氣功。到這兒，台底下觀眾不樂意了，有人兩手捲成喇叭狀，放在嘴邊，高聲喝倒采：「通！通！通！有完沒完啊？我們買票是來看美國拳王，不是看你們這些破爛玩意兒！趕緊收拾收拾，下台去吧，別在這兒丟人現眼了，你媽喊你回家吃晚飯了！」

然而，暖場節目依舊，還是一檔接著一檔，沒完沒了。氣功之後，接著又是幾檔國術拳路對打，照著事前套招，你來我往，攻守激烈。上頭打得熱鬧，台下一堆人喝倒彩，通、通、通之聲不絕於耳。

就這樣，一直鬧到將近八點，暖場表演這才好不容易收場。這時，全場已經滿座，環場圓形看台上，所有階梯座位都是人，黑壓壓全是人頭。同樣是座位，因遠近高低，視線、視野大有不同，票價也高低有異。這裡頭，黃金席位就在拳擊台兩側，這一小片平坦環形地帶，特別用紅色繩子圈了起來，裡面放了幾十張靠背椅子，外頭紅繩圈旁，還擺放了中英文告示牌，中文牌子寫著「貴賓特區，閒人免進」，英文牌子則寫著「Ringside Seats for Special Guests」。

這紅繩圈裡頭位子，為貴賓所設，一般人有錢也買不到票，而貴賓不花錢就有票。既是特別來賓，入座時間也特別，等到七點半以後，才陸續有人入座。拳擊台入口前方座位這兒，此時來了個官兒模樣人物，這人四十多歲年紀，臉龐豐潤，兩頰渾圓，挺胸凸肚，雙眼有神，頭髮上了髮蠟光滑服貼。這人拿著邀請票子，讓把守人驗了驗，然後走了過來，朝第二排位子走去，在一洋人身旁落座。

這中年官兒，是中華民國外交部長葉公超；他身旁那人，則是美國公使銜駐華臨時代辦藍欽。民國三十八年四月，共軍攻陷南京，美國駐華大使司徒雷登，仍堅守南京美國大使館。之後幾個月，儘管美國不承認中共政府，南京美國大使館卻依舊運作，司徒雷登大使為美國利益，與中共高層互動不斷。

這樣，不鹹不淡周旋了四個多月，司徒雷登大使才在三十八年八月，離開南京，回到美國。司徒雷登離華之後，毛澤東透過新華社，發表〈別了，司徒雷登〉長文，猛烈抨擊美國，並諷刺司徒雷登。在那之後，整整一年，美國在中華民國沒有外交代表，直到韓戰開打，美國軍事、經濟恢復援華之後，才在三十九年八月，派遣藍欽到台北，以公使銜臨時代辦名義，主持美國大使館。這頭銜，又是「臨時」，又是「代辦」，充分顯示美國杜魯門總統，就算受韓戰因素所迫，以第七艦隊守住台灣，但對中華民國政府，還是沒好臉色。

這會兒工夫，台北外交部長葉公超，與美國駐華代辦藍欽，並肩而坐，閒聊扯淡。其實，今晚兩人在這兒碰面，並非偶然，事前，葉公超打了電話，聯絡藍欽，講好今天晚上碰面，要談幾件事情。

只不過，大人先生們談事情，不會猛然對撞，直來直往，講究外交手法，先拿寒暄扯淡當序曲。這兩人，一個美式英語，一個英式英語，就此閒聊。

藍欽喊著葉公超英文名字道：「George，我最近聽說一件事，與你有關，很有趣，不知真假，想問問你。」

葉公超道：「是何事情？」

藍欽微微笑道：「我聽人說，你在英國留學時，鄰家有一頑童，常越界過來，到你居所後院撒野。一日，你忍耐不住，衝到後院，對那頑童開罵……。」

藍欽話還沒說完，葉公超跟著大笑道：「怎麼，這笑話竟然流傳如此廣泛，連你都聽到了？沒錯，那事情是真的。要曉得，我現在雖從事外交工作，但我當年卻是攻讀西洋文學，起先在美國，後來去英國，都是讀文學。天天讀那些古典文學，無形之間，用字遣辭就跟著古典路數走。那天，我見那小童又到我後院撒野，氣得衝到外面，想都不想，就衝那小童罵道：『I'll crown you with a pot of shit.』。」

藍欽聞言，跟著大笑道：「果真厲害，想得出這種句子，一般美國人、英國人，講一輩子英文，都不會用這種辭句。聽說，那孩子父母剛好就在他家後院，聽你這樣罵孩子，趕緊探頭，看看是哪位儒雅哲人，竟有如此罵功。」

葉公超笑道：「是啊，後來我和那對鄰居夫婦，竟然成了朋友。」

葉公超那句英文，翻成中文就是：「我拿一桶屎，像皇冠一樣，扣在你頭上，給你戴個屎皇冠。」

時間已過八點，台上暖場表演結束，喬．路易拳擊賽開鑼。當然，開打前，總有點儀式，要走個過場。先是國防部政治部副主任胡偉克上台，代表台灣軍方致詞，表揚喬．路易刻苦奮發精神，值得借鏡學習。又說，希望明年打回大陸後，喬．路易能再蒞臨中國打拳，胡偉克說：「這句話不是隨便講講，我可以向在場外國朋友保證，我們明年一定打回大陸去。」

之後，美軍顧問團團長蔡斯講話。這人，並非正統軍校出身，而是出自布朗大學預備軍官訓練團，打過一次大戰，擔任排長；打過二次大戰，擔任第一騎兵師旅長。現在，則是第一任美軍顧問團團長，這人點子多，手腕滑，頗有肆應之才。這次喬．路易來台，就是他出點子要裝甲兵旅掌旗官、兩百二十公分巨人張英武，上台與喬．路易比劃比劃。不過，張英武今晚穿著裝甲兵軍常服，受邀坐在場邊特別來賓區，顯然不會上台與喬．路易對打。

蔡斯致詞言道：「喬．路易在拳擊方面成就，各位在場觀眾一定比我還清楚，因為，節目單上，已經有詳盡介紹。我現在講講大家不知之事，二戰中，喬．路易加入陸軍，充任上士，與我同在騎兵部隊服役。當年，喬．路易曾在英國、法國前線效力，做勞軍演出三百多次……。」

八點十分，現場廣播擴音器裡，鐘鼓齊鳴，褐色轟炸機喬．路易出場，身上罩著純白袍子，下身是紫色拳褲，腳踏黑色單底皮鞋，兩手裹著黑色手套，頭上戴了護具，臉上塗了極厚凡士林油膏，滿臉光芒閃爍。喬．路易上了拳擊擂台，舉起雙拳，全場歡呼。隨即，中華拳擊協會理事長張邦傑女兒，獻上鮮花。

台上輕鬆愉快，正熱鬧著，台下，葉公超與藍欽所談話題，卻走入了嚴肅主題。

葉公超正色道：「臨時代辦先生，我代表中華民國外交部，有一事相求。毛邦初那件案子，我想您也知道，中華民國政府派了專案小組，到美國去，僱請律師，在華府聯邦地方法院，對毛邦初、向惟萱提出民事控告。一審官司，我方已經勝訴，對方已向華府聯邦巡迴上訴法院，提起上訴，要打二審官司。根據我方律師判斷，二審很難翻案，這官司，我國政府贏定了。」

「等到官司程序走完，我方勝訴確定，美國法院會勒令毛邦初與向惟萱，交出所匿藏資金與文件檔案。然而，我方專案小組與所雇用律師一致認為，毛邦初在司法程序定讞之前，可能逃出美國，溜往加拿大或墨西哥，或者其他任何國家。我知道，中美之間並無引渡條約，而且，這件案子沾染高度政治色彩，美國政府也不可能答應將毛邦初、向惟萱引渡回台灣。不過，我方政府懇請美國政府，採取必要手段，防止毛、向兩人，逃出美國國境。請您務必將我這項請求，向貴國國務院反映。」

葉公超幾句話說完，藍欽還沒來得及答話，就聽見整個三軍球場七千五百名觀眾群起鼓譟，高聲吆喝。原來，台上來了新人物，喬·路易第一名對手登場。這人，是中華民國「海軍拳王」張羅普，民國四十年省運會，中甲級拳擊冠軍。在台灣，若論西洋拳擊，張羅普允稱第一，無人能出其右。

七千五百觀眾歡呼鼓譟聲中，張羅普右手頂起拳擊台外圍繩子，頂出空檔，矮著身子，從空檔中鑽進了拳擊台。上台後，司儀擎著麥克風，請張羅普講幾句話。張羅普說：「我這次與喬·路易對打，算是越級挑戰。喬·路易是世界拳王，台灣沒人是他對手，但他既然到台灣，總得有本地拳擊選手應戰，我就是代表本地東道主，和他打一場觀摩賽。一來，表現我國不怕強精神；二來，我個人也想向喬·路易學點拳擊技法。」

說完，喬·路易、張羅普各自走回拳擊台角落，脫下披風，伸展筋骨。兩人身後，各有助理幫著按摩肌肉、遞上塞口護具，另有教練耳提面命。

這空檔，台下美國臨時代辦藍欽，答覆葉公超道：

「這件案子，就我所知，國務院願意與貴國合作。毛邦初這件案子，不會影響美國國務院立場與態度，但在美國國會，的確有一批議員，同情毛邦初，對台北國府很不友善。國務院不希望國會那兒，生出事端，影響援華計畫，因而，願意配合貴國政府，處理毛邦初案。我會將今天晚上談話，作成記錄，回報華府國務院，轉達您的訊息。但在此我也要強調一點，美國國務院職司外交，邊境管制之事，並非國務院執掌，而是由司法部移民局、財政部海關等單位負責。」

答覆葉公超問題後，藍欽更進一步，闡述自己想法：「我認為，貴國駐美大使館、以及赴美專案小組，應儘速採取緊急措施，逼迫毛、向將公款帳冊及檔案交出。不過，此事前提，就是解除毛邦初的外交官身分。所以，貴國駐美大使館，應儘速以正式外交函件，通知國務院，取消毛邦初、向惟萱外交官身分。此外，最好同時也註銷毛、向兩人護照。兩人沒了護照，就很難逃往他國。」

「另外，還有一點，可能你們還沒想到。我估計毛邦初、向惟萱官司失利之後，可能向美國政府申請政治庇護，而美國政府同意庇護機率，也相當大。貴國駐美大使館與赴美專案小組應注意，事前就與美國司法部、國務院溝通，強調將來即便給毛、向二人政治庇護，也不能豁免兩人對於匿藏資金、公文檔案的法律責任。」

藍欽側著身子，歪著腦袋，兩眼看著葉公超，說了這番話。藍欽說話時，葉公超也是偏著腦袋，兩眼看著藍欽。這兩人，看著彼此說話，就一兩分鐘，沒看台上動靜。等這番話說完，就聽見七千多觀眾又大聲鼓譟，驚嘆連連，彷彿出了大事。於是，兩人這才轉過頭，看看拳擊台上發生何事。

就見中華民國海軍拳王張羅普，四腳朝天，在拳擊台上仰面而躺，渾不知事。一旁，裁判蹲在張羅普身旁，一面舉手數數目，另一手則對著喬·路易猛揮，要拳王站開點。藍欽、葉公超才講一兩分鐘話，台上就豬羊變色，二人不知所以，看著一臉茫然。這時，藍欽另一邊身旁，有人講起英文解釋情況：

「貴國海軍拳王與喬·路易對陣，雙方面對面，轉了幾圈，踱了幾陣步子，然後，就見喬·路易伸左手，以勾拳模樣，輕輕摸了一下張羅普鼻子。然後，張羅普就人事不知，倒地不起。」

葉公超身子前傾，轉頭越過藍欽，發現講話這人，就是美軍顧問團團長蔡斯。

這時，拳擊台上，張羅普還是昏沉不醒，喬·路易則面帶抱歉顏色，俯身想攙扶張羅普。裁判蹲在一旁，見狀也沒阻止，就見拳王喬·路易戴著手套，兩手在張羅普腰際那兒拱了幾下，看樣子，是想扶起張羅普，但因戴著手套，實在沒著力點。這當口，擂台下頭眾家兄弟，一擁而上，圍著張羅普施救，有人拿扇子搧風，有人拿瓶子灌水。足足鬧了兩分半鐘，張羅普才睜開眼睛，回過一口氣來，由助手們將之扶下台去。這時，場邊計時碼表顯示兩人交手時間，四十五秒鐘，喬·路易就一拳打趴張羅普。

第一位對手台下場，第二位對手尚未上場，這空檔，葉公超稍微放大聲量，對著藍欽、蔡斯同時說話，講起了第二個話題：「兩位，自去年六月韓戰爆發至今，一年半了，美國軍事援助源源不斷，美軍顧問團也告成立。我國政府希望，能與美國訂定正式軍事協防條約，使得兩國軍事合作，能夠制度化，進一步提升雙方關係。」

這話說完，藍欽正要答話，一旁蔡斯伸手攔住，指指台上，要葉公超、藍欽看著台上新局面。

這時，第二回合已然開打，上去一洋人，還是毛孩子，人高體健，手長腳長，像猴子般，圍著喬·路易虛晃出拳。喬・路易，也就是剛才一拳撂倒張羅普時，臉上有點表情，看得出抱歉顏色。這會兒工夫，褐色轟炸機臉色木然，沒啥表情，腳步穩健，也不跳，也不閃，也不躲，就是正面對著那毛孩子。

蔡斯插嘴道：「剛上去這位，名叫Cantrel，今年才十九歲，是第七艦隊水兵，在驅逐艦上服役。剛好，這幾天這艘驅逐艦停靠基隆港，聽說有這比賽，艦長推薦，說是艦上有一水兵，名叫Cantrel，極善打架，在艦隊裡，打遍海軍無敵手。所以，今天這孩子特別從基隆趕來，與拳王打一回合。喬・路易在美國名氣極大，Cantrel有機會和褐色轟炸機打一回合，將來回了美國，在家鄉父老面前說起來，都是極有面子之事。」

此時，就見台上洋孩子Cantrel有如初生之犢，極為悍勇，左右開弓，直取拳王。喬・路易絲毫不避，左臉挨了一拳，右臉又挨了一拳，拳擊手套砸在拳王臉上，聲響極大，整個三軍球場就聽見砰砰之聲不覺，喬・路易吃了Cantrel好幾記左右勾拳，卻全然不懼，彷彿毛孩子給巨人撓癢癢。就這樣，打了兩分鐘左右，拳王挨拳無數，卻穩如泰山石敢當。反倒是毛孩子Cantrel，花蝴蝶般蹦了兩分鐘，就已經氣喘吁吁，眼看著就要後繼無力，這時，褐色轟炸機輕輕揮拳，打中Cantrel臉頰，毛孩子當場搖搖晃晃，將倒未倒之際，三分鐘到，鈴聲響起，毛孩子踉蹌下台，抱頭鼠竄而去。

這一局打完，藍欽接著之前葉公超話碴子道：「George，你剛才所言，我一定向國務院反應。在此，我私下以朋友身分，講幾句off-the-record私人話語。這幾句話，不列入官方記錄，你不可以記下。我個人認為，在明年底美國大選之前，美國政府不可能與貴國簽訂共同防禦條約。不僅於此，美國除了軍事、經濟援助台灣之外，也不可能提升與台灣國民政府關係。因為，杜魯門恨死了國民政府，恨死了強人總統。」

「三年前，一九四八年，美國總統大選，民主黨杜魯門對上共和黨杜威，事前，各路民調與整個氣氛，都看好杜威會擊敗杜魯門。因而，南京國民政府也押杜威這一寶，當時，北京、上海等地，國民政府公然發動遊行，在街上推出紙紮大象遊街。誰都知道，民主黨吉祥物是驢子，共和黨吉祥物是大象。國民政府這是擺明了，偏袒共和黨杜威。國共內戰三大戰役揭開序幕之際，美國總統大選投票，結果，杜魯門拿下總統寶座。」

「人都記仇，杜魯門也不例外。如今，杜魯門政府對台灣提供軍事、經濟援助，也是考量韓戰之後，整體遠東戰略大局。要是沒有韓戰，杜魯門根本不會援助台灣。同樣，只要杜魯門任內，美國就不會派遣大使，到台灣來，而是由我以臨時代辦名義，主持台北美國大使館。現在，一九五一年已經走到底，再過一整年，明年年底總統大選揭曉之後，如果共和黨勝出，局面才有機會改觀。」

「尤其，現在跡象顯示，共和黨幾位人選當中，艾森豪將軍呼聲最高，最可能成為總統候選人。二次大戰時期，艾森豪將軍是歐洲地區盟軍統帥，對強人委員長，總有軍人惺惺相惜感情。若艾森豪選上總統，中美雙方才可能訂定共同協防條約，美國才可能派遣大使駐台，提升雙方關係。」

這話才說完，聽見蔡斯語氣急促，興奮喊道：「第三局了，這次，由我們美軍顧問團好手上去。這人叫Woodbury，是駐台美軍顧問團官兵裡，有名的拳擊手，駐台美軍也辦過幾次拳擊賽，沒人打得過他。」

台上，就見這Woodbury也是身子細長，勾著腦袋，兩手護著頭臉，跳躍靈活，腳步忽左忽右，繞著拳王打轉，相機而動，逮住機會就連續揮拳。喬・路易還是一樣，面無表情，像隻慵懶大公貓，懶洋洋踱步，偶爾回擊幾拳。拳王挨打，不搖不晃，不當一回事；Woodbury若挨了褐色轟炸機拳頭，就晃動不已，很難站穩，雖未被擊倒，卻已是搖搖欲墜。

三分鐘時間到，又打完一局，Woodbury下去。剩下來，喬・路易與他從日本帶來夥伴柯度瓦，打三回合表演賽。這三回合，雙方實力接近，才真正有看頭。然而，柯度瓦才進了拳擊台，卻跑出臨時事故。有個球場警衛，手裡抱著個一歲多孩子，走上了拳擊台。那孩子不住哭鬧，高聲尖叫，喊著要媽媽。

司儀趕緊過來，拿著麥克風道：「球場旁，撿到這孩子，與父母走丟了，警衛找了半天，都沒找到這孩子爹媽。現在，把孩子放在拳擊台上，讓五盞水銀燈照著，請在場觀眾好好看仔細，這是誰的孩子？」

場面一亂，喬・路易與柯度瓦都晾在一旁，等著這齣「皮孩子尋娘記」演完。時候不大，觀眾席西南角，就聽見有個女人尖聲喊道：「我的兒啊，媽媽找你好久，好苦哇！沒想到，你竟然在台上。」這哭喊聲愈來愈近，就見一年輕女人，披頭散髮，奔上台去，搶著孩子，就此抱走。

這女人下台而去，台上裁判招招手，要喬・路易、柯度瓦上前，兩人各自伸出雙手，拳擊手套輕輕對觸，旋即分開，鐘聲一響，第一回合開始。這時，就見喬・路易態度陡變，聚精會神，認真從事，與柯度瓦對打。也難怪，這柯度瓦不愧是美國本土兩大陸軍基地拳賽冠軍、駐日美軍拳賽冠軍，的確是個硬手，與喬・路易打得旗鼓相當。

喬・路易與張羅普、Cantrel、Woodbury各打一回合，簡直是隨意揮灑，如烹小鮮，隨意打上幾拳，對手就難抵擋。第四回合起，褐色轟炸機與柯度瓦對打，卻是精神抖擻，意志昂揚，就聽見劈劈啪啪，拳擊皮手套打在肌肉上，脆響連連，全場觀眾也看得入神。

這時候，蔡斯卻有話要說，身子向前微傾，歪著頭，隔著藍欽，對葉公超道：「抱歉，葉部長，我剛好聽見您與藍欽公使對話，談到希望能與美國簽訂共同防禦條約。在此，我有幾句話，也是私下而言，不列入正式記錄。目前，貴國防線拉得太大，浙江沿海那兒，大陳列島好大一塊範圍，都還由國軍駐守。舟山群島距離台灣太遠，而且，沒有機場。就算野馬戰機加滿了油，外帶副油箱，從台灣飛到那兒，滯空盤旋時間只有十幾分鐘，就得飛回台灣，很難提供空中掩護。」

「另外，福建沿海，一個金門，一個馬祖，也是貼著中國大陸，等於被共軍緊緊拉住。在這兩個外島上，擺放十幾萬軍隊，完全不符合戰略與戰術原則。我們美軍顧問團一貫觀點，就是建議貴國國防部，放棄舟山群島，以及金門、馬祖兩個列島，收縮防線，全力防衛台灣本島與澎湖列島。」

葉公超始終在外交系統服務，對軍事並無研究，但此時聽蔡斯鼓吹棄守舟山、金門、馬祖，不禁出言護衛政府政策：「我們守住浙江、福建沿海外島，就是要維繫與中國大陸地理關係，不忘故土，絕不偏安海角。」

就此，三人忽而看看台上拳賽，忽而低首討論，話題隨局勢而轉。講到後來，意猶未盡，卻聽見第三回合終結鈴聲響起，喬．路易、柯度瓦俱是揮汗如雨，氣喘吁吁，就此結束表演賽。前後六局打下來，費時不過四十分鐘。隨即，司儀請拳擊協會名譽理事主席何應欽將軍女兒何麗珠上台，代表何應欽，贈送「譽隆寰宇」銀杯一只，給喬．路易。

司儀示意喬．路易，講幾句告別結語。喬．路易依舊面無表情，不發一語，倒是美軍顧問團團長蔡斯少將又上台去，講了幾句感謝話語，並由翻譯轉為中文。就此，大功告成，眾人下台，全場觀眾紛紛起身，散場走人。

這兒，拳擊台下，藍欽站起身來，伸手與葉公超握別道：「幸會，George，今天聊得愉快，所談列入正式記錄事項，包括去函國務院，轉達貴國外交部意思，請國務院採取措施，防止毛邦初、向惟萱逃離美國，以及儘早訂定中美共同防禦條約。至於私下談話，就不列入記錄，談過就算。」

葉公超也客氣表示：「謝謝代辦盛情，希望中美兩國繼續緊密合作，解決毛邦初叛國變數，使美國對中華民國空軍援助，能順利抵達台灣。」

分手前，藍欽又說了點有趣訊息：「George，知道嗎？喬・路易這趟到台灣，本來美軍USO部門編列了經費，補貼機票、食宿等費用。但剛才蔡斯將軍私下告訴我，今天這三軍球場七千五百個座位全部賣出，收入達新台幣三十萬元，依照一美元兌換十五元六角五分匯率，入場券收入超過一萬九千美元。看來，喬・路易這次到台灣，美軍方面不但不必貼錢，喬・路易還有額外收入。」

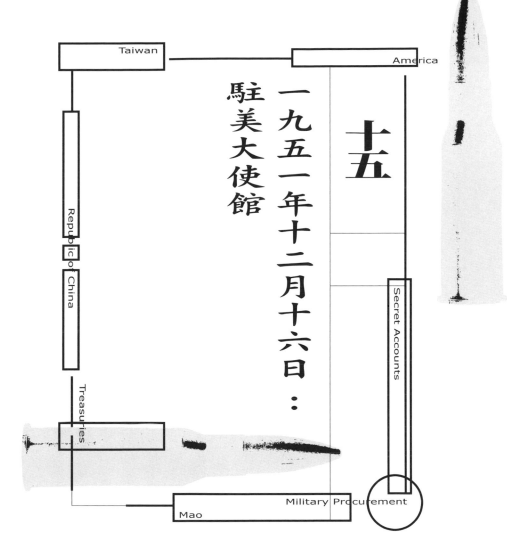

十五

一九五一年十二月十六日：駐美大使館

Taiwan
America
Republic of China
Treasuries
Secret Accounts
Military Procurement
Mao

一九五一年十二月十六日晚上，夜色漸深，華府麻薩諸塞大道中華民國大使館，還燈火通明，裡頭人影晃動，頗不尋常。這片地帶，是使館辦公區，每日黃昏之後，過了下班時間，各辦公大樓一樓遵守美國法令，照明燈具長明不滅，依舊燈火通明，但卻是人去樓空，夜裡鮮見人煙。

中華民國駐美大使館，也不例外，除非碰上緊急大事，臨時加班，否則，傍晚之後，也是開燈鎖門，除了輪班留守人員之外，上自大使，下至本地僱員，全都打道回家。今天，景況卻與平常迴異。大使館二樓辦公室裡，牆壁上大掛鐘長針指著六，短針介於十與十一之間，晚上十點半，夜色漸漸轉深。辦公室裡，祕書顧毓瑞守著電話，等著回音，身旁站著總統府祕書周宏濤，一臉焦慮，外帶疲憊倦容，也陪著等回音。

這一陣子，毛邦初、向惟萱方面連出怪招，殺得台北專案小組措手不及，有點亂了陣腳，現在則想方設法，要突圍而去。

這事情，有其特定背景，得從毛、向官司結局說起。

十二月六日，雙方律師在華府聯邦地方法院，首度實質攻防，中華民國委任律師占上風。當場，法官柯克蘭宣布，四天後宣判。

十二月十日，柯克蘭法官宣判：

一、駁斥被告律師所提，不受理本案請求。

二、對被告頒發初步禁令，禁止被告使用或移轉託付被告的任何金錢，並禁止其移轉或消滅空軍辦事處任何文件記錄。

三、訓令法院所指派駐空軍辦事處看守人員，對檔案與財產儘速開列清單。

就此，台北國府在一審官司大獲全勝。當場，毛邦初、向惟萱委託律師羅勃茲表示，要向哥倫比亞特區巡迴上訴法庭，提出上訴，打二審官司。

打贏一審官司後，總統府祕書周宏濤去了大使館，找顧維鈞大使談事情。周宏濤告訴顧維鈞，他自九月二十七日離台，迄今已近兩個半月，任務已算達成，很掛念台北總統府工作，因此，他給總統府祕書長王世杰打了電報，希望能離美返台。王世杰復電說，他拿這事情問過強人總統，強人總統認為，周宏濤還是留在美國為宜，但究竟留不留下來，最後應該聽顧維鈞大使調度。

因而，周宏濤拜託顧維鈞，給王世杰打個電報，支持周宏濤回台北。當場，顧維鈞答應，說是打電報沒問題，但希望周宏濤回台北之後，待一陣子，還是得回美國，因為，以後還要打二審官司，在在需要周宏濤幫忙。

顧維鈞是老江湖，見周宏濤去意甚堅，當然會問個究竟。對此，周宏濤略略發了牢騷：「顧大使，我不說情緒話語，單講事實。您看，大使館這兒，為了成立公正調查委員會，為了聘雇美國律師，為了打宣傳戰，向台北方面申請了七萬五千美元經費，台北那兒很快就撥款，沒幾天就匯到了。而我們從台北到此出差這幾個人，所申請的撥款，到現在都還沒答覆。」

「除了原來在台北時，所領薪資之外，現在，我們就是靠每天十二美元差旅費過日了。這十二塊錢，又要付旅館住宿費，又要付飯錢，又要付車錢，真的是捉襟見肘，很難對付過去。台北那兒，也有說法，說是許多低階層軍公教人員，一個月薪資也就是十塊錢美元左右，我們在這兒，一天就用掉台灣軍公教人員一個多月薪資。」

「這話，看怎麼說。在台灣，要是一天就用掉一個多月薪資，那當然是浪費。然而，這是美國，還是華府，生活本來就貴，就十二塊錢美金，又要管住，又要管吃，又要管交通，實在照應不過來。」

顧維鈞一聽這話，頗感詫異道：「什麼，真的就是一天十二塊錢？這種事情，算是小事，我當大使，管大事，不會過問這種小事。所以，我實在不曉得，你們就靠每天十二美元過日子，在華府，這額度的確不夠每日開銷。這事情，我會向台北外交部葉部長反映，替你們爭取待遇。」

後來，顧維鈞果然打電報，給台北總統府祕書長王世杰，同意周宏濤離美返台。就這樣，總統府方面准許周宏濤回台灣，周宏濤也訂了機票，十二月十八日的飛機。

訂好機票之後，周宏濤又到大使館，向顧維鈞致謝。顧維鈞交代周宏濤，說他會就毛邦初案，寫一封長信，詳盡交代最近案情發展，交由周宏濤帶回台北，面交強人總統與外交部長葉公超。此外，顧告訴周，回去以後，口頭向強人總統、葉公超部長說明，迄今為止，毛案雖然在法庭上進行順利，並且有利我方，但短期內恐怕難以結案。因為，被告百般阻撓，拖延抗拒，無所不用其極。

關於調查委員會，顧囑咐周宏濤，向兩位上級報告，說是現在最好按兵不動，等法院判決後，如果仍有必要，再予宣布。亦即，是否公開宣布成立公正調查委員會，要視官司進展而定，倘若官司打得順手，就沒必要對外宣布，成立這委員會。

就此，周宏濤敲定歸期，也措手了結在華府未竟之事，收拾行李，準備回台灣。詎料，就在這關口上，來了事情。

十二月十四日，國防部聯合採購委員會空軍組組長夏公權上校，到大使館來，向顧維鈞大使，報告日前與向惟萱談話內容。夏公權帶來警報消息，要周宏濤小心行蹤，別被向惟萱堵住。

夏公權說，他找向惟萱談話，希望套點情報，有助取回空軍辦事處資金、公文。此外，夏公權也想知道，毛邦初、向惟萱之間，是否有矛盾？若有矛盾，可以從中離間二人，分裂毛、向聯盟。

夏公權與向惟萱，兩人都是空軍軍官，自有空軍淵源背景，講起話來，頻率較接近，曉得對方是啥意思。兩人一陣談話，夏公權這才曉得，毛、向之間依舊是緊密團結，沒有間隙。此外，夏公權從向惟萱那兒，就空軍辦事處資金、文件下落，並未套到任何蛛絲馬跡訊息。然而，失之東隅，收之桑榆，夏公權意外得悉，毛邦初、向惟萱所委託律師羅勃茲，已經開了傳票，要傳周宏濤，去律師事務所問話。

這套法律作業，符合美國法律，雙方律師都可以發傳票，指定對方特定人物，到己方律師事務所來，遂行「取證」作業。向惟萱個性衝動，行事較為莽撞，兩軍對陣，直來直往，竟不隱匿「取證」意圖，明白告訴夏公權，律師之所以不找查良鑑，不找俞大維，專找周宏濤問話，就是看準了，周宏濤是強人親信，是總統貼身機要祕書。

因而，不但羅勃茲、伍茲等辯方律師，手上各有傳票，要面交周宏濤，這批辯方律師也雇用私家偵探，各持傳票，四出搜尋周宏濤。甚至，連向惟萱本人，也拿了一份傳票，打算親自出馬，找到周宏濤，把傳票交給周。這裡頭，傳票生效與否關鍵，就在於周宏濤是否當面收下傳票。

毛、向所聘雇律師，只要找到周宏濤，遞出傳票，周宏濤就有義務，到對方律師事務所，接受律師盤問。可以想見，只要周宏濤去應訊，就等於讓辯方律師黏上強人，揪住周宏濤，專門問強人私密問題。這裡頭，可以翻出多少角度，每個角度都能作文章。果真那樣，治絲益棼，就能拉出多少線頭，每個線頭都能扯出一堆議題，死纏爛打，胡亂攪和，打出泥巴爛仗。那樣一來，毛、向就能把官司打成平手，尤其，能製造出新話題，由《紐約時報》、《華盛頓郵報》大肆渲染，對台北國府極為不利。

夏公權這份情報，頗為珍貴，顧維鈞當即告知周宏濤，小心行蹤，千萬不能被向惟萱逮住。這時，距離周宏濤十二月十八日搭機回台日期，只有四天時間，周宏濤只要躲過這四天，就天下太平。

沒想到，這短短幾天時間裡，就出了事情，情勢緊急，周宏濤飽受驚嚇。

昨天，十二月十五日下午，皮宗敢開車載上周宏濤，去拜會俞大維。此行，是向俞大維告辭，順便問問俞，有沒有什麼口信，要帶回去，給強人總統？車上，還有大使館參事傅冠雄。皮宗敢打算先去俞大維家，放下周宏濤之後，再載傅冠雄回大使館。詎料，車子駛往俞大維宅邸路上，皮宗敢透過後視鏡，發現後頭有輛轎車緊緊跟著自己，轎車裡，是兩個中國人，但看不清楚面容，不曉得是誰。

皮宗敢為求謹慎，就改了路線，先不去俞大維家，而在華府市區兜圈子。兜來兜去，後頭那輛車，都是緊咬不放。末了，到了市區人車稠密之處，皮宗敢刻意放慢速度，後頭那輛車也跟著轉慢，而且，逐漸拉近距離。這下子，看清楚了，後頭那輛轎車，開車的，是空軍辦事處會計、毛邦初親信鄧悅民上校，旁邊坐著的，則是向惟萱。

向惟萱在後頭，也發現前頭皮宗敢認出自己。稍後，皮宗敢車子拐入一條小街，雙向只有各一條車道，街上人車稀少，向惟萱示意鄧悅民，向左切，越過中線，逆向加速超車，超過皮宗敢那車。然後，刷地一下，猛然變換車道，向右切，進入皮宗敢這車道，繼而來個緊急煞車，擋住皮宗敢座車去路。

前頭向惟萱座車緊急煞車，後頭皮宗敢座車也只好跟著緊急煞車，兩輛車停在路邊，僵持不動。

稍後，向惟萱推了車門，手上拿了張文件，朝皮宗敢這車走來。向惟萱邊走，邊大聲吆喝：「沒事，別怕，就是拿件東西給你。下車吧，咱們好好談談。」

周宏濤一見向惟萱手上那文件，就曉得，這一定是辯方律師所開傳票，這東西絕對不能接。要是接下了，不但十八號回不了台灣，而且，不曉得會引爆多少炸彈，惹出多少麻煩，造成多少風波。因而，周宏濤見向惟萱下車，朝這兒走來，立刻語氣急促，對身旁皮宗敢喊道：「開車，快開車，不能讓他過來，我不能接下那張紙。」

皮宗敢聞言，趕緊左腳踩離合器，右手拉排檔桿，右腳踩油門，然後，兩手抓著方向盤往左邊打，把車子繞過前面那車，急駛而去。向惟萱見狀，嘴裡高聲開罵，趕緊衝回座車，要鄧悅民也急速起動，繼續追趕。

於是，前面那輛逃，後面這輛追，兩輛車復又在美國首都華盛頓市區道路上，糾纏追逐。然而，說是糾纏追逐，雙方速度其實都不快，也就是後車緊緊跟著前車。畢竟，雙方都是駐外人員，並非黑社會江湖人物，也都有點年紀，平常開車，就是「文開」，不曾橫行霸道「武開」。

不過，就算是「文開」，後車還是如影隨形，緊咬不放。兜來兜去，最後，皮宗敢把車往大使館開，開到大使館東南面，距離大使館只有幾百公尺遠的「喜來登圓環」，後頭那車，才自動掉頭離去。向惟萱曉得，若是皮宗敢車開到大使館，他還下車糾纏，就會惹上麻煩。因而，到了最後，向惟萱罵罵咧咧，心不甘情不願，要鄧悅民掉頭而去，結束追逐。

皮宗敢、周宏濤、傅冠雄，三人受了虛驚，本來要拜訪俞大維，事情也沒辦成。三人進了大使館，驚魂甫定之餘，趕緊向顧維鈞大使報告此事。顧維鈞聞訊，絲毫不敢大意，馬上撥電話給己方律師李海，詳盡講述此事。電話那頭，李海對顧維鈞道：「現在，兩方面律師事務所，都雇用了私家偵探，追查與監視對方動向。這樣，我馬上派偵探過去，去周先生所住旅館那兒，察看對方是否派人埋伏。你們等我電話，查明白了，再讓周先生回旅館。」

就這樣，一樁民事官司，搞成了諜對諜。毛邦初那兒，偵騎四出，天羅地網搜尋、攔截周宏濤，非要遞交傳票不可。大使館這兒，眼線密布，拉起警戒網，就防著周宏濤被對方逮到。當天晚上，李海所派偵探，查明白了，周宏濤所住旅館那兒，沒有對方人馬，周宏濤才敢回旅館休息。

又過一天，十二月十六日，周宏濤一清早，就離開旅館，去了華府機場。前幾天，台北強人總統下達指示，要他今天出特殊任務，一大早趕到機場去，與俞國華會合，一起搭機飛往紐約。俞國華、周宏濤，一前任一現任，是強人身邊前後兩任侍從機要祕書，是強人頭等親信。今天，強人派出這兩名親信，到紐約去，拜訪胡適，代表台北強人總統，祝賀胡適六十大壽。

周宏濤一大早就去華府機場，與俞國華會合，飛到紐約拉瓜迪亞機場，之後，又搭車顛簸十幾二十公里，奔赴曼哈頓胡適住宅。整個白天，胡適家鬧哄哄，各路祝壽人馬，絡繹不絕，走了一撥又來一撥。胡適為人隨和，學問雖大，卻沒架子，上自王公貴族，下至販夫走卒，他都說得上話，交得上朋友。因而，這六十歲整壽生日，可是門戶洞開，熱鬧非凡，賀客盈門。俞國華與周宏濤，在紐約胡適家待了幾個小時，隨即，又一路顛簸，搭車到紐約拉瓜迪亞機場，搭機回華府。

天黑之後，飛機落地，兩人才出機場，就見大使館參事王守競等在外頭，見了二人，慌慌張張迎上來，對周宏濤道：「周祕書，千萬不要回旅館。剛才我方偵探打電話到大使館，說是向惟萱帶了偵探，等在你所住旅館外頭。他們不知使了甚麼神通，竟然曉得，後天十八號，你要搭機回台灣。所以，向惟萱帶人守在旅館外頭，揚言非堵到你，遞交問話傳票不可。」

周宏濤實在沒想到，事情竟然如此演變，正凝神思索對策之際，俞國華說：「不行，無論如何都不能接那傳票，否則，麻煩大了。我看，你先回大使館，不能回旅館，而且，最好，今天晚上連夜就走，提早回台灣，躲掉這麻煩事。」

就此，周宏濤與俞國華分手，上了王守競車，逕自去了駐美大使館。大使館所雇偵探，五點半之後，才打電話來，說是向惟萱堵在周宏濤旅館。當時，大使館已經下班，顧維鈞回雙橡園住處，不在大使館。大使館裡，祕書顧毓瑞接著周宏濤、王守競二人，連晚飯都沒工夫吃，趕緊商討對策。這當口，電話又響，王守競接了電話，對方是律師李海。

電話裡，李海說，我方偵探已經查明，毛邦初所雇用偵探群，除了周宏濤旅館外，還在華府機場、長途巴士站、長途火車站，都派了人，專門盯著亞洲人，找尋周宏濤。只要碰到，就要強塞律師事務所採證傳票。

這下子慘了，旅館不能回，機場、巴士站、火車站都不能去，毛邦初、向惟萱顯靈作法，把中華民國總統府祕書周宏濤，活活困在大使館，寸步都難行。

王守競掛上電話，與顧毓瑞、周宏濤續商對策，講了半天，總算討論出結論：由顧毓瑞趕緊找旅行業者，想方設法，為周宏濤訂購其他城市飛往台灣機票，今天晚上，搭私家車，連夜脫走，到其他城市去搭機。王守競，則去旅館，取回周宏濤行李。那行李，已經大致收好，還有點個人用品，王守競臨時再打點、收拾，就可完事。

商議完畢，王守競翻身就走，顧毓瑞先打電話，叫披薩外賣，繼而撥電話給旅行業者。事起突然，當然不可能氣定神閒慢慢挑路線、講價錢，只要能買到機票，就算上上大吉。吃過外賣披薩，那旅行業者撥電話進來，說是時間太趕，華府附近東岸大城市，都買不到輾轉回台灣機票，他要再想想辦法，請顧毓瑞耐心等待。

這會兒工夫，周宏濤看看牆上掛鐘，都夜裡十點半了，他一大早就起身，與俞國華奔赴紐約，給胡適祝壽。後來，又風塵僕僕，回到華府，就碰上這倒楣事，已經累得不成樣子。然而，他還是強撐著精神，陪著顧毓瑞，守在電話旁。

周宏濤正有點睡意，想打瞌睡之際，就聽見電話鈴聲風火雷電般尖聲喊叫，顧毓瑞趕忙拿起聽筒。不是旅行業者，而是王守競。電話裡，王守競語氣急促道：

「我收好了周祕書行李，但是，脫不了身。我進旅館時，向惟萱帶著偵探，堵在門口，見我進去，曉得今天周祕書不會回去，我這是去替周祕書拿行李。他認為，我拿了行李之後，一定是送去給周祕書。所以，只要我拿行李，出旅館大門，他就一定跟著。這樣，如果跟到大使館，就曉得周祕書在這兒。因而，現在我不方便離開旅館，免得向惟萱跟著我。這樣好了，我在周祕書房間裡，等你電話。你訂好機票之後，告訴我，行李該送到哪兒。」

掛上電話，顧毓瑞把王守競所言，轉告周宏濤。周宏濤聞言，頗有一籌莫展之感，覺得自己怎麼如此倒楣，竟然掉入這麼個深淵裡？

又是一陣苦等，都十一點十二分了，電話又響，這一回，旅行業者有正面訊息：「後天上午七點鐘，芝加哥飛明尼蘇達州聖保羅。之後，轉往聖保羅附近，明尼蘇達州首府明尼亞波里斯，搭國際航線，經日本，回台灣。」

飛機票有著落，其他事情就好辦了。當下，顧毓瑞又撥電話，給他一個姓王親戚。這親戚，之前就接到電話，說是今天晚上要幫忙，開長途汽車，到費城。

電話撥通後，顧毓瑞告訴這王姓親戚：「二哥，可以出門了，到大使館來。不過，別走麻薩諸塞大道，避開大使館正門。對方可能派了人，守在大使館大門外頭。你繞小路，慢慢繞，到大使館後門那兒，我們會等在那兒。待會兒，麻煩二哥先繞道，載著周祕書，去一趟中華旅行社，有人等在那兒，等你們取機票。之後，你再連夜開往費城。二哥，辛苦了，多謝，多謝。」

隨即，顧毓瑞又撥電話，到周宏濤旅館房間，給王守競：「守競兄，周祕書行程定了，今天連夜走，我親戚開車，載他去費城，轉搭長途火車，去芝加哥。後天上午七點，從芝加哥搭機去明尼蘇達州聖保羅。你那行李，不妨直接帶回你家，向惟萱追行李，追不到周祕書。明天，你設法以航空托運，把周祕書那行李，寄到芝加哥機場，周祕書到時候會去取。」

掛上電話，顧毓瑞拉開抽屜，掏出幾疊紙巾，把吃殘披薩餅，緊緊裹住，交給周宏濤道：「周祕書，你半夜到費城，趕搭長途火車去芝加哥，這東西帶在身邊，可以充充飢。」

隨後，顧毓瑞又到其他辦公室，熟門熟路，取來一個旅行用小水壺，裝滿了水，遞給周宏濤：「帶點水，路上解渴。」

顧毓瑞關了辦公室燈光，就著走廊昏暗光影，陪著周宏濤悄然下樓，開了後門，等在門外。時候不大，一輛雪佛蘭小轎車悄悄駛了過來，顧毓瑞伸手與周宏濤握別：「宏濤兄，就此別過，路上保重，一路順風。」

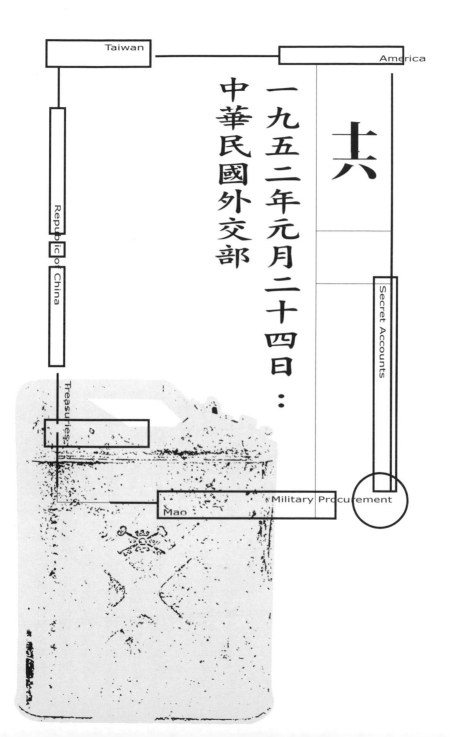

十六

一九五二年元月二十四日：

中華民國外交部

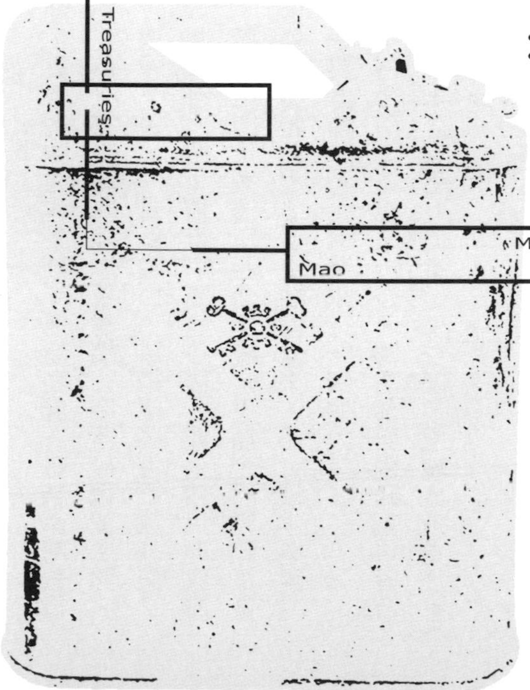

台北市重慶南路、寶慶路、博愛路這三條路之間，夾著個龐大建築群。這建築群，是為台灣銀行大本營，面積不小，有高樓主建築，有低矮小樓附屬建築，有庭園空地。主建築，座落於重慶南路、寶慶路轉角那兒，兩面臨街，巨石壘建，氣勢恢弘，派頭十足，一看就曉得，這是個萬世不拔基業。

這銀行，原先是日本殖民地政府開創，那大頭大腦總行大樓、總行附屬建築群，亦是殖民地政府手筆。兩年多以前，民國三十八年，國民政府遷台，所有衙門也搬遷至台北。痛定思痛，財經政策當務之急，就是改革幣制。這原本是中央銀行本業，但央行初履斯土，還沒喘過氣來，委實沒本事弄這檔事，於是，台灣銀行擔下央行職掌，發行新台幣，鈔票上都印著「台灣銀行」四個大字。

政府遷台之初，不但人浮於事，衙門也鬧房地荒，辦公房舍難尋。於是，國防部、內政部、財政部，就塞進總統府，勉強擠擠，各聚一房，湊合著辦公，十分蹇劣。而堂堂外交部，處境比這更加不堪，想都想不到，竟然大小官兒全進了酒家，在酒家裡辦公。

原先，內戰挫敗前，外交部位於南京鼓樓中山北路，那大樓可是古色古香，既莊重又典雅，那份氣派，更不在話下。然而，內戰一起，外交部惶惶然如喪家之犬，跟著李宗仁代總統，先奔廣州，後來又遷重慶。三十八年十一月，共軍都打到重慶大門口了，外交部又往內地躲，避到成都。後來，成都丟失前夕，這才搬回台北。

初到台北，人生地不熟，抓到什麼，就是什麼，沒法子挑三揀四。那當口，莫說人手不足，就連建制都快散攤子了，比方說，亞西司司長就只好兼任總務司長。這人，叫卜道明，管著外交部總務雜事，扛起重任，在台北市四處轉悠，給外交部找落腳地。轉來轉去，轉到延平北路。這條街，是酒家聖地，每天傍晚，華燈初上時節，燈紅酒綠，鶯聲燕語，十分熱鬧。卜道明給外交部找落腳地，找得一個頭兩個大，找來找去，就找到延平北路小春園酒家。

於是，堂堂中華民國外交部，就塞進台北市延平北路小春園酒家，部長黃少谷率領屬下，在裡頭辦起了世界外交。當然，這只是個眼前局面，過渡期間，勉強湊合。果然，沒過多久，緩過氣來之後，部長換成了葉公超，徐徐圖之，就在台灣銀行總行建築區裡，找到一座小樓。原來，日本殖民地時代，這台銀總行園區裡，除了台銀大樓主建築外，後頭小樓尚有其他金融機構。有家保險公司，就設於台銀總行園區後方，靠近博愛路那兒。

現在，葉公超當外交部長，與台銀談妥了，就租用這座小樓，成了外交部。這台銀園區，也成了衙門大雜燴，外交部之外，中央銀行也塞在裡面。不但小老百姓住大雜院，官府衙門也是塞進大雜院，好歹有個地方辦公。

今天，民國四十一年元月二十四日，星期四，再過兩天，就是農曆除夕。前兩年，兵荒馬亂，日子不好過，現在局面稍穩，大家放下心來，總算有點興致，可以好好過個年。急景凋年，外交部上下亦有點躁動，諸同仁忙著湊分子，合夥出資，買點年糕、香腸、臘肉、醬雞、醃鴨、鹹魚，好歹把這農曆年對付過去。一片歡欣氣氛裡，部長葉公超卻在部長室裡，忡然發呆。

昨天晚上十點左右，他都已經進臥房，準備上床睡覺了，駐美大使顧維鈞打電話來，雙方談話二十多分鐘。這通電話，顧維鈞給他出了四個難題。四道題目裡，有三道與查良鑑有關。查良鑑在台北當司法行政部次長，去年九月下旬，強人派查當欽差，帶著五人小組，到美國去，偵辦毛邦初叛國案。就葉公超所知，查良鑑精明強幹，勇於任事，在美國也戮力從公，操持大小事情，官司打得頗順手。

然而，查良鑑好惡強烈，言語、手段直接了當，易鑽牛角尖，心中常存不平之氣。如今，在美國辦毛案，辦得順手之際，查良鑑發了不平悶氣，幾番向顧維鈞發憤世嫉俗讜論，亂箭四射，連他葉公超，也成了箭靶。

昨天，顧維鈞電話裡說：「George，怎麼回事？之前不久，周宏濤回台灣前，向我抱怨，說是待遇不夠，每天差旅費才十二塊錢美金。那時，我還說，想辦法替他們多爭點待遇。沒想到，今天查良鑑氣沖沖跑來，說是台北外交部不但沒加他們待遇，反而倒打一耙，砍了每日差旅津貼，從十二美元，砍到十美元，這是怎麼回事？」

講到這事，葉公超就頭大。砍國外差旅費，確有其事，卻不是他外交部一家遭殃，而是所有單位皆盡如此。始作俑者，是行政院長陳誠，此公當院長，誓言勵精圖治，四面八方，下辣手全方位整頓。軍隊裡，頗多兵油子，胡搞瞎搞，惹老百姓厭。對此，陳誠抓得極緊，前不久，有個駕駛兵，在中山北路出事，撞死路人。沒幾天，就判了軍法，送去槍斃。軍公教待遇，也摳門厲害，要大家過清苦日子。就這樣，大砍公差出國人員每日差旅費，查良鑑那五人小組，周宏濤已然回來，還剩四人，差旅費全都被砍。

這問題，葉公超也沒輒，只好告訴顧維鈞：「Wellington，麻煩轉告查次長，這不是外交部和他過不去，而是陳辭修的意思。我會繞過行政院，設法與總統府打交道，看看能不能補救。」

之後，顧維鈞說了第二件事，也與查良鑑有關，但簡單得多：「官司過程裡，雙方律師都可以發傳票，要對方當事人，過來接受盤問，以取得證據。毛邦初律師那兒，要周宏濤與查良鑑去作證。周宏濤已回台北，查良鑑跑不掉，已經接了傳票，最近就要去接受對方律師盤問。查良鑑說，有兩個問題，他不明白，台北得給他一個說法。首先，民國三十八年，還給了毛邦初一千萬美元，這是怎麼回事？其次，到底，去年是誰作主，派他率領其他四人，到美國去查案？」

電話裡，葉公超答道：「第二個問題很簡單，那就是強人總統下令，才會有這五人小組。至於第一個問題，Wellington，我們都要小心啊，我也聽說過這筆錢，但我們都是局外人。這一筆錢，我得問總統府，由總統府直接給查次長答案。」

葉公超、顧維鈞都曉得，這是指三十八年初，強人退位前，匯了一千萬美元，給毛邦初、俞國華，由兩人共同管理。這筆錢，表面上是軍購款項，骨子裡，大約與美國國會「中國遊說團」有關。總之，這筆錢到底是怎麼回事，只有強人、俞國華、毛邦初最清楚，其他人，也就是捕風捉影，頂多略知一二，難窺全豹。這難題，還是得自總統府找答案。

講完前兩件事，顧維鈞又提第三道難題，還是查良鑑當主角。這問題，最為難搞，已讓顧維鈞焦頭爛額，卻還是鬼打牆，原地打轉，沒個出路。

原來，強人總統當初親自拍板，循政治、司法兩條途徑，追緝叛將毛邦初。司法途徑，雇律師打官司；政治途徑，成立公正調查委員會，以中美雙方素有名望賢達之士，出任委員。這調查委員會，眾望所歸，都要胡適擔綱領頭。偏偏，胡適死活不答應，卻是竭力推薦前東京國際戰犯法庭法官劉世芳。後來，強人總統透過多方管道，總算說得胡適頑石點頭，答應出山。中方委員三人，分別是胡適、劉世芳、董顯光。

於是，這委員會人員到齊、資金就位，有了雛形，開始運作。只不過，鑒於官司順風順水，因而，究竟到底該不該對外公開，宣布成立這委員會？若確定要設，何時宣布？都沒個準答案。就在這關頭，胡適發了書生頭巾氣，向查良鑑，索要那幾千頁台北攜來毛案機密文件。幾個月前，胡適來過華府，到大使館，看過大使館所積存毛案文件。然而，查良鑑等五人小組自台灣所攜帶幾千頁文件，胡適卻沒看過。

於是，胡適向查良鑑要文件看，請查帶文件到紐約去，讓胡適查閱，查卻不答應。胡適幾次要，查良鑑幾次都拒絕。對此，胡適自然不高興，就打電話向顧維鈞抱怨，顧維鈞找查良鑑去大使館，了解情況後，勸查良鑑讓胡適看文件。查良鑑說，這些全是機密文件，不能隨便移動。顧維鈞說，那麼，請胡適到華府來，到大使館看文件，查良鑑還是不同意。

查良鑑有個說法，說是胡適與劉世芳走得太近，劉世芳有反政府言論，不支持政府，靠不住，不可信。如文件讓胡適看了，就等於讓劉世芳看了，有洩密之虞。顧維鈞無法，轉告胡適，說是查良鑑死活不肯點頭。這話一說，換胡適光火，揚言要退出委員會，將歷次所領委員待遇，悉數退回。顧維鈞明白，這是費了多大力氣，才說得胡適點頭，加入這委員會，若是讓胡適跑了，罪過可就大了。

於是，顧維鈞找來俞大維、董顯光，一齊力勸查良鑑。俞、董二人，在台北各有頭銜，但都被強人總統派到美國，擔任顧維鈞副手，提供肱股助力，共襄追緝叛將毛邦初大業。顧、俞、董三人，說得唇焦舌敝，總算說得查良鑑首肯。然而，過了兩天，查良鑑又改了主意，還是此路不通，死死擋住胡適。查良鑑另有說法，說專案小組另外三人，空軍武官夏公權、空軍總部第四署署長劉炯光、徵購室主任石兆篤，激烈反對將空軍機密公文，敞開來讓胡適細細閱讀。

顧維鈞無法，以密電告知強人總統祕書周宏濤，請周宏濤向總統報告，由強人親自裁決。強人總統後來裁定，說是查良鑑所攜帶赴美這批幾千頁機密文件，可以給胡適看，但不是每一個委員都能看。對於這裁決，查良鑑還是有話，認為若給胡適看，胡適會告知劉世芳，等於給劉世芳看，而總統指示是「不是每一個委員都能看」，因而，查良鑑還是泰山石敢當，說不通融，就不通融。

電話裡，顧維鈞對葉公超道：「George，你想想，成立這公正調解委員會，為的就是了解案情，公正裁定。現在，竟然不讓委員閱讀相關文件，這豈不是啟人疑竇，讓人懷疑，這裡頭有見不得人事情？實在不知道，查良鑑他們四個人，到底在想什麼？George，這事情，你幫我想想辦法。」

第四件事，與查良鑑無關，但也挺棘手。這事情，就是毛邦初又出怪招，檯面上，向聯邦巡迴上訴法院，提出上訴，打二審官司，私底下，卻要他老婆四出活動。毛妻這時住在紐約，先就近託人，去找胡適。這位中介人，見了胡適，替毛妻帶話，說是毛邦初願意按政府指示，把公款與文件，交還給駐美大使館。胡適腦袋清楚，當場拒絕，要中介人傳話，他不見毛妻。

於是，毛妻就從紐約跑到華府，見了顧維鈞，咿哩哇啦，倒豆子一般，吐了一堆苦水，細數這一陣子毛邦初經歷多少痛苦、多少煩惱。毛妻特別說，毛邦初跑去找李宗仁，奉李宗仁號令，把台北強人貶為「篡位者」之後，極為後悔，痛苦非常。如今，毛邦初願意悔改，請政府撤回控告，毛願意把花剩公款，全數繳回。毛妻還特別強調，這樣長久纏訟不休，搞到最後，都是律師得利，國家資金扣除律師費用後，所剩無幾。

毛妻在大使館，講起話來一套又一套，邏輯清楚，層次分明，絲毫不顯婦人之見。顧維鈞判斷，這是背後毛邦初運籌帷幄，教他老婆這套說詞。

顧維鈞自然也有一套講法，他告訴毛妻，說是他曾再三再四勸毛，要毛服從政府命令，交出公款。但毛拒絕執行命令，竟然公開向強人總統叫陣，結果反使自己陷入不拔深淵。顧對毛妻說，毛必須向強人公開請罪，同時移轉公文、公款，之後，才有得商量。

如毛不請罪、移交，那麼，顧對毛妻請求，就無可奉答。

總之，毛妻要求，政府先撤控告，毛才歸還資金與文件；顧維鈞則說，毛先歸還資金、文件，才能談後續之事。到底，該如何處置，還是得由總統府決定。

昨天晚上，葉公超睡前接了顧維鈞電話，談了這四件事，就此上了心事，一夜不曾好睡。今天早起來，到了辦公室，現在就覺得犯睏，頭昏腦脹，在這兒怔忡發愣。發完愣，葉公超抓起電話機，一通電話打到總統府機要祕書辦公室，找周宏濤想想辦法。運氣好，周宏濤接的電話，葉公超就請周宏濤來一趟。

恰好，今天強人總統到高雄視察部隊，周宏濤有空，走得開。不過，周宏濤當慣機要祕書，凡事低調謹慎，電話裡，周宏濤只說，可以去外交部，沒提強人不在台北。總統府與外交部，就隔著一條寶慶路。周宏濤離了總統府，外頭冷風颼颼，溼氣大，但沒下雨，這台北冬天，冷起來也真要人命。三步併作兩步，周宏濤小跑步越過寶慶路，路上心想，剛才電話裡，葉公超口氣有點懶洋洋，不曉得葉部長今天心情是晴還是陰？對此，周宏濤心裡有點犯嘀咕。

台北官場都曉得，葉公超有才子脾氣，恃才傲物，情緒陰晴不定，時陰時晴，而且，陰晴之間翻轉迅捷，常常說得好好地，說翻臉就翻臉。有則軼事，眾人皆知，顯示葉公超頗為難纏。葉公超早睡早起，晚上十點一過，就進臥房準備睡覺。

有次，十點半左右，《聯合報》記者于衡打電話到葉公館，指名找部長。葉家有個老管家，跟了葉公超多年，接了電話，隨即去敲葉公超臥房，說是有記者找。當場，葉公超大發脾氣，說他每天日理萬機，食少事繁，就靠著睡眠充足，才能扛得下這副擔子。反正，劈頭蓋臉，把那管家臭罵一頓。

又過一陣子，還是《聯合報》記者于衡，晚上十點半打電話到葉宅，管家接了電話，想到上次被罵之事，就直接回說，葉部長已經休息了。等掛上電話之後，房裡葉公超聽到電話聲，推門而出，問管家，是誰來電話？管家答曰，是《聯合報》記者于衡，已經回說葉部長上床休息了。結果，葉公超又發脾氣，罵管家道：「人家打電話來，一定是有重要事情，向我求證。你這樣亂掛電話，讓我失去機會，無法向新聞界澄清國家政策。」

同一件事情，如此如此也被罵，那般那般也被罵，管家吃了委屈，自然會對外訴苦。就這樣，這檔軼事就此傳開，官場上，大家都知道葉公超有少爺脾氣，不定什麼時候，脾氣說來就來，讓人下不了台。想到這兒，周宏濤心裡暗自檢點，自我提醒，待會兒講話，要先看清楚葉公超臉上顏色。

周宏濤從博愛路那兒，入了台銀總行後門，又進外交部小樓。才一進門，正打算上二樓，就見政務次長胡慶育一張臉紅通通，從樓上走下來，兩人在樓梯上擦身而過，周宏濤隱約聞到一股子酒味，心裡不禁犯嘀咕：「這外交部是怎麼回事？大白天的，上班時間，政務次長竟然一身酒味？」

進了部長室，周宏濤全身毛孔都成了雷達，察言觀色，打探葉公超今日脾氣。葉看起來有點慵懶，似乎沒睡好，講起話來，底氣有點虛，聲音偏低，語氣偏緩，有點無奈。就此，周宏濤覺得，今天葉公超脾氣不錯，可以言事。

葉公超喊來工友，給周宏濤沏了杯熱茶，繼而緩緩將昨天夜裡，顧維鈞那通越洋電話，一五一十，細細說予周宏濤聽。說完四椿難題，葉公超道：「周祕書，一件一件來，想聽聽你想法，看看能不能由總統那兒，解決這些事情。先說待遇，你也知道，你們五人小組在美差旅費，雖然是由外交部發給，但外交部這兒，卻受行政院預算限制。陳院長那個性，剋扣慣了，不但自己省，也逼得別人省。」

「你想，當初打贏了日本，光復東北。東三省日本經營了十四年，除關東軍之外，還養了幾十萬『偽滿軍』。戰後，陳辭修當軍政部長，對這批東北部隊，主張裁軍。要裁，也不好好裁，沒有厚發遣散費，就是一傢伙全解散了。結果呢？此處不留爺，自有留爺處，處處不留爺，爺爺投八路，這批『偽滿軍』都投了八路軍，為中共所用。」

葉公超這番牢騷，周宏濤聽在耳裡，曉得這論調似是而非。從民國三十三年到現在，他一直跟在強人身邊，對國共內戰全盤戰局，有深入了解，曉得葉公超這是書生之見，東北裁軍之事內情複雜，並非葉公超所說如此簡單。就此，周宏濤拉回敘事主軸，打斷葉公超牢騷，直接切入重點：

「部長，剛才您所說四件事情，我們先談第二件。若毛邦初律師，傳查良鑑次長去作『取證談話』，問到這兩個問題，那麼，答案都是強人總統。那一千萬元，就是強人總統所給；這次五人小組赴美，也是強人總統所派。至於第一件事與第三件事，其實是一碼事。」

葉公超聞言大奇，問周宏濤道：「什麼？差旅費被砍，與不讓胡適看文件，竟是同一檔事？」

周宏濤點點頭，肯定言道：「是的，就是一回事，總之，就是待遇菲薄，苛刻了大家，所以，才會有這些事情。其實，昨天艇公那兒，收到了查次長電報，那電報是四人聯名，查次長、夏公權、劉炯光、石兆鶯同時具名，辭情懇切，都託艇公幫忙，求總統點頭，讓他們四人回台灣。電報上，沒提待遇問題，只說官司順利，他們已達成任務，不願意再留在美國，都想回台灣。艇公收了電報，覺得莫名其妙，就找我去問話。我看了電報，曉得這是怎麼回事，就一五一十，拿實話告訴艇公。」

昨天，總統府祕書長王世杰驀然間接到查良鑑等四人聯名電報，覺得莫名其妙，想到當初五人專案小組赴美，周宏濤在美國待了不到三個月，就急急忙忙，回到台北，裡頭定有文章，因此，找周宏濤去問話。當場，周宏濤話說從頭，把個中難言之隱，全盤說予王世杰聽。

周宏濤說，他們五人小組風塵僕僕，從台北趕到華府，盡心盡力，為追緝軍購叛將毛邦初，使出渾身力氣。然而，他們五人本職在台北，待遇與大使館等駐美人員，天差地遠，只能靠每天十二美元差旅津貼過日子。同樣是為國家辦事，大使館裡同仁，像是譚紹華、傅冠雄、王守競、陳之邁，每月待遇動輒超過五百美元。他們五人，同自台北來，彼此相聚時，自然會提及此事，五人皆感不平。

這裡面，查良鑑最為不平，火氣也最大。有次，查良鑑對其他四人表示，他是司法行政部政務次長，月俸加上差旅津貼，每個月才拿四百一十美元。同樣是次長，經濟部次長江杓，派到美國來，接替皮宗敢，出任國防部聯合採購委員會主任，每個月卻有六百多美元待遇。查良鑑認為，五人小組為了毛案，日夜奔忙，而所得甚微。

周宏濤說到這兒，葉公超插嘴道：「周祕書，這不一樣啊，他們是駐美人員，職缺在國外。你們五人小組，職缺在國內，只是臨時外派出差，情況不同，不能同日而語。就像我，當外交部長，本職在國內，待遇就遠比顧大使差，而且，差得很遠。我們同樣辦對美國外交，他是外交官，我不是外交官，自然待遇天差地遠。這一點，得認命啊！」

對此，周宏濤另有看法：「部長，您說得有道理。然而，這是因為您在台北，顧大使在美國。倘若，派您去美國，一待就是幾個月，好像蘇武牧羊北海邊，歸賦之期遙不見影，拚死拚活，事情做得比顧大使多，比顧大使拚命，比顧大使賣力，待遇卻只有顧大使一半，甚至比一半還少，您會作何感想？」

「您所說道理，我當然懂，他們四人也懂，但是，我們就是一口氣，憋著難受。就為了這個，我上個月才爭取回台灣。本來，顧大使說，我回來之後，短暫待一陣子，要我繼續回美國去。不過，我已經報告總統，總統同意，要我留在台北，不必再去美國。我運氣好，回了台灣，他們四人也想回來，卻沒法回來，所以，才打聯名電報給艇公，請艇公向上頭反映，准許他們回來。」

葉公超道：「那麼，這事情該怎麼辦呢？我外交部這兒，預算受行政院主計處所管，也不是我說了就算，我這兒實在沒經費補貼他們。」

周宏濤道：「這事情，幾天之內就有結果。就我所知，我向艇公報告實情後，艇公已經與總統談過。艇公告訴我，說是總統曉得情況，已經答應，會另外撥一筆款子，匯到美國去，算是額外津貼，補貼他們四人。」

葉公超聞言道：「好，這樣說來，四件事情已經解決兩件。再說第三件，查良鑑死活不讓胡適看文件，這又是怎麼回事？」

周宏濤道：「剛才我已說了，其實查次長那幾件事情，歸根結底，還是為了待遇問題。就我所知，查次長對胡適沒意見，但對胡適一味保荐劉世芳，卻很有意見。」

「查良鑑不只一次，在我們面前抱怨，說劉世芳由胡先生保駕，靠胡適關係，進了公正調查委員會，每天飽食終日，無事可幹，一個月卻領一千五百美元待遇。他查良鑑，死幹活幹，一個月四百一十美元，劉世芳拿錢不幹事，一個月賺他三個半月薪資。正因為胡適保薦了劉世芳，因而，查次長就是不讓胡先生看公文。其實，要是沒有劉世芳，查次長一定會開放公文，讓胡適查閱。」

葉公超聞言，嘆了口氣道：「唉，胡先生就是這樣，愛護讀書人。劉世芳是個教書先生，有頭巾氣，有時候也批評政府，但論其本意，並無貳心。胡先生給讀書人保駕當後台，還不只劉世芳這一樁。前一陣子，我和顧大使通電話，顧大使說，他去紐約，專程拜訪胡先生，勸胡先生加入公正調查委員會，兩人談了不少。那天，胡先生很得意，告訴顧大使一件事，說有人掏了腰包，偷偷補貼一個台灣留學生。」

原來，當年八國聯軍攻入北京，清廷戰敗，與各國簽訂不平等條約，賠償巨款，稱為「庚子賠款」，簡稱「庚款」。美國政府將所得「庚款」，成立了「中美文化教育基金會」，位於紐約，提供中華民國學生獎學金，赴海外留學。胡適，就是這「中美文化教育基金會」主持人。前幾年，有個台灣學生，台大政治系畢業，名叫彭明敏，拿了這基金會獎學金，去加拿大蒙特婁麥基爾大學留學。

這獎學金，為期一年，彭明敏卻得讀兩年。一年期間將屆之際，他寫信給胡適，請胡適幫忙。胡適回信，告訴彭明敏，說是中美庚款獎學金，就是為期一年，無法延長，他愛莫能助。但是，胡適又說，他願意替彭明敏想辦法。後來，胡適打了許多電話，找了許多人，甚至拜託美國汎美航空公司，希望能替彭明敏籌措資金，結果，所有努力全都落空。末了，胡適寫信告訴彭明敏，說是已經替彭找到一個人，願意匿名資助彭明敏，為期一年，金額與第一年一模一樣。

說到這兒，葉公超看著周宏濤道：「周祕書，你知道胡適所找那不具名大施主，是哪位好心人士？」

周宏濤搖搖頭道：「猜不出來，想必，胡先生交遊廣闊，路子多，朋友裡頭，也有闊佬，願意出錢。」

葉公超又嘆了氣道：「唔，什麼不具名善心人士，那全是胡先生扯淡。那人，就是胡先生自己，你想，他也不認識彭明敏，就憑口碑，人家說彭明敏是個讀書種子，他胡先生就自掏腰包，供應彭明敏在加拿大麥基爾大學一整年求學所需。你想想，又是學費，又是住宿費，又是生活費，那要多少錢？胡先生做了善事，當然不會四處宣揚，那天是顧大使去拜訪，胡先生心裡一樂，忍不住，就說了出來。」

「據胡先生說，事情敲定之後，彭明敏特別從加拿大蒙特婁，到紐約去，探望胡先生，向胡先生道謝。胡先生說，彭明敏是高雄人，少年時期去日本留學，碰到美國飛機轟炸，炸斷一條臂膀，身有殘疾，還如此努力讀書，值得培植云云。所以，周祕書，你可以想想，胡先生加入這公平調查委員會，一個月領兩千美元，那錢恐怕都拿去賙濟各路『讀書種子』去了。他拉劉世芳進公平調查委員會，與他隱姓埋名，供應彭明敏讀書，是一樣的事，這就是胡適本色。」

「然而，這『胡適本色』，現在卻惹出麻煩，搞得查良鑑吃味，就是不讓胡適查閱公文。胡適看不到公文，這公正調查委員會，就難以為繼。周祕書，你說，這事情要怎麼解決？」

周宏濤聞言，一副成竹在胸模樣，略帶微笑，緩緩言道：「私下對您說，其實這公正調查委員會，大概不會成立了。」

葉公超聞言，一臉詫異道：「什麼？大概不會成立了？我怎麼沒聽說？」

周宏濤壓低聲音道：「所以說，這是私下告訴您。就我所知，因司法手段進展順利，上頭認為，法院幾次判決，我方占壓倒優勢，美國媒體輿論、社會大眾，都已經明白，毛邦初貪贓枉法、背叛國家。這樣一來，已有效端正我國形象，政府名聲也獲洗刷。這些，都是當初打算成立調查委員會，所預期效果。如今效果已達，自然無須疊床架屋，再成立這委員會了。」

「我想，艇公應該很快就把這變化，告訴顧大使。那公正調查委員會，應該就是不了了之了。倒是部長您剛才所說第四件事情，毛邦初老婆私下求和之事，上頭現在還在火氣上，暫時不可能和解。就我所知，毛邦初最近下落不明，倒是他老婆，四出活動，一會兒紐約，一會兒華府，找了許多人。她去華府，想見顧大使，顧大使不願見她。於是，她找上空軍武官曾慶瀾，曾武官出面，替她緩頰，求顧大使見她一面。」

「這樣，顧大使才見了她。查次長曾說，毛邦初長袖善舞，和我們大使館上上下下，人面都熟，也都有交情。所以，政府追查毛邦初叛國案，常有掣肘、洩密之事。就拿毛妻見顧大使這件事來說，明明顧大使不想見，只因空軍武官曾慶瀾大力請託，顧大使才勉強見毛妻一面。毛邦初現在大概走頭無路了，她老婆還特別打了一封急電，給總統夫人，為毛邦初乞憐，請夫人向總統求情，饒了毛邦初。」

周宏濤說到這兒，葉公超皺皺眉頭問道：「搞什麼鬼，前倨後恭，當初尾巴翹那樣高，趾高氣昂，還拜李宗仁牌位。現在，卻夾著尾巴，把老婆推出來，求爺爺，告奶奶，見廟燒香，遇佛磕頭，當初幹什麼去了？對了，周祕書，毛邦初老婆，是個什麼來頭？」

周宏濤道：「我也不太清楚，但我曉得，毛邦初在美國那麼多年，她老婆一直留在國內，沒跟去華府。直到三十八年上海失守前，他老婆才帶著孩子，到美國去，一家人住在華府。她帶著孩子到美國，沒多久，毛邦初就起事造反。後來，毛邦初在紐約買了房子，她老婆、孩子就搬到紐約去了。就我所知，毛那老婆認識夫人，但與夫人沒什麼來往。之前，毛邦初都是親自寫信、拍電報，與夫人聯絡。現在，大概官司不順，加上他拜了李宗仁牌位，沒臉再給總統或夫人寫信，所以，派他老婆出馬。」

「毛妻那封電報，十天前就收到了，夫人看了，還是很生氣。其實，夫人以前對毛邦初很好，毛案初起時，總統幾次要下辣手，都讓夫人攔著。夫人透過她娘家人，在美國與毛邦初私下折衝，看看能否妥協，找出一條折衷路途。結果，毛邦初順風旗扯過了頭，不給總統與夫人留餘地，事情鬧到現在這地步，毛妻再拍電報懺悔，已經晚了。」

葉公超接碴道：「是啊，昨天顧大使電話裡也說，他正色告訴毛妻，若要和解，先得由毛邦初道歉、歸還資金、文件檔案，才能往下談撤告。這檔官司，過幾天二審上訴法院，就要宣判，看樣子，還是我們贏。不過很不巧，我方主要律師巴德森法官，前一陣子墜機身亡，喪禮上，連杜魯門總統都到場參與致祭。我們這律師，的確本事大。」

談到這兒，四件麻煩事，都算有解，葉公超心頭塊壘已去，舒展了眉頭，站起身來，略微活動手腳，對周宏濤道：「你剛才說的，毛邦初最近下落不明，我還真怕他跑了。前不久，三軍球場那兒有晚會，美國拳王喬．路易訪華，在那兒賽拳。那天晚上，我碰到美國駐華代辦藍欽，已經請他轉告國務院，防著毛邦初、向惟萱逃離美國。」

周宏濤也站起身來，看看手錶，十點一刻，也該回總統府了。他見葉公超顏色轉佳，禁不住好奇，問葉公超道：「部長，我剛才來找您，上樓前，見胡次長下樓，臉上紅通通，身上有酒味，這是怎麼回事？」

葉公超笑道：「我這外交部，怪事可多了，見怪不怪，其怪自敗。我身邊兩個次長，政次胡慶育、常次時昭瀛，都是好手，幫我不少忙，但兩個人都是名士派作風。他們兩人，辦公室裡都放得有酒瓶，時不時小喝一點，不礙事，我也無所謂。要說名士派作風，他們說，我也是這路數。」

葉公超送周宏濤出門，站在辦公室外小走廊上，葉公超接著往下說：「前不久，我這兒有個科長，不知為何，竟對女工友伸祿山之爪。女工友不答應，當場就翻了，鬧到我辦公室來。我找那科長來問話，嚴詞詰問，問他為何如此膽大妄為？那科長嚇壞了，說他情不自禁。於是，我要他寫份悔過書，寫完了，我在悔過書上批了十六個字。」

周宏濤聞言大感興趣，站在樓梯口，停步問道：「哪十六個字？」

葉公超道：「情不自禁，如何情可？姑念初犯，再犯記過！」

七

一九五二年三月一日：中華民國總統府

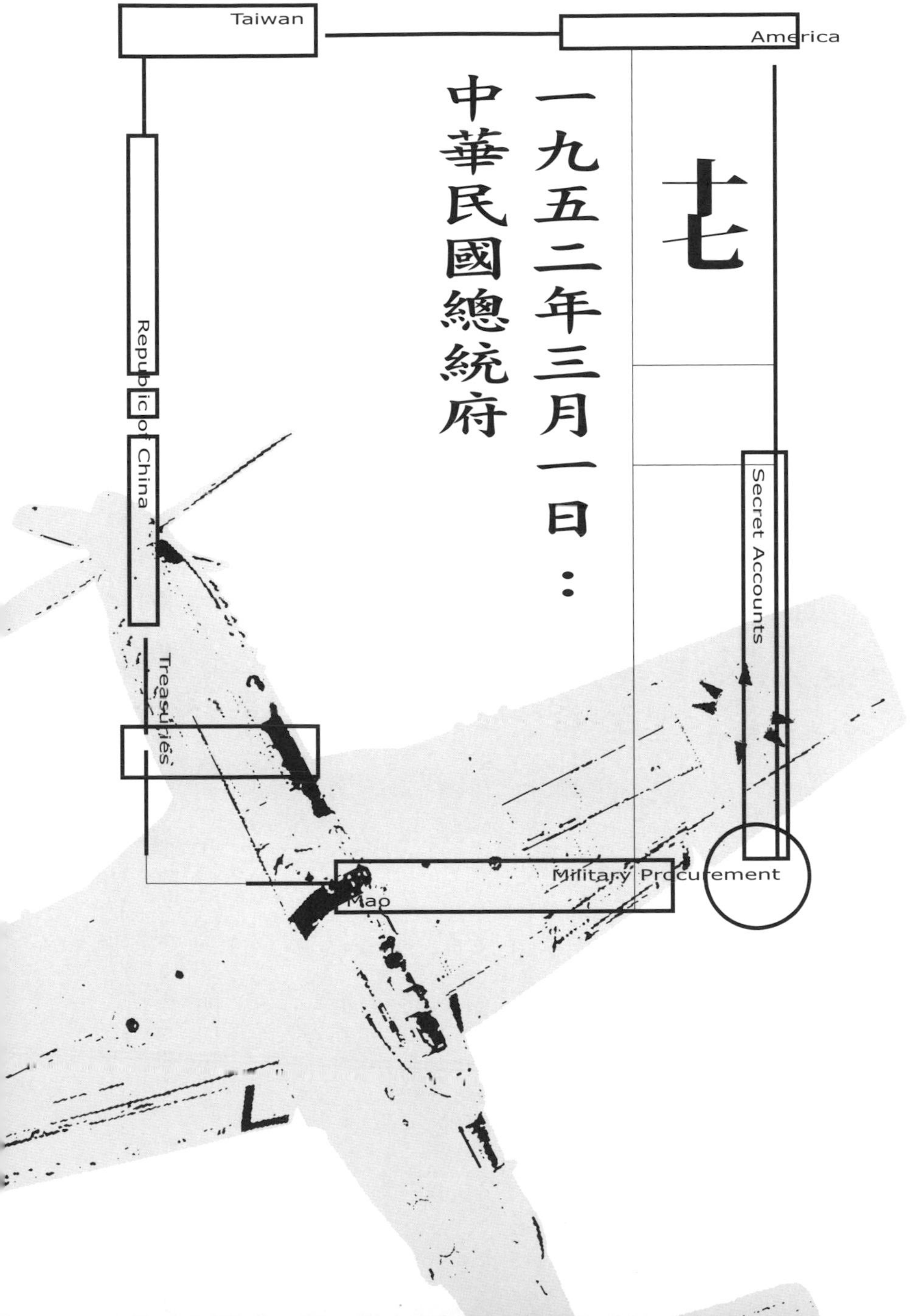

這一天，民國四十一年三月一日，春寒料峭，台北市重慶南路、介壽路口這一片地方，刮小風下微雨，一片溼冷迷濛。上午九點半，總統府二樓，強人總統辦公室屏風外頭，人影晃動。總統府祕書長王世杰、行政院祕書長黃少谷、總統府祕書周宏濤三人，依約等在總統辦公室門口，卻聽見裡面強人總統語氣高亢，聲調激越，大發不平之鳴，與外交部長葉公超議事。

原本說好，九點半在總統辦公室開毛邦初案會議，此時眾人到了辦公室門口，裡頭卻還沒散會，三人只好在外頭駐足等候。裡頭議事音量頗大，隔著屏風，外頭三人聽得分明，但都沒作聲。強人這陣子頗為心煩，有塊心病，讓他寢食難安。

原來，去年九月三日，美國、英國、法國、蘇聯等四十八個國家，在舊金山，與日本簽署《舊金山和約》。此事，從頭到尾，將中華民國排除在外，毫無置喙餘地。強人委員長領導中華民國，與日本拚戰八年，雖說最後靠美國兩顆原子彈，日本才投降，但怎麼說，中華民國都是戰勝國。如今，諸戰勝國與日本締約，竟然沒中華民國的分，已夠讓人發風寒打擺子。

更讓人吐血的是，《舊金山和約》裡，第二條條文提及：「日本放棄台灣、澎湖群島、南沙群島、以及西沙群島一切權利」。然而，條文卻未言明，日本原先所佔領中華民國土地，應歸還予中華民國。就此，在之後跑出「台灣地位未定論」。

杜魯門政府此舉，係為將來武裝介入台海，提供法理根據，但卻衍生負面後遺症，為台獨勢力提供法理依據。杜魯門政府翻手為雲，覆手為雨，一方面將中華民國排除《舊金山和約》門外，另一方面，鑒於台灣為「阿拉斯加——日本——韓國——台灣——越南——泰國——菲律賓」圍堵赤焰戰略鍊條不可或缺要角，因而，又督促台灣與日本，締結雙邊《中日友好和平條約》。

再過不到兩個月，今年四月二十八日，《舊金山和約》即將生效，在這之前，中日兩國得趕緊簽了《中日和約》。這一陣子，外交部長葉公超與日本特使何田烈，在台北拉桌子開談判，連談三次，都談不出個結果。這裡頭，卡著兩塊骨頭，怎麼也吞不下去。

第一塊骨頭，在於「中華民國所能代表有效治理領土範圍」，我方堅持使用「未來將收復的領土」，日本方面堅決反對。第二塊骨頭，則是我方堅決要求，要日本歸還「前滿州國財產」，日本則不認帳。反正，只要碰到「滿州國」，日本就甩手。

為了這勞什子《中日和約》，強人總統不只一次，與外交部長葉公超商議對策。然而，形勢比人強，大陸花花江山已丟，現在只能仰美國鼻息過日子，日本早就不把強人政府放在眼裡。這《中日和約》諸條文，條條難簽，卻是條條都要簽。

兩年多以前，國軍與共軍在東北、華北、華中，幾乎同時間裡，打出遼瀋、平津、徐蚌三大會戰，並且，三戰皆墨，輸得一塌糊塗。三者當中，輸掉遼瀋、平津也就罷了，若是打贏徐蚌會戰，就能守住華中，國共雙方以長江為界，各有千秋。倘若那樣，美國就不會放棄中華民國，此後南北對峙，繼「南韓、北韓」、「東德、西德」、「南越、北越」之後，又出現「南中、北中」。

若能保有長江以南大片江山，那麼，國民政府必然可以參與《舊金山和約》，如今也不必受日本閒氣。誰都看得出來，日本這只不過是看實力說話，國民政府內戰輸得脫底，跑到台灣來，卻還侈言「收復國土」、「歸還前滿州國財產」，日本當然不賣帳。這局面，這大環境，神仙都救不了，強人內心焦慮，自然心神不寧，脾氣不靖。

今天，強人與外交部長葉公超討論半天，聲浪忽大忽小，到了末了，都九點四十五分了，葉公超才轉過屏風，從裡頭出來，對外頭三人道：「都進去吧，接著討論毛邦初案。」

三人繞過屏風，進了總統辦公室，各自尋找位子坐下。就見強人總統面色微紅，適才《中日和約》氣憤猶未歇息，此時情緒又轉而升騰，睜大兩眼，瞪著四人道：「怎麼會讓他跑了？之前不是說，外交部、駐美大使館，都已經向美國打過招呼，要美國把人看好，別讓他跑了？怎麼，現在卻讓他跑了，躲到墨西哥去了？」

王世杰、黃少谷、葉公超三人，都拿眼睛看著周宏濤。於是，周宏濤略微想想，向強人總統報告來龍去脈。

二月中旬，毛邦初該到原告律師李海事務所，接受問話，提供證詞。結果，李海枯候三小時，不見毛邦初人影。次日，輪到向惟萱赴李海事務所，接受問話，提供證詞。那天，向惟萱倒是現身，然而，只說了姓名、居住地址，其他啥都不說。向惟萱告訴李海，他奉李宗仁為總統，李宗仁指示他，拒絕提供任何證詞。

過了幾日，駐美大使顧維鈞得到消息，說是毛邦初先從華府跑到南邊德州艾爾帕索市。繼而，又從艾爾帕索，往南逃竄，進入墨西哥，躲在墨國首都墨西哥市。這事情，在華府華人圈很快傳開，不但顧維鈞耳聞，查良鑑也聽到風聲，立刻要求我方律師李海，告知華府聯邦地方法院，就本案進行「缺席審判」。

周宏濤說到這兒，正打算繼續往下報告，卻為強人打斷，還是一句老話：「我就是問，早就說他會跑，已經預作防備，通知了美國國務院，怎麼還是讓他跑了？並且，外交部也有報告，說是早就已經電飭我國駐加拿大及中南美洲各外館，請當地政府下令其駐美使館，不予毛邦初入境簽證，各該政府都應允照辦。都這樣了，怎麼毛邦初還能跑到墨西哥去？」

這問題，其實答案很簡單。美國南北兩條邊界，北方與加拿大國界等於不設防，雙方國民憑駕照就可越過國境。南方，與墨西哥邊界，則是管進不管出，離開美國前往墨西哥，邊界完全不管制；自墨西哥進入美國，則是關卡嚴密，細細檢查。毛邦初離美赴墨，毫無困難，無人阻止。

至於我方籲請美國國務院，協助防止毛邦初竄逃之事，國務院管不著美國邊防。邊境上，入境關卡由司法部移民局、財政部海關共同執法。入境關卡以外，整條國境則由各聯邦、地方執法單位負責監管。這裡面，沒國務院什麼事。就算國務院將此事轉告其他執法部門，毛邦初在美國並未犯法，並非通緝要犯，其他執法部門也不會當回事。

道理就是這樣，卻難以對強人總統說個分明。強人軍人出身，做事講究貫徹執行，使命必達，不明白美國體制，這問題很難回答。對此，周宏濤想了想，緩緩答道：「我們都忽略了，沒有僱請私家偵探，隨時緊緊盯住毛邦初。」

強人聞言，抓住話裡漏洞，進一步質問：「那麼，為什麼不請私家偵探呢？都花了這麼多錢，請了調查委員、請了律師，為何不請私家偵探呢？」

這問題，有其內情。周宏濤在美國待了幾個月，參與辦案，卻是深知原委。原來，顧維鈞早就說過，要查良鑑花錢請私家偵探。查良鑑也真花了錢，請過私家偵探，跟著毛邦初。這私家偵探，不是僱用一個、兩個，而是一整組包探，分三班跟監，一天二十四小時循環不息。才跟監幾天，查良鑑告訴顧維鈞，私家偵探花錢太多，受不了，就此解雇。

當時，顧維鈞堅持表示，這錢不能省，有必要請私家偵探，一天三班，盯死毛邦初，起碼要盯兩個月。然而，查良鑑作主，還是撤了私家偵探，最後，才讓毛邦初跑了。

然而，當著眾人，周宏濤不能實話直說，只好委婉表示：「查次長說，打官司花費太大，若再僱請私家偵探，恐怕會造成沉重負擔。」

強人總統聞言，轉頭看行政院祕書長黃少谷道：「經費呢？美國那兒事情要緊，行政院不能輕忽，該給的經費一定要給。」

沒等黃少谷答話，葉公超趕緊拿起一份公文，遞給強人。這公文，他早就取出，悄然擱在膝蓋上，等著適時交出去。這時，剛好話題轉到這兒，於是，趕緊提出。他將公文雙手遞給強人道：「這是顧大使傳來期中報銷帳單，列出過去三個月以來，為了追查毛邦初叛國案，雇用華盛頓與紐約兩地律師、開業會計師、調查員、私家偵探、法院監管人、宣傳人員、以及赴美專案小組各項人事、作業經費。」

強人接過報告，略略翻閱，就直接轉遞給黃少谷道：「這東西，你帶回去，詳細看看，下次撥款時，可供參考。」

黃少谷女婿，就是赴美五人專案小組成員夏公權，翁婿之間信札不斷，美國那兒究竟是怎麼回事，此老心中雪亮，所有枝枝節節，全都了然於胸，曉得查良鑑辦事認真，頗為賣力，但也牢騷滿腹，一肚子不平。這當口，他謹言慎行，強人問啥，他就答啥：

「經費不成問題，陳辭公已經說了，要另外找經費，給在美辦案專案小組大幅增加待遇。辦案經費，也不會短缺。所有這些資金，都會撥給外交部，由葉部長這兒，轉匯給查次長。不過，陳辭公也說，現在行政院大幅墊支經費，將來政府從毛邦初那兒，取回大筆款子之後，希望能從中動用若干，回填行政院這兒虧空。」

強人聞言，未置可否，點手指著周宏濤道：「你繼續說。」

周宏濤繼續往下報告案情，毛邦初逃往墨西哥後，華府聯邦地方法院以「缺席審判」方式，繼續開庭審理此案。庭上，毛邦初委任律師羅勃茲坦言，他與助理律師伍茲接到毛邦初電話，毛說，人在墨西哥。於是，兩名律師兼程趕往墨西哥，最後，在墨西哥城某處，見到毛邦初，兩人勸毛邦初回美國，但毛拒絕。此後，就沒了聯絡，兩人不知毛邦初現在下落。

那天庭訊，還傳證人，空軍駐美辦事處上校會計專員鄧悅民。鄧當庭陳述指出，早在去年五月，毛邦初聽到空軍辦事處可能改組傳言，就囑咐他，將財務檔案，從空軍辦事處，逐漸移往毛邦初住所。到了去年八月間，已將絕大部分檔案移轉完畢。去年十一月七日，向惟萱曾開立七十萬美元支票，給了毛邦初。

到了十一月十四日，毛邦初又下令，辦事處所有軍官將手邊重要文件，全部整理出來，由向惟萱女友法蘭西斯・袁，尋覓貨運公司，運往毛邦初紐約寓所。目前，空軍辦事處雖被法院查封，還委派專職管理員接收，但辦事處裡，已經沒有重要文件。所有文件下落，只有毛邦初曉得。

周宏濤報告至此，強人愈聽火氣愈旺，面色泛紅，拿手掌用力拍著辦公桌道：「飯桶，飯桶，都是飯桶！」

強人沒說，到底誰是飯桶，四位屬下也不好出聲，免得沾上飯桶嫌疑。幾十年來都是這樣，強人對屬下文武分明。他對文人較尊重，絕少口出羞辱言語，就算嚴辭責備，也不會辱罵。

對武將則不同，動輒臭罵，絲毫不假以詞色。武將當中，又有內外之分。對非黃埔系將領，顏色較霽，話語內容較和緩。若是直屬黃埔系將領，強人向來視如子弟兵，出手掌摑，抬腿踢翻之事，經常有之。尤有甚者，強人對最親信、最重用、最賞識手下將領，發起脾氣來，動輒就是暴喝一聲：「我要槍斃你！」

然而，打虎親兄弟，上陣父子兵，強人雖對黃埔系將領粗暴，有如親爹揍兒子，但打起仗來，黃埔系將領要人有人，要槍有槍，要錢有錢。諸將領也曉得這「一家親」規矩，在外人面前，喊強人「委員長」或「總統」；一旦晉見強人，稟報戰情，張口「校長」，閉口「校長」。這裡頭，講究的就是黃埔軍校一脈相承血緣關係。這些親信將領，都聽慣了強人「我要槍斃你」威嚇，到頭來，誰也沒被槍斃。

今天這會議，強人不指名，拍桌子罵「飯桶」，這已經是強人痛罵文人最高極限，已是怒氣頂點。四人聽了，心裡惻然，默不作聲。強人罵完飯桶，繼而問道：「那麼，毛邦初逃到墨西哥，接下來，我們有何對策？」

這一回，葉公超出頭應答道：「事發之後，已經急電我國駐墨西哥大使館，請馮執正大使密切注意此事，時時與墨西哥政府保持接觸，洽請墨西哥政府，提供毛邦初在墨詳情，並防止毛邦初再度非法潛逃。」

強人聞言，隨即又問：「毛邦初跑了，那麼，向惟萱呢？難道也跟著毛邦初，一起去了墨西哥？」

葉公超接碴答道：「這倒沒有，鑒於毛邦初走脫，顧大使與查次長痛定思痛，已經請我方律師，趕緊多雇私家偵探，尋覓向惟萱下落。私家偵探當即查出，向惟萱已經離開華府，有三個可能去處。

一是他妻小那兒，在美國西部加州。二是美國東北部麻薩諸塞州，他女友雙親住那兒。三是美國東南部喬治亞洲，那兒有個地方叫聖西蒙斯島，他女友在那兒。這三個地方，我們都布下了私家偵探。」

「昨天晚上，我接到顧大使電話，說是私家偵探在喬治亞州聖西蒙斯島，找到向惟萱。當時，他和他女友法蘭西斯・袁，同在這島上。對了，這地方雖然叫島，其實與喬治亞洲本土，就隔著一條河而已。向惟萱也花了大錢，雇了私家偵探保護他，我們律師在聖西蒙斯島找到他時，他已經曉得我們派人去找他，他和他女友，已經把行李收拾好，正要離開。」

「我們所派私家偵探，不是警察，沒有執法權力，只能緊緊跟著，不會讓他跑了。現在情況，大概就是這樣。顧大使昨天晚上說，查次長講，他要親自跑一趟墨西哥，親自去找毛邦初。無論如何，我們會在墨西哥另請律師，而且，要請政壇關係良好大律師，處理毛邦初案，最好是能將他引渡回國，接受審判。」

會議開到這兒，強人做了總結道：「這就是因小失大，起先捨不得花錢，不肯請私家偵探，緊緊盯住毛邦初，才會讓他跑到墨西哥去。現在，查良鑑要去墨西哥查案，又另外要在墨西哥請大律師，這經費豈不是花得更多？倘若一開始花錢請私家偵探，毛邦初就逃不了，後來這些錢，都可以省下了！還有，毛邦初都跑了，狼子野心，顯露無遺，美國社會應看清他面目，還我政府清白。這樣，那個公正調查委員會，就不需要了，趕緊撤了吧，可以省下不少錢。」

十八

一九五二年七月四日：北京樓

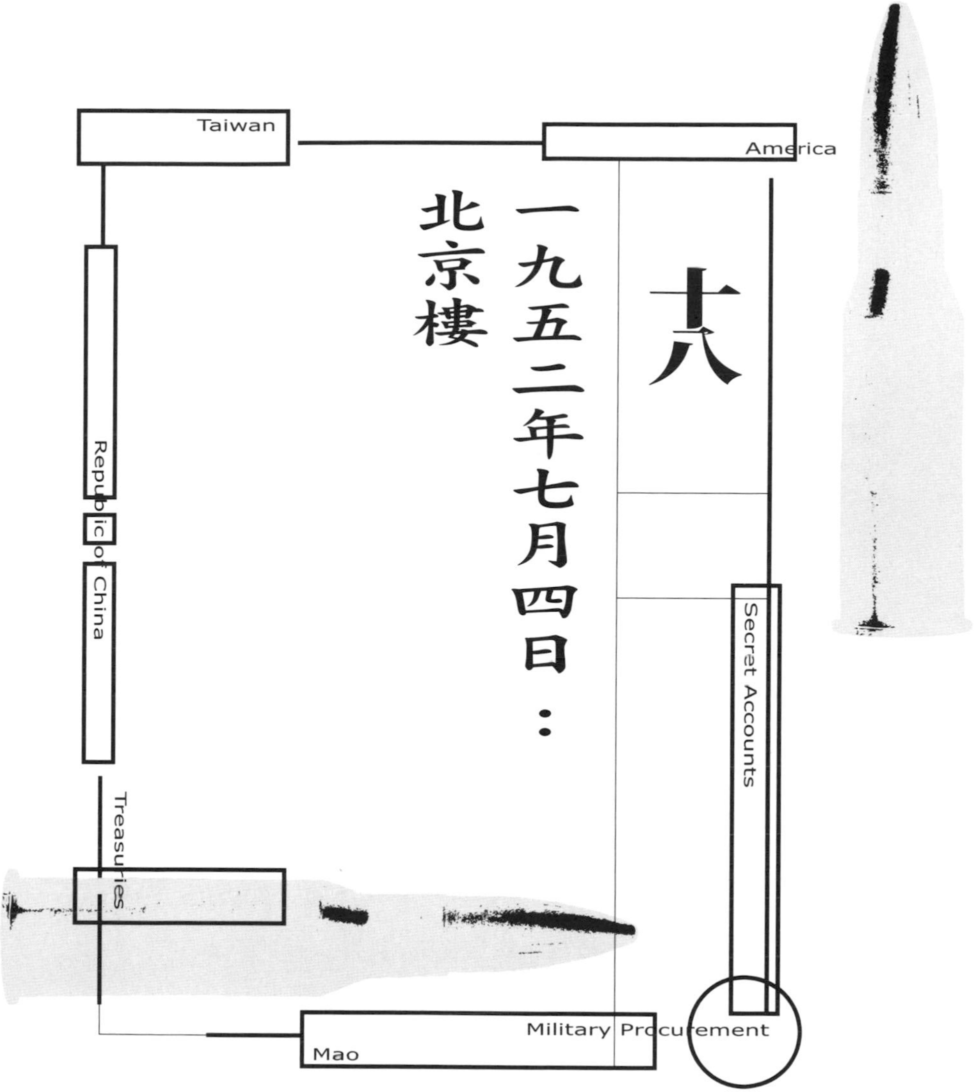

華府盛夏，酷暑當令，既熱且溼，隨便動一動，就是汗流浹背。今天，一九五二年七月四日，星期五，美國國慶日，放假天，又是週末，傍晚時分，街上人車洶湧，飄浮著一股燥動氣息。都六點出頭了，太陽依舊高掛地平線上，燦燦然大放光芒。夏至剛過，華府緯度較高，加上日光節約時間，晚上要九點之後，天色才會暗下來。

這會兒工夫，北京樓裡高朋滿座，眾食客埋頭猛吃，都打算吃過晚飯，沿著波多馬克河散散步，然後，找個妥善地方，安營紮寨，等著天黑，看國慶煙火。飯店外頭，人行道上站著一批中國人，衣著整齊，但都沒打領帶。畢竟，今天不是上班天，不必太過拘束。然而，這幫人卻個個臉色凝重，全都朝著馬路遠處張望，似乎正等著某人。

這幫人站在飯店外人行道上，而飯店門口，則站著個後生小子，忽而緊盯人行道上，忽而轉頭朝飯館裡探視。偶爾，這後生年輕人閃身走進飯店，隨即又復走出來，還是站在門口那兒，盯著外頭這幫人。

這批人，全是中華民國現役官員，包括駐美大使顧維鈞、國際復興開發銀行暨國際貨幣基金執行董事譚伯羽、副執行董事俞國華、行政院美援會副主委俞大維、司法行政部次長查良鑑、空軍武官衣復恩、夏公權、陸軍少將皮宗敢。今天晚上這飯局，由俞大維與譚伯羽作東，宴請空軍總司令王叔銘，其他幾位則是陪客。飯局時間，訂為六點半。

北京樓老闆之父曹九，直到現在，碰到譚伯羽，還是一口一個「大少爺」，喊得親切。今天既是譚伯羽作東，北京樓自然早早備下寬敞套間。主客王叔銘，到美國訪問，由西岸而東岸，行程緊湊，今天下午還有活動，事前打過招呼，說是會晚點到。六點前，主人譚伯羽先到，才跨進北京樓，就見曹九站在櫃台那兒，朝門口直張望。

曹九見譚伯羽進餐廳，趕忙過來，拉譚伯羽到一旁，低聲言道：「大少爺，先別進套間。您瞧瞧，給您準備那套間，外頭不遠處，散座那兒，有張餐桌，上頭坐了個太太，帶了兩個半大孩子，還有兩洋人。剛才夥計告訴我，說那女人是毛邦初老婆，不知怎麼，曉得今天大少爺要在這兒宴請王老虎，所以，早早就過來，等在這兒，要找王老虎算帳。哪，餐廳門口那兒，站著個年輕人，那是毛邦初另外一個兒子，在那兒瞅著街面，還時不時走進餐廳，告訴他老娘外頭景況。」

於是，譚伯羽趕緊出了北京樓大門，站在人行道上，等著今天飯局諸人。來一個，攔一個，不讓進，拉著站在人行道上，等著王老虎大駕光臨。

自毛邦初起事造反，到處擺炸彈，以周至柔為引線，點火一炸，卻是偷雞不著蝕把米，弄得自己身敗名裂，逃至墨西哥。至於苦主周至柔，雖洗清罪名，卻也脫皮傷身，對這空軍總司令職位，漸生倦怠之感。末了，今年三月，毛案官司已勝券在握，毛邦初也早已千里遁逃，事情算是告一段落，強人總統調動人事，周至柔卸下空軍總司令職務，此後專任參謀總長。空軍總司令，由副總司令王叔銘升任。

王叔銘，今年四十七歲，黃埔一期出身，血統純正。王叔銘十九歲那年，才進黃埔軍校未久，就被強人轉送「廣東軍事飛機學校」，成了空軍輩分極深元老。二十歲時，又是強人親手挑選，送他去蘇聯，入紅軍飛行部隊，前後六年。自蘇聯回國後，王叔銘一度捲進風波，被指在蘇聯加入共產黨，打入牢裡，將受軍法審判之際，幸賴毛邦初保薦，這才得脫囹圄，重回空軍。此後，一路攀升，最後，與毛邦初同在周至柔麾下，兩人皆是空軍副總司令，毛在美國主持駐美辦事處，他則在台北空軍總部，幫襯總司令周至柔。

這人，長得頭大臉寬、虎背熊腰，講起話來，一口山東土音，侉腔侉調，久而久之，就有了「王老虎」綽號。在台灣，提起王老虎，軍隊裡無人不知，無人不曉。這人傳說、流言也多，尤其，他籍隸山東省諸城縣，偏偏，毛澤東妻子江青、中共大號特務頭子康生，也都是山東諸城人，年紀也與王老虎相去不遠，他少年時，是否認識江青、康生，就有流言說法。此外，政府遷台前，山東省參議會議長裴鳴宇，也是山東諸城人，與王叔銘是小同鄉。

距今七年前，民國三十四年，抗戰勝利，王老虎擔任空軍副總司令，有次去北平，為空軍辦接收，順便宴請平津兩地空軍部屬。王老虎手下，有個飛行中隊隊長，叫王光俊。王光俊，有個妹妹，叫王光美，是輔仁大學知名校花。

王老虎到了北平，宴請屬下及眷屬時，見到王光美，驚為天人，有意聘王光美為祕書，但為王光美所婉拒。其實，當時王光美已與中共地下黨，有往來關係。民國三十七年八月，中共「解放大業」九轉丹成之際，王光美二十六歲，在中共軍事指揮大本營，河北省西柏坡，嫁給五十歲中共元勳劉少奇。眼下，劉少奇是中共中央副主席，王光美成了副主席夫人。

今年三月，王叔銘升任空軍總司令後未久，美國方面即提出正式邀請，請王老虎赴美訪問。後來，行期確定，六月十日啟程，訪美一個月。美國空軍特別自東京美軍基地，調了一架B-17四引擎「空中堡壘」重轟炸機，飛往台北松山機場，作為王老虎赴美座機。為此，王老虎還特別準備了空軍專用「八一四」香菸，以及台灣茶葉六包，款待專機上美軍空勤人員。

王老虎由西而東，在美國遊歷多時，最後一站，到了華府。打從台北出發起始，美國華文報紙上，王老虎訪美新聞不斷，哪一天到了哪個地方，報紙上都有報導。於是，毛邦初老婆早就預作準備，等著王老虎，打算找王老虎喊冤算帳。毛逃至墨西哥後，他老婆出面，四處活動，只要有點關係，就直接找上門去。

前幾天，毛妻得知王老虎抵達華府，一大早就等在王老虎下榻旅館外頭。那天早上，王老虎出了旅館大門，由衣復恩、夏公權、劉炯光等三名空軍手下迎著，分乘兩輛車，正要上車跑行程，毛妻一個箭步衝上去，打算攔住王叔銘。幸好，衣復恩眼明手快，飛身趕至，擋住毛妻，王老虎這才脫身，趕緊上車。

王老虎上車之際，耳邊還響著毛邦初老婆嘶吼聲：「王叔銘，王老虎，你不要忘恩負義。別忘了，毛邦初是你救命恩人！當初，你都下了黑牢，命都快丟了，要不是我們家毛邦初保著你……。」這事情，後來駐華府眾人，都聽說了。因此，今天在北京樓吃飯，曹九示警，譚伯羽趕緊出來，在人行道上，截住諸人，說是毛妻等在裡頭。飯局主人、陪客，皆盡到齊，就等著主客王叔銘。邊等，眾人邊閒扯，譚伯羽問顧維鈞道：「Wellington，聽說毛太太已經去過大使館了。怎麼樣，還好嗎？」

顧維鈞嘆了口氣，仰著頭，看了看天色，說起了今年二月間，毛邦初妻子去大使館之事。

毛邦初出走，逃至墨西哥後，毛妻四出活動，先在紐約，後至華府。每到一處，人見人怕，無人願意接見，到處撞木鐘。看著是個鐘，用力撞下去，卻悶聲不響，才知道是個啞木鐘。在紐約，她找過毛案「公平調查委員會」主委胡適、駐聯合國代表蔣廷黻，都沒結果，於是，跑到華府來，要見顧維鈞。顧早聞風聲，當然不見，然而，架不住空軍武官曾慶瀾苦求軟磨，說是見個面，聽聽毛太太說法，並不礙事。

於是，顧維鈞就見了毛妻。毛妻是舊式女人，見了顧維鈞，一上來就是哭鬧戰術：

「顧大使，我容易嗎？當初毛邦初派到美國，留下我們母子七人，還住在重慶。後來，又搬到成都去。抗戰勝利了，我一個女人家，拖著一堆孩子，間關萬里，輾轉翻騰，又回重慶。之後，離開重慶，搭船沿著長江，一路往下走。好不容易，到了三十五年，才回到上海。這當中，我老大當了空軍飛行員，我帶著其他五個兒子，在上海才住了兩年，又在民國三十七年，跟著政府撤退到台灣去。」

「毛邦初給空軍賣命，他弟弟毛瀛初也給空軍賣命，我大兒子毛昭宇還是給空軍賣命，而且，都被共產黨抓去，當了俘虜，幸好命大，逃回台灣。我們在台灣才待了幾個月，三十八年初，又回上海。到了三十八年三月，共軍都把上海死死圍住了，我和我五個兒子，一家六口人，好不容易，在上海失守前夕，擠上最後一班汎美航空班機，才到了美國。」

「毛邦初搞了這些事情，的確是他不對，他也很後悔，希望能夠善了。他知道錯了，說是不該去找李宗仁，不該說強人總統篡了李宗仁位子。現在，好不好請顧大使出面，和台北講一講？請總統撤銷告訴，停了官司，我們毛邦初一定回美國，把錢與帳本，都交還給國家？」

毛妻聲嘶力竭，喊了半天，顧維鈞才抓住個空檔，給了答覆。他喊著毛妻英文名字道：

「Pauline，太晚了，真的太晚了。在這之前，我們說盡好話，台北那兒，總統夫人也開了很好條件，但毛副總司令都當耳邊風，非要作亂不可。其他事情，還倒好說，最糟糕的，是他到紐約去，穿著號衣，去見李宗仁。這件事情，後來傳開了，台北那兒，總統曉得這事情，極為震怒，事情就沒有轉圜餘地了。」

毛妻問道：「什麼？號衣？號衣是什麼？」

顧維鈞是江南人士，生於清朝，長於清朝，直到拿到美國哥倫比亞博士學位，清廷才垮台，換成民國當家。在那之後，顧維鈞多在各國辦外交，英語與時俱進，中文辭語卻還是清朝那一套。他聽毛妻問「號衣」為何物。一時間，還真想不出，現代中文裡，如何形容這物件。於是，他抓抓腦袋，有點苦惱回應道：「就是官差、戰士穿在身上衣物。」

毛妻道：「就是軍服嘛，說什麼號衣，講古代話，難怪聽不懂。」

顧維鈞堂堂駐美大使，在華府外交圈，字號響噹噹，不想，竟被個婦道人家搶白，有點懊惱，自顧自往下說：「他穿著軍服，中華民國空軍中將軍服，去見李宗仁，行大禮，聽說，還給了李宗仁五萬美元。這事情，大家念著舊情，本來還有轉圜餘地，但他竟然去見李宗仁，還給五萬美元贄禮，台北都知道了，當然就此斬斷後路，絕情處理。」

毛妻見求情不成，當場換了調子，要求大使館資助生活所需：「顧大使，說起來您不信，但千真萬確，我快過不下去了，孩子們要吃飯、要讀書、一家子人要過日子，毛邦初沒留多少錢，您能不能多少幫我們一些？」

顧維鈞聞言，心裡撥了撥算盤，定了主意，曉得這買賣能作。因為，金援必得有帳戶，最起碼，可以藉此追查毛邦初在美國帳戶。因而，顧維鈞道：「這個嘛，我來想想辦法。這樣好了，妳先給我毛副總司令銀行帳戶資料，我去找找看，看看能不能擠出一點經費，給妳匯過去。」

詎料，毛妻門戶封得嚴密道：「大使，就資助點現金吧。要說帳戶，我實在不知道，他有什麼帳戶。」

顧維鈞又嘆了口氣道：「唉，Pauline，妳這樣說，我就幫不上忙了。要知道，什麼事情都要有根據，我拿少量公款，資助妳過日子，這還在我大使權限之內，我還做得了主。不過，既是支出金錢，就得有憑有據，這錢有多少？從哪個帳戶，匯到哪個帳戶？都要有憑據留下來。我們這不是黑手黨洗錢，現金來，現金去。」

就這樣，相談不歡，一拍兩散，此後，毛妻就算再到華府，也不找顧維鈞。

故事說到這兒，顧維鈞對著北京樓門外，人行道上諸人笑道：「所以說，我這就算是免疫了，今天在這飯館見到毛太太，我也不怕，她不會再找我麻煩。」

一旁，譚伯羽指著衣復恩，對顧維鈞道：「你剛才說，本來不想見毛太太，後來因為空軍武官曾慶瀾死活拜託，這才見了毛太太。怎麼，現在空軍武官換成衣復恩了？」

對這問題，衣復恩擠出一個苦笑，一副不好作答模樣。於是，顧維鈞只好答道：「軍隊派在華府這些人，似乎意志都有欠堅定，到了美國，過上享受生活，都不想回台灣。原來那空軍武官曾慶瀾，後來不告而別，連移交都沒辦，就甩手走人。台北空軍總部沒辦法，只好另外派人，就派了衣復恩上校過來，接替曾慶瀾。他們兩人，一個前任，一個後任，卻是業務中斷，完全沒辦交接。」

「其他，像是裝甲兵派來辦採購的李大為上校，娶了美國老婆，也是擅自脫離軍職，在華府開起了館子。還有，毛邦初原來空軍駐美辦事處那九名軍官，也是拒聽台北空軍總部調度，都不肯回台灣，全都脫隊，自行留在美國。」

顧維鈞這話一說，身旁衣復恩、夏公權、皮宗敢等三名高級軍官，都作聲不得，難以接碴。這當口，俞大維出來打圓場道：「人家衣復恩不一樣，他今年五月到任，至今才一個多月。他到美國當武官之前，有將近十年時間，給老先生當專機駕駛，從民國三十二年，一直當到今年初，都替強人開座機。」

俞大維接著指指俞國華、皮宗敢道：「哪，為了這毛邦初案，總統把身邊信得過好手，全派出來了。俞國華、皮宗敢，一文一武，跟了強人總統多少年，一個是機要侍從祕書，一個是侍從武官。去年，還派了現任機要祕書周宏濤來。現在，再加上專機駕駛衣復恩，真可謂官邸猛將奇兵全數出動啊！」

話說到這兒，就見一輛克萊斯勒「Windsor」黑色轎車，朝這方向駛來，緩緩貼著人行道外緣滑行，到了北京樓門口，這才完全停住。門開處，王叔銘眉花眼笑下車，關上車門，車子開走，王老虎操著濃濁山東土腔，對眾人道：「呵呵，美國空軍參謀長請我喝下午茶，所以拖到這時才來。唉呀，怎麼不進去啊？都在外頭等人，這太陽還沒下山，外頭死熱死熱的，怎麼不進去吹冷氣呢？」

他邊說話，邊朝北京樓門口走，一旁，夏公權趕忙伸手攔住：「報告總司令，您先別進去，毛太太帶了兒子，還有兩個美國人，在裡頭吃飯。那兩個美國人，應該是毛邦初所雇用的私家偵探保鏢。剛才還有個兒子，站在這兒守望，見您來了，已經衝進去，向毛太太報告去了。」

王叔銘一聽這話，涼水澆頭，懷裡抱冰，愣在當場，不曉得該進還是該退。顧維鈞走過來，拍拍王叔銘肩膀道：「其實，進去也無妨。我們在這兒等你，就是事前提醒你一聲，否則，怕你不曉得，驟然見了毛太太，心裡沒準備。現在，你曉得她在裡面，心裡有準備，我們就進去吧。我想，她就是拿那些話問你，你就給個回答好了。」

俞大維也幫腔道：「是啊，這兒是公共場合，她應該不會大聲喊叫，把場面鬧得難看。果真那樣，我們就喊警察，我們都可以作證。進去吧，不會有事的。」

王叔銘眼睛往裡瞧，面色頗不安道：「她這不是存心找麻煩嗎？我看，她就是故意如此，一定要當眾找我大吵一架。」

此時，查良鑑探頭往飯店裡看，就見毛邦初老婆由三個兒子簇擁著，後頭跟著兩個美國私家偵探保鏢，朝門口而來，就即時對王叔銘示警道：「毛太太曉得你來了，現在已經帶著兒子、保鏢，朝這兒走來了。」

王叔銘聞言，一臉驚恐，對著衣復恩、夏公權兩名空軍軍官道：「你們車呢？我不吃這飯了，趕緊走吧！」

衣、夏兩位空軍部屬，只好趕緊保著空軍上將總司令王叔銘，連走帶跑，朝街口轉角停車場而去。三人才拔腿快步而去，後頭，毛邦初老婆已經率領兒子、保鏢，出了北京樓大門，朝王叔銘、衣復恩、夏公權背影，扯著嗓子高聲喊道：「王叔銘，王老虎，你個無膽假老虎，見了我就跑。別忘了，毛邦初是你救命恩人，要沒有毛邦初救你性命，你早死在黑牢裡了！」

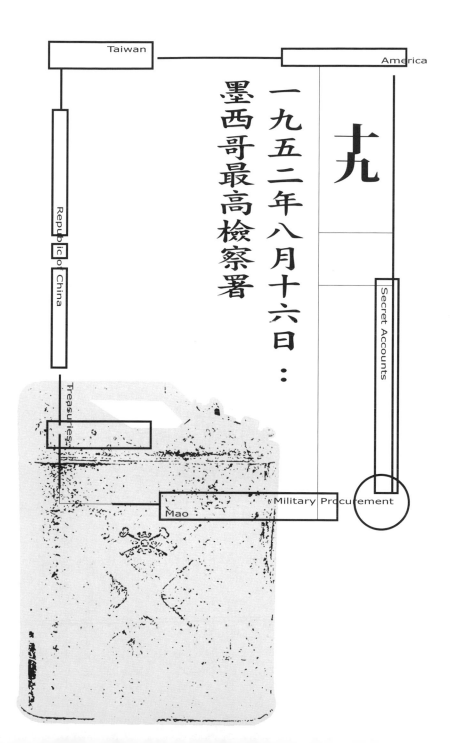

九

一九五二年八月十六日：墨西哥最高檢察署

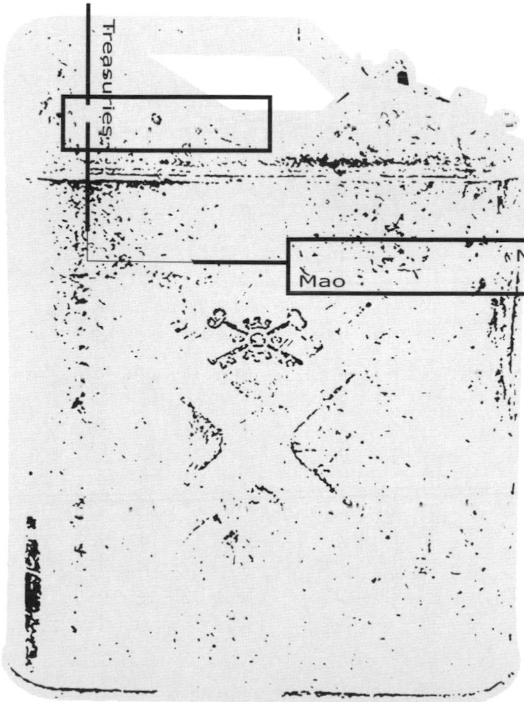

這是個衙門模樣建築，外頭有高牆圍繞，高牆之內，前面是小天庭，矗立一座四層樓房，是為主樓。主樓側邊，則是個低矮平房，這一大樓一矮房，一橫一豎擺在一起，彷彿是個「L」字。大、小兩座屋子，都是灰色岩石堆壘築成，一副千秋萬世永垂不朽模樣，瞧著就古色古香，顯然蓋有年矣。至於後頭，則是個大院落，有個較矮主樓，旁邊有矮房、迴廊、警衛房、雜物小倉庫。

這地方，位在墨西哥首都墨西哥市市中心，是墨西哥中央政府最高檢察署，由檢察總長坐鎮指揮。前頭那高大主樓，樓高四層，屋頂是個寬闊大平台，正面臨街之處，高高升起了墨西哥國旗。

這一天，一九五二年八月十六日，星期六，最高檢察署不辦公，前頭大樓杳無人跡，但後頭大院裡，卻是人聲鼎沸。後院裡，豔陽高照，那低矮平房前，站了十幾個男人，胸前掛著鎂光燈照相機，手上拿著鉛筆與記事本，圍著一個金髮妙齡女子，不住談笑對話。這些人，瞧著就是新聞記者，其中有些是美國記者，有些則是墨西哥本地媒體記者。

而那妙齡女子，雖是金髮，髮色卻有濃淡兩種色調，每根頭髮都是上半段顏色較淡，下半段則顏色較濃。這女子，容顏豔麗，身材高䠷健美，瞧著就有模特兒架勢。這時，這年輕女人撩撩金色短髮，擺了個姿勢，讓記者拍照。霎時間，彼落此起，鎂光燈閃個不停。眾記者按過一陣快門之後，金髮美女啟齒說話，說的是英語，語氣和緩，聲調慵懶：

「這都七天了，還不讓我們見律師。上星期六，我和Pete在小城Cuernavaca逛街，逛得好好的，就衝出一批凶神惡煞，二話不說，就把我們押上車。他們先帶我們回家，家裡已經搜得亂七八糟，這是國際事件，我們家裡竟然有台灣國民政府官員，還有美國律師偵探，在那兒指揮墨西哥警察搜索。然後，就被帶到這兒來，關了七天，連個床都沒有，我在長條椅上睡了七個晚上，都快不成人形了。」

這話才說完，一個棕髮記者，滿臉鬍子渣，搶著問道：「凱莉小姐，我是《芝加哥論壇報》記者，根據華府聯邦地方法院判決，毛將軍挪用了國民政府兩千五百萬美元。請問，這筆錢下落如何？」

這金髮美女，就是毛邦初三十一歲女祕書凱莉，眼下，與毛邦初同時蒙難，關在這墨西哥最高檢察署後院小屋裡，連關七天，今天首度放出來，與記者見面。凱莉又順順髮梢，轉眼看這者鬍子渣記者，還是依舊慵懶，緩緩答道：「我哪知道這些事情？你們要想知道答案，得去問Pete，他在屋裡，大概在刮鬍子吧。」

「凱莉小姐，你與毛將軍在這屋裡關了七天，日子如何？」問這話的，是個矮個子胖哥，起碼超過一百公斤，看起來帶點印第安人血統，說起話來微微帶喘，所講英文腔調很重，一瞧就知道是墨西哥本地記者。

凱莉聞言，皺皺眉頭，一肚皮委屈模樣，嘆了口氣，開始訴苦：「唉，美人兒不應該在小牢房裡過夜啊！我本來日子過得好好的，一週前被抓到這兒，吃不好，喝不好，這都不說了，就說睡覺，實在折磨人。那小房裡，連張床都沒有。沒床，沙發也可以將就。天啊，連沙發都沒有，就是張長條木頭靠背椅。我這還算好的，毛將軍更慘，連長條椅都沒有，就是把兩張椅子拼在一起，睡在上頭，連睡七個晚上。」

「對了，我差點忘了說，一共關了我們六個人，除了我與毛將軍，關在這小屋裡，哪，你們看，旁邊那小倉庫裡，還另外關了四個人。那裡頭，有毛將軍投資顧問Oliver Kisich，他是加州人。再來，就是Pedro Ache，他是墨西哥人，是我們朋友。還有兩人，是我們別墅裡僕人，也一併關進去。我們遭殃，也就算了，連累這兩位朋友、兩位僕役，跟著一鍋煮，連帶受累。唉呀，我都整整一個星期，沒好好梳妝打扮了，這對個美人來說，真是折磨啊！」

凱莉說到這兒，豔陽底下，自那矮屋門裡陰暗處，走出個中年男人，頭髮略長，黑白已近各半。這人伸著斑駁花白腦袋，朝陽光底下人堆走來。瞬時之間，諸記者甩了凱莉，把毛邦初團團圍住，七嘴八舌，一張口，問的都是同一問題：「毛將軍，美國法院已經斷定，您挪用中華民國政府兩千五百萬美元。對這筆錢，您有何說法？」

儘管在美國打滾多年，英文畢竟是第二語言，平常談笑也就罷了，眼前卻是一堆記者，自己嘴裡所吐出每一個字，都會上報，因而，要特別謹慎。毛邦初挺了挺胸膛，略略思索，這才回話：「這些錢，我現在不能證實，金額到底有多少。我只能說，這些錢目前由我妥善保管，只要美國政府或聯合國，能夠保證，這筆錢能回歸廣大中國人民，為中國老百姓謀福利，那麼，我願意交出這筆錢。這錢，絕對不能還給台北國民政府，不能落入強人總統貪贓腐化政權口袋裡。」

這話才說完，就見一墨西哥警衛班長，腆著個大肚子，油光腦袋上，淌著一層賊汗，後頭跟著兩名荷槍衛兵，朝這兒走來。邊走，這胖子班長邊高聲喊道：「好了，好了，今天會面就此結束，各位新聞界朋友請吧，別在這兒攪和了。那個，毛將軍、凱莉小姐，你們趕緊回屋子裡，拿上私人物件，馬上要移監了，要搬到前面最高檢察署大樓裡。那兒有正式拘押房，設備比這兒好得多，有床、熱水。還有，一週禁止對外聯絡時間已過，你們待會兒可以打電話，與律師聯絡了。」

就此，記者鳥獸散，毛邦初等六人離了平房小屋與倉庫，轉進旁邊大樓，關進一樓拘押房。這最高檢察署押房，分男女兩界，都是通鋪，此時全空著，沒有其他在押人犯。故而，毛邦初等五人，進了男押房，凱莉則進了女押房，兩間大房中間，就隔著一條走廊。在新監房安頓好，好不容易，洗了熱水澡，簡單吃了點東西，接下來重頭戲，就是打電話。

整個下午，毛邦初等人，忙不迭四處打電話。這當中，毛邦初聯絡上華府Roberts & McInnis律師事務所，找到委任律師羅勃茲。此外，也打電話到華府向惟萱公寓，與向惟萱談話將近一個小時。

照理說，在押人犯不可能如此長時間使用國際電話，然而，在墨西哥，沒有啥事不可能。搬到大樓拘押房後，毛邦初給各路牢頭、警衛、雜役塞了美鈔，火到豬頭燉爛，錢到公事私辦，諸牢頭禁卒都撇過了頭，忘了公事規矩，讓毛邦初辦足了私事。打足了電話，毛邦初這才曉得自己被抓，前後來龍去脈是怎麼回事。向惟萱在華府打聽清楚，這一切都是查良鑑在墨西哥設壇作法，才讓毛邦初啷噹入獄。

毛邦初被捕前後，查良鑑均參與追捕大計。但毛邦初只知曉被捕時，查良鑑於現場協助墨西哥執法人員辦案，對被捕前查良鑑所有行動，卻並無所悉。向惟萱這通電話，補足了空白，這才讓毛邦初前後貫通，恍然大悟。

打完電話，時近黃昏，毛邦初又拿美鈔變魔術，讓獄卒去外頭買晚飯。四人離了牢房，獄卒領著，進了間小會議室，就在裡頭吃晚飯。那倆僕役，則留在押房裡吃晚飯。等候晚飯這會兒工夫，毛邦初對三人細講了出事原委。

原來，毛邦初逃到墨西哥之後，當下花大錢，聘了個律師，名叫羅梅若，這人是墨西哥政界字號響噹噹大人物。不想，此人應聘之後，沒過多久，竟然暴斃而亡，逼得毛邦初只好趕緊換律師，新律師法力就沒羅梅若強，鬥不過查良鑑。

台北國府專案小組與毛邦初鬥法，翻翻滾滾，從美國打到墨西哥，雙方都聘雇頂尖好手律師。無奈，這裡頭彷彿遭了天譴詛咒，雙方律師頭頭都死於非命。之前，台北國府所聘律師頭頭，是美國法官巴德森，死於飛機失事；之後，毛邦初在墨西哥所聘律師羅梅若，也不明不白暴斃。

查良鑑追到墨西哥，向墨西哥政府提出官方申請，要引渡毛邦初回台灣。墨西哥政府則認為，引渡不引渡，以後再說，眼前，既然毛邦初非法入境，就犯了墨西哥移民法令，先抓起來再說。查良鑑為了辦案，還特別向台北申請額外經費，台北外交部很爽快，當下匯款三萬美元，直接匯到中華民國駐墨西哥大使館，由大使馮執正交給查良鑑。

查良鑑這趟到墨西哥，並非孤身南下，而是帶著新聘偵探布羅迪。這人，有律師執照，但開了私家偵探社，幹的是私家偵探營生。尤其，這人在整個美國東岸，都是享有大名，但名聲不是很好。總之，這人精明強幹，辦起事來心狠手辣，為達目的，往往不擇手段。這作風，正合查良鑑脾胃，兩人一拍即合，查良鑑赴墨西哥，其入境簽證，以及重回美國簽證，都是布羅迪一手操辦。

查良鑑在墨西哥，也聘了一個律師，名叫波特斯．希爾。此人一度當過墨西哥代理總統，政壇上人面熟稔，精通墨西哥政情，嫻熟墨西哥法政體制。查良鑑高薪聘了希爾，希爾則賣力辦事，很快，帶著查良鑑與布羅迪，見到墨西哥內政部長。這內政部長對毛邦初竟然招呼都不打，就逕自走私入境，十分光火，認為毛邦初不把墨西哥政府放在眼裡。

查良鑑與墨西哥內政部長講定，隨即，由中華民國駐墨西哥大使館，在八月七日，向墨西哥外交部，提出官方照會，要求引渡毛邦初。第二天，墨西哥外交部將照會內容轉知內政部。第三天，八月九日星期六，內政部就動用聯邦警察，抓了毛邦初等六人。

毛邦初講到這兒，獄卒用個推車，推進外頭所買晚飯。兩份漢堡大餐，外帶青菜沙拉、麥根甜飲，給凱莉與Oliver Kisich；一份墨西哥捲餅，搭配著莎莎醬、酪梨醬，給Pedro Ache。至於毛邦初，則是一大盆揚州炒飯，外帶一碗酸辣糊塗湯。夜裡，燈火管制，八點半就熄燈，眾人吃完，回到監房，房內大燈一關，就剩外頭走廊昏暗燈光，眾人無事可幹，只好早早上床，各自安寢。

毛邦初躺在床上，輾轉反側，無法入眠，腦袋裡放電影，這大半年來種種，一幕又一幕，在腦海裡行船跑馬，閃過無數畫面。

去年十二月間，雙方律師在華府聯邦地方法院交手，結果，強人專案小組大獲全勝，毛邦初就覺得情況不妙，私下問諸己方律師羅勃茲。這羅勃茲，上校軍官退伍，眼皮子雜，人脈網絡廣，精通各路鬼門鬼道，眼光精準，一眼就能看出官司勝算。羅勃茲告訴毛邦初，李宗仁那塊招牌不管用，官司遲早要輸，現在就是拖延時間而已。

毛邦初聞言，心裡有了計較，悶生不響，著手調集資金，將大量公款匯往瑞士，又在芝加哥存了不少錢。然後，提領兩百萬美元現款，購買美國財政部不記名國庫券，一共買了七張：面額一百萬美元一張、面額五十萬美元一張、面額十萬美元五張。

不說別處存款、有價證券、股票、合夥投資，光是這兩百萬美元不記名國庫券，就可以在洛杉磯、舊金山、紐約、芝加哥等美國大都會外圍高級住宅區，買五十戶獨門獨院大豪宅，整條街都買得下來。不記名國庫券，可以隨時轉手，攜帶方便，一共就是七張紙，就值兩百萬美元，裝在口袋裡，等於把五十戶豪宅揣著走。

買完國庫券，毛邦初將其中六張，妥善藏好，擺在不同銀行保險箱裡。然後，揣著一張面額十萬美元國庫券，外帶幾萬元美金現鈔，就此遠走他鄉。

今年元月下旬，他打電話給向惟萱華裔美國女友法蘭西斯．袁，說自己要去德州，走一趟狩獵旅行，要法蘭西斯．袁，陪他走這趟行程。袁女曾在空軍辦事處當過僱員，曉得毛邦初花樣多，當下也不多問，就依毛邦初指示，到了華府機場，與毛邦初搭不同班機，去了德州聖安東尼奧市。臨走前，毛邦初甚至連華府第三十二街住家門窗，既不關，也不鎖，衣櫥裡衣服也都沒打包，廚房冰箱裡還有食物，一副居家過日子模樣，毫無出遠門跡象。

兩人到了德州聖安東尼奧市，袁女住入Gunter Hotel，而毛邦初則先住St. Antonio Hotel，繼而搬往Plaza Hotel。兩人在聖安東尼奧待了一個星期，這當中，毛邦初每天忙著搬錢，日日在銀行裡處理帳務，袁女則幫辦庶務，擔當祕書工作。

一個星期後，毛邦初給了袁女一些現鈔，要袁女搭機回華府。至於毛邦初，則是搭機，從聖安東尼，前往亞利桑納州土桑市。然後，從土桑搭巴士，去了亞利桑納州邊境小城Nogales。Oliver Kisich與Pedro Ache等在那兒，三人碰面，悄然過了邊界，進入墨西哥。從美國進墨西哥，壓根沒管制，大搖大擺，就過了國界關卡，進了墨西哥。之後，三人去了首都墨西哥市。

毛邦初躺在最高檢察署通鋪監房裡，回想往事，想到這兒，不禁啞然失笑，心中暗道：「可笑啊，後來聽向惟萱說，大使館那兒，還以為我去了德州艾爾帕索，從那兒進入墨西哥。顧維鈞這幫人，道貌岸然慣了，大人先生，作官行禮，其實沒啥手段。像是周宏濤，被向惟萱嚇了一嚇，就夾著尾巴，又躲又藏，曲線奔逃，繞了老大彎路，逃回台北去了。其他，像是什麼董顯光、俞大維，也都是好揉好捏，不當回事。獨獨這查良鑑，是個刺頭，實在是難搞。」

毛邦初翻了個身，外頭萬籟俱寂，就剩獄卒警衛在走廊上踱步，皮鞋底釘了鋼片，敲著水泥地面叮噹響。想到查良鑑，毛邦初氣得牙癢癢：「這亡人，也不知道哪個石頭縫裡鑽出來的？死纏爛打，不依不饒，就是塊牛皮糖，沾上了就撕不下去。聽向惟萱說，這人以前在上海，在重慶，都當過打手，辦起案來頗兇悍。這次率隊到美國，和駐美大使顧維鈞也搞不好，三天兩頭去大使館，坐討銀兩，催著顧維鈞，趕緊和台北外交部聯絡，要錢要得很緊。真是倒了八輩子血楣，竟然沾上這麼個狠角色。到頭來，竟然栽在查良鑑手下。」

二月初，毛邦初到了墨西哥市，住進Oliver Kisich大房子，沒多久，凱莉也從紐約趕到墨西哥市，與毛邦初雙宿雙飛。毛邦初到墨西哥，本來就沒長治久安打算，也就是在這兒過個水，接著，就是去瑞士。這房子，是Oliver Kisich所買，這人比毛邦初大個五歲左右，腦袋略禿，是個投資顧問，老底子在舊金山，老婆還是個美國知名作家。這麼多年來，都是Kisich管著毛邦初財務投資，不拘股票市場、期貨市場、油品市場，各種投資財路，一網打盡，丟進去近千萬美元，可惜，賠多賺少，蝕掉幾百萬美元。

毛邦初這趟亡命墨西哥，就是Kisich出的點子，還另外找來墨西哥人Pedro Arche，幫著準備文書，替毛邦初弄一份偽造出生證明，用以申辦護照。那天，Arche帶著他，去了墨西哥外交部，到了移民事務辦公室那兒，申請墨西哥護照。毛邦初拿著一份假出生證明，上頭寫著他墨西哥姓名，叫「Carlos Gomez Lee Wong」老爸是墨西哥公民，母親則是中國人。

在移民事務辦公室那兒，Arche陪著毛邦初見移民官。出生證件上，毛邦初生在墨西哥，從小就長於墨西哥，是墨西哥華裔公民。但，這樣一個土生土長墨西哥人，到了移民局衙門，卻一句西班牙話不會說，豈不是滑天下之大稽？就算三尺蒙童豎子，用膝蓋想都知道，那出生證明是假貨。故而，毛邦初見移民官時，Arche在旁隨侍保駕。見了移民官，二話不說，Arche先悄悄塞了一捲美鈔過去，兩百美元，遠遠超過這移民官一整年俸祿。拿人錢財，與人消災，這申辦護照大業，順風順水，不驚不擾，就告過關。

然而，墨西哥這拉丁國家，照拉丁效率辦事，毛邦初申請護照雖然獲准，後頭文書作業卻是比蝸牛爬山還慢。毛邦初不耐死等，想過幾天舒服日子，於是，花了五十多萬墨西哥披索，在墨西哥市正南方八十公里，渡假勝地Cuernavaca，買了一幢大別墅。Cuernavaca這地方，是知名渡假勝地，空氣清新，花香凜冽，處處都是富戶渡假別墅。

毛邦初帶著凱莉、Kisich、Arche，搬到Cuernavaca大別墅去，又買了輛凱迪拉克大轎車，從此過著香車美人、鮮花美酒、逛街享樂好日子。這片地方，人人都知道，新來了個中國富大頭，名叫「Carlos Wong」。這位「卡洛斯·王」，出手大方，身邊總是金髮美女相伴。這日子，也就過了幾個月，然後，就被查良鑑揑住了尾巴。

上星期六下午，毛邦初帶著凱莉，去附近一藝術品小街，打算逛逛走走，買點精緻藝術品，等護照下來之後，帶去瑞士。兩人相依相偎，正在街上走著，冷不防，就衝來七、八個墨西哥漢子，掏了證件，說是便衣警察，隨即，就把毛邦初與凱莉，押上小巴士，駛回大別墅住處。

到了別墅，車子才進大門，就見院子裡站了七、八個警察，還停了幾輛警察吉普車。這些個警察，正忙著搬物件，裝進吉普車上。毛邦初一看，心都涼了，那搬出來的，是一箱箱文件，有些是從華盛頓帶來的空軍辦事處重要文件，有些是銀行往來帳務記錄，另一些則是空軍辦事處與廠商業者往來摘要。這些文件，關連著多少天大祕密，如今落到墨西哥警察手裡，毛邦初曉得，自己前途堪虞，十分不妙。

進了別墅屋裡，也是一堆警察，上窮碧落下黃泉，動手動腳搜文件，把幾家墨西哥銀行存款記錄都翻了出來。這些存款，眼看著就要保不住。現場主持大局者，是墨西哥助理檢察總長，名叫Felix Pichardo Estrada。更絕的是，這助理檢察總長身旁，卻是紐約律師偵探布羅迪，還有，奪命捕頭查良鑑竟然也在場。毛邦初與凱莉出聲抗議，毛邦初還指著查良鑑，用中文罵道：「你這是幹什麼？你沒權力闖進我家！」

查良鑑對著他，嗤之以鼻回罵道：「毛邦初，你好日子到頭了！你也有今天？我追你追了大半年，今天，老天有眼，總算被我撈到。你等著引渡遣送回台灣吧，老頭子必然組個軍事法庭，好好伺候你，弄不好，我看你要吃槍子。」

助理檢察總長見查、毛二人口角駁火，趕忙將二人拉開，飭令警察將毛邦初、凱莉關進大臥房裡。兩人進了臥房一看，Oliver Kisich以及Pedro Ache，外帶兩名墨西哥僕役，已經都關在裡面了。毛問Kisich，出了何事？對方說，毛邦初與凱莉出門沒多久，布羅迪就帶人闖進來，手上拿著搜索狀，態度很兇惡。毛邦初向Kisich道歉，說是把他與Pedro扯進這事情。布羅迪進臥房，對毛邦初說，最好乖乖交出贓款，否則有他受的。毛邦初說，他啥也沒偷，他說，只要他確信這些錢會回到中國老百姓手中，他就會交出來。

布羅迪罵毛邦初道：「你不但是個賊，並且是個笨賊。我原先還以為，要費許多工大，上山下海，才能抓到你。沒想到，你連亡命外逃，都帶著女人，講究排場，吃好住好，跑都跑不遠，就被我抓到。台北國民政府可是出了大錢，非要我抓到你不可。」

「你帶了幾萬現鈔，跑到墨西哥，只要安分點，躲在墨西哥市，夠你富富泰泰過上好幾年。偏偏，你不安分，花五十萬披索，買這豪華大別墅。這是個渡假勝地，你一個中國人，跑到這兒來逍遙，早就引人矚目。我本來找不到你，後來多方打聽，曉得Cuernavaca出了怪事，常見個中國闊佬招搖過市，我就知道，你狐狸尾巴露餡了。」

毛邦初估計，布羅迪大約還不知道，他拿假出生證明，申請墨西哥護照之事，於是，就唬弄布羅迪道：「你給我收斂點，我在墨西哥，可是提出了政治難民申請。」

布羅迪笑罵道：「你就是個罪犯，哪是什麼政治難民？我們明天，就能把你押回華盛頓。」

對此，毛邦初聳聳肩道：「那就走著瞧吧！」

就此，雙方僵持一週，毛邦初等六人始終與世隔絕，關在最高檢察署後院小屋與倉庫裡，不得與外界聯絡。如今，一週過去，大約墨西哥政府曉得，也不能沒完沒了這樣祕密關押，於是，今天揭了蓋子，上午讓他們見新聞界，下午讓他們打電話。想到這兒，毛邦初略有睏意，曉得明天手下律師羅勃茲、伍茲會趕到這兒來，給自己保駕。問題是，被搜走那批文件裡，有份檔案特別重要。

這是份「母檔案」，明白揭示其他檔案藏在哪兒。其中，有一大批重要文件、地圖、密碼，擺在紐約長島大頸鎮家裡，由他老婆、五個兒子藏著。看樣子，這批文件保不住了，墨西哥政府一定會通知美國，說是大頸鎮那兒，藏有大量機密文件。想到這兒，毛邦初嘆了口氣，又翻了身子，就此入睡。

二十

一九五二年八月十九日：紐約大頸鎮

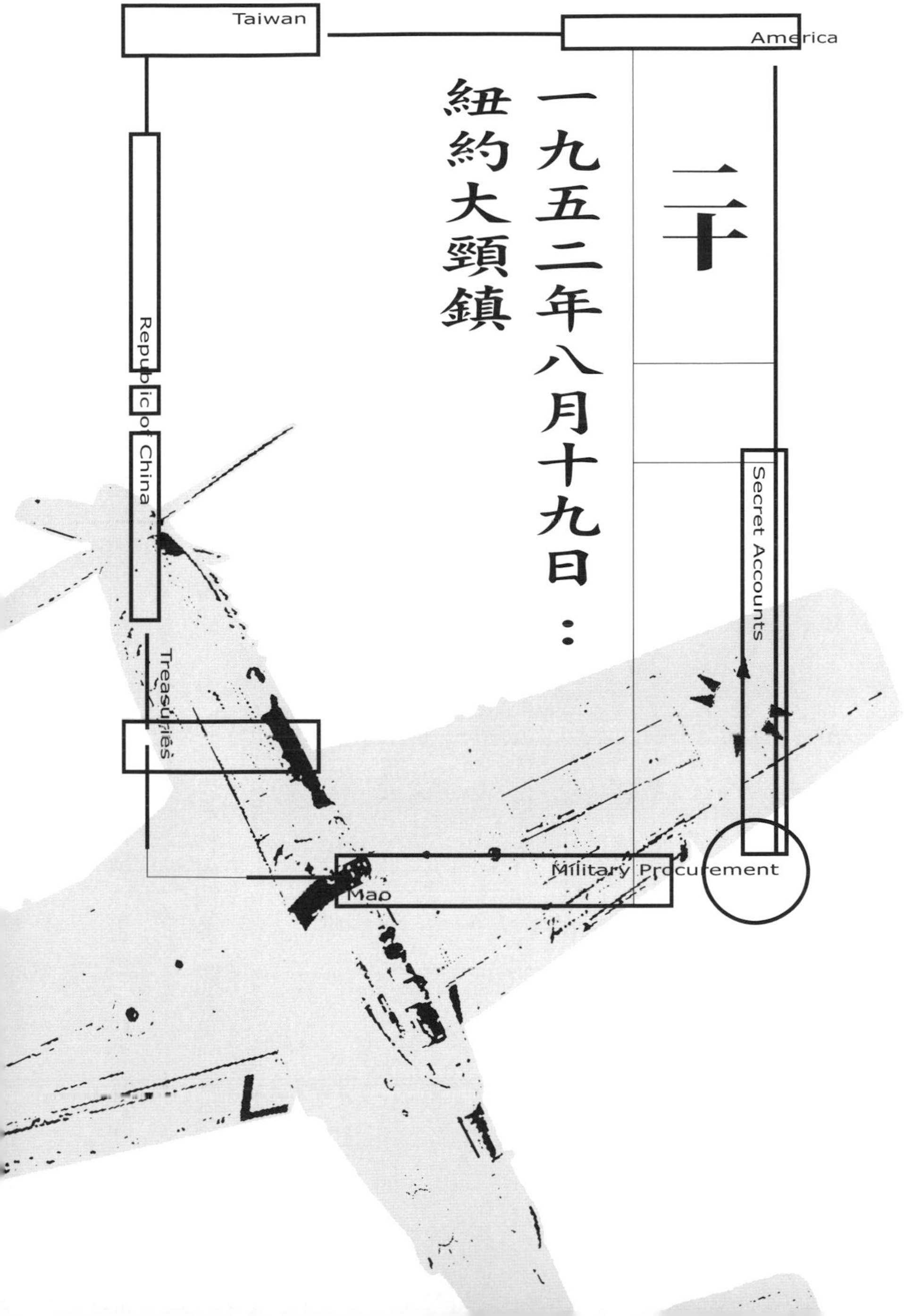

紐約市，共有五個區。其中，曼哈頓與布朗克斯這兩個區，位於狹長半島上；史泰登島則單擺浮擱，位於曼哈頓半島西南方。至於皇后區與布魯克林區，則在長島上頭。長島，形如其名，就是個南北短、東西長島嶼。長島西端那一部份，就是紐約市皇后、布魯克林兩個區，隔著東河，與曼哈頓區相望。島上其餘地方，則分屬不同郡。其中，拿騷郡（Nassau County），就緊貼著紐約皇后區。

這地方，論行政區域，不屬於紐約市，但地理環境就緊貼著皇后區，因而，也被納入「大紐約地區」範圍。同樣，紐約曼哈頓區隔著哈德遜河，對面就是紐澤西州。那地方，不但不是紐約市，甚至，還不屬於紐約州，然而，講起「大紐約地區」範圍，就一定包括哈德遜河對岸，那一片紐澤西州地面。

這一天，一九五二年八月十九日，下午兩點半，長島拿騷郡地方檢察署，來了個兩位訪客，一個是亞洲面孔，另一個則是道地美國人。這兩人，顯然事前已經與檢察官辦公室約好時間，故而兩人推門而入，女祕書問明兩人姓名，就告知兩人，逕自敲門進入檢察官辦公室。

這拿騷郡，雖然緊貼著紐約，但畢竟位處郊區，不似紐約市那般喧囂紛擾，故而檢察官業務不算繁忙。前天這亞洲人打電話約時間，當下就敲定，今天下午兩點見面。這兩人，那亞洲面孔就是中華民國司法行政部次長查良鑑，而那美國洋人，則是律師私家偵探布羅迪。兩人進了辦公室，與檢察官握手致意，簡單寒暄幾句。這檢察官，姓氏叫杭廷頓，今天身分有點特別，不但是地檢署檢察官，而且，因檢察長休長假，他就成了代理檢察長。

查良鑑辦事極有效率，隨身帶來大量文件，其中最重要者，就是華府聯邦地方法院判決。據此，查良鑑、布羅迪要求杭廷頓，依法行事，協調法官發布搜查令，派遣執法人員，逕赴轄下毛邦初住家，搜查相關物證。查良鑑遞出一張紙條，交給杭廷頓，上頭寫著毛邦初家眷住宅地址：「No.50, Nassau Drive, Great Neck, Long Island, New York State」。

杭廷頓一頭栗色短髮，修剪整齊，頭臉乾淨，衣著畢挺，三十多歲，四十不到，正是精壯有為之年。此人講起話來，乾淨俐落，簡單有力，邏輯清楚，絕不拖泥帶水。他接過查良鑑所遞交各項文件，又仔細看了地址，略想一想，抬起頭來，盯著查良鑑道：「根據法律，此事可行。然而，有個前提，我得查明，你人如其言，就是中華民國司法行政部次長。」

查良鑑道：「此事立即可辦，請撥打電話，向中華民國駐美大使館求證。」說完，俯身在紙上寫下大使館電話號碼，將紙條推到杭廷頓身前。然而，杭亭頓看也不看，就用手把這紙條掃到一旁。

杭廷頓絲毫不囉唆，對查良鑑道：「待會兒，我自會與大使館聯絡。此刻，我還要先預作準備，找來相關人等。」說罷，杭亭頓抓起電話，先撥拿騷郡地方法院。搜索，得要搜索令，而檢察官無權簽發搜索令，得找法官來。幸好，拿騷郡地檢署、地方法院，在同一棟建築物裡，法官走幾步路，就到地檢署。之後，杭亭頓又撥電話，召來地檢署檢察官古洛塔（Frank A. Gulotta）。

待法官與檢察官古洛塔抵達後，杭亭頓當著眾人之面，拿起電話，先按下擴音小喇叭，繼而撥了三個數字「四一一」，這是美國各地查號台號碼。電話接通後，杭亭頓請查號台尋找並接通華府中華民國大使館，指名要顧維鈞大使接聽電話。杭廷頓辦事精明，特別交代接線員，說這是 通「collect call」，亦即，長途電話費由大使館支付。

杭廷頓打電話這工夫，查良鑑心中忐忑，暗中默禱：「天靈靈，地靈靈，各路神仙來顯靈，顧大使在辦公室，顧大使在辦公室，顧大使在辦公室。」

這默禱還真有效，等了不到一分鐘，查號台接線員就說，電話接通，那頭顧大使接了電話，也願意支付長途電話費。電話這頭，杭廷頓簡單扼要，先報上自己頭銜、職稱，繼而說道：「有個查良鑑先生，宣稱自己是中華民國司法行政部次長。查先生此時就在我辦公室，要求我協助搜查毛邦初將軍家眷寓所，以尋找某些與毛案相關文件。請顧先生，以大使身分，向我證明，查先生是否為中華民國司法行政部次長？是否有權代表中華民國政府，採取此項搜索行動？」

電話那頭，顧維鈞答道：「中華民國政府的確派出司法行政部次長查良鑑，到美國追查毛邦初將軍挪用、拐帶公款案。為了證實身分起見，請您讓我與他說幾句話。」

杭廷頓轉臉看著查良鑑，拿手指指桌上那電話揚聲小喇叭，示意查良鑑上前說話。查良鑑也精，他略走幾步，走到電話旁，刻意不講中文，以英文與顧維鈞對話，如此，好讓杭廷頓、法官、古洛塔等人，曉得通話內容。查良鑑對著電話道：「顧大使，十六號那天，我和布羅迪在墨西哥，跟著墨國副檢察總長，搜查毛邦初在Cuernavaca別墅，結果，不搜不知道，搜完了嚇一跳，竟然搜到一張文件總覽指南。」

「這總覽指南，上頭寫得很清楚，在紐約州長島拿騷郡大頸鎮毛邦初家眷住宅裡，藏了大量文件檔案。所以，我在墨西哥辦完後續作業之後，沒工夫回華府，向您簡報案情，就帶著布羅迪，昨天直接從墨西哥市飛到紐約。今天午後，就到拿騷郡地檢署，出示文件，請拿騷郡檢察官轉請法官，出具搜索票，派出搜索官，到毛邦初大頸鎮家裡去搜查。我們得動作快，否則，我怕大頸鎮這兒所藏文件，會被移轉到其他地方，到時候，再去搜查就晚了。我覺得，毛邦初老婆也是共犯，不過，眼前搜文件重要，先不急著對毛妻採取行動。」

查良鑑講完前因後果，轉由杭亭頓接談。顧維鈞告訴杭亭頓：「剛才那人，的確是中華民國司法行政部次長，台北國府已經僱請律師，在美國對毛邦初、向惟萱提起民事訴訟，查次長有權採取一切必要法律手段，收回公款與文件。」

杭廷頓道：「毛妻既然在寓所裡，為毛邦初、向惟萱匿藏文件，實際上就是毛、向貪污公款案共犯。」

顧維鈞道：「這問題，應按美國法律原則與習慣處理。」

杭亭頓眼睛翻了翻，瞧瞧布羅迪，問顧維鈞道：「大使先生，是否要與律師私家偵探布羅迪談話，他現在也在場？」

電話那頭，顧維鈞說，沒這必要。於是，談話結束，在場法官、檢察官，全都詳盡聽聞全部對話，毫無異議，俱都同意，今天下午就動手搜索。法官當下簽發搜索令，杭亭頓又撥電話，請拿騷郡警察局，派七名警探過來。警探抵達之前，杭亭頓對檢察官古洛塔道：「你當帶隊官，主持搜查，查次長在美國沒有執法權力，但他了解案情，也認識中文，由他協助搜查。」

大約十五分鐘後，七名警探抵達，眾人隨即出發，搭乘三輛警車，駛往大頸鎮（Great Neck）。這地方，位在拿騷郡北邊，靠著海岸，這一帶，綠樹成蔭，環境清幽，是個高級住宅區地段。毛家，位於拿騷大道五十號，佔地不小，是一戶高級豪宅。大約三年前，毛妻帶著五個兒子，從上海到華府，與毛邦初團聚，一家人住在華府毛邦初空軍辦事處主任官邸。去年，毛邦初造反，曉得華府官邸不是久留之地，於是，以四萬美元，買了大頸鎮這豪宅。

下午四點半，車隊抵達毛宅大門口，裡頭靜悄悄，絲毫不曉得大禍已經臨頭。法警按鈴，叫開大門，毛家二兒子毛昭宙應門，看到外頭這陣仗，尤其，一堆洋人裡，夾雜個查良鑑，就曉得事情要壞。毛邦初有六子，老大毛昭宇早就入了空軍，飛運輸機，已經成家，還有了孩子，眼下一家子都在台灣。這老二毛昭宙，生於民國十九年，今年二十二歲，在壬色列理工學院（Rensselaer Polytechnic Institute）讀書，讀完大三，現在是暑假，等著大四開學。

這所理工學院，位於紐約上州奧爾巴尼市，距離這兒，有三百多公里。一九四九年，毛家家眷到美國，老二毛昭宙十九歲，該進大學。當時，是向惟萱拿主意，極力推薦，說是壬色列理工學院素質極高，毛昭宙聽了向惟萱建言，就進了這學校。眼下，正放著暑假，五個男孩都在家，毛昭宙雖是老二，因大哥在台灣當空軍飛行員，故而，他等於是剩下五兄弟大哥。

法警叫開了門，外頭一堆人如狼似虎，全湧到毛家大門口，帶隊官古洛塔檢察官掏出搜索令，一陣官式宣告，念念有詞之後，眾人就闖入毛家。這時，毛太太暨其他四個兒子，也聽到動靜，都湧到前廳來。這當兒，查良鑑摩拳擦掌，躍躍欲試，滿臉興奮之色，指東打西，主持大局，調動警探動手搜查。七名警探拿眼睛看著古洛塔，古洛塔默默點了點頭，七警探就此歸了查良鑑指揮。

毛太太也不含糊，當下按中國規矩行事，立即掏出幾捲美鈔，堂而皇之，分贈諸警探、檢察官。美國執法人員，哪見過這陣仗？當即大驚小怪，擋住毛太太行賄壯舉。查良鑑見狀，喊著毛妻英文名字，用英文大聲叫道：「Pauline，這是美國，不作興這一套，妳別給中國人丟臉了！」

本來，警探態度還好，碰上行賄之後，檢察官、警探全都上了脾氣，動起手來，公事公辦，毫不留情，有如抄家一般，一層樓接著一層樓、一間房接著一間房，仔仔細細，慢慢翻箱倒櫃搜查過去。

毛家這大宅，上下三層樓，外帶地下室，共有十五個房間，車庫裡停有兩輛簇新汽車，一輛為凱迪拉克，另一輛為福特。除了毛家人之外，還有兩個中國男僕。三層樓、十五個房間，外帶車庫，全都細細摸索檢查，卻是一無所獲。一路搜查，查了半天，毫無動靜，查良鑑額頭上冒了汗，心想：「今天可別撞了木鐘，弄得一鼻子灰，不但讓毛家人譏笑，在美國檢察官、警探面前，也抬不起頭。」

整個搜查過程，毛妻始終黏纏不去，緊緊跟著眾美國執法人員。搜到最後，只剩地下室還沒搜。一行人進了地下室，裡頭灰塵頗多，物品四處零散擺放，一眼看過去，有點亂七八糟。灰塵厲害，幾個美國警探不住打噴嚏，打完噴嚏流鼻涕；另幾個警探則是不斷拿手撓癢癢，都犯了塵埃過敏毛病。就這當口，查良鑑眼尖，發現毛妻時不時，拿眼神偷瞄地下室一角。

查良鑑精明，立刻越過打噴嚏、撓癢癢警探，跨大步朝那角落奔去，當場，毛妻臉色人變。查良鑑衝到角落那兒，發現有個破木頭矮架子，上頭擱著一個大型行李箱。木頭架子破舊，不但掉漆，還約略有點腐朽，而上頭所擱那大行李箱，卻泛著光澤，看起來頗新。查良鑑眼角瞥見毛太太臉上顏色大變，曉得裡頭有鬼。拿起行李箱，拉開拉鍊，查良鑑不禁用英文高聲歡呼道：「賓果，中大獎了，這裡面有一堆文件。」

中大獎後，眾人就此忙碌，各自幹活，先是清點文件數量，繼而大致瀏覽文件內容，再來就是拍照存證，最後，給文件編上號碼，仔細登記。這些文件，有英文，有中文，也有中英文並列。凡中文文件，均由查良鑑約略口述主旨，由檢察官、法警在小型黏貼紙條上，寫下英文摘要，賦予編號，貼在中文文件上。

經清點，總共搜出中華民國政府祕密文件四十六卷。其中，有密電碼三十一本。另外，還有頗多航空地圖、台灣從南到北各軍用機場詳盡布置、中華民國空軍補給情報等，全都是空軍重要檔案，文件上都標注為「極機密」。這些機場情報，包括台灣各軍用機場跑道長度、可能支援電量、風向、地下土壤質地、汽油與供油設施、機庫、地點、祕密訊號辨認方式、無線電與燈光。這些機密資料，全是空軍辦事處財產，毛邦初盜取這些機密文件，藏入大頸鎮家中。

不但有文件，還有信件。譬如，有一封信，是個副本，正本已經寄給一家瑞士銀行，說是打算提款一百八十萬美元，其中六十萬美元以記名支票支付，其餘一百二十萬美元則請銀行準備現鈔。

對此，查良鑑興奮難耐，一臉喜不自禁顏色，當著毛太太、毛昭宙等毛家眷屬，用中文滴滴答答，自言自語道：「這下好了，這下好了，抓到證據了。毛邦初這戶豪華大屋，花四萬美元買下。這一張提款通知信函，就是一百八十萬美元，足足可以買下四十五戶豪宅。這筆錢，都夠買下一整條街兩旁全部別墅大屋了。鐵證如山，這下子，可以告死毛邦初了！」

「當然，這只是一小部分公款而已，大部分款子都還沒下落。以後，還有得追的。無論如何，今天先開了張，撬開毛邦初祕密庫房一扇窗。有了這開始，以後見縫插針，就容易辦了！嘿嘿，我們都曉得，毛邦初還買了兩百萬元美國財政部不記名國庫券，沒關係，我們已經通知美國財政部，註銷這批國庫券。毛邦初手上攢著這批國庫券，也是枉然，都成廢物了！」

查良鑑身旁，律師偵探布羅迪也手舞足蹈，對著檢察官與諸警探道：「各位，在朝鮮半島那兒，咱們美利堅合眾國十幾萬大軍，還冒著溽暑，與中國共產黨志願軍鏖戰。這兒，卻搜出了大批中華民國軍用機場絕密公文，紅色中國早就揚言，要血洗台灣，這些資料要是落入中共手裡，台灣空軍指日可滅。這下好了，全被我們搜出來了，這可是無價之寶啊！」

當下，帶隊檢察官古洛塔吩咐所有警探，登記完畢之後，將所有證物集中，送回拿騷郡地方法院。之後，由地方法院指定承辦法官，負責保管，將所有搜獲證物，放進保險箱封存。日後，經過官方程序，再交還給中華民國駐美大使館。

毛家家屬，從頭到尾，一路挨打，眼睜睜看著眾人如入無人之境，狼行虎步，把家裡翻得亂七八糟。到了最後關頭，眾人收穫豐盛，喜孜孜離去之際，毛家老二毛昭宙總算出聲抗議：「你們這樣擅闖民宅，惡意搜索，純屬非法。我明天會找律師，向法院遞出訴狀，告你們非法搜索。」

律師偵探布羅迪一隻腳都踏進車門了，聽到毛家老二如此編派，乃轉身回頭答道：「你也不簡單了，你爸爸拋妻棄子，帶著妙齡金髮女子，逃到墨西哥風流快活去了。你才二十二歲，就要頂立門戶，幫著媽媽，護著弟弟，硬出頭打官司。這一點，我佩服你。不過，你放心好了，若是今天啥都沒搜出，你告我們不當搜索，還有可能弄得成。現在，都搜出這四十多卷機密文牘了，你再去告，只是自討沒趣，告得成才怪！」

二十一

一九五五年元月十一日：

黑宮監獄

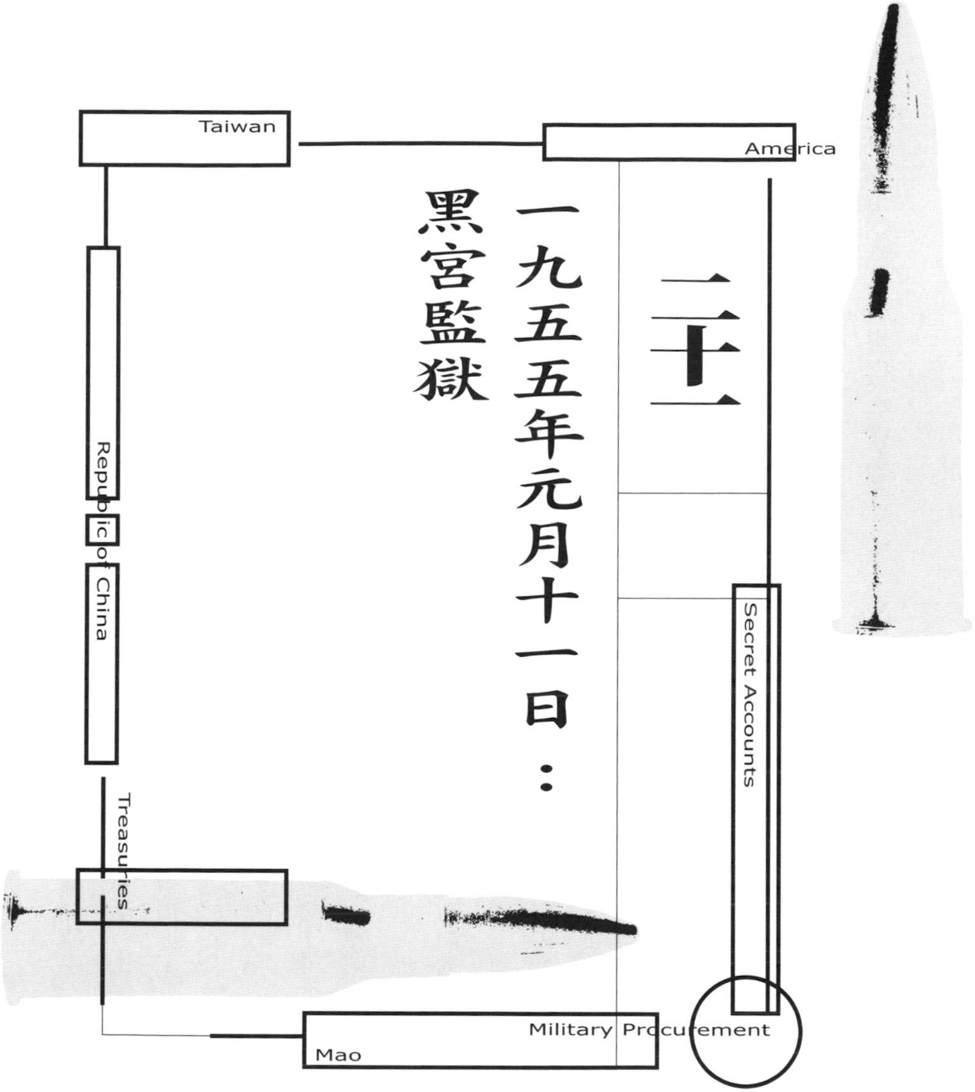

墨西哥首都墨西哥市，海拔約兩千兩百公尺。儘管位處高原，在隆冬元月，依舊氣候溫暖，宜人居住，整個元月份溫度，大約就是攝氏十九度到二十五度之間。墨西哥市海拔雖高，緯度卻低，約為北緯二十度左右。台北市緯度，北緯二十五度；屏東最南邊恆春，北緯二十二度。墨西哥市位置，比整個台灣，都還要偏南。

這城市東北邊，有個監獄，叫列康貝瑞（Palacio De Lecumberri），關著上千人犯。這監獄，有個渾名，叫「黑宮」（Black Palace）。這黑宮監獄，四周高牆環繞，裡面有個「ㄇ」字形高大石鑄樓房。石鑄大樓中間凹處，則是廣大綠地、花圃、菜園。隔著廣大綠地，石鑄大樓對面，還有一排平房別墅。

黑宮監獄所關押人犯，也分三六九等。尋常犯人，關在石鑄高樓裡，各樓層密密麻麻，隔出無數蜂巢般囚舍。有錢有勢特種犯人，則花錢買享受，住進別墅裡。別墅囚房，彷彿住家，有客廳，有臥房，有衛浴設備。當然，一分錢一分貨，要住別墅監房，得口袋豐盛，出得起價錢。

這一天，一九五五年元月十一日，星期二，上午十點多，黑宮監獄後花園裡，菜圃邊站著兩人。這兩人，一個是中華民國空軍叛將毛邦初，另一個，則是西班牙刺客傑克・蒙納德（Jacques Mornard）。這兩人，對著菜圃裡各色蔬菜，指指點點，品頭論足。兩人都是面色黝黑，神采奕奕，顯然常在戶外陽光下活動，健康狀況極為良好。

就見蒙納德先指著一畦紅蘿蔔，繼而又指著另外一畦白蘿蔔，以英語對毛邦初道：「Pete，你看，我們兩人同時栽種這兩畦蘿蔔，我這批紅蘿蔔，就是比你那批白蘿蔔，長得快、個頭大，將來收成也比你快，提早送進廚房，成了獄友桌上沙拉。我早說過，紅色遠勝白色，你就是不信。」

毛邦初點起一根菸，敬了蒙納德一根，徐徐吐出煙道：「你看，你又來了，什麼事情，都能扯得上顏色。你服膺蘇聯史達林，當了刺客，一冰斧插死了托洛斯基，算你蘇聯紅軍狠。不過，你愛紅色愛過了頭，連蘿蔔也分顏色，硬是尊紅貶白，把白蘿蔔說得一文不值。」

蒙納德嘴腳帶笑，譏諷言道：「沒錯啊，在俄羅斯，當年鬧革命，蘇聯共產黨紅軍硬是打垮了帝俄白軍。在中國，前幾年也鬧革命，紅色毛澤東打跑了白色強人。就連這黑宮監獄裡，也是紅蘿蔔壓倒白蘿蔔，紅色壓倒白色，這是舉世不移定律，從蘇聯、中國，到墨西哥，這道理都堅定不移。」

毛邦初聞言，也不計較，繼續也跟著蒙納德，哼哼哈哈，談笑不矣。說笑告一段段落，毛邦初抬頭，看看天上雲彩，就見雲層低矮，彷彿棉花糖一般，東一團，西一陀，被風吹得不斷飄移。看完天色，毛邦初對著蒙納德道：「一年容易又元月，晃晃悠悠之間，你在這兒住了十四年，我也進來兩年四個多月了。」

原來，前年八月，他與凱莉在墨西哥渡假勝地Cuernavaca街頭漫步，逛著花攤子時，便衣警察逮住他兩人，帶回住所搜索。末了，將他們兩人，外加毛邦初投資顧問Oliver Kisich、墨西哥友人Pedro Ache，以及兩名墨西哥僕人，送往墨西哥最高檢查署關押。在那兒，閉關問話一個星期，末了，把其他五人都放了，獨獨將毛邦初轉至這黑宮監獄。他鈔票多，進了監獄，自然不必受苦，當下就住進別墅區。

這別墅區，還住著其他大人物。比方說，他隔壁就住著蒙納德，而蒙納德隔壁，則是個下台瓜地馬拉總統。毛邦初能說英語，但這是墨西哥，講西班牙話，他說不上幾句，因而，就與蒙納德成了朋友，凡事就讓蒙納德當西語翻譯。

這蒙納德，生於西班牙，長於法國，因而，有好幾個不同名字，「傑克．蒙納德」是他法文名字。一九四〇年，他在墨西哥刺殺托洛斯基，被警察抓住，判了重刑，關進這監獄。他殺掉托洛斯基，成了蘇聯英雄，史達林政府自然不會忘記他，蘇聯駐墨西哥大使館時時關照，持續出錢，讓蒙納德在監獄裡也住進了別墅房，在牢裡享福。

三十多年前，第一次世界大戰，俄羅斯帝國參戰，死傷慘重，國內鬧工人革命，列寧領導共產黨，推翻沙皇政府。列寧之外，還有數名革命大將，其中，托洛斯基尤其幹練。此人是蘇聯紅軍鼻祖，驍勇善戰，在蘇聯共產黨內地位極高。然而，列寧死後，蘇共內鬨，史達林、托洛斯基二人爭領導權，末了，史達林獲勝，托洛斯基及其追隨者，被打為「托派」，遭史達林殘酷鬥爭。同樣，中國共產黨內，亦有「托派」，後來亦受到慘烈內鬥鎮壓。

托洛斯基不敵史達林，乃遠颺海外，輾轉多國，最後落腳墨西哥。不過，此人血性不改，到了墨西哥，並未放低身段過隱居日子，反而繼續與史達林纏鬥。末了，史達林派了刺客蒙納德，追到墨西哥，拿了柄破冰斧，鑿進托洛斯基後腦勺，殺了托洛斯基。蒙納德被捕後，就關進這黑宮監獄。鬼使神差，多年之後，他所住別墅隔壁，搬來了個中國空軍叛將毛邦初。這兩人，一個是蘇聯老共產黨，另一個是國民政府空軍中將，一向反共，兩人成了獄中難友，既聯合又鬥爭，雖是朋友，卻常因政治立場鬥嘴。

所謂「有錢能使鬼推磨」，這話放諸天下皆準，不過，其中卻頗有程度難易之分。在美國，要鬼推磨，得花重金，價格高，磨盤重，就算推，也是推得有限。墨西哥不一樣，這國家可是闊佬天堂，花錢僱鬼推磨，價廉物美，索價較低，磨盤也輕巧易轉，稍微丟點錢進去，就能收事半功倍之效。

毛邦初住這別墅，每個月租金三百七十五美元，他又另外多花點錢，雇了兩個囚犯。其中一人，當他僕役，替他整理家務，服侍他過日子。另一人，則是廚子，毛邦初教這廚子烹調中菜，時候不久，頗有成效，燒出來菜色，還真有點江浙菜味道。凱莉在監獄外頭，另外租了房子，經常保持連絡。尤其，住別墅犯人，每週有一天，可以讓家屬進來探訪，若再多加點錢，還可以過夜。因而，每星期一次，凱莉進監，與他雙宿雙飛。

他人在監獄裡，靠凱莉居間對外聯絡，穿針引線，功不可沒。幾百萬美元公款，匿藏不同地點，只有他曉得詳情，凱莉也不甚了了。他在獄裡，沒擺多少現金，但隨身帶著幾家銀行空白支票。若要用錢，他就簽發支票，交給凱莉，由凱莉回美國去，兌現支票，取出現金。凱莉不知全盤詳情，只曉得毛邦初錢財取之不盡，用之不竭，自然死心塌地，傍著這座金山，跟定毛邦初。當然，毛邦初對凱莉也大方，一個三十出頭女子，能有這等火山孝子，已心滿意足。

在「黑宮」裡，毛邦初給自己弄了個「首席園丁」職位，監獄裡那一大片綠地，包含菜圃、花園，全歸他打理。當然，他手下有大群囚犯，供他調度指揮，多半時間，他動嘴不動手。每天，自一大早起，直到太陽落山，除了吃飯、午休，他幾乎都在園子裡轉悠，晒得臉色通紅，遠比在華府時期健康。

在外頭，毛邦初也著實花了不少銀子，雇用墨西哥素有口碑律師，替他打引渡、難民官司。簡單來說，先是對付台北國府所提引渡官司，之後，則是自己申請難民居留官司。頭一個官司，進度頗快，他關進來半年左右，去年三月間，法院就有了判決，拒絕台北國府所提引渡要求。墨西哥政府，拒絕將他引渡回台灣或美國，反正，就是繼續關在黑宮牢裡。

至於第二個官司，給予難民身分政治庇護，讓他留在墨西哥，則是推三阻四，比老貓撒尿還慢，總是吞吞吐吐，沒個結果。不但墨西哥總統府、司法部門故意拖延，好從他這兒榨取好處，就連他所雇墨西哥律師，亦是拖泥帶水，動作遲緩，一點也不俐落。他曉得，這裡面有關節，不外就是見他有錢，想方設法，要多弄點錢。這方面，他異常精明，對於各方需索，既不全然拒絕，也不全然配合，總是斷斷續續，不乾不脆。就這樣，兩邊緩慢而動，事情就拖了下來。

偶爾，會有美國或墨西哥記者，進監獄訪問他，問他對於官司進度，有何看法，他總是說：「我不急，我一點也不急。我都已經耐心等候這樣久了，為何不耐心等候更久？這就像攀登埃佛勒斯峰，我都快登到峰頂了，可不想再冒險躁進，結果摔了下來。」

去年間，有個《芝加哥論壇報》記者來，問他是否真如台北國府所指控，藏匿大筆公款？他當即大方微笑回應道：「我沒捲走任何款項潛逃，我把這些錢好好存著，將來會歸還給中國人民。至於金額，不是一千九百萬美元。只要美國政府，或者聯合國，保證能把這筆錢，用在改善中國人民生活，我立刻就可以交出這些錢，反正，這些錢絕對不能歸還給台北國民政府。強人總統所領導政府，是個貪污腐敗集團。」

記者問：「那麼，你所匿藏資金，是多少美元呢？」

毛邦初說：「少於七百萬美元。」

記者問：「律師費用、生活費用，都是靠這筆錢？」

毛邦初說：「當然，我身為中華民國空軍中將，在證明有罪之前，我當然有權利領取薪餉。」

訪問之後，毛邦初盡地主之誼，請這記者進了別墅，要墨西哥廚子加幾個中國菜，並奉上珍藏紹興酒。尤其，毛還花錢，請了幾名囚犯樂師，在飯桌旁演奏墨西哥音樂。飯桌上，他問《芝加哥論壇報》記者，國際大勢現況如何？他本來還期盼，國府能趁著韓戰，打回大陸去。不過，這心願顯然沒指望，南北韓在板門店已經快談出停火結果。

向惟萱還在美國，偶爾有信寄來，讓他明曉美國那兒諸般事務。之前，向惟萱來信就說，已經搬到拉斯維加斯去定居，在一家往來證券公司掛名，算是該公司員工。向惟萱信上又說，已經在拉斯維加斯，與老婆辦了離婚手續。

他老婆，被向惟萱拋棄後，手上雖然拿了點離婚贍養費，但拖著孩子，在美國人生地不熟，又不懂英文，實在待不下去。本來，還可以回台灣，然而，向惟萱在美國造反，他老婆也不敢回台灣。最後，走投無路之餘，買了機票，飛往香港，從香港回了中國大陸。向惟萱拋妻棄子，離完了婚，隨即馬上結婚，娶了女友法蘭西斯．袁。

至於毛邦初家小，向惟萱來信也屢次提及。反正，紐約大頸鎮那房子，被索命閻王查良鑑帶著美國警察，衝進去搜查。現在，查良鑑另起官司，要收回那戶房子，毛妻則死命護產，怎麼也不肯放手。毛邦初手上藏著上好幾百萬美元，卻沒留給老婆、孩子多少錢，毛妻就去了一家中餐館上班，在廚房裡幫忙。

那中餐館，也在紐約長島，就在新海德公園（New Hyde Park）旁邊，距離大頸鎮毛家，約有六公里遠。餐館老闆，是毛邦初華府空軍辦事處主任官邸裡家廚。這廚子當初在華府毛家掌勺時，在華府享有頗高聲譽。那幾年，毛邦初當空軍辦事處主任，華府官邸經常辦派對，招待華洋賓客，宴飲之事頗為頻繁，都由這廚子掌勺。毛府家宴，聲譽鵲起，頗有名頭。

毛、向造反，空軍辦事處被查封，毛出走流亡，華府那主任官邸，已經被查良鑑收回去，家裡僕役、廚子、園丁等下人，全都四散。那廚子，跑到紐約，在長島上開起了中餐館，毛妻走投無路，只好到這中餐館謀生路。這真是造化弄人，主僕易位，對此，毛邦初心中雖難免感慨，但依舊不為所動。

毛邦初正凝神想著過去一年多以來諸般經歷，就聽見身旁蒙納德喊道：「Pete，你是怎麼了？這樣失神？阿米哥對你揮手半天，你都視而不見？」

聽蒙納德提醒，毛邦初這才過神來，果然，獄卒班長阿米哥站在菜圃對面，手裡捏著一個信封，朝他揮手。毛邦初走上前去，接下這封信，順手掏出一張五元美鈔，賞了阿米哥班長。

這天午後，毛邦初吃過中飯，歇息過午覺，正打算出門，再去花園菜圃，驀然想起了這封信。於是，坐在窗前小沙發上，就著玻璃窗外亮光，細細展讀這封信。此信，是向惟萱所寄，主要講述三件事情，內容頗多，足足寫了四大張信紙，並且，還外帶一張台北《中央日報》剪報。毛邦初先不看那《中央日報》剪報，專心讀起向惟萱來信。

信裡，向惟萱首先交代官司最新進展：「Pete尊兄如晤，逾月餘未曾提筆修書，此段期間世事又有新局。華府聯邦地方法院日前判定，我方應歸還國府六百三十六萬八千五百零三元又四毛七分美元。據法院判決，此一金額係『國府歷年給付空軍辦事處資金總額』，減去『空軍辦事處歷年報銷額度』。又，酷吏查良鑑確有本事，獵狗一般，已經在九家瑞士銀行裡，翻出尊兄帳戶，裡頭密藏資金已經出土見光。」

「法院判決書說，舉凡紐約、華盛頓與瑞士等地，所有各家銀行中，尊兄名下各種貨幣與存款，以及美國國庫券、帳冊、有關文書檔案等等，悉數歸台北國府所有，並限期由尊兄本人，向原告國民政府辦理移交。如拒不移交，則由其法定代理人，代為執行。」

看到這兒，毛邦初心中一涼，覺得大勢不妙。他所藏資金，除美國幾家銀行、兩百萬美國財政部不記名國庫券之外，主力資金，就是放在瑞士。他早有打算，將來墨西哥這兒局面結束之後，要帶著凱莉，到瑞士去，挾巨資倘佯湖光山色之間，過起富翁寓公生涯。如今，查良鑑竟然一舉敲了他九家瑞士銀行戶頭，如此一來，瑞士所藏密款，差不多都玩完了。

他曉得，查良鑑這一手，就是玉石俱焚，兩邊抱著一鍋煮。因為，祕密帳戶曝光後，有美國法院判決，這些瑞士銀行不會再讓他取款。但查良鑑方面，也絕難拿回巨款，因為，瑞士銀行以「不透露存戶身分」，聞名於世，不可能對外公開存款資料。就這樣，兩方面都拿不到密藏資金，這幾百萬美元祕帳寶藏，將來恐怕就便宜了這些瑞士銀行。

毛邦初低頭續看向惟萱來信，信文話風一轉，尖酸刻薄，消遣台北國府諸駐美大員：「兩年之間，查良鑑並同手下律師訟棍，倚恃強取豪奪，陸續將尊兄所密藏空軍辦事處資金，取回三百多萬美元，悉數存於大使館帳戶，由顧維鈞統籌保管。為此，台北諸衙門嗅得錢腥味，餓虎撲羊一般，都打這筆洋財主意。頃據大使館內線友人報聞，台北方面大小官兒齊齊伸手，乞丐叫街一般，都向顧維鈞哭窮，鬧得顧老兒一佛出世，二佛涅盤。」

「本週之內，先是空軍總部來電，要求動用是筆資金，支付台北強人座機修理費。嗣後未久，國防部又來電，要求動用該項資金，購買多波段無線電發報機。繼而，外交部來電，要求動用此錢，支付一九五二年至一九五三年聯合國會員費。顧老兒卻另有算盤，說是官司打了三年多，律師經費、偵探經費、專案小組經費，花錢無數，悉由台北國庫墊付，已累積堆疊至天文數字，應專款專用，以是筆資金，支應辦案所有經費。」

「為此，顧老兒召來老搭檔俞大維，密商對策。俞大維獻計，說是應將瑞士信貸銀行紐約分行全部餘款，一次提乾淨，用以償付積欠聯合國費用。如此一來，就擋住台北國防部，不能以此資金，購買多波段無線電發報機。俞大維獻策，顧老兒大悅，說是此計大妙，但仍應留一手，不該清空帳戶，而是留下七萬美元。因為，需要維持美國銀行界好感，俾助於收回各銀行尊兄名下帳戶數百萬美元存款。」

「台北那兒，行政院長換了人，陳辭修下去，換俞鴻鈞上來。陳已經夠吝嗇，俞更摳門，華府大使館暨專案小組，所呈報諸般經費，悉數皆遭俞鴻鈞積壓，扣住不撥經費。為此，查良鑑等叫苦連天，三天兩頭對台北叫窮，催行政院快點撥款。大使館內線告知，不僅僅俞鴻鈞對花錢有意見，總統府裡老頭子也坐不住，嫌華府辦案花費太大，常放話要顧維鈞快將『毛案』結束，填了錢坑。」

「說來可笑，彼等也太過小覷兄臺您本事，以為戰場只在華府。現如今，這戰線拉得可長了，這幫人除華府、墨西哥外，在紐約、洛杉磯、芝加哥、拉斯維加斯、舊金山、瑞士都另外新雇了律師。並且，不是一個、兩個律師，而是一個地方一個律師團。兄臺您藏寶銀行紛紛出土曝光，有如炸彈開花，每冒出一個新藏寶地點，他們備多力分，就要多起一個爐灶，增雇一批律師。而每多起一個爐灶，就多鑿一個銷金窟，錢坑一個接一個，辦案經費像是屁股綁火箭，一飛沖天，誰也攔不住。台北老頭子這才曉得，鈔票這樣燒下去，沒完沒了，故而，早就有話，要顧維鈞速戰速決。」

毛邦初看完向惟萱來信，將信紙緩緩塞回信封裡，兩眼目光遲滯，神情怔忪，視而不見一般，盯著窗外藍天發愣，心裡不禁悲從中來，淒愴感慨道：「時也，運也，命也，搞個什麼鬼?!老頭子明明已經玩完，台灣那一畝三分地小江山，指日可滅，美國民意一面倒罵著他，怎麼，就跑出個韓戰？就此，艾森豪政府弄出什麼『第一島鍊』，從阿拉斯加拉到越南、菲律賓，把臺灣也算上一份，老頭子這就算坐穩江山，長治久安。唉，我這墨西哥牢房，還不知道要待多久啊！」

二十二

一九五七年六月八日：墨西哥坎昆

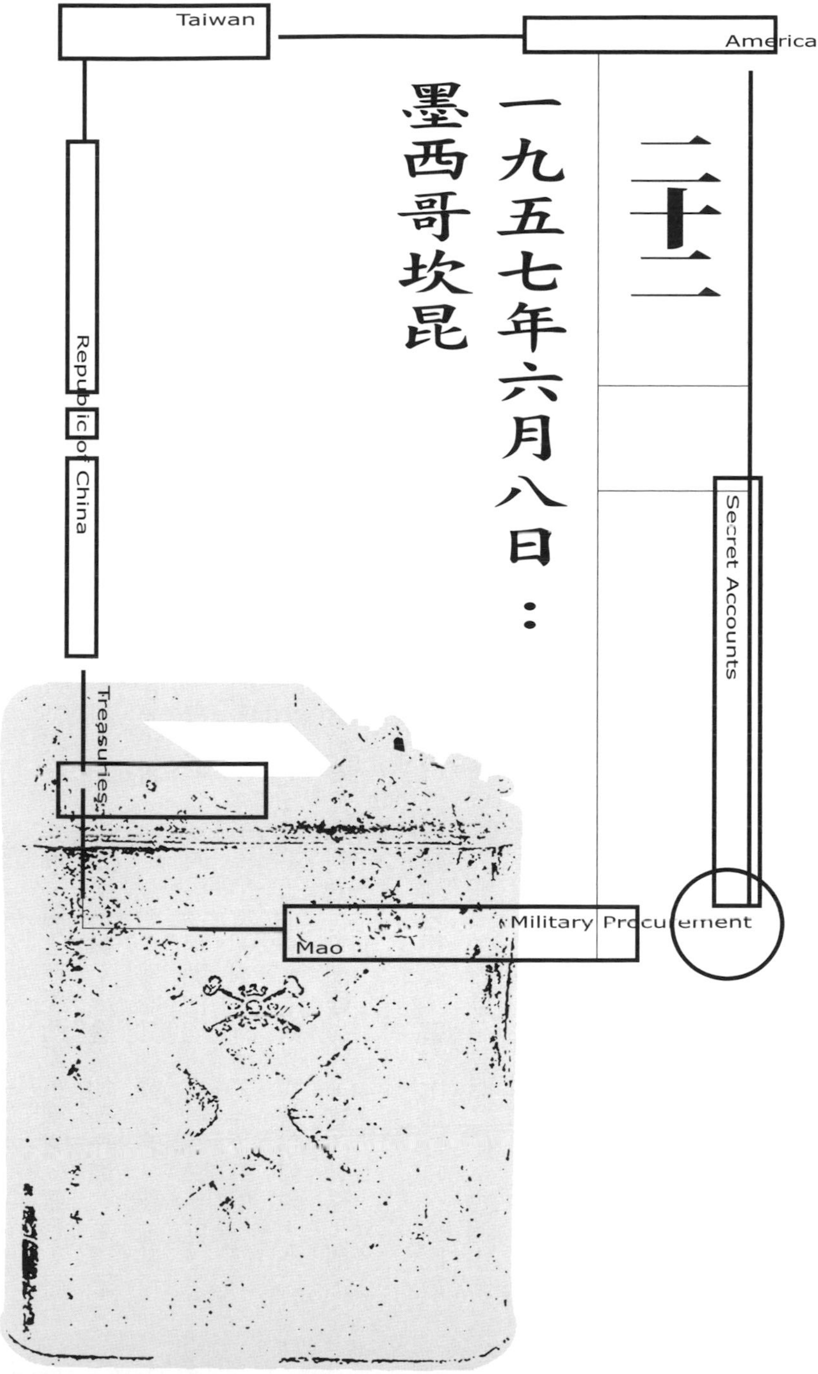

這是個小鎮，名為「Cancun」，中文發音，接近「坎昆」。這小鎮位在墨西哥東南方，並且，是整個墨西哥國極東之地。小鎮位在半島尖端，三面環海，北邊是墨西哥灣，南邊是加勒比海，東邊隔著兩百公里海峽，對面就是古巴。小鎮氣候溫和，民風樸實，生活簡約，雖有外地觀光客，但並非燈紅酒綠之地。這兒住客，如要享受摩登曼妙夜生活，得搭船過海峽，到對面古巴去。

古巴，是美國後樂園，上自達官貴人，下至普通商民，甚至黑手黨嘍囉，玩膩了佛羅里達州邁阿密，就略略走遠些，或搭機，或乘船，到古巴去撒野。古巴其實不算平靜，卡斯楚帶著游擊隊，在鄉下不斷起事，不過，還撼動不了幾個大都市。故而，首都哈瓦那到處有美國觀光客，聲色犬馬，逍遙自在。

距離古巴兩百公里之外，墨西哥極東小鎮坎昆，則是可靜可動。若想靜，留在本地度日，悠閒散漫，物價低廉，人工便宜，口袋稍稍有點積蓄，就可以在這兒充大爺。若想動，搭乘快艇，幾個小時即可到古巴，隨心所欲，胡天胡地。

時為一九五七年六月八日，星期六，坎昆一如往日，陽光普照，溫度和煦，還微微吹著小風，吹得毛邦初別墅圍牆上花叢，斷斷續續飄起了花粉。這別墅，佔地頗廣，外頭樹小牆新，頗有點暴發氣派。雖是新起造大別墅，其實價格不貴，十幾萬墨西哥披索而已。這幾年，毛邦初在墨西哥境內搬來搬去，經常挪窩。去年，搬到坎昆，住進這大別墅，還是住不安穩，心裡老覺得不踏實。無奈，年幼嬌妻已然懷孕，不能再折騰挪移，故而，眼前只好定心忍性，在坎昆住了下來。

他在墨西哥市黑宮監獄關了兩年多，上下打點，拿錢說話，墨西哥法庭很快就駁回台北強人總統所提引渡官司。至於申請政治庇護難民身分，則頗費周折，墨西哥總統府、外交部、內政部、司法部、法院、國會，都有關節得打通。幸好，他鈔票多，靠著情婦凱莉往來搬運，加上律師羅勃茲各方運動，終於，距今兩年前，一九五五年五月二十四日，墨西哥總統Cortines簽署了命令，給他政治庇護。

就此，他可以永久在墨西哥待下去。總統命令頒布下來，黑宮監獄開了門，放他出去，重獲自由。不過，墨西哥政府不依不饒，都已經放他出獄了，還不乾不脆，另外找個了名頭，敲了他一竹槓，說他當初非法入境，得繳納三萬披索罰鍰，折合美金，約兩千五百元。這點小錢，對毛邦初來說，九牛一毛，毫無感覺，自然當場就付了。黑宮監獄外頭，情婦凱莉等在那兒，接他出獄，兩人低調去了附近一戶房舍。這房子，是凱莉所準備。

然而，白雲蒼狗，世事多變，共苦容易同甘難。毛邦初在獄裡，一心一意打官司，繃緊了神經，應付變局。那段日子，人在牢裡，形格勢禁，訊息難通，得緊緊拉攏各方，患難互助，彼此扶持。等出獄之後，景況鬆弛，訊息管道大通，回頭檢點過往痕跡，這才發現，有些事情竟然頗為不堪。比方說，老戰友向惟萱就背後動手腳，暗中占他便宜，貪取多得，拿了他不少錢。

就在他釋放出獄前不久，他要凱莉帶著兩張國庫券，每張面額十萬元，去找向惟萱，交付這二十萬美元國庫券。同時，凱莉也傳話，細細轉述處理步驟，告知向惟萱，應前往何地、聯絡何人、如何兌現、各經手人酬庸各為若干，全都交代清楚。結果，第一張國庫券弄成，兌出十萬美元現鈔。第二張國庫券，則兌現失敗，被美國聯邦儲備銀行沒收。

毛邦初已透過凱莉，明白告訴向惟萱，說是經過層層轉手之後，一張面額十萬美元國庫券，最終會有七萬美元現鈔，交回給向惟萱。這七萬元當中，向惟萱可以取用一萬，將剩下六萬，交給凱莉，帶回墨西哥。這樣，十萬塊錢國庫券拿出去，層層轉手，每轉一手，就得支付經手費用。轉來轉去，轉到最後，打個六折，還能有六萬美元現鈔，回到墨西哥毛邦初手中。

沒想到，向惟萱這老搭檔，竟然狼子野心，拿了一萬六千元回扣，比之前毛邦初應允額度，多了六千元。這樣，最後只剩下五萬四千元現鈔，回到毛邦初手中。毛出獄後，打電話到內華達州大石城（Boulder City）向惟萱住宅，問向惟萱，這到底是怎麼回事？當年老骨頭夥伴戰友向惟萱，這時娶了法蘭西斯．袁，在內華達另起爐灶，安家落戶，已不願再沾毛邦初，因而，電話裡，向惟萱口氣不佳，帶著蒜味，頗為衝人。兩人講不了幾句，毛邦初就摔了電話，曉得革命交情就此玩完。

出獄之際，毛邦初五十一歲，已過半百，得為後半輩子好好打算。這算盤，也容易撥，稍微梳理，即能勾勒出形勢大要：已成墨西哥難民，沒法子去瑞士，故而，瑞士諸銀行裡，所存巨款，注定無法提領；在美國，官司一輸再輸，名聲已臭，美國諸銀行裡存款，已由法院判決，應歸還台北國民政府，他也無法提領。剩下來，就是手上一百七十萬美元不記名國庫券，以及五萬多美元現鈔。

幾年前流亡墨西哥時，臨走前，在美國買了兩百萬美元國庫券，面額一百萬元一張、面額五十萬元一張、面額十萬元五張。隨即，將一張十萬元面額國庫券，付予律師羅勃茲，是為律師費用。其餘國庫券，分藏不同銀行保險箱。後來，住進黑宮監獄，局面穩定之後，毛邦初指使凱莉，陸續自各家美國銀行保險箱，將國庫券取出，帶入黑宮監獄，交予毛邦初收藏。出獄前，他拿了兩張面額十萬元國庫券，請凱莉託向惟萱處理。如此，還剩下一百七十萬元國庫券。

出獄後，沒過多久，就來了買主，打七折，換走那張面額一百萬元國庫券。這張國庫券後來在洛杉磯比佛利山附近出土問世，卻被銀行拒收，不但沒兌換出現金，並且，又被美國聯邦儲備銀行沒收。這下子，買主不答應，回頭到墨西哥，找毛邦初算帳，要毛退款。七十萬美元已然入袋，毛邦初當然不退，對方就出狠手段，買通墨西哥黑道，咬住毛邦初。毛邦初無法，只好也花大錢，雇用保鏢。

如此一來，搞得風聲鶴唳，日子都沒法子好好過，多半時間都躲在家裡，若不得已，必須外出，都是帶槍保鏢貼身跟著。時間一久，凱莉受不了，就此一刀兩斷，回了美國。兩人好聚不好散，凱莉臨走前，兩人爭吵不斷，關係弄擰了，這才分手。凱莉回到美國，對媒體放炮，罵罵咧咧，講起毛邦初，都沒好話。

在那之後，毛邦初離了墨西哥城，轉進鄉間，專撿小城鎮落腳。並且，每到一地，卻待不久，就是深怕墨西哥黑道聞到美鈔油墨味，跟在後面追殺。兩年間，毛邦初轉過多個小鎮，其間，遇見一墨西哥年輕女子，兩人同居，如今，搬到這坎昆別墅才幾個月，毛邦初年輕墨西哥老婆，已身懷六甲。

在墨西哥過流亡生涯，毛邦初鈔票雖多，卻擋不住孤寂啃蝕。死黨向惟萱，已經翻臉，斷了聯絡；當年相識滿華府，大使館、辦事處、美國國防部、國務院、國會參眾兩院，到處都是熟人，如今，全都斷訊，不敢聯絡，免得洩漏蹤跡，引來麻煩。台灣那兒，早就下了追緝令，非要把他引渡回去不可，自己親弟弟、大兒子，都在台灣空軍，自然也不能聯絡；元配帶著剩下五個兒子，在紐約大頸鎮，到底怎麼過日子，自己略有所聞，但也不甚了了。

這一陣子，他孤單寂寥之餘，常回首當年，細細琢磨過去六年間諸般百事，但還是參不透，他為何會落到今天這般地步？

今天，他老婆帶著僕人，去鎮上購物，他留在家裡，恰好接到律師羅勃茲來信，並寄來最新一期美國《時代雜誌》，裡頭有精彩報導，台北出了大事，暴民砸了美國大使館。過去五年來，羅勃茲、伍茲等人，始終是他律師。這幫律師，吃人不吐骨頭，辦起事來，索價極高，五年來已經拿走他近百萬美元。然而，為了打官司，為了與台北專案小組周旋，這幫律師是必要之惡，還非得維持著不可。同樣，台北國府為了打官司，也被各路律師、偵探吃定，鈔票敞著使，銀兩流水般花花往外頭噴，都便宜了那幫美國律師。

為了這個，台北強人總統也受不了，羅勃茲律師前幾天，還打電話告訴他，說是已經與中華民國駐美大使館所委派律師，洽談雙方和解事宜。

就眼前局面而言，和解不失為脫困良方，雙方各退一步，他保留一部分資金，繳出餘款，還給台北老頭子。這樣，雙方了結官司，再無牽扯，此後海闊天空，他可以就此離了墨西哥這泥沼困境，重回美國。然而，轟轟烈烈廝殺一場，最後落了這麼個結局，他心裡頗覺不甘。就這樣，兩般念頭糾結纏鬥，鬧了一個星期，毛邦初心中還是沒有定論。

這會兒工夫，別墅外頭街角那家小酒館，樂師開工，吉他、小喇叭、鈴鼓、手響板，熱熱鬧鬧，唱起了墨西哥經典民謠「La Bamba」。

毛邦初抓著那封羅勃茲來信，顛來倒去，反覆讀看，再三細嚼，想自字裡行間，體察弦外之音。看來看去，竟覺得老眼昏花，於是，就抬手揉起了眼睛。揉來揉去，卻還是昏花依舊。之前，他在大城市看過眼科醫生，說是他在黑宮監獄裡，當「首席園丁」，每天晒大太陽，沒戴太陽眼鏡，晒過了頭，連晒兩年多，把白內障給晒出來了。

白內障，其實不是什麼要緊毛病，在大城市找個大醫院，將之割除即是。問題是，他在墨西哥大城市不能露光，免得招來黑道覬覦；而小城鎮眼科診所，設備簡陋，他信不過。

手裡捏著老花眼鏡，毛邦初仰著頭，略微偏著腦袋，瞧著窗外蔚藍天空。瞧了一會兒，他又低著頭，慢慢將老花眼鏡，塞進眼鏡盒子裡。眼鏡盒子有個金屬釦，毛邦初手指稍稍用力，那金屬釦子叭地一聲，緊緊扣住。響聲過後，毛邦初重重嘆了口氣道：「咳，和解就和解，和了吧，這墨西哥逃亡日子，實在過夠了！」

這當口，外頭大門開啟，一輛小轎車駛了進來，他年輕懷孕嬌妻回家了。

二十三

一九六四年八月十五日：拉斯維加斯地方法院

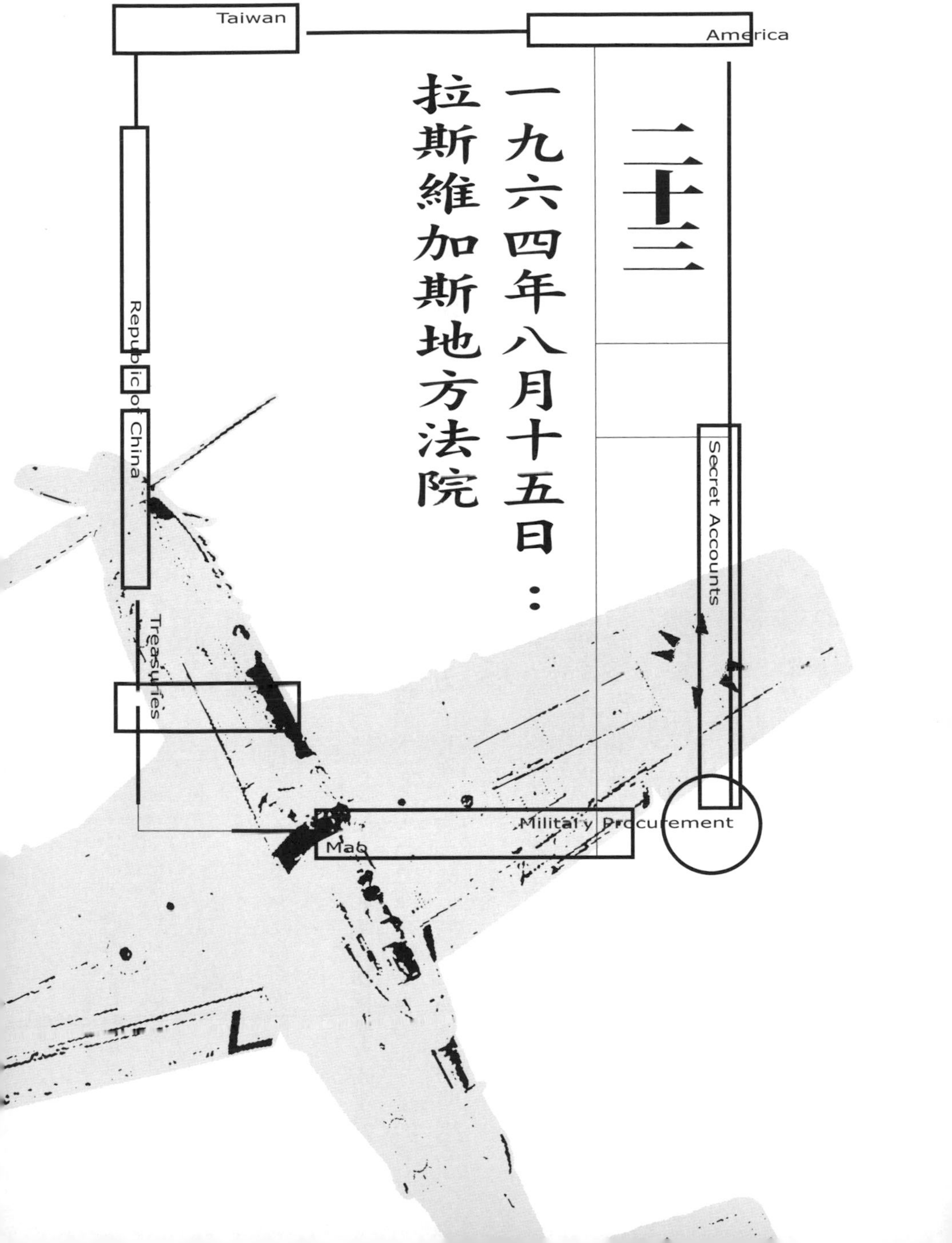

美國內華達州東南角，有個行政區，叫克拉克郡（Clark County），佔地頗廣，約有半個台灣大小。這個郡，正好位於內華達州邊界上，東邊緊貼著亞利桑納州，西邊則靠著加利福尼亞州。整個克拉克郡，就是以賭城拉斯維加斯為中心，四面八方輻射出大量衛星城市。

拉斯維加斯城裡，有條大馬路，叫「拉斯維加斯南大道」（Las Vegas Boulevard S）。這條大馬路兩旁，不算熱鬧，少見賭場，也沒啥夜生活。大道當中，矗立一幢建築，瞧著就是政府衙門。這大樓，是內華達地區地方法院（US District Court, District Nevada）。

這一天，一九六四年八月十五日，星期六，距毛邦初、向惟萱造反，台北強人總統派五人小組，到美國追緝毛、向，已然有十三年之久。毛、向叛國案，船過水無痕，已是陳年往事。然而，這樁陳年舊案，卻留下無數謎團，始終無法真相大白。今天，在這拉斯維加斯法院，無心插柳，柳卻成蔭，悶聲不響，揭露了當年謎團真相。

下午將近五點之際，這法院大樓一樓天井穿堂那兒，有個五十多歲半老不老工友，藍眼珠子，面帶風霜之色，下半張臉全是黃褐色鬍渣子，戴著頂破舊掉色洋基隊棒球帽，左肩膀側背著個公文袋，右手提溜著個漿糊盒子，一搖三擺，晃晃悠悠，走到穿堂公告欄那兒。這公告欄，上頭貼著各色判決書，各路民事、刑事、稅務、商務官司，但凡判決確定，就在這兒張貼判決書。貼著幾天之後，這才撕下舊判決書，改貼新判決書。

今天週五，明天放假，此時已過下班時間，法院已無平日紛擾奔忙景象。這工友慢條斯理，走到布告欄前，放下公文袋、漿糊盒，先動手撕舊判決書，撕出一片空間，然後，彎腰自公文袋裡，取出新判決書，又把撕下來舊判決書，塞回公文袋。隨即，這人從地上拿起漿糊盒，以刷子沾漿糊，把布告欄上頭，剛清理出來那一片地帶，全刷上溼答答漿糊。

這人穿著藍色牛仔布連身工作服，屁股後頭口袋裡，塞著個小小電晶體收音機，音量不小，正放著漢克威廉姆斯（Hank Williams）所唱鄉村小調〈汝心欺人〉（Your cheatin' heart）。這工友嘴裡哼哼唧唧，跟著電晶體收音機，唱著這小調。刷完漿糊，收拾好漿糊盒子，這人把最新出爐判決書，往公告欄上貼。

這份判決書，內容不算多，一共就是八大張。這法院工友辦事牢靠，慢條斯理，一張又一張，平展整齊，將判決書貼在牆上。貼到後來，收音機裡漢克威廉姆斯唱完了小調，五點整，改播整點新聞。詹森總統在國會山莊大聲疾呼：「八月以來，北越海軍魚雷快艇，兩度在越南外海東京灣，以魚雷、機炮，攻擊美國海軍兩艘驅逐艦，釀出『東京灣事件』。我們必須還擊，如果我們不在中南半島擋住他們，那麼，將來我就必須在美國西海岸，與他們交戰，讓戰火延燒到本土家園。」

詹森總統講完話，新聞報播員說，美國國會已經唱票表決，通過《東京灣決議案》，授權詹森總統，可視實際狀況需要，派遣武裝部隊，前往東南亞，遂行必要軍事行動。接著，新聞又播放美國國防部長麥納瑪拉談話，說已下令第七艦隊航空母艦戰鬥群，駛往越南外海，外加關島安德森空軍基地、菲律賓克拉克空軍基地、泰國烏打抛空軍基地、台灣清泉空軍崗基地，美國海、空軍各式攻擊機、轟炸機，將對北越展開「滾雷行動」（Operation Rolling Thunder），遍炸北越戰略要地。

新聞播到這兒，法院工友貼完了判決書，將所攜物件收拾妥當，搖搖晃晃，朝法院儲藏室走去，邊走，邊自言自語道：「這德州混蛋牛仔，這下好了，從國會拿到一張空白支票，老小子一定在越南大幹一場，美國炸彈猛炸越南，把那些越南黃猴子炸回石器時代。」

這工友愈走愈遠，屁股後頭那電晶體收音機，猶兀自吱吱嘁嘁，發著刺耳聲音，報著新聞。未久，工友失了身影，收音機噪音也終歸隱沒。法院中庭穿廊一片寧靜，無人無影，杳然寂寥，就剩下公告欄上，八張新貼判決書，還透著新鮮氣息。

判決書漿糊還沒乾透，四邊四角外帶中間，都有溼印子。這是一份稅務官司判決書，原告是納稅人，被告是國稅局，內文共分成三個部分。第一部分，闡述官司緣由，被告國稅局認定原告逃漏稅；第二部分，原告納稅義務人解釋，辯解自己沒有逃漏稅；第三部分，則是法院判決。

這還是樁陳年稅務糾紛，今年都已經一九六四年了，這官司講的卻是一九五五年所得稅糾紛。原告，也就是納稅義務人，英文姓名為「Frances Hsiang」，翻成中文，就是「法蘭西斯・向」。而這樁稅務官司主旨，是國稅局核定，法蘭西斯・向逃漏所得稅，稅額高達四萬一千五百零二元兩角三分。這金額，夠在內華達州小鎮，買三戶寬廣豪宅。

判決書第一部分，國稅局指出，之所以裁定這筆龐大逃漏稅額，是因為當年所得稅申報案當中，漏報了三項收入：

㈠法蘭西斯・向配偶，當年報稅時，申報了三千元壞帳損失，導致應稅所得虛減三千元，最後，短繳了所得稅。

㈡法蘭西斯・向配偶，當年報稅時，漏報薪資所得兩百六十二美元，最後，短繳了所得稅。

㈢法蘭西斯・向配偶，當年曾因兌現一張美國國庫券，取得八萬美元鉅額收入，卻沒報稅，導致鉅額漏稅。

判決書第二部分，則是納稅義務人法蘭西斯向，針對國稅局上述三項裁定，一一提出解釋與辯駁。其中，第一項、第二項，涉及金額不多，三言兩語，也就交代過去。唯獨那第三項，涉及八萬美元收入，金額巨大，導致國稅局裁定補稅四萬餘美元，事關緊要，法蘭西斯向話說從頭，極為完整，交代事件始末。

想當初，毛邦初案烽火連天之際，幾張鉅額國庫券始終有如謎團，到底，這批國庫券如何出土？如何交易？內情為何？始終一團迷霧，誰也說不清楚。事過境遷，九年之後，終於，在拉斯維加斯地方法院公告欄上，法蘭西斯向為了打稅務官司，這才說了真話，實情大白。

向惟萱與法蘭西斯・袁，在一九五五年已是夫婦，住在內華達州大石城（Boulder City），兩人結婚後，法蘭西斯從夫姓，此後改名為法蘭西斯・向。

毛邦初那七張國庫券，總價兩百萬美元。其中，一百萬元一張，流水編號「514-819」；五十萬元一張，編號「95-060」；十萬元五張，編號「931-958」、「931-959」、「931-960」、「931-961」、「931-677」。這批兩百萬美元國庫券，是毛邦初一九五一年十月十六日，決定流亡墨西哥之前，以台北國民政府公款所購買。這兩百萬公款，毛邦初本來存在華盛頓國民銀行（National Bank of Washington）。

一九五五年二月或三月，毛邦初自墨西哥黑宮監獄，派了信差，帶了兩張面額十萬元國庫券，一張流水編號為「931-960」，另一張流水編號為「931-961」，越過邊境，前往美國。將這兩張國庫券，當面交給向惟萱，要向惟萱去兌現。

交付地點，在洛杉磯機場，那信差把這國庫券，當面交給了向惟萱。向惟萱找了洛杉磯生意夥伴阿曼提（Ernest Amante），去兌現這張國庫券。向惟萱當著阿曼提的面，打開這信封，信封裡裝著那兩張國庫券。向惟萱告訴阿曼提，帶著這兩張國庫券，到芝加哥去找會計師德克爾，請對方兌換為現金。

阿曼提去了芝加哥，透過安垂亞（Tony D'Andrea）、史耐德（S. C. Schneider），找上德克爾，請對方先兌現一張十萬元面額國庫券。

一九五五年三月三十一日，安排妥當，國庫券交給了德克爾。之後，德克爾帶著這張「931-960」國庫券，去了芝加哥哈里斯信託儲蓄銀行（Harris Trust & Savings Bank），請求兌現這十萬元國庫券。哈里斯信託儲蓄銀行收了這張國庫券，並轉交給芝加哥聯邦儲備銀行，請求撥款兌現。

第二天，一九五五年四月一日，芝加哥聯邦儲備銀行，支付了十萬一百九十一元六角七分，給哈里斯信託儲蓄銀行。這當中，十萬元是國庫券面額，剩下一百九十一元六角七分，則是國庫券利息。這筆錢，存入了哈里斯信託儲蓄銀行裡，德克爾會計師事務所帳戶。

在這之後，沒過多久，德克爾再度向哈里斯信託投資銀行，兌現第二張「931-961」國庫券。這張國庫券，轉到芝加哥聯邦儲備銀行時，不但沒兌到現金，還被沒收。因為，芝加哥聯邦儲備銀行，兌現了第一張「931-960」國庫券之後，很快就發現，這是張「通緝券」。

華府聯邦地方法院，早就頒發了禁制令，禁止兌現毛邦初所取得那七張國庫券。因而，第二張「931-961」國庫券轉交給聯邦儲蓄銀行後，立刻就被扣押沒收。

這事情，當時鬧得挺大，不單單芝加哥地方報紙刊載此事，東岸幾家大報，也有報導。因而，中華民國駐美大使館在芝加哥當地，另外聘雇了律師，到法院控告德克爾，要求德克爾歸還十萬美元。然而，這張「931-960」國庫券兌現後，十萬餘元資金，後來到底流向何處，答案在這拉斯維加斯地方法院判決書上：

哈里斯信託儲蓄銀行，「德克爾會計師事務所」戶頭裡，存了兌換第一張國庫券十萬餘元現金。一九五五年四月一日，德克爾從這帳戶裡，提領了八萬五千元現金，面額一千元一張鈔票，提領了八十五張。然後，他又從這帳戶裡，再提領一萬元。還是同一天，德克爾從這戶頭裡，開立支票五千元，支付給史耐德，作為佣金。就此，第一張國庫券兌換金額幾乎提光。

德克爾在這家銀行裡，開了一個新戶頭，名為「William E. Decker, Special Account」，也就是他私人戶頭。然後，立刻在這新戶頭裡，存入一萬元。這一萬元，是為他個人兌換國庫券佣金。

同一天，德克爾將八十五張面額一千元，共八萬五千元現金，交給了史耐德。之後，史耐德把這筆錢，交給了阿曼提。之後，阿曼提從八萬五千元裡，拿出五千元，給了安垂亞，是為安垂亞佣金。之後，安曼提回到拉斯維加斯，又從剩下八萬元現金裡，扣掉一萬元，作為自己佣金。之後，把剩下七萬元，交給了向惟萱。

向惟萱通知毛邦初，兩張面額十萬元國庫券，兌換了一張，另一張被沒收。於是，毛邦初又派信差，到了洛杉磯機場，與向惟萱見面。照事前約定，向惟萱可以取走一萬元，如此，還剩六萬元，交給信差，帶回墨西哥，給毛邦初。

毛邦初所派信差，到了洛杉磯機場，向惟萱交給這信差一個信封，裡面有面額一百元、五百元、一千元現鈔。然而，信封裡現鈔只有五萬四千元，而非原來所約定六萬元。

一九五五年四月四日，向惟萱在內華達銀行拉斯維加斯分行（Bank of Nevada, Las Vegas），存入兩張面額一千元現鈔。然後，又去拉斯維加斯銀州信用合作社（Silver State Savings & Loan Association），存入一萬四千元。毛邦初允諾向惟萱，給向惟萱一萬元佣金，但向惟萱卻抽掉一萬六千元。為此，毛邦初後來與他翻臉。

毛邦初人在墨西哥，身繫囹圄，儘管身懷巨款，卻是飽受各方剝削。拋出兩張面額十萬元國庫券，總計二十萬元，最後，只拿回五萬四千元現款，兌現率還不到三成。其他七成多款項，全都泡湯。

法蘭西斯向在法庭所提上述證詞，詳細描述毛邦初兌現國庫券過程，其間彎彎曲曲，十分周折。若用簡單算術、簡單邏輯、簡單言語，解析此事，則整個過程是：十萬元被沒收，十萬元兌現；兌現十萬元當中，德克爾取走一萬元、阿曼提取走一萬元、史耐德取走五千元、安垂亞取走五千元、向惟萱取走一萬六千元。最後，毛邦初只拿到五萬四千元。

這份判決書第二部分裡，除了上述兩張國庫券之外，法蘭西斯向還連篇累牘，抖麵粉口袋一般，將毛邦初、向惟萱整個搬錢、藏錢、匯錢過程，完整細說分明。這些說明裡，充斥大量日期、時間、金融機構名稱、資金額度、匯款地點，彷彿雨點一般，漫天飛舞，讓人眼花撩亂，要極度集中精神，投注大量精力，才能大致看得懂這幅資金往來蜘蛛網。

這一張資金往來蜘蛛網，當初顧維鈞、查良鑑、巴德森、布羅迪等國府大員、律師、偵探，拚老命追查，都查不出明確脈絡。此時，在拉斯維加斯稅務法庭上，當事人法蘭西斯向從實招出。然而，毛、向叛國案早已是過眼雲煙，這些真相，已無人在乎。因為，台北強人早就下令，要與毛、向和解：

一九五七年，毛邦初與國府達成和解協議，毛邦初交出他所掌握公款，其中包括一九五一年十一月六日所購買，但尚未兌現國庫券。國民政府，則准許毛邦初保留十三萬美元。

一九五九年九月十七日，國府與向惟萱達成和解，向惟萱交還手中資金給國府，然後，國府給他其中三分之一金額。這三分之一金額，為四萬五千三百七十二元六角六分。

這份判決書，第三部分，則是法院針對三項議題，所作裁決。這裁決，引經據典，講的是法律語言，內容頗為繞脖子，繞來繞去，道理一套又一套。講到最後，就是被告國稅局大獲全勝，原告與被告所糾纏三項議題：三千元壞帳損失、兩百六十二元薪資所得、國庫券八萬美元鉅額收入，法庭全都認定為應稅所得，就是該納稅。

因而，國稅局之前裁定，法蘭西斯．向應該補稅四萬餘美元，於法有據，原告法蘭西斯．向，應該老老實實，把這筆巨款繳清。

至於這樁稅務官司，逃漏稅主角明明是向惟萱，為何卻由他老婆法蘭西斯．向出頭，和國稅局纏訟？對此，判決書上也有說明：

一九六一年九月十五日，向惟萱發生車禍，當場喪命。

二十四

餘緒

Taiwan
America
Republic of China
Secret Accounts
Treasuries
Military Procurement
Mao

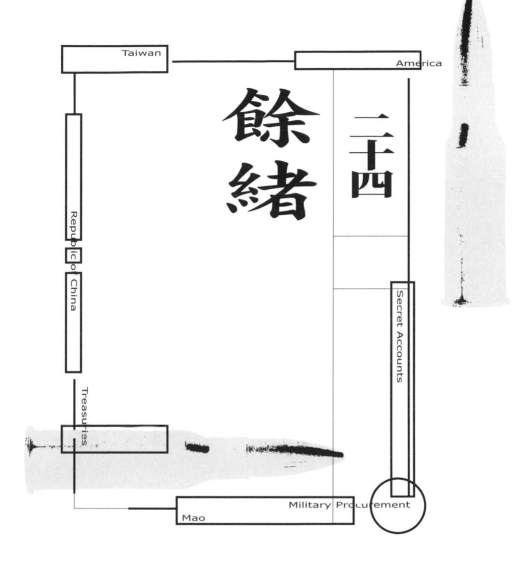

毛邦初、向惟萱叛國案，醞釀於民國三十九年，爆發於民國四十年。此後，雙方纏鬥不休，彼此都耗費巨資，在美國雇用律師與私家偵探，鏖戰經年。全案費時未久，頂多兩年多時間，就在美國法庭分出高下，中華民國政府大獲全勝，不但扳回國家形象，也殺得毛邦初落荒而逃。

然而，毛案愈到後來，牽扯線頭愈多，毛邦初所匿藏資金，炸彈開花一般，遍布全美，東西南北，到處都有。每發現一處資金，就平添一樁個案，到了後來，主案之下，又衍生出大量從屬案件。這些從屬案件，若是一樁一樁慢慢料理過去，恐怕要鬧到驢年馬月，才會有結果。對此，台北強人頗感不耐，大約民國四十四年之後，就大力施壓，要駐美大使館與毛案專案小組，儘速結案。

然而，即便開始結案，整個結案過程，還是曠日費時。這段期間，駐美大使兩度更迭，顧維鈞之後，換成董顯光；董顯光之後，又換成葉公超。最後，在葉公超駐美大使任內，於民國四十七年，這才真正了結毛案。由醞釀，到發軔，到熱戰，到了結，整個毛邦初、向惟萱叛國案，足足鬧了八年。

顧維鈞素有撰寫日記、保留文件習性，退休後，著有回憶錄，內容詳實，計有十三厚冊。顧氏回憶錄第八冊中，有專章詳細縷述毛案來龍去脈，是迄今為止，毛邦初案最詳實史料，也是作者撰寫《1951全面追緝》，最主要參考資料。然而，顧維鈞卸除駐美大使職位，轉往荷蘭海牙，至國際法庭任職後，接續兩任中華民國駐美大使董顯光、葉公超，對毛案後續處理內情，並未留下太多文字記錄。

因而，本書後半部，毛邦初逃至墨西哥後，所發生種種事蹟，絕難查獲中文史料。本書作者後來改查英文資料，才從當年美國報紙、雜誌、美國國會聽證會記錄、美國拉斯維加斯地方法院判決記錄，找到毛邦初叛國案後續發展珍貴史料。

根據《顧維鈞回憶錄》記載，毛案和解時，他早已離開駐美大使職位，但就他所知，那次和解，主要目的，就是取回國庫券款項，並且，放棄了其他所有從屬案件，不再追究。亦即，在國庫券之外，毛邦初所藏其他資金，如果尚未取得，也就此放棄，不再爭取。

和解時，台北國府同意了毛邦初所提附帶條件，讓毛邦初留下一定額度美元，作為日後生活費。關於這筆和解金額，顧維鈞回憶錄說，是二十萬美元國庫券。但美國拉斯維加斯地方法院判決書中，引用向惟萱遺孀法蘭西斯說法，則是十三萬美元國庫券。

此外，毛邦初用公款，在紐約長島大頸鎮所購豪宅，後來法院判決，應歸還中華民國政府。不過，這房子登記在毛妻名下，毛妻護產，不肯屈服。鬧到最後，房子賣了，台北國府與毛妻平分售屋款項。

一九五二年初，毛邦初逃到墨西哥，關了幾年，放出來之後，一直待在墨西哥，以墨西哥女子為配偶，還生下一男一女。後來，他在一九六〇年代中期，回到美國，在加州定居，與兒了們團聚，安享天年。

毛家諸子嗣，後來普遍頗有成就。網路上，關於毛邦初生平事蹟，中文網頁往往語焉不詳，內容含混，然而，英文維基百科網上，毛邦初生平事蹟卻極為詳實，蒐羅大量一九五〇年代美國報紙與雜誌報導、國會聽證會證詞、法庭判決書。

此外，毛家後裔闢有英文專版網頁，紀念毛邦初。根據毛氏家族記載，毛邦初死於一九八七年六月二十三日。然而，民國八十二年元月所出版傳記文學，卻有文字與照片，顯示美國加州好萊塢一處墓園（Hollywood Hills Forest Lawn Memorial Park）裡，毛邦初墓碑上，銘文刻字，說毛邦初死於一九八五年。

這塊墓碑，四四方方，最上頭，是中華民國空軍軍徽，軍徽下頭是三顆星星，星星下頭寫著五個中文字「毛邦初將軍」。中文姓名下頭，右側邊寫著「浙江」，左側邊寫著「奉化」，當中則是英文「L.T. GFN.PANG-TSU MOW」。墓碑最下頭，則是「1904-1985」，顯示毛邦初卒於民國七十四年。

無論如何，毛邦初至少活了八十多歲，也算是得享天年。

毛邦初有個親弟弟，毛瀛初，與哥哥一樣，都投身空軍，並且，兄弟倆先後都當過空軍官校校長。毛邦初叛國，並未影響弟弟毛瀛初仕途，毛瀛初後來官拜空軍中將，當過聯勤副總司令、民航局長。公職之後，毛瀛初擔任好來化工董事長，代理黑人牙膏，後來逝於民國八十九年。

毛邦初有六個兒子，長子毛昭宇在大陸時期，就是空軍運輸機飛行員，參與國共內戰，一度被俘，後來脫困回台。民國五十年代，毛昭宇在遠東航空任飛行員。後來，在越南戰場擔任貨機飛行員，民國六十三年，在越南染病去世。毛家其餘五子，在紐約長大，毛妻後來在紐約長島上，開了間中餐館，名為「長江飯店」，培育五子。毛家五子，全都畢業於紐約上州壬色列理工學院（Rensselaer Polytechnic Institute）。

這五子，後來事業均有成就，有建築師、大學教授、企業家等。其中，二子毛昭宙、四子毛昭寰，在民國七十六年間，捐款新台幣一百萬元，給台大設立「毛氏獎學金」。

台大第一五四〇次行政會議，通過了「毛氏獎學金辦法」。其宗旨為：「旅美學人毛昭宙博士與毛昭寰博士為紀念祖父毛公家來（浙江奉化人）及父母撫養教育之恩，特在國立臺灣大學，設立「毛氏獎學金」，率先捐獻新台幣一百萬元為基金（專戶存入銀行，以每年利息，作為獎學金。如有剩餘，滾入本金）。並期毛公在國內外族人，繼續捐獻，擴大基金以嘉惠勤讀學子造福社會。」

這獎學金宗旨，明白指出，這是紀念兩兄弟祖父毛家來，以及父母。毛家來，當年隨政府撤退來台，民國三十九年毛邦初返國述職時，毛邦初父親毛家來、兒子毛昭宇、以及孫子，都曾在松山機場迎接，老少四代團聚機場。上述毛氏獎學金宗旨，除了紀念毛家來之外，還有紀念「父母養育之恩」，這裡頭，就有毛邦初成分在內。

至於這獎學金具體辦法，則是「工學院與法學院各一名，每名每學年新台幣兩萬元整。法學院、工學院二年級以上學生，學業、操行平均成績在八十分以上，無一科不及格，無不良記錄者，可提出申請」。

這獎學金至今存在，持續運作。

鏡小說
058

1951 全面追緝

作　　者：王駿
責任編輯：王君宇、林毓瑜
責任企劃：劉凱瑛
整合行銷：何文君
副總編輯：劉璞、林毓瑜
總 編 輯：董成瑜
發 行 人：裴偉

裝幀設計：木木 Lin
內頁排版：宸遠彩藝

出　　版：鏡文學股份有限公司
114066 台北市內湖區堤頂大道一段 365 號 7 樓
電　　話：02-6633-3500
傳　　真：02-6633-3544
讀者服務信箱：MF.Publication@mirrorfiction.com

總 經 銷：大和書報圖書股份有限公司
248020 新北市新莊區五工五路 2 號
電　　話：02-8990-2588
傳　　真：02-2299-7900

印　　刷：漾格科技股份有限公司
出版日期：2022 年 4 月初版一刷
I S B N：978-626-7054-50-5
定　　價：420 元

國家圖書館出版品預行編目(CIP)資料

1951 全面追緝/王駿著. -- 初版. -- 臺北市 : 鏡文學股份有限公司, 2022.04
320 面 ; 21X14.8 公分. -- (鏡小說 ; 58)

ISBN 978-626-7054-50-5 (平裝)
863.57　　111003662